Bobbi French ist in Neufundland und Labrador geboren und aufgewachsen. Die ehemalige Psychiaterin hat ihren Beruf aufgegeben, um sich dem Schreiben zu widmen. *Die guten Frauen von Safe Harbour* ist ihr erster Roman. Bobbi French lebt in Halifax, Nova Scotia.

Stimmen zu *Die guten Frauen von Safe Harbour*:

»Eindringlich, lebendig, überraschend, warm und klug.«
Carrie Snyder

»Ein großartiger Roman mit einer unvergesslichen Hauptfigur.«
Trudy J. Morgan-Cole, Autorin

»Eine ergreifende, zutiefst fesselnde und oftmals lustige Darstellung von Frauenfreundschaften, auch jener, die irgendwo unterwegs für eine Weile verloren gehen.«
Christine Higdon, Autorin

»Bobbi French ist eine meisterhafte Erzählerin, die uns behutsam, humorvoll, mitfühlend und anmutig zu Frances' letzter Stunde hinführt.«
Carrianne Leung, Autorin

www.penguin-verlag.de

BOBBI FRENCH

Die guten Frauen von Safe Harbour

Roman

Aus dem Englischen von Carina Tessari

PENGUIN VERLAG

Die Originalausgabe erschien 2022
unter dem Titel *The Good Women of Safe Harbour*
bei HarperCollins Canada.

FSC
www.fsc.org
MIX
Papier | Fördert
gute Waldnutzung
FSC® C014496

Penguin Random House Verlagsgruppe FSC® N001967

2. Auflage

Umschlaggestaltung: bürosüd, nach einem Entwurf
von zero-media.net, München
Umschlagabbildung: © Marie Carr/Arcangel Images
Satz: Satzwerk Huber, Germering
Druck und Bindung: GGP Media GmbH, Pößneck
Printed in Germany
ISBN 978-3-328-11071-2

www.penguin-verlag.de

Für die Frauen von Neufundland und Labrador –
warmherzig, blitzgescheit und unverwüstlich

Prolog

Ende August 2019

Zögernd machte ich ein paar Schritte vorwärts, meine Füße glitten und rutschten über die abgerundeten Steine. Das Meer drückte gegen meine Knie, und glibberiges Seegras wickelte sich um meine Knöchel. Ich watete bis zur Taille weiter. Noch ein Schritt und eine Welle gegen meine Brust. Salz spritzte an meine Lippen. Als die nächste Welle auf mich zukam, atmete ich tief ein und ließ mich fallen. Ich tauchte unter, kraft- und wehrlos, bis sich mein Körper an die Bewegungen erinnerte, die er machen musste, um mich vorwärts durch das dunkle grüne Wasser zu tragen, über den felsigen Grund hinweg, hinaus in das tiefe klare Wasser. Ich hob die Arme über den Kopf und ließ mich in die kühle Stille hinabsinken, wartend und lauschend, bis ich keine Sekunde länger den Atem anhalten konnte, dann schoss ich an die Oberfläche und schnappte nach Luft. Ich drehte mich zum Horizont, schloss die Augen und lauschte. Ich hörte nichts außer meinen keuchenden Atemzügen und dem Kreischen der Möwen.

Ich war überwältigt von der allgegenwärtigen Schönheit – der belebenden Kälte, dem schimmernden Sonnenlicht, dem rhythmischen Hin- und Herschaukeln, während ich auf dem Rücken lag und in den Himmel lächelte. Rings um mich herum Wasser, das einen unglaublichen Durst stillte, von dem ich nicht einmal wusste, dass ich ihn hatte. Ich hatte dem Ozean die Stirn geboten und gewonnen, mein Preis diese Heimkehr, von der ich jetzt wusste, dass ich sie verdiente. Ich konnte mich nicht erinnern, mich jemals im Leben so lebendig gefühlt zu haben, so überglücklich. Ich hatte keine Sorgen und war an nichts gebunden. *Schwerelos.*

Ich ließ mich treiben, bis ich spürte, wie mir das Salz und die Sonne im Gesicht brannten, dann paddelte ich zurück zum Strand, an dem zwei Frauen standen – die eine jung und schlank und blond, die andere älter, wohlgeformt mit dunklen Locken. Sie lachten und winkten und riefen meinen Namen. Sie sahen glücklich aus, wer immer sie waren.

1

Drei Monate zuvor

Ich schreckte aus dem Schlaf hoch, orientierungslos und schweißgebadet. Der Wecker auf meinem Nachttisch zeigte Viertel vor sechs an. Ich lag in meine feuchten Laken verknotet, mein Herz trommelte, und ich wusste, dass an Schlaf nicht mehr zu denken war. Ich wartete, bis sich das benommene Gefühl in meinem Kopf etwas klärte, dann stand ich auf, um die Aufgabe anzupacken, die vor mir lag. Ich nahm ein heißes Bad und trank einen Becher starken, süßen Tee in der Hoffnung, meine Nerven damit etwas zu beruhigen, doch es half nichts. Ich ging zum Schrank und zog den Reißverschluss eines Plastikkleidersacks auf, in dem ein neuer grauer Blazer, eine dazu passende Hose und eine zarte, lavendelfarbene Bluse hingen, alles eine Woche zuvor im Sonderangebot gekauft. Die erste schicke Garderobe meines Lebens – mit achtundfünfzig Jahren. Während ich die Bluse zuknöpfte und den Reißverschluss der Hose zuzog, war es, als würde ich in ein besseres Leben schlüpfen. Ich stellte mir vor, ich wäre wiedergeboren, endlich von aller Unscheinbarkeit befreit. Der Spiegel jedoch belehrte mich eines Besseren. Ein mageres Hühnchen, das sich mit ein paar hübschen Federn geschmückt hatte. Und wenn schon. Schönheit würde mir heute nichts nützen. Was ich brauchte, waren Rückgrat und ein klarer Verstand. Jetzt beeil dich, alter Kauz. Ich wandte mich vom Spiegel ab und sah auf meine Hände hinunter, die aus den Ärmeln des Blazers herausschauten. Hände wie eine Bäuerin, dachte ich immer. Spröde Knöchel, raue Haut, durchsetzt von dünnen, blutigen Rissen. Permanent gerötet von den Fingerkuppen bis zu den Handgelenken, als hätte man sie in Farbe getaucht. Ich betrachtete sie als das, was sie waren: meine Existenzgrundlage, das unschätzbare Handwerkszeug einer Putzfrau. Heute jedoch würden sie eine wohlverdiente Pause unter einer dicken Schicht Handcreme machen dürfen.

Ich ließ den Bus sausen und gönnte mir stattdessen ein Taxi – ein weiterer seltener Luxus. Der Fahrer redete zum Glück nicht viel, während er den Wagen ins Zentrum von St. John's steuerte, durch die engen, von bunten Reihenhäusern gesäumten Straßen, den dichten Verkehr in der Duckworth Street, vorbei an den Geschäften und Cafés und dem Kriegerdenkmal, hinter dem sich flüchtig das kalte, in der Sonne funkelnde Meer auftat, bevor er vor einem Hochhaus aus Metall und Glas zum Stehen kam.

Drinnen drängten sich Menschen in modischen Mänteln und mit Aktentaschen in den Händen vor den Aufzügen. Bei der Vorstellung, mich mit lauter Fremden in einen Stahlkasten zu quetschen, zog sich mir der Magen zusammen, und ich entschied, die Treppe zu nehmen.

In der Praxis roch es nach frisch gebrühtem Kaffee. Ein schlichter, moderner Raum mit weißen Wänden und gedämpfter Beleuchtung, in dem eine junge Frau hinter einem geschwungenen Schreibtisch saß und laut auf einer

Computertastatur tippte. Sie hielt inne und fragte mich nach meinem Termin.

»Frances Delaney. Neun Uhr.«

»Auf die Sekunde genau«, sagte sie. »Nehmen Sie Platz, ich sage Bescheid, dass Sie da sind.«

Ich ließ meinen Blick über die Zeitschriften schweifen, die vor mir auf dem niedrigen Glastisch auslagen, die üblichen veralteten Blätter, bis auf ein Exemplar, dessen Titelseite eine bunte Zeichnung von einem Gehirn zierte. Ich nahm es in die Hand, nachdem ich ein Wort darauf entdeckt hatte, das ich vorher noch nie gelesen hatte: *Neurotransmitter*. Ich griff in meine Tasche und schrieb es in mein kleines Spiralnotizbuch, notierte es für später, wenn ich mein abgegriffenes, über und über mit Eselsohren versehenes Lexikon durchblättern würde, so wie ich es immer tat, wenn ich auf ein Wort stieß, das ich nicht kannte. Ich hatte diese Marotte seit meiner Kindheit. Ich schlug das unbekannte Wort nach und unterstrich es, übte es laut ein, bis es sich wie ein Wort anfühlte, das zu mir gehörte. Wörter, die mir besonders gut gefielen, markierte ich mit Sternchen. Wie *Firlefanz* oder *szintillieren*. Unzählige hatte ich inzwischen gesammelt. Mein Kopf war voller Wörter, von denen ich die meisten noch nie zu einer Menschenseele gesagt hatte und es vermutlich auch nie tun würde. Und doch waren sie wie treue Begleiter, die mir nicht von der Seite wichen.

Dieses Mal jedoch genügten *Neurotransmitter* und seine Geheimnisse nicht, um mich davon abzulenken, warum ich inmitten der weißen Mauern dieser Festung saß. Die Luft in dem Raum schien plötzlich dünner zu werden, und ich spürte ein beklemmendes Gefühl in der Brust. Ich starrte zur Tür und begann, das Für und Wider einer Flucht abzuwägen.

»Frances Delaney? Ich bin Dr. Shirley Bell.«

Ihre Stimme ließ mich hochschrecken. Sie war jünger, als ich erwartet hatte, vermutlich nicht einmal vierzig. Sie hatte glatte, dunkle Haut, hohe Wangenknochen und schwarze Haare, die in dünnen Zöpfen ihre Schultern streiften. Sie streckte mir eine Hand mit kurzen, lackierten Nägeln entgegen.

»Ich freue mich, Sie kennenzulernen«, sagte sie. »Wollen wir anfangen?«

Sie drehte sich um und lief den mit Teppichboden ausgelegten Flur hinunter in ihr Sprechzimmer, wo sie zwei Gläser Wasser aus einer Karaffe auf ihrem Schreibtisch einschenkte und mich bat, Platz zu nehmen. Sie griff nach einem Stift, einem Block und einer blauen Mappe, dann setzte sie sich mir gegenüber auf einen Stuhl.

»Frances, Ihre Ärztin hat Ihnen ja erklärt, warum sie Sie zu einem Psychiater überwiesen hat, richtig?«

Ich nickte.

»Sie wirken nervös.«

»Vielleicht ein bisschen.«

»Gibt es dafür einen bestimmten Grund?«

»Vermutlich, weil ich die einzige Neufundländerin bin, die nicht gerne redet.«

Sie lächelte. »Ich werde versuchen, unser Gespräch so kurz und schmerzlos wie möglich zu machen. Ich habe bereits viele Informationen über Sie erhalten.«

Dr. Bell klappte die Mappe auf und überflog die darin befindlichen Unterlagen. Ich befürchtete, sie würde nur allzu schnell zu einem Urteil über mich kommen: ein bedauernswertes altes Dummerchen, verwirrt und professioneller Überzeugung bedürfend. Sie würde damit völlig falschliegen.

Sie klappte die Mappe wieder zu. »Nun, Frances, erzählen Sie mir doch bitte, was Sie über Ihre Diagnose wissen.«

Es war genau einen Monat her, seit eine andere junge Ärztin an meinem Krankenhausbett gesessen und mir zwei neue Wörter für mein Notizbuch mitgeteilt hatte. Ich hatte sie gebeten, mir die Wörter auf ein Stück Papier zu schreiben, nachdem sie mir ihr Bedauern ausgedrückt hatte. Der Name der Ärztin war mir abhandengekommen, aber ihr Gesicht und ihre Stimme hatten sich tief in mein Gedächtnis eingebrannt. Die arme Frau wirkte vollkommen verstört, und ich nahm an, dass sie noch recht unerfahren darin war, Hiobsbotschaften zu überbringen. In den darauffolgenden Tagen hörte ich die Wörter noch viele Male, aber ich hatte sie bisher noch nie laut gesagt. Ich trank einen Schluck Wasser.

»Glioblastoma multiforme.« Ich wusste, dass ich es richtig ausgesprochen hatte, und war zufrieden.

»Und was verstehen Sie unter Ihrer Diagnose?«

»Ein aggressiver Hirntumor. Zehn bis zwölf Monate, bestenfalls.«

Sie sah mich mitfühlend an. »Das tut mir sehr leid.« Sie machte eine kurze Pause. »Nun, hier und heute geht es um Ihre Weigerung, sich der empfohlenen Behandlung zu unterziehen. Erzählen Sie mir davon.«

Ich hätte ihr von allem berichten können: von dem stämmigen Chirurgen, bei dem ich in der Woche zuvor gewesen war und der mir den Kopf aufsägen und so viel herausschnippeln wollte, wie er nur konnte, und von dem anderen Arzt, der mir Gift in die Venen pumpen wollte, um mir ein paar Monate zu schenken. Monate, die ich krank, verängstigt, allein und, was vielleicht am wichtigsten war, ohne Einkommen verbringen würde. Ich stellte es mir nicht gerade einfach vor, einen Staubsauger vor mir herzuschieben, während ich mit einem Fuß im Grab stand, was bedeutete, dass Sterben in meinem Budget lag, Dahinsiechen nicht. Doch je weniger Worte ich darüber verlor, desto besser. *Prägnanz.*

»Es würde das Unabwendbare lediglich hinauszögern«, sagte ich. »Ich möchte die Zeit, die mir bleibt, in einem Zustand verbringen, in dem ich sie genießen kann.« Ich war zufrieden, wie ruhig und gefasst ich klang. Sogar noch besser als am Abend zuvor, als ich die Worte vor dem Spiegel geübt hatte.

»Ihnen ist bewusst, dass sich Ihre Lebenserwartung ohne Behandlung aller Voraussicht nach verkürzen wird?«

»Ja.«

Sie notierte etwas auf ihre gelben Blätter. »Frances, ich habe die Ergebnisse Ihrer kognitiven Tests vorliegen, und ich habe den Befund des Psychologen, mit dem Sie im Krankenhaus gesprochen haben – das alles sieht für mich sehr gründlich aus. Wie ich sehe, wurden alle gängigen psychischen Erkrankungen ausgeschlossen. Laut Ihrer Unterlagen haben Sie keine psychiatrische Vorgeschichte, allerdings finde ich hier kaum etwas über Ihre Familie. Gibt es Verwandte, die schon einmal Probleme mit ihrer seelischen Gesundheit hatten?«

Mir wurde schlagartig heiß. Ich spürte, wie sich meine neue Bluse an meinen Rücken zu kleben begann, und fragte mich, was wohl die Reinigung kosten würde. »Nicht, dass ich wüsste.«

»Würden Sie mir etwas über Ihre Vergangenheit erzählen? Über Ihre Kindheit vielleicht?«

Mit einem Mal fand ich die Vorstellung, jemandem von meinem einfachen Leben zu erzählen, aufregend. Gleichzeitig machte mir der Gedanke, mich einer fremden Person zu offenbaren, Angst, vor allem einer Person, die in der Position war, meine Pläne scheitern zu lassen. Ich versuchte, ruhig zu atmen, und zwang mich zu einem Lächeln, von dem ich hoffte, dass es gelassen wirkte. »Da gibt es nicht viel zu erzählen.«

»Ziehen Sie es vor, bei der Gegenwart zu bleiben?«

»Ja.«

Sie stellte mir eine Reihe von Fragen, die ich inzwischen kannte. Welches Datum haben wir heute, welche Jahreszeit, wie heißt diese Straße. Buchstabieren Sie das Wort *Welt* rückwärts. Merken Sie sich folgende drei Begriffe: *Ball, Stift, Telefon*. Malen Sie dieses, benennen Sie jenes. Ihr Stift kratzte über das Papier, Haken, Haken, Haken.

»Gab es je Phasen, in denen Sie sich sehr niedergeschlagen oder deprimiert gefühlt haben?«

Ich tat so, als würde ich darüber nachdenken. »Nein.«

»Wie sieht es seit Ihrer Diagnose aus?«

»Nein.«

»Irgendwelche Veränderung bezüglich Ihres Schlafs, Antriebs, Appetits?«

»Keine nennenswerten.«

»Hören Sie Stimmen oder sehen Sie Dinge, die andere Menschen nicht zu sehen scheinen?«

»Bestimmt nicht.«

»Wie sieht es mit Sorgen oder Ängsten aus?«

»Meine einzige Sorge ist, dass ich gezwungen werde, mich dieser Operation zu unterziehen.«

»Niemand kann Sie dazu zwingen. Solange Sie geistig dazu in der Lage sind, haben Sie das Recht, die Behandlung zu verweigern.«

»Und hier kommen Sie ins Spiel.«

»Richtig. Frances, ich weiß, dass Sie diese Frage in den vergangenen Tagen mehr als einmal beantwortet haben, aber ich muss Sie das erneut fragen. Haben Sie jemals über Selbstmord nachgedacht?«

An einem anderen Tag hätte ich sie gefragt, ob lebensmüde das Gleiche war, aber ich schüttelte nur den Kopf.

Sie machte eine kurze Pause, und ihr Gesichtsausdruck entspannte sich. »Sie haben angegeben, dass Sie allein leben, daher würde ich gern wissen, wie es mit Unterstützung aussieht. Gibt es Menschen, die Ihnen in dieser Situation beistehen?«

»Oh ja. Alle Mann an Deck.«

Sie hielt meinem Blick einige Sekunden lang stand. Etwas in ihren Augen ließ Skepsis erkennen, und mir wurde flau im Magen. Meiner Zählung nach hatte ich sie mindestens drei Mal angelogen, und bis zu diesem Punkt hatte ich geglaubt, vollkommen überzeugend gewesen zu sein. Plötzlich jedoch befürchtete ich, sie könnte in jeden Winkel meines Lebens hineinschauen, als wäre es ein Film, der über meinem Gesicht ablief. Ich blickte auf meine ineinander verkrampften Hände hinunter, dann sah ich wieder auf und zwang mich erneut zu lächeln.

Sie machte sich eine letzte Notiz und legte dann den Stift weg. »Sie sind zweifelsfrei in der geistigen Verfassung, die Behandlung abzulehnen. Aber Sie können Ihre Meinung jederzeit ändern. In diesem Fall stehen Ihnen Ihre Ärzte zur Verfügung, um Ihnen auf jede erdenkliche Weise zu helfen, ich eingeschlossen. Sollten Sie bemerken, dass sich Ihre Stimmung verändert, oder etwas anderes Besorgniserregendes feststellen, zögern Sie nicht, mich aufzusuchen. Okay?«

Ich spürte, wie sich mein Körper zu entspannen und herunterzukühlen begann. Das Klingeln in meinen Ohren verstummte, und ich konnte spüren, wie mein Herz und meine Lungen in ihren regelmäßigen Rhythmus zurückfanden.

»Dann stempeln Sie mich also als zurechnungsfähig ab?«

Sie lachte und schlug mit der Faust auf die Mappe. »Zurechnungsfähig!«

Wir standen auf, und sie begleitete mich hinaus. Als sie mir die Hand reichte, fragte sie: »Was haben Sie jetzt vor?«

»Oh, es ist vieles liegen geblieben.«

»Ich weiß, es wird nicht einfach werden, aber ich wünsche Ihnen alles Gute.«

Ich sah ihr nach, während sie fortging, und mir wurde bewusst, dass sie mich im Laufe des Gesprächs nicht ein einziges Mal aus den Augen gelassen hatte, nicht einmal, während sie sich Notizen auf ihre gelben Zettel gemacht hatte. Ich fragte mich, ob sie wirklich Anteil nahm. Vielleicht hatte sie einfach vor dem Spiegel geübt, wie man Mitgefühl zeigte, hatte es zu einer besonderen Fähigkeit perfektioniert, so wie sie gelernt hatte zu schreiben, ohne hinunterzuschauen. Und ich fragte mich, ob ich ehrlich zu ihr gewesen wäre und ihre Hilfe angenommen hätte, wenn wir uns nicht heute, sondern vor vielen Jahren getroffen hätten.

Ich drückte die Glastüren auf und trat hinaus auf den belebten Bürgersteig. Der Trubel im Stadtzentrum machte mir immer zu schaffen – das Gedränge der geschäftigen Menschen, der Verkehr, der endlose Lärm des Stadtlebens. Ich hatte mich nie wirklich an die Hektik der Stadt gewöhnt. Im Grunde war ich immer ein Küstenkind geblieben. Meer und Himmel und schroffe Klippen entsprachen mehr meinem Tempo. Platz zum Umherstreifen und um mit der Schönheit der Insel eins zu sein. Der Ort hier im Schatten dieses hohen Gebäudes unterschied sich vermutlich nicht allzu sehr vom Zentrum Torontos.

Ich ging zwei Blocks weiter, fand eine Bank und setzte mich, um meine schmerzenden Füße von den unbequemen neuen Schuhen zu erlösen. Ich knetete meine Fußsohlen und jeden einzelnen Zeh, bis ich das Blut wieder darin fließen spürte, dann holte ich ein paar abgetragene weiße Arbeitsturnschuhe aus meiner Tasche.

Es war Ende Mai, und die prallen Knospen an den Ästen sprangen endlich auf. Einer meiner ersten Gedanken, nachdem mir die Ärztin die Nachricht überbracht hatte, war, was für ein Glück ich hatte, nun ein für alle Mal den Winter hinter mir zu lassen. Nie mehr würde ich mich an der Bushaltestelle gegen den Nordwind stemmen müssen, würde mir der peitschende Schnee die Wangen aufritzen und würden sich Eiskristalle an meiner Nase bilden. Meine letzten Tage auf dieser Welt wären Tage voller grünem Gras und frischer Brisen, kühlem Sprühregen und salzigem Nebel und, mit etwas Glück, zwischendurch ein klein wenig Sonnenschein. Wenn es ein Leben nach dem Tod gab, was ich bezweifelte, dann bitte im immerwährenden Frühling.

Mein Telefon läutete und erinnerte mich daran, meine Medikamente zu nehmen. Mein Schutzschild gegen einen erneuten Anfall, mit dem vor ein paar Monaten alles angefangen hatte. Das erste Anzeichen, dass mit mir etwas ganz und gar nicht stimmte. Die Tabletten waren groß und hatten eine raue Oberfläche, und ich hatte nichts zu Trinken dabei. Ich stand von der Bank auf und ging zu einem kleinen Lebensmittelgeschäft am Ende der Straße. Ich stellte mich hinter einem uralten Mann an, der Lotterielose kaufte. Er schien dem Tod näher zu sein als ich. Was gedachte der Narr nur zu tun, wenn seine Losnummer gewinnen würde? Vielleicht hatte er für ordentlich Nachwuchs gesorgt, dem er seinen Gewinn vermachen konnte, oder vielleicht war es einfach eine Gewohnheit, die er nicht ablegen konnte. Der alte Mann bat den Verkäufer um zwei Schachteln Camel. Ich stellte mir vor, wie er jahrelang eine brennende Zigarette zwischen seinen nikotingelben Fingern gehalten hatte, und ich beneidete ihn. Ich schloss die Augen und konnte das Entzünden eines Streichholzes hören, spürte das heiße Stechen des ersten Zuges und sah den weißen Rauch ausströmen, während ich den Kopf nach hinten legte. Über zwei Jahrzehnte war es her, seit ich das Rauchen aufgegeben hatte. Die Menschen beglückwünschten mich zu meinem konsequenten Entschluss, gesünder zu leben, aber ganz ehrlich, hätte ich mir die steigenden Tabakpreise weiter leisten können, ich hätte bis zu meinem letzten Atemzug zwei auf einmal geraucht.

»Für die Dame nur das Wasser?«

»Ja. Nein. Moment. Bitte geben Sie mir noch eine Schachtel Rothmans und eine Packung Streichhölzer.«

Ich lief zurück zur Bank und wickelte die Schachtel aus der Folie. Ich nahm einen fest zusammengepressten Zylinder heraus, steckte mir das orange gesprenkelte Ende zwischen die Lippen, zündete ein Streichholz an und atmete den herrlich kratzigen Rauch ein. Es war, als beträte man einen wohlig warmen, mit Kaminfeuer beheizten Raum, nachdem man zwanzig Jahre lang vor der Tür in der Kälte ausgeharrt hatte. Ich rauchte die Zigarette bis auf den Filter hinunter und genoss das damit einhergehende schwummerige Gefühl. Mein Telefon meldete sich wieder, und ich holte die Tabletten heraus.

Eine weitere Zigarette, dann ein weiteres Taxi. Ich ließ mich tief in den Rücksitz sinken. Durch das Fenster sah ich die Hausdächer vor dem strahlenden Blau des Himmels vorbeifliegen. Ich fühlte mich unbeschwert, geradezu energiegeladen. Ich bat den Fahrer, zwei Straßen vor meiner Wohnung zu halten, und ging den Rest des Weges zu Fuß.

Meine Wohnung war von Sonnenlicht durchflutet, und ich stellte fest, dass ich sie nie zuvor mitten an einem Werktag gesehen hatte. Sie wirkte größer, geradezu geräumig. Vielleicht war geräumig etwas übertrieben, selbst im gleißendsten Licht. Sie bestand aus nichts weiter als ein paar Schuhkartons von Räumen mit hier und da einem zugigen Fenster. Ein sauberer Unterschlupf hinter einer verbeulten Metalltür am obersten Ende einer steilen Treppe. Ein Wohnzimmer, ein Schlafzimmer, eine zweckmäßige Küche und ein ebensolches Bad, alles vom Billigsten, und trotzdem die beste Wohnung, die ich als Erwachsene je ein Zuhause genannt hatte. Verglichen mit den vielen armseligen Behausungen, in denen ich vorher gewohnt hatte, war diese praktisch luxuriös. So viel Heizung und warmes Wasser, wie ich wollte. Ein funktionstüchtiger Kühlschrank und ein intakter Herd. Eine weiße Badewanne inmitten weißer Fliesen, die ich stets auf Hochglanz polierte. Versteckt im obersten Stock eines mit grünen Schindeln verkleideten Hauses in einer ruhigen Straße in der Nähe der Universität, die günstige Miete ein Zeichen der Anerkennung dafür, dass ich zehn Jahre lang das riesige viktorianische Haus von Mrs Heneghan, der betagten Mutter meines Vermieters, geschrubbt hatte. Sie war nun seit fast fünf Jahren tot.

Ich hatte viele Dinge von Arbeitgebern bekommen: abgetragene Kleidung, angeschlagenes, nicht zusammenpassendes Geschirr, angegraute Bettwäsche, Kisten voller Bücher, sogar einen Fernseher – alles benötigt und höchst willkommen. Besonders die Bücher, meine Schätze. Doch diese Wohnung war eine Geste, die ihresgleichen suchte und für die ich Mrs Heneghans wohlgeratenem Sohn unendlich dankbar war. Das gesamte erste Jahr, nachdem er mir die Schlüssel überreicht hatte, hatte ich in der ständigen Angst gelebt, dass er seine Meinung ändern und mich wieder hinauswerfen könnte. Jedes Mal, wenn ich den Scheck für die Miete unterschrieb, zitterten meine Hände, und ich bat stumm: Lass diesen Monat nicht der letzte sein. Inzwischen verschickte ich die Miete per Handy, das ich ebenfalls gebraucht bekommen hatte. Es war ein nutzloses, altmodisches Ding für den Teenie, durch dessen Saustall von Zimmer ich mir mehrmals pro Woche meinen Weg bahnte, aber ein Wunderwerk der Technik für mich.

Ich schälte mich aus meiner zerknitterten Kleidung, duschte, dann stellte ich mich in ein Handtuch gewickelt an das offene Schlafzimmerfenster, in der einen Hand eine Zigarette, in der anderen ein Glas Whisky, mein erster Drink seit sehr langer Zeit. Die Flasche war Teil eines Geschenkkorbs gewesen, den mir Mr Heneghan vor ein paar Jahren zu Weihnachten geschenkt hatte, und hatte seitdem ungeöffnet in meinem Küchenschrank gestanden. Ein kühler Windstoß streifte mich. Meine Haut kribbelte, und die Haare an meinen Armen stellten sich auf. Ich streckte den Kopf aus dem Fenster, schloss die Augen und atmete tief ein. Ich roch den Frühling, dahinter einen Hauch von Gebratenem. Butter und Zwiebeln. Geräusche drangen von der Straße zu mir hinauf – das Weinen eines Babys, klassische Musik aus einem Radio, ein Motor im Leerlauf, in der Ferne das Heulen einer

Sirene. Es war schier überwältigend. Vielleicht hatte dieses Ding in meinem Kopf meine Sinne geschärft, oder vielleicht hatte ich früher einfach nicht darauf geachtet. Ich fragte mich, was ich sonst noch alles verpasst hatte. Ich machte das Fenster zu und drückte die Zigarette auf einer angeschlagenen Untertasse aus.

Ich zog mir eine Jogginghose und ein bequemes T-Shirt an, dann setzte ich mich gedankenverloren vor den Fernseher. Wie seltsam und irritierend es war, zu dieser Tageszeit so untätig zu sein. Ich streifte durch die Wohnung und entdeckte allerlei Hausarbeit, die erledigt werden sollte, doch ich war zu müde, um mich für eine bestimmte zu entscheiden. Stattdessen schenkte ich mir ein weiteres Glas Whisky ein und streckte mich auf dem Sofa aus. Mein Körper war für eine Runde Schlaf, doch mein Kopf hatte andere Vorstellungen davon, wie man sich einen freien Nachmittag vertrieb. Seit dem Moment, als ich von dem Tumor erfahren hatte, hatte ich mich praktisch ausschließlich damit beschäftigt, wie ich diese Welt verlassen wollte, doch nun wanderten meine Gedanken in die Zeit zurück, als ich auf sie gekommen war, klopften vorsichtig Risse in die Vergangenheit wie ein Löffel auf einem Ei.

2

Mein Leben war vom Meer geprägt – dem eisigen Nordatlantik, der Neufundland umgibt. Hier wurde ich geboren, und hier werde ich sterben. Tatsächlich habe ich die Insel nicht ein einziges Mal verlassen.

Ich stamme aus einer Familie von Fischern, die sechs Generationen zurückreicht, direkt bis zu den frühen Siedlern von Safe Harbour, einem kleinen Ort an der Südküste. Mein Vater verbrachte seine Tage damit, den Ozean nach Kabeljau zu durchkämmen, und die Hände meiner Mutter kannte ich praktisch nur voller silberner Schuppen und Fischinnereien. Es waren Georgina und Patrick Delaney, die mir beibrachten, die Schönheit des Ozeans zu würdigen, für seine Schätze dankbar zu sein und vor seiner Kraft Respekt zu haben. Den Ozean zu fürchten und zu verachten, lernte ich allein.

Meine früheste Kindheitserinnerung ist die an die Stimme meiner Mutter. In den ersten zehn Jahren meines Lebens hörte ich sie öfter singen als reden. Kirchenlieder und Seemannslieder, Volksweisen und aktuelle Hits aus dem Radio. Ich bat sie immer, »Lukey's Boat« zu singen, dessen Rhythmus und sich ständig wiederholende Zeile »Aha, me boys a-riddle-i-day« mich verzückte, egal ob sie mich damit lautstark zum Essen rief oder sanft in den Schlaf sang, wenn ich krank war. Sie war die Solistin in unserer Kirche und der Mittelpunkt jeder Zusammenkunft: Taufen und Beerdigungen, Gartenfeste und Hochzeiten – ihre eigene eingeschlossen. Meine Großmutter schwärmte immer von der Hochzeit meiner Eltern, besonders von dem Moment, als meine Mutter sich die Seele aus dem Leib sang, während mein Vater sie über den Bogen seiner Geige hinweg anstrahlte. Meine Großmutter schwärmte außerdem immer davon, dass es die Musik gewesen war, die meine Eltern zusammengeführt hatte. In seinem Elternhaus, direkt gegenüber von dem meiner Mutter, begann mein Vater, bereits über die Saiten seiner Geige zu kratzen, da konnte er sie mit seinen kleinen Händchen kaum halten, und als seine Finger flinker wurden, stellte er sich ans offene Fenster und spielte und lockte meine Mutter damit zu sich wie eine Sirene.

Sie heirateten mit gerade einmal achtzehn Jahren – wie es 1960 für gläubige Katholiken üblich war. Doch anders als ihre Nachbarn, die Scharen von Kindern hatten, war ich ihr einziges Kind. Ich wusste nie genau warum, doch jedes Mal, wenn ich nach einem Geschwisterchen fragte, konnte ich selbst mit meinen Kinderaugen erkennen, dass ihnen meine Frage Schmerz verursachte. Eines Tages machten sie mir unmissverständlich klar, dass es nie weitere Kinder geben würde. Die Erklärung meiner Mutter lautete, dass es Gottes Wille sei, und dieser sei nicht infrage zu stellen. Abgesehen von einem Schwester- oder Brüderchen bekam ich alles, wovon ein Kind träumen konnte. Frittiertes, vor Butter triefendes Brot zum Frühstück. Selbstgestrickte Fäustlinge und Socken in allen Farben des Regenbogens. Geigenunterricht und täglich ein Gute-Nacht-Lied. Samstagnachmittage auf dem Boot meines Vaters. Ungestörte Stunden, in denen ich mit meiner besten Freundin Annie Malone bei Ebbe nach Muscheln stochern durfte. Ich wusste nicht, dass wir arm sind. Woher sollte ich das auch, wenn auf meinem Teller frischer, gebratener Kabeljau mit Kartoffeln und Karotten aus unserem Garten lag, wenn in dem schwarzen, gusseisernen Ofen in der Ecke ein Feuer brannte und am Haken an der Tür ein warmer Mantel hing. Alles wirkte verlässlich und sicher, geschützt und beständig.

Zwei Wochen nach meinem elften Geburtstag ertrank mein Vater beim Fischen auf stürmischer See, wurde zusammen mit seinen beiden Brüdern von dem eisigen, schwarzen Wasser verschluckt. In einer feierlichen Beisetzung wurde ihnen die letzte Ehre erwiesen – drei leere Kiefernholzsärge, die nebeneinander in den felsigen Boden gelassen wurden, während meine Mutter »The Parting Glass« sang, das Lieblingslied meines Vaters. Ihre Stimme war leise und klang seltsam kratzig. Ich starrte auf den Ozean hinaus, während sie sang, und hoffte, dass ihre Stimme die Kraft besaß, ihn zu uns zurückzubringen. Nach der Beerdigung stand sie im dichten Nebel am Ufer, mit angespannter, düsterer Miene, und schleuderte seine Geige in die Wellen. Sie verließ wochenlang ihr Bett nicht, starrte aus dem Fenster und schickte alle Besucher weg. Ich flehte sie an, aufzustehen, sich zu waschen und zu essen, mit mir an die Küste zu gehen, mir vorzusingen, doch sie legte mir nur die Hand an die Wange und rollte sich von mir weg. Als sie schließlich wieder aufstand, fürchtete ich mich vor dieser gebeugten, ausgezehrten Fremden.

Bevor mein Vater starb, stand ich jedes Jahr am Weihnachtsmorgen bei Tagesanbruch auf und schlich auf Zehenspitzen hinunter, um eine rote, mit Orangen und Schokolade und Pfefferminzbonbons befüllte Wollsocke zu plündern. Ich bekam auch immer ein kleines Geschenk – ein Buch oder ein Kartenspiel, Haarspangen oder Duftseifen. Meine Mutter stand tagelang in der Küche, machte Pasteten und Kuchen und einen goldfarbenen Truthahn mit samtiger Soße über Steckrüben und zartem Kohl. Mir taten die Zähne weh von den zuckrigen Plätzchen und dem frisch gebackenen, vom Sirup ganz klebrigen Brot. Am Abend kam jeder aus dem Ort, der ein Instrument spielen, einen Ton halten oder eine schöne Geschichte erzählen konnte, bei uns vorbei und drängte sich um unser Feuer. An diesem ersten Weihnachtsfest ohne ihn kamen die Leute auch, jedoch nur um in Geschirrtücher gewickelte Teller mit kaltem Essen und mitfühlende und ermutigende Worte zu bringen. Es gab keine Musik. Die rote Socke war weiterhin gefüllt, und es gab auch ein Geschenk von meiner Mutter (ein rosafarbener Schal, gestrickt von Mrs Malone), aber ich empfand keine Freude darüber.

Wir hatten außer uns beiden keine Familie. Wie ich war auch meine Mutter ein Einzelkind. Als sie geboren wurde, war ihre Mutter Anfang vierzig und ihr Vater fast fünfzig. Ihre Mutter starb an Krebs, als ich noch ein Baby war, und ihr Vater erlitt ein paar Jahre später einen tödlichen Herzinfarkt. Die Mutter meines Vaters, ebenfalls verwitwet, verzehrte sich vor Kummer und starb weniger als ein Jahr, nachdem ihre Söhne beerdigt worden waren. Die Menschen von Safe Harbour sprangen ein, um sich um uns zu kümmern. Mrs Malone versorgte uns mit warmen Abendessen, Mädchen gaben mir Kleidung, die ihnen nicht mehr passte, andere Mütter brachten Brot und Pasteten, andere Väter Fisch, andere Ehemänner erledigten Reparaturen im Haus. Ich trauerte still um meinen Vater. Ich vergrub mein

Gesicht in seinem kratzigen Wollpullover, bis er mit Tränen durchtränkt war, und sah jeden Tag in der Hoffnung aufs Meer hinaus, dass seine Geige zurück an die Küste geschwemmt werden würde. Abends lag ich in meinem Bett und ging meine Erinnerungen an ihn durch, immer auf die eine zusteuernd, die mir mehr als alles andere bedeutete.

Ich war fünf Jahre alt, als der Pfarrer, vor dem ich stand, einen mit Asche geschwärzten Daumen ausstreckte und mir das Kreuzzeichen auf die Stirn malte. Er sagte: »Denn Staub bist du und zum Staub zurück kehrst du.« Später an diesem Abend, als ich mit meinen Eltern am Esstisch saß, jeder von uns mit dem Zeichen unseres Glaubens auf der Stirn, fragte ich sie, warum Pfarrer O'Leary mich Staub genannt hatte. Meine Mutter sagte, er habe vom Kreislauf des Lebens gesprochen, was für mich keinen Sinn ergab. Ich sah meinen Vater an, und er erklärte mir, dass es um den Aufstieg in den Himmel ginge. Alles, was ich über den Himmel wusste, war, dass es irgendein weit entfernter Ort war, in den »gute Menschen« wie meine Granny und mein Grandpa gekommen waren, nachdem sie gestorben waren.

»Komme ich auch in den Himmel?«

Mein Vater streckte eine Hand aus und streichelte mir über die Wange. »Gewiss wirst du das. Aber das dauert noch ganz, ganz lange.«

»Wird es da staubig sein?«

Das dröhnende Lachen meines Vaters hallte durch die Küche. »Nein, mein Mädchen. Es wird dort genau so sein, wie du es haben möchtest.«

»Woher weiß ich, wie ich es haben möchte?«

»Denke einfach an den Ort, an dem du am glücklichsten bist, und dorthin wirst du kommen.«

Nachdem ich eine Weile darüber nachgedacht hatte, entschied ich mich für einen Tag im Sommer zuvor, der Tag, an dem mein Vater mir das Schwimmen beigebracht hatte. Ich ritt auf seinem Rücken über den felsigen Grund hinweg, dann paddelte ich zurück in Richtung Küste, wo meine Mutter stand, in die Hände klatschte und mich anfeuerte. Am Abend, als mein Vater zu mir ans Bett kam, um mir einen Gute-Nacht-Kuss zu geben, sagte ich ihm, dass ich nach meinem Tod im Ozean leben wolle. Er lachte und sagte, dass ich eine gute Wahl getroffen hätte. Dann fragte ich ihn, an welchem Ort er am glücklichsten sei. »Überall dort, wo du bist«, antwortete er und knipste das Licht aus.

Meine Mutter fand allmählich ins Leben zurück, doch sie blieb mir fremd. Ich wartete darauf, dass sie sich in die Frau zurückverwandelte, die sie einst gewesen war, doch das tat sie nie. Sie bewegte sich lautlos und langsam und blieb für sich, und wir lebten in einem Haus, das so still und leise war, dass ich mir oft wünschte, wir wären zusammen mit meinem Vater verschollen. Ich fand ein wenig Trost in Büchern. Jeden Donnerstagnachmittag lief ich zum Büchereiwagen und packte alles ein, was mich die alte Mrs McCarthy tragen ließ, dann verlor ich mich wieder und wieder in den Seiten von *Anne auf Green Gables* und *Der geheime Garten*. Tatsächlich aber war es die Schule, die mir durch diese Zeit hindurchhalf. Nette und aufmerksame Lehrer, Fleißbienchen und die Note 1 in roter Schrift oben auf Klassenarbeiten. Die Schule und Annie Malone.

Tage, nachdem ich von dem Tumor erfahren hatte, begann Annie, aus den Tiefen meiner Erinnerung an die Oberfläche zu steigen. Zunächst als zufällige Rückblende (wir zwei eng aneinander gekuschelt auf einem roten Schlitten, während uns ihr Bruder Gordie an Weihnachten durch einen Schneesturm zog) oder als lebhafter Traum (Annie als Jugendliche, die mit verbundenen Augen über einen Friedhof läuft und meinen Namen ruft). In den letzten Wochen jedoch schien sie mir zu folgen wie ein Schatten. *Phantom.*

Ich griff nach einer alten, gebundenen Ausgabe von *Kleine Frauen* auf dem Beistelltisch neben dem Sofa und fand den kleinen, blauen Umschlag, den ich zwischen den Buchseiten aufbewahrte. Ich nahm das körnige Schwarz-Weiß-Foto heraus. Ich konnte mich nicht erinnern, wann ich es das letzte Mal angesehen hatte. Vor zehn Jahren, vielleicht war es noch länger her. Es war zerknickt und verblasst, doch das Motiv war immer noch deutlich zu erkennen. Ein unendlicher, aufgewühlter Ozean, eine kiesige Küste und zwei Knirpse mit zartem Flaum auf den Köpfen, die sich hinter den Knien ihrer Mütter versteckten. Auf der Rückseite eine blasse, blaue Handschrift: »Frances und Annie, 1965.« Der klare Beweis, dass meine gute Freundin aus längst vergangenen Zeiten kein Hirngespinst war. Der eindeutige Beleg, dass wir einen gemeinsamen Anfang gehabt hatten, egal, wie sich die Dinge zwischen uns entwickelt hatten. *Monolithisch.*

Ich wachte auf, das Foto immer noch in der Hand. In der Wohnung war es dunkel und still. Mir tat von dem durchgesessenen Sofa der Rücken weh, und die wachgerufenen Erinnerungen lagen mir schwer auf der Seele. Ich schenkte mir einen Schluck Whisky ein und kletterte ins Bett.

Was haben Sie jetzt vor? hatte Dr. Bell mich gefragt. Ja, was genau hatte ich jetzt eigentlich vor? Das Haus der Clearys würde am nächsten Morgen auf mich warten. Sie würden meine letzten Kunden sein. Ich musste ihnen etwas sagen und zwar bald, aber was genau, hatte ich noch nicht entschieden. Dr. Cleary war wie ein Schatten in seinem eigenen Haus und würde vermutlich gar nicht mitbekommen, dass ich weg war. Mrs Cleary würde mühelos jemanden finden, der in meine ausgetretenen Fußstapfen trat. Doch dann war da noch Edith. Was für ein nüchterner Name für ein so fröhliches Mädchen. Ich konnte mir nicht erklären, wie eine so moderne, dynamische Mutter auf diesen Namen für ihre Tochter gekommen war, bis sie mir kurz nach meiner Einstellung zu Weihnachten *Das Haus der Freude* und *Zeit der Unschuld* von Edith Wharton geschenkt hatte. Da verstand ich es. Die kleine Edie Cleary, inzwischen sechzehn, war seit ihrem elften Lebensjahr unter meinen wachsamen, bewundernden Augen aufgewachsen. Mich von ihr trennen zu müssen, daran wollte ich nicht einmal denken.

Am nächsten Morgen kam ich zwanzig Minuten zu spät zur Arbeit. Ich raste in die Waschküche, schmiss die erste Maschine an, dann eilte ich weiter in die Küche. Überall Reste des Frühstücks. Halb volle Kaffeebecher auf der Kücheninsel, zwei leere Schüsseln und benutzte Löffel auf dem Tisch, Krümel auf der Arbeitsplatte vor dem Toaster, jedoch keine Spur von Edies morgendlichem Milchshake. »Smoothie, Frances, es heißt Smoothie«, sagte sie immer und verdrehte die Augen. Ich sorgte rasch für Ordnung, dann setzte ich Teewasser auf. Ich ließ mich am Tisch nieder und nahm mir einen Muffin. Für gewöhnlich fühlte ich mich in der Küche der Clearys nicht wie zu Hause, aber nach einer Nacht wie der vorherigen und dem hektischen Morgen, der darauffolgte, ging das schon mal in Ordnung.

Es hatte in den frühen Morgenstunden begonnen, ein dumpfes Hämmern in meinem Kopf, das sich jäh in einen stechenden Schmerz verwandelte, als hätte jemand ein Beil durch meinen Schädel gejagt. Ich wankte ins Bad, nahm eine der Tabletten, die man mir im Krankenhaus gegeben hatte – die, von denen ich steif und fest behauptet hatte, sie nicht zu brauchen –, und presste mir einen kalten Waschlappen auf die Augen. Ich legte meinen Kopf auf das Kissen und atmete tief ein und aus, bis der Schmerz begann nachzulassen. Ich döste ein, schreckte aber um halb vier schweißgebadet wieder hoch. Es war, als konnte ich spüren, wie der Tumor pulsierte und größer wurde, während er sich in meinem Gehirn ausbreitete wie ein großer hässlicher Tintenfisch. Ich habe einen riesengroßen Fehler gemacht, dachte ich. Ich hätte einlenken und ihnen erlauben sollen, ihn rauszuschneiden. Ich rang nach Luft, und ich spürte, wie sich der dunkle Raum um mich herum zuzog. Ich war überzeugt, dass ich nun sterben würde, und alles, woran ich denken konnte, war, dass ich dabei allein sein würde. Ich rollte mich in meinem Bett zu einer Kugel zusammen, schluchzte wie ein Kind, sehnte mich nach meiner Mutter und wünschte, ich würde noch an Gott glauben.

Dann hörte ich einen Vogel zwitschern. Ich öffnete die Augen. Im Zimmer war es hell, und mir ging es besser. Ich schrieb meinen nächtlichen hysterischen Anfall dem Whisky und diesen verdammten Tabletten zu, die ich außerdem dafür verantwortlich machte, dass ich vergessen hatte, den Wecker zu stellen, etwas, das mir noch nie passiert war. Ich sprang aus dem Bett, kämpfte kurz gegen den Schwindel an, duschte und stürmte aus der Wohnung, ohne auch nur einen Schluck Wasser getrunken zu haben. Es grenzte an ein Wunder, dass ich es überhaupt bis hierher geschafft hatte.

Ich putzte seit fast fünf Jahren das Haus der Clearys. Es war der beste Job, den ich je gehabt hatte. Das Haus war groß, aber einfach zu handhaben, hell, modern, einstöckig, mit großen, offenen Räumen und wenig Möbeln. Keine überladenen Antiquitäten oder verspielten Kronleuchter, stattdessen Oberflächen, die mit einem einzigen Wisch glänzten. Alles elegant und reduziert. Selbst wenn es nicht sauber war, täuschte es vor, sauber zu sein, und hatte ich meinen Zauberstab geschwungen, funkelte es wie die Brillantringe von Mrs Cleary.

Sie zahlten mir das Doppelte meines üblichen Honorars und vergüteten mir damit zusätzliche Aufgaben wie das Abendessen vorbereiten, Besorgungen erledigen und ihre sanftmütige Tochter hüten, während sie ihre fünfzig bis sechzig Stunden pro Woche arbeiteten oder über die Wochenenden irgendwohin jetteten. Er war plastischer Chirurg, Gesichtsstraffungen, Brust-OPs und dergleichen, sie war Marketingchefin in einem Verlag, vermarktete hiesige Autoren, die neuerdings auf dem Vormarsch waren. Sie hatte ein Büro (sie nannte es ihr Lesezimmer) neben der Küche. Es war voller Bücherregale, die von oben bis unten gefüllt waren und aus denen ich mir ausleihen durfte, was immer ich wollte.

Ich hatte Mrs Cleary in meiner Bücherei kennengelernt, die in der Allandale Road, wo ich praktisch jede freie Minute verbrachte. Ich stand gerade vor der Ausleihe und wartete darauf, meine wöchentliche Buchration registrieren zu lassen, als eine große, schlanke, hübsch gekleidete Frau an mir vorbeilief und meine Bibliothekarin Hillary auf beide Wangen küsste. Ihr Gespräch schien ewig zu dauern, und ich wurde allmählich ungeduldig, als Hillary mich zu ihnen herüberwinkte. »Sagen Sie, nehmen Sie noch neue Kunden an?«, hatte sie gefragt. *Kunden.* Oh, wie ich den Klang dieses Wortes liebte, und ich beschloss, sofort zuzugreifen. Ich war zum damaligen Zeitpunkt mehr als offen für neue Kunden. Ich hatte mich fast zehn Jahre lang bei Mrs Heneghan abgerackert. Sie hatte einen schweren Schlaganfall erlitten und starrte seit einem Monat stumm eine Krankenhausdecke an, die demnächst gegen die Decke eines Pflegeheims ausgetauscht werden sollte. Die arme Dame. Ich schlug mich seitdem mit Gelegenheitsjobs durch, fieberhaft auf der Suche nach etwas Festem, und zog bereits in Erwägung, wieder in Hotels anzuheuern.

Hillary stellte mich ihrer Freundin aus der Uni vor, deren Haushälterin sich aufs Festland abgesetzt und sie verzweifelt zurückgelassen hatte. »Vollkommen verzweifelt«, sagte Liz Cleary. Als ich ihr anbot, vorbeizukommen und mir ihr Haus anzusehen, griff sie nach meiner Hand, packte sie regelrecht und schüttelte sie stürmisch. Ihre Lippen formten ein breites Lächeln und gaben strahlend weiße Zähne frei. *Suspekt.*

Der Besuch bei Mrs Cleary dauerte keine zwanzig Minuten, in denen sie mich ein Mal durch das Haus führte. Meine Anstellung war für sie offenbar bereits beschlossene Sache. Sie entschuldigte sich mehrfach für die Unordnung, die nur ihr auffiel. Abgesehen vom Zimmer ihrer Tochter war es das ordentlichste Haus, das ich je gesehen hatte. Wir beendeten den Rundgang in der strahlend weißen Küche, in der ich zwei Geschirrspülmaschinen entdeckte. Du und ich werden bestens miteinander auskommen, sagte ich im Stillen zu dem Haus. Was Mrs Cleary betraf, so hielt ich mich mit einem Urteil über sie vorerst zurück.

So manches Mal war der Start mit den Frauen – und es waren immer Frauen –, die mich einstellten, glücklich verlaufen, doch dann liefen die Dinge oft aus dem Ruder, das sich einfach nicht mehr herumreißen ließ. Wie bei Mrs Whelan, deren Mann – dieser Schmierlappen – mir ständig lüsterne Blicke zugeworfen hatte. Eines Tages, ich schrubbte gerade auf allen vieren den Küchenboden, kam sie herein und traf ihn dabei an, wie er praktisch über mir lungerte und mein aufgerichtetes Hinterteil anstarrte. Ich wurde auf der Stelle gefeuert – zur Hintertür hinausgejagt, als wäre ich der Hund, der ihr Heim besudelt hätte. Ich war gedemütigt und wütend. Erst später an diesem Abend fiel mir ein, dass sie mir noch vierzig Dollar schuldete. Ich rief sie dreimal an und hinterließ drei höfliche Nachrichten, doch ich hörte keinen Ton von ihr. Sechs Monate hatte ich den dreckigsten Leuten hinterhergeputzt, denen ich jemals begegnet war, und das war der Dank. Ich sah sie ein paar Monate später im Supermarkt. Während ich zwei Kunden hinter ihr an der Kasse wartete, malte ich mir aus, wie ich jeden in Hörweite darüber ins Bild setzte, in welch ekelerregendem Zustand sich Mrs Whelans Haus befand. Sie hatte allerdings nichts dergleichen von mir zu befürchten – so war ich nicht, und ich brauchte mein Geld. Sie bezahlte und ging in Richtung Ausgang. Ich ließ meinen Einkaufswagen stehen und folgte ihr nach draußen. Als ich auf dem Parkplatz auf sie zuging, verstaute sie gerade ihre Einkäufe im Kofferraum. Ich nahm all meinen Mut zusammen und war kurz davor, sie anzusprechen, da warf sie mir einen vernichtenden Blick zu, und ich begriff, dass ich nicht taff genug war, um es mit ihr aufzunehmen. Ich hielt den Mund und ging weg. Würde ich sie heute treffen, würde ich mir nicht auf die Zunge beißen, ganz egal, ob es ihr gefiel oder nicht.

Der Tee schmeckte wunderbar. Ich hielt den Becher mit beiden Händen umschlossen und stellte mir vor, es wäre meine Küche, in der ich saß, meine Aussicht auf meinen gepflegten Garten. Das Haus wartete auf mich, und die Zeit verstrich, aber das Morgenlicht war zu schön und der Moment zu kostbar, um sich hetzen zu lassen. Dann klingelte mein Telefon, und der Moment war vorbei.

»Frances, sind Sie schon im Haus?«

»Ja, Mrs Cleary. Es tut mir leid, dass ich heute etwas später dran bin. Es kommt nicht mehr vor.«

»Hören Sie, ich stecke furchtbar in der Klemme. Mein Chef hat beschlossen, dass ich heute Abend zu einer Buchpräsentation in Halifax sein muss, und Robert ist heute Morgen zu einer Konferenz nach Vancouver geflogen. Jetzt bin ich ganz panisch, weil es Edie nicht gut geht. Sie lag noch im Bett, als ich gegangen bin.«

»Edie ist da?«, fragte ich, überrascht zu hören, dass sie die ganze Zeit im Haus gewesen war, ohne dass ich es wusste. »Es ist doch nichts Ernstes, oder?«

»Unter uns gesagt, sie hat wahrscheinlich nur einen Kater. Ich weiß, es ist unglaublich kurzfristig, aber besteht irgendwie die Möglichkeit, dass Sie heute bei ihr übernachten und auch morgen noch bleiben?«

»Ja, ja, natürlich. Ich kann bleiben. Kein Problem.«

»Frances, Sie sind meine Rettung. Ich komme morgen am späten Abend zurück. Ich lasse mein Handy an, für den Fall, dass Sie mich brauchen.«

Ich legte auf und trank schnell meinen Tee aus. Ich schenkte ein Glas Ginger Ale ein, nahm einen Putzeimer, kleidete ihn mit einer Plastiktüte aus und machte mich auf den Weg zu Edies Zimmer. Ein Kater. Sicher nicht. Jeder andere Jugendliche in der Stadt vielleicht, aber nicht Edie. Ich klopfte leise an ihre Tür und öffnete sie einen Spalt. Der Boden war mit Kleidungsstücken übersät, auf dem Nachttisch türmten sich Gläser und Teller, über die weiße Bettdecke zog sich irgendein dunkler Streifen. Es war mir ein Rätsel, dieses Mädchen, mit seinen endlosen Duschorgien und den gebügelten T-Shirts, seiner akkuraten Handschrift und den sorgfältig erledigten Hausaufgaben. Doch dieses Zimmer hatte ich schon vor langer Zeit aufgegeben.

Sie schlief auf dem Rücken, ihre schlaffen, dunkelblonden Haare lagen aufgefächert auf dem Kissen, und ihr Atem pfiff leise, während er in und aus ihrem geöffneten Mund strömte. Gewiss, sie war keine Schönheit, ihre Gesichtszüge wollten irgendwie nicht recht zueinanderpassen, aber das sagte genau die Richtige. Alles, was ich sah, waren ihre warmen, braunen Augen und ihr bezauberndes, schiefes Grinsen. »Sie ist so reizlos«, hatte ihre umwerfende Mutter eines Morgens zu ihrem attraktiven Vater gesagt, als ich gerade das Geschirr abräumte. Ich war fassungslos, wie grausam Mrs Cleary über Edie urteilte. Meiner Meinung nach hatte die Schönheit der Eltern Edies Schale einfach irgendwie übersprungen und ruhte irgendwo im Kern, von wo aus sie in ihrer Intelligenz und in ihrem Scharfsinn zutage trat, in ihrer Liebenswürdigkeit und in ihrer Fähigkeit, zu lieben und sich um andere zu sorgen. Worauf sonst kam es im Leben an? Jeder Mensch, in dessen Brust ein Herz schlug, konnte erkennen, wie herzensgut dieses Mädchen war, aber reizlos? Gott bewahre! Dann fragte Mrs Cleary ihren Mann, was seiner Meinung nach getan werden könnte, um Edies Nase »in Ordnung zu bringen«? Und was, bitte schön, ist mit Ihnen nicht in Ordnung, Mrs Cleary?

Ich hatte Edie nicht mehr so schlafen gesehen, seit sie ein Kind gewesen war. Jetzt war sie mehr Frau als Mädchen, und ihr Anblick berührte und ängstigte mich gleichermaßen. Ich würde sie nie älter kennen als so. Ich würde nie wissen, wie sie sich entwickelte, und der Gedanke löste einmal mehr den Drang in mir aus, den Chirurgen anzurufen und ihm zu sagen, er solle anfangen, sich die Hände zu schrubben.

Ich tauschte vorsichtig ein leeres Glas auf ihrem Nachttisch gegen das Glas mit dem Ginger Ale aus und ersetzte ihren Papierkorb mit dem Putzeimer, dann schloss ich die Tür. Außer Taschentüchern und Schokoriegelverpackungen war nichts im Müll. Ein gutes Zeichen, dachte ich, während ich alles in der Garage in die Tonne leerte. Ein Knäuel Taschentücher fiel auf den Boden, und ein blauweißer Stift schepperte über den Beton. Ich hob ihn auf und warf ihn zu dem anderen Müll in die Tonne. In dem Moment, als er meine Hand verließ, begriff ich, dass es überhaupt kein Stift war. Ich hatte die Werbespots oft genug gesehen – die mit den hübschen, jungen Frauen, die lachten und sich freuten. Die weinenden zeigte nie jemand. Ich holte ihn wieder aus der Tonne und hielt ihn gegen das Licht. Ein fettes, blaues Pluszeichen starrte mir entgegen. Ach, Edie, was für ein Schlamassel. Dieses gewissenhafte, kluge Mädchen war in die älteste Falle der Welt getappt. Es gab nichts, worüber ich in diesem Haus nicht Bescheid wusste, so wie ich in allen Häusern, in denen ich geputzt hatte, über alles Bescheid gewusst hatte, doch mir fiel nichts ein, das darauf hingedeutet hätte. Es gab keinen Jungen. Nun ja, offensichtlich gab es einen – nur keinen, den ich je zu Gesicht bekommen hatte. Schweißperlen begannen sich an meinem Haaransatz zu bilden.

Ich wickelte den Teststreifen in eine weiße Plastiktüte, dann sicherheitshalber in eine zweite und stopfte ihn tief unter den anderen stinkenden Müll. Ich ging zurück in die Küche, besann mich eines Besseren, lief zurück in die Garage, fischte die Tüte aus der Tonne und schlüpfte zur Hintertür hinaus. Ich lief die Straße hinunter, über einen Block weit, und entsorgte sie in dem Mülleimer vor dem kleinen Supermarkt. Als ich zurückkam, stand Edie vor der offenen Kühlschranktür.

»Guten Morgen, Edie. Geht es dir besser?«

»Hey, Frances. Ja, scheint was rumzugehen.«

»Ja, scheint so. Soll ich dir etwas zu essen machen?«

»Nein, hab keinen Hunger.«

Sie schlurfte vom Kühlschrank zu einem Hocker vor der Kücheninsel und sackte darauf zusammen, ihr Antrieb schien verflogen. Hektische Energie erfasste mich, das dringende Bedürfnis, aktiv zu werden und die Sache irgendwie in Ordnung zu bringen. Ich ahnte, dass selbst die kleinste Einmischung von mir uns beide verändern würde. Der Gedanke faszinierte und ängstigte mich. *Scheideweg.*

Ich legte ihr eine Hand auf den Hinterkopf. Sie griff nach oben und legte ihre Hand auf meine. Ein Kribbeln schoss mir den Arm hinauf. Ich wurde nur selten von anderen Menschen berührt, und die Berührung dieses Wesens stellte eine derart innige Freude dar, dass es fast wehtat. Kurz nachdem wir uns kennengelernt hatten, war Edie vom Fahrrad gefallen. Während ich ihr Knie säuberte und verband und dabei fieberhaft überlegte, was ich ihrer Mutter sagen sollte, beugte sie sich vor und legte mir ihre kleinen Hände auf die Schultern. Mir ging das Herz auf, sprudelte über, und ich befürchtete, in Tränen auszubrechen und das arme Kind zu

Tode zu erschrecken. Inzwischen war es für sie ganz normal, die Arme um mich zu schlingen, wann immer ihr danach war, und ich ließ es gern geschehen. Müsste ich mich für eine einzige Sache entscheiden, die ich an diesem Leben wirklich vermissen würde, es wäre die Umarmung der kleinen Edie Cleary.

Ich schickte sie mit einem Toast und einer Orange zurück ins Bett, dann machte ich mir einen weiteren Tee, nahm den Becher mit nach draußen und zündete mir eine Zigarette an. Ich ging im Kopf die Aufgaben des Tages durch – Wäsche, Abwasch, Einkauf – nur um nicht permanent an diesen Test mit dem Pluszeichen denken zu müssen. Plötzlich hörte ich eine Stimme, als würde mir ein Fremder ins Ohr murmeln. Sie war kaum da, da war sie schon wieder weg, sodass ich nicht genau verstehen konnte, was sie gesagt hatte.

Ich drehte mich um und erwartete, Edie zu sehen, doch sie war nicht da. Nur ich und mein Tee und meine Zigarette, die bis zum Filter runtergebrannt war. Ich stellte den Becher im Gras ab und ließ meinen Blick ein weiteres Mal über den Garten schweifen. Es war einer dieser Vormittage, an dem das Versprechen auf Frühling förmlich in der Luft lag. Ein blauer Himmel durchzogen von flauschigen Wolken. Kein Lüftchen. Ein einzelner zwitschernder Vogel. Der Geruch von Erde und vom Rauch der Zigarette.

»Frances. Frances, bitte kommen. Erde an Frances.«

Ich fuhr herum, blinzelte und stellte Edie scharf.

»Geht's dir gut?«, fragte sie. »Du siehst komplett benebelt aus.«

Ich hob meinen Becher auf und ging auf sie zu. »Mir geht es gut. Ich war nur in Gedanken. Ich muss mich um die restliche Wäsche kümmern.«

Sie wedelte mit einer Hand vor ihrem Gesicht herum. »Oh mein Gott! Hast du etwa geraucht?«

»Kümmere dich nicht um mich, mach dir lieber Sorgen um dich.« Ich scheuchte sie ins Haus zurück. »Geh wieder ins Bett, ich schaue dann gleich nach dir.«

Ich nahm meine Morgentablette und zog mich um. Gegen zwölf hatte ich mein Pensum fast geschafft. Ich legte gerade Bettlaken in der Wäschekammer zusammen, als ich die Stimme wieder hörte. Ich kannte sie nicht, aber sie war klar und deutlich, als käme sie von einer Person, die direkt neben mir stand. Zwei gehauchte Worte: »Lass los.«

Ich spürte einen mir bekannten Druck in der Brust aufsteigen, diesen altbekannten Vorboten der Panik, die mich fast mein ganzes Leben lang begleitete. Ich presste mir eine Hand auf das Brustbein, um sie niederzuzwingen, blieb reglos stehen und dachte mit Entsetzen darüber nach, dass der Tintenfisch in meinem Kopf womöglich die Fähigkeit entwickelt hatte zu sprechen. Ich ließ mich auf den Boden sinken und lehnte mich mit dem Rücken gegen das kühle Metall der Waschmaschine. Ich massierte mir behutsam die Kopfhaut, zu welchem Zweck wusste ich selbst nicht, außer dass es sich gut anfühlte. Ich keuchte und wartete darauf, dass sich mein Brustkorb entspannte. Während ich allmählich wieder besser Luft bekam, ließ auch der Druck nach und eine makabre Neugier trat an seine Stelle. Ich hatte von Menschen mit Tumoren wie meinem gehört, die besondere Fähigkeiten entwickelt hatten, bevor sich ihre Gehirne gänzlich zersetzt hatten. Ein fotografisches Gedächtnis zum Beispiel oder Hellsehen. Vielleicht würde mich der Tintenfisch mit etwas Ähnlichem beglücken. Oder er hätte wenigstens die Güte, mir zu sagen, was ich als Nächstes tun sollte. »Was loslassen?«, flüsterte ich in den leeren Raum. Ich saß ganz still da, horchte konzentriert, doch es kam keine Antwort. Na, bravo! War das nicht einfach großartig? Eine erwachsene Frau zusammengesackt auf einem Waschküchenboden, die darauf wartete, dass ihr der gestörte Zellklumpen in ihrem Kopf einen klugen Rat gab. Als mir die Absurdität der Situation bewusst wurde, begann ich zu lachen – aus voller Brust, so schallend, dass ich die Beine übereinanderschlug aus Angst, mir in die Hose zu machen. Ich konnte mich nicht erinnern, wann ich das letzte Mal so lauthals gelacht hatte. Es hinterließ ein erfrischtes und seltsam gelassenes Gefühl. Wenn der Tintenfisch vorhatte, mich heute in den Wahnsinn zu treiben, dann hatte er Pech gehabt. Ich hatte einen schwangeren Teenager an der Backe und keine Zeit, den Verstand zu verlieren. Das würde warten müssen. Ich stand auf, stopfte eine Ladung Handtücher in den Trockner, dann machte ich mich auf den Weg zu Edies Zimmer.

3

Ihre Tür stand offen, trotzdem klopfte ich leise an.
»Komm rein«, sagte sie.

Sie lag auf der Seite mit dem Rücken zu mir. Ich lehnte mich gegen den Türrahmen und atmete ein paar Mal tief durch. »Was hast du jetzt vor?«

Sie rollte sich herum. »Wie vor?«

»Du weißt, was ich meine.«

Sie wurde kreidebleich, bevor sie anfing zu weinen. »Woher weißt du das?«

»Edie, mir entgeht hier quasi nichts. Ich bin wie eine alte Eule, die oben in einem Baum sitzt und beobachtet, was unten passiert. Abgesehen davon habe ich den Test in deinem Müll gefunden.«

Überrascht riss sie die Augen auf.

»Was?«, fragte ich. »Dachtest du, der Müll wandert von allein nach draußen?«

»Nein«, sagte sie. »Ich kann mich nur nicht daran erinnern, dich jemals so viele Sätze am Stück sagen gehört zu haben.«

»Unsinn. Wie war das zum Beispiel, als du Angina hattest? Wie viele Bücher habe ich dir da von vorne bis hinten vorgelesen? Harry, der Zauberer, den ganzen Tag. Ich bin fast wahnsinnig geworden.«

Sie griff nach einem Taschentuch und wischte sich die Tränen ab. »Das ist Jahre her und nicht das Gleiche.«

»Na ja, verzweifelte Situationen und so weiter.«

Sie setzte sich auf und lehnte sich gegen das Kopfteil aus Rattan. »Du musst mir versprechen, dass du Mom nichts sagst. Bitte, du darfst es ihr nicht sagen – ich flehe dich an.«

»Kein Grund zur Sorge, Kind. Es würde mir nicht im Traum einfallen, ihr oder irgendjemand anderem davon zu erzählen. Also, was hast du jetzt vor?«

»Ich schätze, ich habe keine wirkliche Wahl.«

Na, großartig! »Doch, Edie, die hast du. Und du tust gut daran, an all die Frauen vor dir zu denken, deren einzige Wahl ein Kind oder ein Kleiderbügel war. Und jetzt Mund zu, sonst werden die Milchzähne sauer.«

Sie lachte und putzte sich die Nase. »Meine Güte, Frances, entspann dich. Ich weiß, wer Gloria Steinem ist. Was ist denn heute los mit dir?«

Ich setzte mich ans Fußende ihres Bettes. »Wer ist der Junge?«

Sie zögerte, und ich konnte sehen, dass sie unsicher war, ob dieser neue Boden, den wir soeben betraten, fest genug war, um offen zu sprechen.

»Ich gebe dir mein Wort. Was immer du mir sagst, ich nehme es mit ins Grab.«

Ihr Kopf kippte nach vorn, und sie stieß einen langen Atemzug aus. »Mein Freund Colin. Er ist der Wahnsinn, ehrlich. Unfassbar schlau, saukomisch, irre schön, aber stockschwul. So viel dazu.«

Ich blinzelte sie an. »Schwule Jungs schwängern junge Mädchen. Ist das jetzt in?«

»Er war sich nicht hundert Prozent sicher, deshalb hab ich ihm vorgeschlagen, Sex mit ihm zu haben, verstehst du, damit er es ein für alle Mal weiß. Außerdem wollte ich das erste Mal mit jemandem schlafen, den ich liebe. Win-win. Aber jetzt ist die Sache klar, und er steht nicht auf Frauen.«

Ich musste ein Lachen unterdrücken, so absurd war diese Situation. Ich stellte mir vor, wie die beiden diesen Plan ausgeheckt hatten, und fand es ebenso herzerwärmend wie dämlich.

»Egal«, fuhr sie fort, »jedenfalls ist das Kondom gerissen. Entweder haben wir nicht genug Gleitgel benutzt oder –«

»Okay, okay«, unterbrach ich sie. »Erspare mir die Details. Was sagt Colin dazu?«

»Ich hab es ihm nicht gesagt. Er hat sich gerade erst vor seinen Eltern geoutet, und ich will nicht, dass er durchdreht. Nicht jetzt. Im Grunde weiß ich gar nicht, ob ich es ihm überhaupt sagen will, was irgendwie egoistisch ist, oder?«

»Edie, du bist vieles, aber sicher nicht egoistisch. Du tust, was du für richtig hältst, und lässt dir nicht reinreden.«

Doch ich wusste ganz genau, dass sie längst entschieden hatte, was das Richtige für sie war. In dem Moment, als sie gesagt hatte, dass sie es ihm noch nicht erzählt hatte, wusste ich, dass sie sich bereits alles ganz genau überlegt hatte, so wie sie es immer tat.

»Ich hab heute Nachmittag einen Termin in der Frauenklinik.«, sagte sie. »Kommst du mit?«

»Oh, ich weiß nicht. Wenn deine Mutter das erfährt, wird sie-«

»Bitte! Du musst mitkommen.«

Sie schloss ihre Finger um mein Handgelenk, und ich hörte mich tief und laut ausatmen.

»Oh nein«, sagte sie. »Du hältst es für eine Sünde oder so was, stimmt's?«

Die Luft in dem Zimmer fühlte sich plötzlich heiß und stickig an. Ich schüttelte den Kopf, um Zeit zu gewinnen, bis ich wieder sprechen konnte.

»Lass mich einfach darüber nachdenken, okay? Ruhe dich etwas aus, während ich mich um das Haus kümmere.«

Ich ging raus in den Garten und wartete, bis meine Hände ruhig genug waren, um ein Streichholz zu entzünden. Ich sog den Rauch ein, und mit ihm stieg plötzlich Verärgerung in mir auf. Ich ärgerte mich über dieses süße, verängstigte Mädchen, das, ohne es zu wissen, einen Tunnel in die Vergangenheit geöffnet und mich mit ihren Worten hineingestoßen hatte.

Es war ein Nachmittag im Spätfrühling, und Annie und ich liefen von der Schule nach Hause. Wie verschieden wir waren – ich, spindeldürr, unscheinbar, über die Maßen zurückhaltend und auf ewig in Annies Schatten welkend, sie, mit ihren glänzenden schwarzen Locken und ihrer rosigen Haut, ihrem sonnigen Gemüt und ihrem Händchen für andere Menschen. Und doch standen wir uns näher als sämtliche Schwestern, die wir kannten, waren untrennbar praktisch seit dem Tag unserer Geburt.

Als Kinder waren wir an den Wochenenden, Feiertagen und den ganzen Sommer hindurch den Trampelpfad zwischen unseren Häusern hin und her gestapft, mit Kissen und Schlafanzügen unter den Armen, um eine Nacht bei ihr, die nächste bei mir zu verbringen. Annie lag dann an mich gekuschelt hinter mir, ich wärmte mir meine kalten Füße an ihren warmen und spürte beim Einschlafen ihren Atem in meinem Nacken. Selbst mit sechzehn verbrachten wir noch viele Nächte so, quetschten unsere heranwachsenden Körper in unseren schmalen Betten neben- und übereinander. Sie brachte ihre Zeitschriften mit und plapperte ununterbrochen, ich brachte meine Schulbücher mit und hörte zu. Damals musste ich mir furchtbar viel über Donny Doyle anhören. Ich interessierte mich nicht für langweilige, schlaksige Jungs – ich verstand gar nicht so richtig, welchen Zweck sie eigentlich erfüllten –, aber Annie war geradezu verrückt nach den Donnys dieser Welt.

Ich zupfte Annie am Ärmel ihrer Jacke. »Los, beeil dich! Ich will vor dem Essen mit den Hausaufgaben fertig sein.«

»Diese Augen. Ich schwör dir, eines Tages werde ich in Ohnmacht fallen, wenn er mich ansieht«, sagte sie.

»Annie, ich ertrage kein weiteres Wort mehr über Donny Doyle oder dieses blöde Lagerfeuer.«

»Oh bitte. Du musst mitkommen«, bettelte sie.

»Ich will aber nicht.«

»Mal ehrlich, wenn ich dich dir selbst überlasse, endest du noch als klappriges, altes Skelett auf einem Dachboden zwischen verstaubten Büchern. Deine Mutter kommt auch mal einen Abend ohne dich klar.«

»Genau das ist es ja. Du wirst mich mir selbst überlassen. Du wirst viel zu beschäftigt damit sein, Donny anzuschmachten, um dich um mich zu kümmern. Ich werde den ganzen Abend allein rumsitzen und mich zu Tode langweilen.«

»Ich werde dir nicht von der Seite weichen. Nicht eine Minute.«

»Ja, klar. Manchmal vergisst du, wie gut ich dich kenne.«

»Ach ja, Fräulein Schlaumeier? Dann weißt du bestimmt auch, dass meine Mutter der Meinung ist, ich bräuchte dich in meiner Nähe, um auf dem Pfad der Tugend zu bleiben. Sie lässt mich nur hingehen, wenn du mitkommst.«

»Ah, jetzt verstehe ich, warum meine Anwesenheit erwünscht ist.«

»Okay, du hast mich erwischt. Aber abgesehen davon will ich wirklich, dass du mitkommst, und nicht nur mir zuliebe. Es wird dir guttun, mal rauszukommen. Du wirst dich blendend amüsieren, versprochen.«

Ich ging schneller, wohl wissend, dass sie bis zum Sonnenuntergang auf mich einreden würde, wenn sie es müsste.

»Frances, bleib stehen und schau mich an. Ich werde vor Kummer sterben, wenn ich dieses Lagerfeuer verpasse. Das ist dann allein deine Schuld, und ich fürchte um dein Gewissen und um das Schicksal deiner Seele.«

Ich imitierte die Stimme unseres Schuldirektors. »Miss Malone, es werden keine zwei Minuten vergehen, und Sie und Donny Doyle werden verschwunden sein. Und in Anbetracht dessen, was Sie und Mr Doyle dann anstellen werden, würde ich sagen, dass es das Schicksal Ihrer Seele ist, um das Sie sich sorgen sollten.«

Sie lachte. »Vergib mir, Vater, denn ich habe gesündigt. Es ist zwei Wochen her, dass ich das letzte Mal befummelt wurde.«

Wir sagten das nur halb im Spaß. Es war das Jahr 1978, und jenseits unserer Küsten befand sich die Welt im Wandel. Safe Harbour jedoch befand sich fest in den Händen der katholischen Kirche. Es war, als gäbe es eine riesige, sich am Meeresgrund entlangschlängelnde Nabelschnur, die die gesamte Insel direkt an den Vatikan anband und uns ununterbrochen Schuld und Scham einimpfte. Die Pfarrer und Nonnen warnten uns unaufhörlich vor den Gefahren der »Selbstbefleckung« und »Unzucht« und erwarteten dann, dass wir niederknieten und beichteten und die Biologie mit dem Rosenkranz niederrangen. Alles, was die Pfarrer und Nonnen zum Thema Sex zu sagen hatten (und zu unzähligen anderen Themen), war für mich ein Haufen Blödsinn. Ich hatte eine fleischliche Sünde noch nicht einmal in Erwägung gezogen, geschweige denn begangen. Für Annie hingegen war es, als würde sie Tag für Tag mit Gott persönlich Krieg führen.

»Also, kommst du jetzt mit oder nicht?«, fragte sie.

Die Frage, ob ich das für sie tun würde, stellte sich nicht. Die Frage, die sich vielmehr stellte, war, was ich nicht für sie tun würde. Annie wusste, dass ich nicht gern mit Mitschülern außerhalb der Schule zusammen war. Sie hielt mich für schüchtern, einen Bücherwurm, doch in Wahrheit hatte ich Angst. Angst davor, das Falsche zu sagen, etwas Dummes zu machen, angestarrt und verurteilt zu werden. Ich sehnte mich danach, dazuzugehören, aufgenommen und anerkannt und bewundert zu werden wie Annie. Und sie wurde von niemandem so bewundert wie von mir. Nein, *bewundert* war nicht das richtige Wort. Das war ein Wort für alle anderen Menschen, die sie kannten. Meine Gefühle gingen in Richtung Anbetung, mit lediglich einem Hauch von Neid. Nicht die blanke Eifersucht, die ich anderen Mädchen ansah, wenn sie Jungs dabei erwischten, wie sie Annies aufblühenden Körper anstarrten. Ich wünschte mir einfach, mehr zu sein wie sie und weniger wie ich. Sie war alles, was ich nicht war, die fehlende Hälfte, die mich komplett machte. Der einzige Mensch, der das ständige Quietschen in meinem Kopf zum Verstummen brachte. Und ich hatte das tiefe Bedürfnis, in ihrer Nähe zu sein, wann immer es möglich war. Wenn wir zusammen waren, hatte ich das Gefühl, etwas wert zu sein, als wäre ich jemand, der auch jenseits des Schattens seiner trauernden Mutter existierte, jemand, der sich an einem kühlen Frühlingsabend auf eine Party am Ufer traute.

»Oh Herrgott noch mal! Ja, ich komme mit«, sagte ich, und sie fiel mir um den Hals. Ich stand da, vergrub mein Gesicht in ihren weichen Haaren und wünschte, wir würden für den Rest unseres Lebens so stehen bleiben.

Ich wachte an diesem Freitagmorgen schweißgebadet auf und brachte keinen Bissen herunter. Den ganzen Tag plagten mich Kopfschmerzen in der Schule, und jedes Mal, wenn Annie das Lagerfeuer erwähnte, drehte sich mir der Magen um. Im Matheunterricht schob sie mir einen Zettel zu, auf dem stand, dass Donny sie gefragt hatte, ob sie zusammen runter zum Strand gehen würden, was sie für ein sicheres Zeichen hielt, dass sie eine richtige Verabredung hätten. Ich knüllte die Nachricht in meiner schwitzigen Hand zusammen. Der Abend hatte noch nicht einmal angefangen, und ich war schon allein. Auf dem Heimweg fragte sie mich, ob es mir etwas ausmachen würde, sie auf der Party zu treffen. Ich lächelte nur und sagte ihr, dass es mir überhaupt nichts ausmachte.

Beim Abendessen stocherte ich auf dem Teller herum, den meine Mutter mir hingestellt hatte. Sie saß mir mit einer Tasse Tee gegenüber. Sie trug immer noch ihren Bademantel und musste sich dringend die Haare waschen, aber sie sah besser aus, als ich sie seit Monaten gesehen hatte. Sie hatte ein paar Pfund zugenommen, und ihre Gesichtsfarbe war nicht mehr so grau und kränklich wie in den langen Wintermonaten.

Mein Vater war seit über fünf Jahren tot. In dieser Zeit hatte ich gelernt, dass sich das Wohlbefinden meiner Mutter nach den Jahreszeiten richtete. Wenn der Winter nahte und die Tage kürzer wurden, verdüsterte sich ihre Stimmung. Sie verbrachte dann die meiste Zeit im Bett wie ein Tier, das Winterschlaf hielt. Im Frühling begann sie aufzublühen und kehrte langsam in die Welt zurück wie die Narzissen, die in unserem Garten aus dem Boden sprossen. Und stand der Sommer hoch am Himmel, erhaschte ich flüchtige Blicke von der Mutter, die sie einmal gewesen war. Zeit im Bett wurde gegen Zeit in der Küche eingetauscht, es wurde Brot gebacken und Rebhuhnbeerenmarmelade eingekocht. Mrs Malone kam häufiger vorbei und wurde eingeladen, zum Essen zu bleiben. Annie und ich durften das Radio einschalten, solange wir es leise drehten. An schönen Tagen spazierten meine Mutter und ich durch den Ort, zum Lebensmittelladen oder in die Apotheke. Die Menschen grüßten sie freundlich und fragten, wann sie wieder anfangen würde zu singen. Sie zuckte nur mit den Schultern und wechselte das Thema, so wie sie es immer machte, wenn ich ihr diese Frage stellte. Abends las ich ihr aus einem Buch oder aus der Zeitung vor, oder ich fand etwas, das wir uns im Fernsehen anschauten. Anfang letzten Sommers konnte ich sie sogar überreden, mir dabei zu helfen, den verwilderten Garten herzurichten. Wir pflanzten Karotten und Kartoffeln, dann tranken wir Eistee und sahen uns den Sonnenuntergang an. Sie wirkte beinahe glücklich. Aber ich wusste, dass es nicht so bleiben würde, und im Herbst erntete ich das Gemüse allein.

Der Kartoffelsalat auf meinem Teller war aus den Kartoffeln gemacht, die wir zusammen gepflanzt hatten. Ich probierte davon und schmeckte gewürfelten grünen Apfel und Paprika. Sie hatte ihn genauso zubereitet, wie ich ihn mochte, und ich betrachtete die Mühe, die sie sich gemacht hatte, als ein Zeichen, dass es aufwärts mit ihr ging.

Meine Mutter saß auf meinem Bett, während ich praktisch jedes Kleidungsstück anprobierte, das ich besaß. Ich entschied mich schließlich für eine Jeans und einen taubenblauen Pullover, von dem sie sagte, dass er meine Augen und Haare betone. Ich stand vor dem Spiegel und zitterte von Kopf bis Fuß.

»Weißt du, ich gehe da nur hin, um Annie einen Gefallen zu tun. Wenn es dir lieber ist, dass ich zu Hause bleibe, können wir ein Puzzle machen oder einen Film schauen.«

Sie stand auf, stellte sich hinter mich und sprach mit meinem Spiegelbild. »Frances, ich möchte, dass du dorthin gehst und Zeit mit deinen Freunden verbringst. Das wird dir guttun.«

Ich drehte mich zu ihr um. »Genau das Gleiche hat Annie auch gesagt. Aber was, wenn es mir nicht guttut? Ich bin so nervös. Ich habe das Gefühl, jeden Moment umzukippen.«

Ihre Miene verdunkelte sich ein wenig. »Oh mein Schatz, manchmal erinnerst du mich so sehr an mich, als ich in deinem Alter war.« Sie gab mir einen Kuss auf die Wange. »Jetzt ab mit dir und Gott behüte dich. Und bleib nicht zu lange.«

Ich lief den Weg zu dem felsigen Strand hinunter, wo ich im Schein der Flammen Annie entdeckte, die sich in Donny Doyles Arme schmiegte. Sie setzte gerade eine kleine, braune Bierflasche an ihre Lippen, ihre Augen waren glasig, ihre Wangen gerötet. Als sie mich sah, sprang sie auf und führte mich zu einer Plastikkühlbox mit Bier. Sie machte mir eine Flasche auf und versprach, dass mich das lockerer machen würde. Sie zeigte auf einen Jungen neben Donny, den ich noch nie gesehen hatte.

»Das ist Donnys Cousin Michael, er ist übers Wochenende vom Festland hier«, sagte sie. »Wenn wir rübergehen, versuch, mit ihm zu reden. Aber rede bitte nicht über Bücher.«

Er sah aus wie alle anderen – widerspenstiger, brauner Wuschelkopf, nichtssagendes pickeliges Gesicht, ein dürrer Hals mit einem knorrigen Adamsapfel, der auf und ab hüpfte, wenn er sprach. Ich ignorierte ihn und trank mein Bier aus, mein erstes überhaupt, und entschied mich direkt für ein zweites. Als ich beim dritten angekommen war, fühlte es sich an, als wären sämtliche Nerven in meinem Körper blank gewaschen, aufpoliert und irgendwie in einer anderen Frequenz gestimmt. Ich fühlte mich weich und fließend und normal. Ich unterhielt mich gerade völlig unverkrampft mit Michael über ein Buch, das ich las, als Annie verkündete, dass wir vier einen Strandspaziergang machen würden. Wir landeten in einer kleinen Holzhütte mit einem rostigen Holzofen, ein paar alten Gartenstühlen, einem Spieltisch und breiten Bänken vor jeder Wand, auf denen karierte Schlafsäcke lagen. Donny und Michael machten ein Feuer im Ofen aus Holzscheiten, die aufgestapelt in einer Ecke lagen. Ich fühlte mich taumelig, und der Boden unter meinen Füßen schien uneben zu sein. Annie zwinkerte mir zu und setzte sich zu Donny auf eine der Bänke. Er zog einen Schlafsack über ihre Köpfe und ließ mich mit Michael allein zurück, der einen Flachmann mit braunem Rum aus seiner Jackentasche zog und mir hinhielt. Der Rum brannte wie Feuer in meiner Kehle, widerlich und wunderschön zugleich. Wir reichten den Flachmann hin und her, dann küsste er mich und alles verschwamm. Ich musste mich hinlegen und wankte zu einer freien Bank.

Ich öffnete die Augen und sah Michaels Gesicht über meinem schweben. Ich konnte seinen nach Hefe stinkenden Atem riechen und spürte seine kalten Hände unter meinem Pullover herumwühlen und am Reißverschluss meiner Jeans zerren. Ich drehte meinen Kopf nach links und sah ein verschwommenes und verzerrtes Bild von Annie, als würde ich sie durch eine alte, wellige Scheibe ansehen. Ich blinzelte, bis sich ihr Bild scharf stellte. Sie lag mit geschlossenen Augen auf dem Rücken. Donny war auf seine bloßen Arme gestützt und bewegte sich über ihr vor und zurück. Ich sah die Rundung ihrer nackten Brust, ihren nach oben gewölbten Brustkorb, ihren Oberschenkel, ihr gebeugtes Knie. Ich konnte meinen Herzschlag zwischen meinen Beinen spüren, ein kräftiges, hartes Pulsieren, gegen das ich plötzlich meine Fingerspitzen pressen wollte. Ich hörte Michaels Stimme, weit weg und verzerrt. Ich spürte, wie er sich zwischen meine Beine drängte, dann einen festen Ruck gefolgt von einem stechenden Schmerz, als er in mich eindrang. Erst da konnte ich meinen Blick von Annie ab- und wieder Michael zuwenden. Er zuckte und stöhnte und beendete das Ganze, bevor ich überhaupt begriff, was geschah. Er lag auf mir wie ein totes Gewicht und keuchte mir ins Ohr, während ich der Decke dabei zusah, wie sie sich drehte.

Drei Monate später wurde ich in einen Bus gesetzt und in ein Heim für schwangere Minderjährige unter Leitung der Barmherzigen Schwestern gebracht, eine Entscheidung, die meine Mutter und der Pfarrer trafen, ohne mich in irgendeiner Form einzubeziehen. Die beiden dachten sich eine

Geschichte für die Leute im Ort aus – ein Stipendium an einem Internat auf dem Festland. Nach der Geburt des Kindes sollte ich meine frühzeitige Rückkehr mit unerträglichem Heimweh erklären.

So wurden die Dinge damals einfach geregelt, hatte ich mir im Laufe der Jahre oft gesagt, als wäre es irgendeine urige Tradition. Ein beiläufiges Abtun von Ereignissen aus meiner Vergangenheit, die zu schmerzhaft waren, um mich anders damit auseinanderzusetzen. Doch jetzt, während ich im Garten der Clearys auf und ab ging und versuchte zu entscheiden, welche Rolle ich in Edies Schwangerschaft spielen würde, konnte ich über nichts anderes nachdenken als über die Rolle, die ich in meiner eigenen gespielt hatte. Darüber wie ich in der Küche meiner Mutter gesessen hatte, verzweifelt und voller Scham, und ihr und Pfarrer O'Leary dabei zugehört hatte, wie sie sich alles ausdachten. Nicht ein einziges Mal war mir der Gedanke gekommen, den Mund aufzumachen und zu fragen, ob es nicht eine andere Lösung gab. Ich nickte nur und packte meine Tasche. *Marionette.*

So, kleine Miss Cleary, und jetzt sage mir nicht noch einmal, du hättest keine wirkliche Wahl. Ich drückte meine Zigarette an meiner Schuhsohle aus. Und ja, Edie, mein Schatz, ich werde mitkommen.

Als das Taxi vor der Klinik hielt, sah ich mich nervös um, bevor wir ausstiegen. Edies Eltern waren in der Stadt bekannt, und St. John's war die reinste Gerüchteküche. Edie sprang aus dem Wagen und steuerte auf den Eingang zu. Ich heftete mich an ihre Fersen, wobei ich mich weiter nach rechts und links umschaute. Und dann saß ich im Wartezimmer, seelenruhig. Als wäre montags Müllabfuhr, dienstags

Großeinkauf und freitags Waschtag und Taxidienst für Töchter von Kunden zum Schwangerschaftsabbruch. Ich blickte mich in dem sauberen, modernen Raum um, sah die Plakate an den Wänden, die Broschüren in den Regalen. Informationen, Unterstützung und Möglichkeiten in Hülle und Fülle. Es war unübersehbar ein Raum, der von Frauen für Frauen eingerichtet war – ein Raum, in dem alles möglich war. *Emanzipation.*

Edie bedankte sich erneut, dass ich mitgekommen war, dann umklammerte sie mit ihrer verschwitzten Hand meinen Unterarm. »Ich glaube nicht, dass ich das allein schaffen würde. Könntest du dir das vorstellen?«

Eine Schwester erschien und sagte, dass Edie die Nächste sei, und ich ging raus, um eine Zigarette zu rauchen. Ich war irritiert, dass sie gerade mich ausgesucht hatte, um ihre Hand zu halten. Warum wandte sie sich an eine nervöse alte Schachtel statt an eine Freundin aus der Schule? Ich entschied, sie nicht danach zu fragen.

Ich wusste nicht, was ich getan hätte, hätte es zu meiner Zeit eine Einrichtung wie diese gegeben, aber ich war mir ganz sicher, dass Annie Malone eine entscheidende Rolle gespielt hätte. Sie wäre in diese Klinik getrabt, als gehörte ihr der Laden, und hätte in Nullkommanichts alles für mich geregelt.

Es war Annie gewesen, die mich zum Arzt geschleift hatte, nachdem sie mich den dritten Tag in Folge über der Schultoilette hängend gefunden hatte. Annie, die in der Arztpraxis meine Hand gehalten hatte, und wieder Annie, die am Abend, bevor ich zu den Nonnen verschickt wurde, an meiner Seite saß. Wir beide in dem verlassenen Ruderboot, das verwaist am Strand lag, solange wir denken konnten. Wir hatten es in dem Sommer, nachdem mein Vater gestorben war, zu unserem Besitz erklärt. Dort saßen wir, leckten an unseren Eistüten und streckten unsere Gesichter in die Sonne. Jedes Mal, wenn andere Kinder versuchten, an Bord zu klettern, sprang Annie auf und drohte ihnen Prügel an, und zu meinem Erstaunen nahmen sie tatsächlich Reißaus. Als wir in das Alter kamen, in dem wir ungestört sein wollten, suchten wir in dem Boot Zuflucht vor den neugierigen Augen und Ohren von Safe Harbour. Es war der einzige Ort, an dem wir uns trauten, über meine Schwangerschaft zu sprechen oder über »die Situation«, wie meine Mutter es nannte. Annie saß zitternd im Nebel und weinte ab und zu. Ich fühlte mich innerlich zu taub, um die Kälte zu spüren oder Tränen zu vergießen.

»Ich könnte mitkommen«, sagte sie. »Die ganze Sache erklären. Den Schwestern sagen, dass alles allein meine Schuld ist.«

»Ich bezweifle, dass sie dir glauben würden, dass du mich geschwängert hast, aber trotzdem danke.« Ich legte meinen Kopf an ihre Schulter.

»In sechs Monaten werden wir hier sitzen, als wäre nie etwas passiert. Deine Mutter wird sich wieder beruhigen. Meine Mom hat gesagt, dass sie mit ihr reden wird. Alles wird gut. Du wirst sehen.«

»Ich weiß nicht. Du warst nicht dabei, als ich es ihr gesagt habe. Du hättest sie sehen sollen, sie hat geschluchzt, als wäre ihr Leben vorbei. Danach hat sie drei Tage kein Wort mit mir gesprochen. Kein einziges. Jetzt fühlt es sich an, als hätte sie mich als ihre Tochter einfach abgeschrieben und könnte es kaum erwarten, mich loszuwerden. Ich weiß, dass ich ihr das Herz breche, aber sie bricht mir auch meins.«

Mit sechzehn schwanger zu sein, war schwer genug, aber verstoßen und allein damit gelassen zu werden, war unfassbar grausam. Alles, was ich kannte und liebte, war in Safe Harbour. Ich war nie irgendwo anders gewesen, nicht einen einzigen Tag. Ich wurde fast verrückt vor Angst, wenn ich darüber nachdachte, was mir bevorstand, doch ich machte mir mindestens genauso große Sorgen um meine Mutter. Im besten Fall quälte mich eine schreckliche Angst, sie nur einen Moment zu lange aus den Augen zu lassen und wenn ich mich wieder umdrehte, war sie zu Staub und Asche zerfallen. Und dann war da das Schlimmste: sechs Monate von Annie getrennt zu sein. Mehr als einmal hatte ich diesen Albtraum gehabt, in dem ich nach Safe Harbour zurückkehrte und jeder im Ort konnte mich sehen, nur sie nicht.

»Hey, Annie, ich muss dich was fragen.«

»Schieß los.«

»Glaubst du, dass du mich vermissen wirst, wenn ich weg bin?«

»Das weißt du doch. Ich bin die, die sich die Augen ausheulen wird. Was soll die Frage?«

»Ich weiß nicht. Ich dachte, aus den Augen, aus dem Sinn.«

»Hör auf, das zu denken.«

»Ich frage mich einfach, warum du zu mir hältst. Warum suchst du dir nicht jemanden, der dir ähnlich ist?«

»Warum sollte ich meine Zeit mit jemandem verbringen wollen, der so ist wie ich?«

»Weil das vielleicht besser wäre, als Zeit mit jemandem zu verbringen, der so ist wie ich.«

Annie veränderte ihre Sitzposition in dem Boot und sah mich an. »Was redest du da? Niemand ist besser als du. Du bist vermutlich der schlaueste Mensch im ganzen Ort, was mich automatisch schlauer macht. Es gibt niemanden, der so gut zuhören kann wie du, was perfekt ist, weil niemand so gut reden kann wie ich. Ich könnte dir alles sagen, und du würdest es keiner Menschenseele erzählen.«

»Was vermutlich daran liegt, dass ich nie mit einer Menschenseele spreche.«

Sie lachte. »Das stimmt, aber selbst wenn du es tun würdest, würdest du nie meine Geheimnisse verraten. Wie damals, als ich die Flasche Messwein aus der Kirche geklaut hab. Nenn mir ein Mädchen aus unserer Schule, das das länger als eine Stunde für sich behalten hätte. Das kannst du nicht, weil es keins gibt.«

»Ich bin sehr vertrauenswürdig.«

»Siehst du? Schon besser. Du bist immer so streng mit dir, aber du bist nie streng mit mir. Und würdest du mit einer Horde Brüdern zusammenleben, wüsstest du, was das wert ist. Abgesehen davon gibst du mir ein kuscheliges Gefühl.«

»Kuschelig? Als wäre ich eine Decke?«

»Herrgott, Frances, ich kann mit Worten nicht so gut umgehen. Ich meine einfach, dass du mir ein warmes, glückliches und geborgenes Gefühl gibst.«

»Und mindestens einmal pro Woche sage ich dir, wie hübsch du bist.«

»Das könntest du ruhig etwas steigern. Einmal pro Tag würde dich nicht umbringen.«

»Und ich mache alles, worum du mich bittest.«

»Genau. Was könnte man mehr von einer besten Freundin wollen?«

Sie drehte sich wieder in Richtung Meer und legte mir einen Arm um die Schultern. »Wir sind wie Fisch und Chips, du und ich. Wir passen einfach zusammen. Und wenn du zurückkommst, werde ich genau hier auf dich warten.«

Annie und ich saßen zusammen am Strand, bis es zu kalt wurde, um noch länger sitzen zu bleiben, dann verabschiedeten wir uns vor meiner Haustür voneinander. Ich hatte ihr verboten, mich zum Bus zu bringen, da ich befürchtete, niemals einzusteigen, wenn sie mitkäme. Sie umarmte mich fest und sagte: »Mach dir keine Sorgen wegen deiner Mutter. Wir kümmern uns um sie.«

Am nächsten Morgen warteten meine Mutter und ich schweigend an der Bushaltestelle. Meine Beine drohten, jeden Moment unter mir nachzugeben, und mein Brustkorb war wie eingeschnürt. Ich fragte sie, ob sie mir jemals würde verzeihen können. Sie nahm mich in die Arme und hielt mich, während ich weinte. »Frances«, sagte sie, »Mütter und Töchter können immer einen Weg finden, einander zu vergeben.« Doch als der Bus losfuhr und ich durch die schmutzige Rückscheibe das aschfahle Gesicht meiner Mutter sah, ihren finsteren und doch leeren Blick, ihre zu einer dünnen Linie zusammengepressten Lippen, fürchtete ich, dass keiner von uns diese Wegstrecke durchstehen würde.

4

Edie kam durch die Kliniktür. Zum ersten Mal erinnerte sie mich an andere Jugendliche, die ich beim Einkaufen oder sonst irgendwo sah, diese schlecht gelaunten Teenager, die aller Welt immer und überall zu zeigen versuchten, wie genervt sie waren.

»Alles erledigt«, sagte sie. »Nichts wie weg.«

Auf dem Rücksitz im Taxi reichte sie mir eine Art Beipackzettel mit Anweisungen. Eine Tablette jetzt, eine weitere in sechs Stunden. Tabletten für alles heutzutage, sogar dafür. Auf dem Zettel wurde vor Blutungen, Krämpfen, Übelkeit, Erbrechen, Schwäche, Müdigkeit gewarnt – alles Dinge, die sich abspielen würden, während dieser Colin Skateboard fuhr oder machte, wozu immer er sonst Lust hatte.

Ich bat den Taxifahrer, am Supermarkt zu halten, und ließ Edie im Auto warten, während ich hastig alles zusammensuchte, was wir brauchen würden – Maxi-Binden, Schmerzmittel, ein Heizkissen und Ginger Ale für sie, eine Flasche Whisky und zwei Schachteln Rothmans für mich. Dann fuhren wir weiter in meine Wohnung, um Wechselwäsche und meine Tabletten zu holen. Ich lief ziellos durch alle Zimmer, jeder Nerv aufs Äußerste gespannt angesichts der beiden Tage, die vor mir lagen. Was, wenn sie die Medikamente nicht vertrug oder in ihrem Bett verblutete? Ich wischte mir ein paar Schweißperlen von den Schläfen und sammelte mich. Wie Mütter derlei Belastungen schulterten, war mir ein Rätsel.

Nachdem wir zu Hause angekommen waren, legte ich die Einkäufe auf ihrer Kommode zurecht, dann holte ich einen Müllsack und breitete ihn auf dem Boden vor ihrer Toilette aus. Ich hatte keine Lust, heute noch Blut und Kotze von den schneeweißen Fliesen zu schrubben, vielen Dank auch. Ich legte einen weiteren Müllsack unter ihr Bettlaken und trug ihr auf, alte Unterwäsche und einen alten Schlafanzug anzuziehen, deren Verschwinden ihre Mutter nicht bemerken würde, sollten wir alles wegschmeißen müssen.

Edie lachte. »Man könnte meinen, du hättest früher für die Mafia gearbeitet. Leichenentsorgungseinheit.«

»Ich will einfach kein Gespräch mit deiner Mutter über eine blutbefleckte Matratze führen müssen, wenn sie nach Hause kommt.« Ich sah mich ein letztes Mal im Raum um. »Okay, ich würde sagen, es ist alles vorbereitet.«

»Frances, du siehst aus, als würdest du gleich einen Herzinfarkt bekommen. Geh und tu, was immer du tun musst. Ich schaff das, ehrlich.«

Ich ließ die Tür angelehnt und lief den Flur hinunter. Auf halbem Weg blieb ich stehen und ging wieder zurück. »Edie, dass deine Mutter heute so plötzlich wegmusste, ist schon ein komischer Zufall, oder?«

»Manchmal muss man eben Glück haben«, sagte sie und schloss die Augen.

Ich spürte, wie meine Energie zu schwinden begann, während ich in die Küche ging, um unsere Essensvorräte zu prüfen. Es war genug da, um uns jede Katastrophe durchstehen zu lassen. Sollte sie später Hunger bekommen, würde ich ihr eines ihrer Lieblingsgerichte machen – Sandwiches mit geschmolzenem Käse oder mit gegrilltem Hühnchen. Drei Uhr und ich war immer noch nicht mit der Wäsche fertig. Beim Zusammenlegen der extraweichen Luxushandtücher wurde ich plötzlich so müde, dass ich mich kaum noch auf den Beinen halten konnte. Ich warf das letzte Handtuch zurück in den Korb und lief den Flur zum Gästezimmer hinunter. Ich zog mich aus, schlüpfte unter die kühle Decke und verschlief zum ersten Mal in meinem Leben einen Arbeitsnachmittag.

Es war fast sieben, als ich aufwachte. Edie. Ich sprang aus dem Bett und entdeckte sie, wie sie gerade aus ihrem Bad kam. Sie schlich langsam durch ihr Zimmer, mit kleinen, vorsichtigen Schritten, ein sicheres Zeichen dafür, dass sie Schmerzen hatte.

»Was kann ich für dich tun?«

Sie legte sich ins Bett und rollte sich zusammen. »Kannst du mir den Rücken kraulen?«

»Natürlich, rutsch ein Stück.« Ich setzte mich auf die Bettkante und legte ihr die flache Hand auf den unteren Rücken, der heiß und verschwitzt war von dem Heizkissen. Ich rieb mit dem Handballen über ihre verspannten Muskeln und spürte, wie sie lockerer wurden. »Willst du etwas essen?«

»Vielleicht.«

»Wie wäre es, wenn ich dir einen Toast mit Erdnussbutter mache?«

»Okay.«

Ich ging in die Küche, um ihr einen Toast zu machen, landete aber irgendwie auf der Terrasse. Ich rauchte eine Zigarette, trank ein Glas Whisky und erkannte, dass dieser Tag der glücklichste war, seit ich weiß nicht wann – vielleicht seit ich in Edies Alter gewesen war. Die Möglichkeit, mich um ein Kind zu kümmern, das ich liebte, die Rückenkraulerin und Toastmacherin zu sein, die Geheimnishüterin und Notfallmutter, fühlte sich wie ein unerwartetes Geschenk an.

Die Sonne war untergegangen, und es wurde kühl. Ich ging zurück in die Küche, dann brachte ich ein Tablett in ihr Zimmer, wo sie auf ihrem Handy herumscrollte.

»Hier, probier das. Und wenn du es bei dir behältst, versuchen wir es vielleicht mit Abendessen.«

»Mir geht's gerade gar nicht so schlecht, es krampft nur ein bisschen. Aber die Blutung ist in vollem Gange. Da unten spielt sich ein Horrorfilm ab.« Sie knabberte an ihrem Toast, dann sammelte sie ihre Gerätschaften zusammen. »Ich steh auf. Die ganze Zeit im Bett herumzuliegen deprimiert mich.«

Sie wickelte sich in ihre Decke und watschelte wie ein Pinguin davon. Ich fing an, hinter ihr aufzuräumen, dann warf ich alles zurück auf den Boden und schloss die Tür. Als ich in die Küche kam, sah sie mich finster an und hielt mir missbilligend eine Schachtel Zigaretten hin. Ich ignorierte sie und machte mich daran, unser Abendessen vorzubereiten.

Edie biss ein Mal von ihrem gegrillten Käse-Sandwich ab, das ich für sie gemacht hatte, dann schob sie es weg. Sie sah mir aufmerksam dabei zu, wie ich meins aß, das ich mit einem Schluck Whisky nach dem anderen runterspülte.

»Ich pack das nicht, Frances«, sagte sie. »Du rauchst, du trinkst. Hast du vielleicht noch Gras dabei? Vielleicht besorgen wir uns nachher noch ein Tütchen Crystal Meth.«

»Ich weiß nicht, was Crystal Meth ist. Und du besser auch nicht.«

»Ich nehme keine Drogen. So blöd bin ich nicht. Na ja, immerhin blöd genug, um schwanger zu werden.«

Ich biss ein weiteres Mal in mein köstliches Sandwich. Zwölf-Dollar-Käse schmeckte tatsächlich viel besser als die Drei-Dollar-Pakete in meinem Kühlschrank. »Nicht blöd. Du hattest vielleicht Pech, aber blöd bist du nicht.«

»Kann ich dich was fragen?«

»Sicher.«

»Glaubst du, dass ich das Richtige gemacht habe?«

»Das zu beurteilen, steht mir nicht zu, Liebes. Es spielt keine Rolle, was ich oder irgendjemand anderes denkt. Du allein entscheidest, was richtig ist.«

»Aber für mich spielt es eine Rolle, was du denkst.«

Ich hörte auf zu essen. »Warum?«

Sie verdrehte die Augen. »Darum. Weil du wie eine liebe Tante oder so was für mich bist. Was würde ich denn ohne dich machen? Zu meiner arschigen Mutter gehen? Bestimmt nicht.«

»Edie, sie ist kein Arsch«, sagte ich so aufrichtig, dass es jeder für die Wahrheit halten würde. »Eines Tages wirst du sie vielleicht brauchen, also halte dich etwas zurück, ja?«

»Ja, ja, ich hab's gehört. Ich bin zwar nicht deiner Meinung, aber ich hab's gehört.«

Sie raffte ihre Bettdecke zusammen und ließ sich auf das Sofa im angrenzenden Wohnzimmer fallen –, der große Salon, wie Mrs Cleary es nannte.

»Ich wusste gar nicht, dass du rauchst«, sagte sie.

»Oh ja. Ich bin eine Frau voller Geheimnisse.«

»Die da wären?«

»Na ja, zum Beispiel meine Zeit bei der Mafia, die du vorhin erwähnt hast.«

Sie lachte. »Du hast meine Frage noch nicht beantwortet.«

Ich nahm einen letzten Schluck Whisky und setzte mich zu ihr ans Fußende. »Edie, du hast dein ganzes Leben noch vor dir. Wozu sollte es gut sein, jetzt ein Kind zu bekommen? Für dich nicht und auch für sonst niemanden. Darum denke ich, dass du dich absolut richtig entschieden hast.«

»Woher willst du das wissen?«

»Ich weiß es einfach.«

»Okay, aber wenn du an meiner Stelle gewesen wärst, was hättest du gemacht? Sag schon.«

Etwas in ihrem Gesicht, etwas in ihrem Tonfall ließ sie älter wirken und gab wiederum mir das Gefühl, jünger zu sein, als würden wir uns irgendwo in der Mitte der Zeit treffen.

Ich wollte ihr alles erzählen, mir alles von der Seele reden. Von dem Tag, an dem mein Kind geboren wurde, diesem schrecklichen Tag, und den schrecklichen Tagen, die darauf folgten. Ich wollte sie fragen: »Glaubst du, dass ich das Richtige gemacht habe?« Und ich wollte ihr erzählen, dass ich bald sterben würde und was ich vorhatte zu tun. Ich wollte sie fragen, was sie an meiner Stelle tun würde, als wären wir zwei Freundinnen, die in dem gleichen Dilemma steckten. Der Alkohol und der pulsierende Tintenfisch in meinem Kopf gaben mir sicher die Erlaubnis, offen zu sprechen.

Doch gerade als sich die Worte in meinem Mund zu bilden begannen, drückte Edie sachte ihre Zehen gegen mein Bein, etwas, das sie nicht mehr gemacht hatte, seit sie ein kleines Kind gewesen war, ein vertrautes Zeichen, dass ich ihre kalten Füße mit meinen Händen wärmen sollte, und die Worte auf meiner Zunge lösten sich auf.

»Das ist schwer zu sagen«, antwortete ich. »Wir hatten nicht sehr viele Möglichkeiten, als ich in deinem Alter war.«

»Ja, es muss sehr schwer gewesen sein damals. Heute ist vieles einfacher, was?«

Ich griff nach ihren Füßen. »Ja, Edie, heute ist alles einfacher.«

Sie schaltete den Fernseher ein, in dem ein Film lief, dem ich versuchte zu folgen, doch ich war zu abgelenkt. Da war dieser Moment gewesen, heute, im Taxi auf der Rückfahrt von der Klinik, in dem ich Angst gehabt hatte, wir würden etwas Verbotenes tun, als wären wir Mitverschwörerinnen in einem zwielichtigen Vorhaben. Doch während ich sie nun beobachtete, wie sie gemütlich auf dem Sofa lag, lachte und sich offenbar großartig amüsierte, fragte ich mich, ob die Hälfte der Mädchen in ihrer Klasse gerade zu Hause das Gleiche taten. Je länger ich sie betrachtete, desto unbehaglicher fühlte ich mich. Als sie aufstand, um ins Bett zu gehen, war ich erleichtert, sie nicht mehr um mich zu haben. Ich war verärgert, beinahe wütend. Da lag sie, sicher und geborgen in ihrem schönen Bett, behütet von jemandem, der sie liebte, gestaltete ihr Schicksal selbst, im Schlaf, indem sie einfach ein paar Wunderpillen schluckte. Sie hatte mich um Hilfe gebeten, aber um Erlaubnis gebeten hatte sie nur sich selbst. Und morgen würde sie zur Tagesordnung übergehen, mit einer gesicherten Zukunft im Rücken. *Privilegiert.*

Ich putzte die Küche und putzte sie gleich noch mal, nur um nicht ununterbrochen über sie nachdenken zu müssen, dann ging ich ins Bett. Ich schaltete das Licht aus, doch ich war zu aufgewühlt, um zu schlafen. Der Tunnel hatte sich wieder geöffnet, und es gab nichts, was ich tun konnte, um zu verhindern, dass ich durch die Zeit hindurchreiste.

Als ich das Heim der Barmherzigen Schwestern erreichte, hatte sich der dichte, feuchte Nebel in kalten, strömenden Regen verwandelt. Zusätzlich zu der Übelkeit, unter der ich seit zwei Monaten pausenlos litt, war mir nun auch noch speiübel von den Busabgasen. Ich betätigte dreimal den Türklopfer aus Messing. Eine verhutzelte alte Nonne öffnete mir schließlich die Tür, jedoch erst, als ich bis auf die Haut durchnässt war.

»Komm herein, Kind, und tritt dir die Füße ab.«

Ich betrat die Eingangshalle, zitternd und tropfnass, den Blick starr auf das Rinnsal gerichtet, das ich auf den Schieferfliesen hinterließ. *Schande.*

Die alte Nonne rang die Hände und wich einen Schritt zurück, als wäre meine ungewollte Schwangerschaft ansteckend, dann führte sie mich in ein Büro am Ende eines dunklen, schmalen Flures.

»Warte hier«, sagte sie und schloss die Tür.

Ein paar Minuten später kam eine andere Nonne herein und schickte die erste mit einem Handzeichen weg.

»Ich bin Schwester Bernadette«, sagte sie. »Ich habe dich vor einer Stunde erwartet.«

Ihr Körper wirkte weich, ihr Gesicht geradezu hart, mit faltiger, kalkweißer Haut und hellblauen Augen, die sie aussehen ließen wie ein Husky mit einer schwarzen Haube. Sie stand vor ihrem Schreibtisch, die Hände hinter dem Rücken verschränkt, und musterte mich. Sie begrüßte mich mit einer schroffen Ansprache über die Gnade des Allmächtigen Herrn, die Wohltätigkeit von Fremden und die Buße, die ich für fleischliche Sünden zu tun hätte. Ich würde mein eigenes Zimmer ganz oben im Haus bekommen, das ich sauber und ordentlich zu halten hatte. Des Weiteren hätte ich um sieben

Uhr zum Morgengebet zu erscheinen. Dann machte sie ein Handzeichen in meine Richtung, und ich hob meine Tasche auf und schloss die Tür hinter mir.

Während ich die Treppe hinaufging, wurde mir bewusst, dass dieser unheimliche Ort nun mein Zuhause war. Es gab kein Zurück, und ich bekam Angst. Ich zog mir etwas Trockenes an und sah mich in meinem kleinen, spartanischen Zimmer um. Weiße Wände, nackte Kiefernholzdielen, ein winziges Fenster und ein schwarzes Metallbett mit einer dünnen Matratze, an dessen Fußende mehrere ordentlich zusammengefaltete Laken und eine Strickdecke lagen. Ein einzelner Holzstuhl, eine niedrige, weiß gestrichene Kommode, deren Farbe abblätterte. Darüber ein fleckiger, ovaler Spiegel. Ich bezog das Bett und setzte mich darauf, zum Umfallen müde und völlig verängstigt. Eine Frau erschien in der Tür. Sie hatte dunkle kurz geschnittene Haare und trug eine weiße Bluse und Jeans. Ein kleines goldenes Kreuz baumelte an einem Lederband um ihren Hals. Es war Schwester Barb, und sie begrüßte mich mit einem Lächeln und einem Tablett mit Essen – eine Schüssel Rinderbrühe, trockener Zwieback und ein Glas Orangensaft. »Ich weiß, Schwester Bernadette kann manchmal ein bisschen streng sein«, sagte sie. »Denk einfach immer daran, dass man sich nicht dafür schämen muss, ein Mensch zu sein. Mach dir keine Sorgen, Frances. Wir werden uns hier sehr gut um dich kümmern.« Und ich glaubte ihr.

Das Heim stand auf einer Wiese am Rand einer kleinen Stadt im Landesinneren, von der ich noch nie gehört hatte. Nichts als flaches Land und Felsbrocken und die lange, mit Kies aufgeschüttete Auffahrt, die zur Landstraße führte. Abends stand ich unter dem vollkommen stillen, schwarzblauen Himmel, über mir Millionen von Sternen, und vermisste das Wasser – das rhythmische Brechen der Wellen, den Geruch von Seetang am Strand, das Geschrei der Möwen, wenn sie über dunklen Fischschwärmen kreisten. Am meisten jedoch vermisste ich Annie.

Es waren noch vier andere Mädchen in dem Heim, alle genauso unglücklich wie ich, doch es schien, als wären sie durch ihr gemeinsames Schicksal miteinander verbunden. Sie gingen herzlich und freundlich und so unbeschwert miteinander um – zankten und neckten und unterstützten sich, wann immer es nötig war. Ich gab mir alle Mühe, gesellig zu sein, soweit mein Nervenkostüm es zuließ – lächelte und nickte und gab kurze, höfliche Antworten auf alle Fragen, die mir gestellt wurden.

Schwester Bernadette hatte strenge Regeln, was den Kontakt nach draußen betraf. »Jetzt ist die Zeit der inneren Einkehr und des Betens, nicht des Verkehrens mit jenen, deren Einfluss dich wahrscheinlich überhaupt erst hierhergebracht hat«, sagte sie, als ich sie am Morgen nach meiner Ankunft bat, einen Brief an Annie abzuschicken. Einmal pro Woche durfte ich das Telefon in ihrem Büro benutzen, jedoch nur, um meine Mutter anzurufen. Schwester Bernadette saß dann hinter ihrem Schreibtisch, während meine Mutter mich fragte, wie es mir gesundheitlich ging und ob ich auch genug lernte. Sobald ich mich verabschiedet hatte, griff Schwester Bernadette nach dem Hörer und gab meiner Mutter eine Einschätzung meiner Fortschritte. »Frances ist ruhig und gehorsam, das muss ich ihr lassen. Und gebe Gott, dass sie mit besseren Moralvorstellungen geht, als sie gekommen ist.« Dann legte Schwester Bernadette auf und befahl mir, mich hinzuknien und Gott um Vergebung zu bitten. Ich verabscheute sie.

Ich fand mich schließlich in die Routine des Heims ein. Schwester Barb war eine dieser neumodischen Nonnen in Zivil, von denen wir in Safe Harbour bislang nur gehört hatten. Sie hatte Sozialwissenschaften an der Memorial University studiert und war für alles zuständig, was mit der Schwangerschaft zu tun hatte, von ekelerregend detailliertem Unterricht über die Geburt bis zu schnellen und diskreten Adoptionen. Schwester Bernadette dagegen zeigte kaum Interesse an der Sache mit den Kindern. Ihre Mission waren unsere Seelen. Tag für Tag Beten und Katechismusunterricht und eine Stunde lang schweigendes Knien vor dem Essen. Vorträge über sittliche Hygiene und über die Freuden von Buße und Verzicht, zusammen mit endlosen »reinigenden Aufgaben«, als würde uns das Schrubben einer Toilette vor der ewigen Verdammnis retten. Das Ironische daran war, dass ich feststellte, wie gern ich putzte. Ein Mopp, ein Besen, ein feuchter Schwamm, oder was sonst zur Hand war, besaß die Kraft, direkt vor meinen Augen Chaos in Ordnung zu verwandeln, was ich als unerwartet befriedigend empfand. Und es half, die Zeit herumzubringen. Am besten aber gefiel mir die beruhigende Wirkung, die es auf mich hatte. Wenn ich putzte, gelang es mir, an nichts anderes zu denken als an die Aufgabe, die vor mir lag. Eine Sorge nach der anderen fiel von mir ab, bis sich mein Kopf wie leer gefegt anfühlte. Putzen war wie Medizin für meinen aufgewühlten Geist, und ich meldete mich freiwillig zu jeder Hausarbeit, die anfiel.

Die anderen Mädchen beklagten sich ununterbrochen über das Heim. Die gespenstische Stille, das frühe Aufstehen, die Isolation, die Moralpredigten. Je weiter ihre Schwangerschaften fortschritten, desto lauter wurden ihre Klagen über geschwollene Knöchel, Dehnungsstreifen und schwere, schmerzende Brüste. Mir verursachte mein sich zusehends verändernder Körper Entsetzen. Die Angst vor der Geburt lähmte mich regelrecht, und jedes Mal, wenn sich das Kind bewegte, trommelte mein Herz wie wild gegen meine Brust, und ich schaute mich hektisch nach etwas um, das ich schrubben konnte.

Dann setzten die Wehen ein, zunächst langsam, mit einem Stechen im unteren Rücken, das einen Tag und eine Nacht andauerte, bevor an einem frühen Sonntagmorgen dann alles ganz schnell ging. Ich stand in der Küche, als ich spürte, wie etwas Warmes meine Beine hinunterlief, und Schwester Barb rief. Sie packte mich ins Auto und raste die Landstraße zu dem kleinen Krankenhaus hinunter.

Im Kreißsaal, schweißtriefend und fast blind vor Schmerz, wimmerte ich immer und immer wieder, dass ich es nicht schaffte, während mir Schwester Barb mit einem kalten, feuchten Waschlappen übers Gesicht wischte.

»Frances, schau mich an«, sagte sie. »Das Kind kommt, und du schaffst das. Frauen schaffen das seit Anbeginn der Zeit, und du wirst es auch.«

Der Arzt saß auf einem Hocker am Fußende des Bettes. Ich konnte seinen kahlen, schuppigen Kopf sehen, während er zwischen meinen Beinen herumguckte und -stocherte.

»Noch einmal kräftig pressen, dann ist es geschafft«, sagte er. »Sei ein braves Mädchen.«

Ich hielt meinen Blick fest auf Schwester Barb gerichtet und atmete tief ein. Ich presste aus Leibeskräften und spürte, wie mein Körper auseinanderriss. Dann war es vorbei, der Schmerz wie durch ein Wunder verschwunden. Meine Beine zitterten, und ich war vor Erschöpfung ganz benommen. Ich sah das glitschige, rothäutige Wesen an, das in den behandschuhten Händen des Arztes baumelte. Zwei winzige Füße mit vollendet geformten Zehen und ein runder, behaarter Kopf, verschmiert mit Blut und Schleim. Dann war der Raum plötzlich vom Schreien des Kindes erfüllt, und ich sah weg. Schwester Barb nahm mein Gesicht in ihre Hände und strahlte mich an.

»Gut gemacht, Frances. Gott segne dich, du hast es geschafft. Willst du sie halten?«

Ich schüttelte den Kopf und schmeckte die Mischung aus Schweiß und Tränen, die mir das Gesicht hinunterlief.

»Möchtest du ihr dann wenigstens einen Namen geben?«

»Georgina«, sagte ich. »Nach meiner Mutter.«

Die Krankenschwester trug das Baby fort, und zwei Tage später saß ich wieder im Auto auf dem Weg zurück ins Heim, ein letztes Mal. Wir waren kaum durch die Tür, als Schwester Bernadette den Flur entlangkam und Schwester Barb in ihr Büro winkte. Ich stieg die Treppe zu meinem Zimmer hinauf und legte mich hin. Meine Muskeln brannten, meine Brüste schmerzten und liefen aus, und mein Herz fühlte sich an, als würde es entzweibrechen. Darüber hinaus schaffte ich es kaum, mit meinen Gefühlen Schritt zu halten. In einem Moment schluchzte ich, im nächsten tobte ich vor Wut auf alles, was geschehen war. Es war kräftezehrend, und ich hatte schreckliche Angst, mich nie wieder normal zu fühlen.

Ich stellte fest, dass ich meine Schmerzmittel nicht genommen hatte, und ging nach unten, um mir etwas Saft zu holen. Schwester Barb kam in die Küche. Sie sah ernst und erschöpft aus.

»Frances, bitte komm mit mir mit.«

Ich folgte ihr den Flur hinunter ins Büro, wo Schwester Bernadette hinter ihrem Schreibtisch saß.

»Setz dich«, sagte sie und deutete auf den Stuhl ihr gegenüber.

Ich blickte die harte Sitzfläche aus Holz an, kein Platz für meinen wunden Körper, und entschied, stehen zu bleiben. Schwester Barb schloss die Tür, dann fragte sie mich, ob ich eine Tasse Tee oder ein Glas Wasser wolle, doch ich lehnte ab. Ich spürte, dass etwas nicht stimmte, und wollte sofort wissen, was los war. Schwester Barb stellte sich rechts neben den Schreibtisch vor das Fenster, verschränkte die Arme und blickte zu Boden. Dann räusperte sich Schwester Bernadette und begann zu sprechen. Sie hatte einen Anruf von Pfarrer O'Leary erhalten. Sie hielt inne, und ihr fahles Gesicht lief rot an.

»Es tut mir leid, dir das sagen zu müssen, aber deine Mutter ist von uns gegangen.«

Ich sah Schwester Barb an. »Was soll das heißen, ›von uns gegangen‹?«

»Es tut mir so leid.«

»Sie ist nirgendwo hingegangen«, sagte ich. »Ich habe erst vor zwei Tagen mit ihr telefoniert.« Ich sah wieder Schwester Bernadette an.

»Ich kann dir nur sagen, was Pfarrer O'Leary mir mitgeteilt hat. Deine Mutter ist ertrunken. Sie wurde heute am frühen Morgen am Strand von Safe Harbour gefunden.«

Meine Mutter war auf gar keinen Fall ertrunken. Nicht in dem Wasser, das meinen Vater verschluckt hatte. Sie würde niemals in dessen Nähe gehen, nicht in einer Million Jahren.

»Schwester, ich denke, hier liegt ein Irrtum vor. Meine Mutter würde nie im Meer baden. Sie würde es einfach nicht.« Meine Stimme klang fremd, zu hoch und zu laut.

Schwester Barb kam zu mir und nahm meine Hand. »Deine Mutter war nicht baden. Wie es scheint, hat sie sich das Leben genommen.«

Schwester Bernadette bekreuzigte sich. »Möge Gott ihrer gnädig sein und sie in sein Reich aufnehmen.«

Meine Beine begannen zu zittern, und ich ließ mich auf den Stuhl sinken. Ich war vollkommen verwirrt. Aus irgendeinem Grund kreisten meine Gedanken nur um den praktischen Teil dessen, was hier behauptet wurde. Sollte ich glauben, dass meine Mutter in einem Boot aufs offene Meer hinausgerudert und dann von Bord gesprungen war? Oder dass sie sich in die Wellen gestürzt hatte und in die Unterströmung hinausgeschwommen war? An den meisten Tagen brachte sie kaum genug Kraft auf, um sich anzuziehen, wie, bitte, sollte sie so etwas bewerkstelligen? Und was war mit ihrem Glauben? Die Gebote und die Todsünden, der Zorn Gottes und das Fegefeuer? Hatte sie das alles auch einfach über Bord geworfen? Nein. Unmöglich. Es war eine andere Frau, die sich das Leben genommen hatte. Eine andere Frau, die dort am Strand lag. Nur eine schreckliche Verwechslung, die wir aufklären mussten. Ich wollte ihnen das gerade sagen, als ich Schwester Barbs Stimme hörte und mein Gedankenkarussell abrupt anhielt. Sie fragte mich, ob ich verstanden hätte, was sie gerade gesagt hatte. Ich blickte hinauf in ihr schmerzerfülltes Gesicht, und plötzlich begriff ich es. Meine Mutter war tot.

Schwester Barb wollte wieder etwas sagen, doch ich schnitt ihr das Wort ab.

»Ich muss nach Hause.«

»Frances, triff jetzt bitte keine übereilten Entscheidungen. Du kannst noch ein paar Tage bleiben. Auch länger, wenn du möchtest.«

Ich stand auf. »Nein. Ich muss nach Hause.«

Schwester Barb folgte mir auf mein Zimmer und half mir, meine Sachen zu packen, dann ließ sie mich allein, damit ich mich ausruhte. Der nächste Bus fuhr erst am Tag darauf, daher legte ich mich auf das Bett, steif und reglos, und wartete, dass mich Traurigkeit überkam, doch das geschah nicht. Stattdessen spürte ich etwas, das ich nicht recht in Worte fassen konnte, etwas wie Erleichterung, eine rätselhafte innere Ruhe in der Katastrophe, vor der ich mich so lange gefürchtet hatte.

Die Sonne ging unter und nahm die Erleichterung mit sich. Kalte Wut trat an ihre Stelle. Ich war allein auf dieser Welt, und es war meine eigene Mutter, die mich meinem Schicksal überließ. Ich verfluchte sie, bereute es, dem Kind ihren Namen gegeben zu haben, und schlief schließlich darüber ein. Doch nur wenige Stunden später wachte ich wieder auf, mit einem so engen Gefühl in der Brust, dass ich fürchtete, daran zu ersticken, eine Welle der Schuld, die so gewaltig war, dass sie selbst die Barmherzigen Schwestern zufriedengestellt hätte. Ich machte das Fenster auf und rang nach Nachtluft. Plötzlich konnte ich alles mit den Augen meiner Mutter sehen. Ich hatte sie enttäuscht, beschämt und ihr keine andere Wahl gelassen, als mich wegzuschicken. Ich wusste, dass ich schuld am Tod meiner Mutter war, so sicher, als hätte ich sie eigenhändig ins Meer gestoßen. Ich hatte dieses Unglück in Gang gesetzt, und ich blickte auf ein Leben, in dem diese Last schwer auf meinen Schultern wiegen würde. Ich stand mit klappernden Zähnen am Fenster, der Nordwind blies mir ins Gesicht, und ich wünschte mir, ich könnte mich in nichts auflösen, durch einen Spalt im Boden gleiten und verschwinden.

Am Morgen stand ich Schwester Bernadette zum letzten Mal gegenüber. Ich lehnte es ab, auf dem Stuhl Platz zu nehmen, den sie mir anbot, und blieb schwitzend in meinem Wollmantel mit meiner Tasche zu den Füßen stehen. Ich wartete ungeduldig, während sie irgendwelche Papiere auf ihrem Schreibtisch sortierte. Dann ließ ich ihre Predigt über mich ergehen – Jesus dies, unser himmlischer Vater jenes. Sie betete erneut für die Vergebung der Todsünde meiner Mutter, irgendetwas vom Verlust Gottes heilig machender Gnade. Ich ertrug kein weiteres Wort mehr von ihr. Die Worte entfuhren mir, bevor ich den Gedanken zu Ende gedacht hatte.

»Wenn Sie glauben, dass Gott jemanden wie Sie in den Himmel lässt, dann wird er bestimmt auch einen Platz für meine Mutter finden.«

Ihre dicke Hand flog hoch und packte das Holzkreuz, das um ihren Hals hing. »Was hast du zu mir gesagt?«

Ich antwortete nicht.

Sie erhob sich von ihrem Stuhl. »Wie kannst du es wagen, so mit mir zu sprechen? Nachdem ich so große Hoffnungen in dich gesetzt habe? Jetzt weiß ich, dass du keinen Deut besser bist als die anderen. Schamlos und undankbar, ihr alle.«

Da stand ich, noch immer blutend von der Geburt, der Leichnam meiner Mutter noch nicht unter der Erde, und sie nannte mich ein undankbares Flittchen. Zum ersten Mal in meinem Leben verspürte ich den Drang, einen anderen Menschen schlagen zu wollen, und wir hatten beide Glück, dass ich zu erschöpft war, um es auch nur zu versuchen. Doch ich hatte genug Kraft und Wut im Bauch, um zu sagen, was ich dachte.

»Schwester, das Wort *schamlos* hat viele Bedeutungen. Skrupellos. Unverschämt. Verdorben. Nicht ich bin schamlos. Sondern Sie!«

Sie trat einen Schritt auf mich zu, ihre hellen Augen blitzten, wild wie ein Wolf. Ich hob meine Tasche auf und ließ sie stehen, um sie allein geifern und schäumen und Trost bei ihrem Gott suchen zu lassen.

Schwester Barb bot mir an, mich nach Safe Harbour zu fahren, doch ich wollte keine Gesellschaft. Als ich in den Bus stieg, reichte sie mir eine Karte mit ihrem Namen und ihrer Telefonnummer. »Falls du etwas brauchst, Frances. Ganz egal was.«

Auf der gesamten Heimfahrt dachte ich über den anderen Schmerz nach, vor dem mich Schwester Barb gewarnt hatte – dieser spezielle Kummer, der damit einherging, wenn einer Mutter das Kind genommen wurde. Doch den Verlust meines Kindes würde ich später betrauern. Zu diesem Zeitpunkt hatte ich nur Raum für den Verlust meiner Mutter.

Ich stand aus dem Bett auf und ging in Mrs Clearys Büro, um mich nach einem Buch umzuschauen. Ich hatte genug von meiner eigenen Geschichte und wollte sie gegen eine andere in meinem Kopf austauschen. Ich suchte nach dem Buch, das mir Hillary bei meinem letzten Besuch in der Bücherei empfohlen hatte, doch ohne Erfolg. Ich schloss die Augen und zog blind eines aus dem Regal. Auf dem Weg zurück in mein Zimmer blieb ich an Edies Tür stehen und sah, dass sie tief und fest schlief. Ich schlich zu ihrem Bett, betrachtete sie ein paar Minuten lang und spürte, wie mein Ärger nachließ. Vielleicht war es nicht so einfach, Edie zu sein, wie es aussah. Nur wenige Dinge im Leben waren einfach.

Vielleicht hatte ihre Entscheidung doch Konsequenzen, die sie eines Tages würde tragen müssen. Nicht solche, wie ich sie hatte erfahren müssen, aber trotzdem Folgen. Vielleicht würde sie es eines Tages bereuen. Ich hoffte es nicht, sowohl für sie als auch für mich. Ich wusste, dass dieser Tag ein Leben lang mit ihren Erinnerungen an mich verwoben sein würde. Erinnere dich daran, denke darüber nach, vergiss alles, nur bereue es nicht, dachte ich, und denke nicht schlecht über die Toten. Ich gab ihr einen Kuss auf ihre feuchte Stirn und schloss die Tür.

5

Es war fast Mittag, als Edie in der Küche auftauchte. Sie sah verquollen und blass aus, doch als sie anfing, im Kühlschrank herumzuschnüffeln, wusste ich, dass es ihr besser ging. Ich war seit acht Uhr auf den Beinen und hatte alles erledigt, was vom Vortag liegen geblieben war. Nun war ich bereit, wieder die Rolle der Pflegerin zu übernehmen. Ich machte ihr einen Smoothie und eine Schüssel Haferflocken und mir einen Becher Tee. Wir saßen schweigend an der Kücheninsel, Edie tippte auf ihrem Handy herum, während ich die Samstagszeitung durchblätterte. Draußen öffneten die dunklen, schweren Wolken, die den ganzen Morgen tief am Himmel gehangen hatten, ihre Schleusen. Dicke Regentropfen prasselten gegen die Scheibe, und tosender Wind kam auf. In der Küche wurde es dunkel, und ein gewaltiger, verzweigter, blauer Blitz teilte den Himmel, gefolgt von krachendem Donner. Ich lief zur Terrassentür und sah, dass der Wind zwei Gartenstühle umgeweht hatte und drauf und dran war, sich mit dem im Tisch befestigten Schirm davonzumachen. Binnen Minuten peitschte der Regen in Strömen gegen die Fenster. Edie stellte sich neben mich.

»So heftige Frühlingsstürme gibt es nicht oft«, sagte ich.

»Siehst du, genau davon rede ich immer. Diese ganze Insel wird überflutet sein, bis ich in deinem Alter bin.«

Ich hatte ihr viele Male zugehört, wie sie lang und breit über ihre Ängste um den Planeten und ihre vielen anderen Sorgen gesprochen hatte – Flüchtlinge und Rassismus, afrikanische und indische Mädchen, die wegen ihrer Periode nicht zur Schule gehen durften, das Sterben der Elefanten und Wale und vieles mehr. Während draußen der Sturm tobte, hörte ich ihr ein weiteres Mal zu, wie sie vor der Erderwärmung warnte.

Sie warf mit Zahlen und Fakten nur so um sich und schwärmte von jungen Köpfen mit großen Ideen. Ich sah die Euphorie in ihrem Gesicht, hörte ihren leidenschaftlichen Worten zu und spürte, wie sich die letzten harschen Gedanken vom Vorabend endgültig verflüchtigten. Was blieb, war reine Bewunderung.

»Eines Tages bist vielleicht du die mit den großen Ideen«, sagte ich.

Sie stieß mit ihrem Glas gegen meinen Becher. »Das vielleicht kannst du streichen«, sagte sie und lächelte.

Es donnerte abermals krachend, dann wurde es still im Haus, als der Strom ausfiel.

»Oh Gott, mein Handy«, schrie Edie auf. »Mein Akku ist fast leer.«

»Du wirst ein paar Stunden ohne Kontakt zur Außenwelt überleben.«

»Schon, es ist nur, weil Colin schon zweimal geschrieben hat, ob wir uns auf einen Kaffee treffen wollen, und ich ihm noch nicht geantwortet hab. Ich habe überlegt, ihm zu sagen, dass ich erkältet bin.«

»Sag ihm, was immer du willst.«

»Wie machst du das?«

»Was?«

»Ich weiß nicht. Mir nicht sagen, was ich tun soll, oder spitze Bemerkungen machen oder über mich urteilen wie Mom.«

»Richtet nicht, auf dass ihr nicht gerichtet werdet, Edie.«

Ich ging mit meinem Becher zurück zur Kücheninsel und schenkte mir nach, diesmal halb Tee, halb Whisky. Seit der Nacht, in der meine Tochter gezeugt worden war, trank ich nur selten. Ich hatte Alkohol immer als den Anfang vom Ende betrachtet – weil ich betrunken war, wurde ich schwanger, was zum Tod meiner Mutter führte, der mein Leben aus den Fugen geraten ließ –, und aus Angst vor weiterem Unheil hatte ich beschlossen, auf Alkohol zu verzichten. Doch jetzt, mit dem Tod vor Augen, gab es keinen Grund mehr, vorsichtig zu sein. Ein Stromausfall rechtfertigte ein Schlückchen zur Mittagszeit allemal. Der Whisky war warm und beruhigend, und ich mochte das Gefühl, das er mir gab, ruhig und weniger ängstlich, beinahe selbstsicher. Schade nur, dass dieser neuen und verbesserten Version von mir nur noch so wenig Zeit blieb. Hätte ich vor Jahren angefangen zu trinken, wer weiß, vielleicht wäre ich kontaktfreudiger gewesen und hätte ein oder zwei Freundinnen gefunden. Vielleicht hätte ich sogar jemanden gefunden, der mich liebte, oder wenigstens jemanden, der mir ein gegrilltes Käse-Sandwich gemacht oder mir den Rücken gekrault hätte, wenn es mir schlecht ging.

Ich setzte mich zu Edies Füßen auf das Sofa. »Wie geht es dir?«

Sie zuckte mit den Schultern. »Es krampft noch. Ich fühl mich schlapp. Ich bedaure es ein bisschen. Ich wünschte, ich hätte nicht mit Colin gevögelt. Sorry, hätte nicht mit Colin geschlafen. Aber es hat mir gefallen, verstehst du? Na ja, das meiste zumindest. Das Berührtwerden. Jetzt bist du schockiert, oder?«

Ich ließ sie auf meine Antwort warten, ließ sie einen kurzen Moment im Ungewissen. Aber ich war nicht schockiert – ich beneidete sie. Um ihre Jugend. Darum, ein Leben voller Zärtlichkeiten und Intimität vor sich zu haben. Zu spüren, wie der eigene Körper unter einer Hand, die nicht die eigene war, reagierte und aufblühte. Ich selbst hatte das nie erlebt und würde es nie.

»Ich bin nicht im Geringsten schockiert. Man muss sich nicht dafür schämen, ein Mensch zu sein, Kind.«

»Frances, wie warst du, als du in meinem Alter warst?«

»Ich schätze, ziemlich genauso, wie ich heute bin. Ruhig, zurückhaltend, ordentlich.«

»Was hast du gern gemacht?«

»Na ja, ich habe viel gelesen, aber ich war auch viel draußen, ganz im Gegensatz zu euch heute. Ein Wunder, dass ihr nicht alle Rachitis kriegt.«

»Wie waren deine Freunde?«

»Ich hatte eigentlich nur eine Freundin. Sie hieß Annie. Annie Malone.«

»Wie war sie?«

»Ganz anders als ich. Sehr quirlig. Lieb und fürsorglich. Du bist ihr sehr ähnlich.«

»Siehst du sie noch?«

Ständig. In den Mädchen, die sich in Rudeln durch die Mall bewegten, den Mädchen, die manchmal nach der Schule mit Edie in der Küche saßen und Hausaufgaben machten, den Mädchen, die im Bus mit den Jungs flirteten. Es war immer eines dabei, das schmerzhafte Erinnerungen an Annie weckte.

»Ich habe sie nicht mehr gesehen, seit ich nach St. John's gezogen bin, das müssten jetzt etwa vierzig Jahre sein.«

»Warum?«

»Wir haben uns einfach auseinandergelebt, schätze ich.«

Viele Male hatte ich im Lauf der Jahre zu einem Stift gegriffen, um die Kluft mit einem Brief oder einer Karte zu überbrücken, doch ich hatte nie gewusst, wie und wo ich anfangen sollte, wie ich etwas kitten sollte, das in unzählige Stücke zerbrochen war. Ich trank hastig meinen Becher aus, und plötzlich erwachte das Haus wieder zum Leben.

Ich tätschelte Edies Bein. »Das ist mein Stichwort«, sagte ich und stand auf, um das Geschirr vom Frühstück abzuräumen.

Zehn Minuten später kam sie mit ihrem Handy in der Hand in die Küche. »Hey, ist das deine Freundin?«

Sie hielt mir das Display hin, und ich sah mich Auge in Auge mit Annie. Ich erstarrte. Edie wedelte mit dem Handy vor mir herum, doch ich schaffte es nicht, meine Hand zu heben, um es ihr abzunehmen.

»Ist das nun deine Freundin oder nicht?«

Ich beugte mich vor, um mir das Bild genauer anzusehen. Es war Annie, zweifellos. Sie stand auf einem grünen Rasen, lächelte und hielt ein Neugeborenes auf dem Arm. Sie war älter, runder, aber dasselbe Mädchen, das ich einst so gut gekannt hatte wie mich selbst. Es passte nur nicht, ihre Augen und ihren Mund in diesem großmütterlichen Gesicht zu sehen. In meiner Vorstellung war sie nie gealtert, hatte der Zahn der Zeit, der an mir genagt hatte, sie nicht behelligt.

»Ja«, sagte ich. »Das ist meine Freundin.« Ich nahm ihr das Telefon aus der Hand und fuhr mit dem Finger zart über das Display. Das Foto verschwand und wurde augenblicklich von einem Bild mit Sonnenblumen ersetzt. »Oh, sie ist weg. Was hab ich gemacht?«

Edie schnaubte und trug mir auf, mein Handy zu holen. Sie tippte ein, zwei Minuten lang auf dem Display herum, dann gab sie es mir zurück.

»So, ich hab dir jetzt erst mal ein Konto als Frances D. eingerichtet. Deine Freundin scheint sich nicht sonderlich um ihre Privatsphäre zu kümmern, darum kannst du einfach hier drauftippen, um ihre Bilder zu sehen. Na los, mach. Ja, genau. Und jetzt scroll dich einfach durch.«

Und da war Annies ganzes Leben – eine Tochter und ein Enkelkind, Essen mit Freunden, ein Bild von ihren Füßen, rote Fußnägel an einem Strand mit dem Wort »Florida!« in den Sand geschrieben. Wir hatten weit mehr Jahre getrennt voneinander verbracht als zusammen. Alle verschwendet und verloren. Ich fühlte Wut in mir aufsteigen. Auf sie, weil sie ohne mich weitergemacht hatte, und auf mich, weil ich es zugelassen hatte.

»Oh mein Gott. Frances, bist du das?« Edie deutete auf ein Foto: zwei Mädchen, die lachend an einer Küste standen, während ihnen der Wind die Haare ins Gesicht peitschte. »Ich und meine alte Freundin Frances. Throwback Thursday!«, stand darunter. Ich konnte mich nicht erinnern, wann dieses Foto gemacht worden sein sollte, doch es war da, und es zu sehen, fühlte sich an wie ein Schlag gegen die Brust.

»Du *bist* es«, quiekte Edie. Sie riss mir das Telefon aus der Hand und hielt es sich ganz dicht vor ihr Gesicht. »Wie cool. Oh mein Gott, schau dir mal deine Klamotten an! Gibt's da noch mehr von?« Sie tippte auf dem Display herum, fasziniert von ihrer Entdeckung.

»Okay, genug Zeitreise für heute.«

»Wow, Annie ist heiß. Schau dir mal dieses Bild von ihr im Badeanzug an.«

»Los, leg es weg und geh duschen, für den Fall, dass der Strom noch mal ausfällt.« Sie schenkte mir keinerlei Beachtung, bis ich anfing, mit den Fingern vor ihrem Gesicht zu schnippen. »Edie! Herrgott noch mal, gib mir das Handy.«

Sie ließ das Telefon in meine offene Hand fallen, dann schlang sie ihre Arme um mich und drückte ihre Wange gegen meine. »Danke für alles. Dass du mir in dieser Sache beistehst. Manchmal wünschte ich, du wärst meine Mutter.«

Eine Hitzewelle schoss durch meinen Körper, und ich spürte einen Schmerz, von dem ich fürchtete, er könnte mich zerreißen. Ich ballte meine Hände auf ihrem Rücken zu Fäusten, um zu verhindern, dass ich mich an ihr festklammerte. Als könnte sie mich retten.

Sie schnüffelte an meinen Haaren. »Du riechst wie ein Aschenbecher.«

Mrs Cleary trat zur angekündigten Zeit in Erscheinung. Das Haus war makellos. Ich stand in der Küche und lächelte so angestrengt, dass meine Lippen fast zerrissen. Alles in bester Ordnung, Mylady.

»Oh, Frances, das Haus sieht großartig aus, wie immer. Tausend Dank, dass Sie hiergeblieben sind. Geht es Edie gut?«

»Sie nimmt wieder Fahrt auf, würde ich sagen. Sie ist in ihrem Zimmer.«

Mrs Cleary klackerte den Flur hinunter, ihren Rollkoffer zog sie über den sauberen Boden hinter sich her. Ich hörte, wie sie Edies Namen rief, dann ihre beiden gedämpften Stimmen. Halte den Kurs, junge Edie. Behalte den Kurs bei und behalte deine Geheimnisse für dich. Ich hörte die Absätze über den Flur zurückkommen und begann, die blitzsaubere Arbeitsplatte abzuwischen.

»Ich würde sagen, es ist Feierabend«, meinte sie. »Danke noch mal.«

»Es gibt da etwas, Mrs Cleary, über das ich mit Ihnen sprechen müsste, wenn Sie einen Moment Zeit haben.«

»Sicher, schießen Sie los.«

»Es könnte ein paar Minuten dauern. Können wir uns setzen?«

»Gehen wir in mein Lesezimmer.«

Sie setzte sich an ihren Schreibtisch und gab mir ein Zeichen, ihr gegenüber Platz zu nehmen. »Ich denke, ich weiß, was Sie sagen möchten. Es ist nicht Teil unserer Abmachung, über Nacht zu bleiben, aber ich war wirklich verzweifelt. Wir werden Ihnen das natürlich zusätzlich bezahlen.«

»Das ist nicht nötig. Ich habe das gern gemacht. Die Sache ist, es ist an der Zeit, dass ich mich zur Ruhe setze.«

Sie gab ein merkwürdiges Geräusch von sich, eine Mischung aus einem Quieken und einem Husten. »Hat das gesundheitliche Gründe? Ich dachte, Sie hätten sich vollständig von dem Vorfall erholt?«

Der Vorfall. Gütiger Gott. Bei der Erinnerung daran zog sich mir der Magen zusammen. Ich war vor etwa zwei Monaten gerade dabei gewesen, staubzusaugen, als das Geräusch des Geräts auf einmal unerträglich laut wurde und mir ein seltsamer Geruch nach verbranntem Plastik in die Nase stieg. Mein letzter Gedanke, bevor alles um mich herum schwarz wurde, war, dass der Staubsauger jeden Moment explodieren würde. Ich kam im Krankenhaus wieder zu mir, jeder Muskel meines Körpers hart wie Beton und mein Stolz zutiefst verletzt, als mir klar wurde, dass es Mrs Cleary war, die in der Tür stand und dem Arzt schilderte, wie sie mich gefunden hatte, zappelnd wie ein Fisch am Haken, mit Schaum vor dem Mund und in einer Lache Urin. Hätte mich nur ein Fremder halb tot in der Gosse gefunden, alles, nur nicht das, was passiert war. Ich schämte mich seitdem so sehr, dass ich ihr nicht mehr in die Augen sehen konnte. Und jetzt das – ein schwieriges Gespräch in ihren geliebten heiligen Hallen. Es dauerte einen Moment, bis ich mich soweit gesammelt hatte, dass ich fortfahren konnte.

»Nein«, sagte ich, »es ist einfach Zeit.«

Sie rieb sich mit den Fingerspitzen die Stirn, wie ich es schon einige Male beobachtet hatte, wenn sie frustriert war. »Vielleicht habe ich Ihnen nicht oft genug gesagt, wie sehr ich – wie sehr wir uns alle, sollte ich sagen – auf Sie verlassen. Wir können über eine Gehaltserhöhung sprechen, wenn das der Sache förderlich ist.«

»Ich bin nicht auf mehr Geld aus, wirklich nicht. Was Sie mir bezahlen, ist mehr als angemessen.« Ich konnte spüren, wie mein Blutdruck kontinuierlich stieg. Bitte, Frau, mach die Dinge ausnahmsweise einmal nicht komplizierter, als sie sein müssen. »Ich habe mehrere Empfehlungen für Sie. Alles sehr gute Kräfte.«

»Frances, bitte, ich flehe Sie an.«

Sie stand kurz vor irgendetwas. Einem Tränenausbruch oder einem Wutanfall. Dazwischen würde es nichts geben. Ich war einmal Zeuge geworden, wie sie eine Glasvase nach Dr. Cleary geworfen hatte, als er sie stehen gelassen hatte. Er ging gerade noch rechtzeitig in Deckung und kam ohne einen Kratzer davon, aber das zersplitterte Kristall zusammenzufegen, war eine Heidenarbeit. Ich suchte ihren Tisch nach Wurfgeschossen ab.

Sie verschränkte die Arme vor der Brust. »Nun, wann werden Sie aufhören?«

»Ich bleibe noch, bis Edies Schuljahr zu Ende ist.«

»Zwei Wochen? Ich bitte Sie, Sie wissen, dass Robert und ich bis über beide Ohren in Arbeit stecken. Ich kann gerade unmöglich eine neue Haushälterin einarbeiten. Können Sie nicht warten, bis Edie nächstes Jahr mit der Highschool fertig ist?«

»Mrs Cleary, glauben Sie mir, wenn ich Ihnen versichere, dass das nicht möglich ist. Wie gesagt, ich habe mehrere Empfehlungen für Sie.« Ich zog einen Zettel aus meiner Tasche.

Sie schüttelte den Kopf und schnappte sich den Zettel. »Na schön, aber Sie sagen es Edie selbst. Ich habe keine Lust, dass sie denkt, ich hätte irgendetwas damit zu tun. Ich bin hier sowieso schon immer der Buhmann.«

»Ich werde am Montag nach der Schule mit ihr sprechen, wenn Ihnen das recht ist.«

Ich ließ sie mit dem Kopf in die Hände gestützt zurück. Ich winkte Edie zu, die in der Küche am Telefon plauderte, und schlüpfte zur Hintertür hinaus. Als ich um die Ecke war, holte ich meine Zigaretten aus der Tasche. Ich blieb stehen und rauchte, während ich herauszufinden versuchte, was ich fühlte. Erleichterung hauptsächlich, gemischt mit einem seltsamen Schwindel. Es war wie das Gefühl, das ich immer am ersten Schultag gehabt hatte – ein Versprechen, das etwas Wunderbares bevorstand.

Während ich nach Hause schlenderte, sah ich immer wieder Liz Clearys gequälte Miene vor mir. Es war das erste Mal, dass ich etwas anderes für sie empfand als Geringschätzung. Es hatte mir ganz und gar nicht gefallen, wie sie darüber gesprochen hatte, eine neue Putzfrau einarbeiten zu müssen, als wären wir wilde Pferde, die gezähmt werden müssten, aber zugegeben, sie steckte in der Klemme. Ich würde schwer zu ersetzen sein, und das wussten wir beide. Mit diesem neu gewonnenen Abstand rückte ich ein klein wenig von meiner festen Meinung über sie ab. Ich erkannte, dass sie gab, was sie geben konnte. Sie hatte einfach nur zu viele Prioritäten; kein Wunder, dass sie nicht alle unter einen Hut bekam. Sie hatte zu viele Talente mit auf den Weg bekommen, und im Laufe der Zeit hatte sie deren Wert aus den Augen verloren. Vielleicht wäre mir das Gleiche passiert.

Ich ging früh ins Bett, erschöpft von den Ereignissen der vergangenen zwei Tage. Der Schmerz riss mich aus einem tiefen, traumlosen Schlaf. Ich nahm die Tabletten und ertrug ein weiteres Mal die quälenden, rasenden Kopfschmerzen und die panische Angst.

Am Morgen war mein Zimmer von blendend weißem Licht durchflutet. Sonntag. Meine Gedanken begannen, Fahrt aufzunehmen. Die Wohnung putzen. Die Stromrechnung bezahlen. Die Miete ist morgen fällig. Die Bücher müssen zurück in die Bücherei. Oh mein Gott, dachte ich, was zum Teufel spielt das alles für eine Rolle. Um sich zu sorgen, braucht man ein Morgen. Ich stand auf, machte mir einen Tee und kroch wieder zurück ins Bett. Ich zündete mir eine Zigarette an und starrte zur Decke hinauf. Mir wurde klar, dass ich keinerlei Pläne hatte, wie ich meine verbleibenden Tage verbringen wollte. Einen Morgen zu vertrödeln, schien ein guter Anfang zu sein, aber es gab gewiss einfallsreichere

Dinge. Ich wollte lernen, wie man sich von allem befreite, was lediglich wichtig schien, und nur behielt, was wirklich wichtig war. Wie man den Lärm ausblendete, zur Ruhe kam und entdeckte, was wirklich wertvoll war. Doch ich verspürte auch den verzweifelten Drang, alles sofort machen zu wollen, das Leben voll auszukosten und alles mitzunehmen, was ich konnte, bevor mir keine Zeit mehr dazu blieb. Wie und wo ich damit anfangen sollte, hatte ich keine Ahnung.

Ich trank meinen Tee aus, und plötzlich hörte ich die Stimme wieder. »Ticktack, jetzt aber zack.« Ein Satz, den meine Grundschullehrerin immer gesagt hatte, wenn sie trödelnde Kinder vom Gang ins Klassenzimmer gescheucht hatte. Die Stimme rief so zärtliche Erinnerungen aus jener Zeit wach, dass mich ihre Rückkehr mehr entzückte als erschreckte. »Hallo, Tintenfisch«, sagte ich und schlug die Bettdecke zurück.

Ich duschte und machte, wie üblich, einen viel zu übertriebenen Aufwand um das, was ich in die Bücherei anziehen wollte. Ich lief an meinem vollen Wäschekorb vorbei, ließ mein schmutziges Frühstücksgeschirr in der Spüle stehen und schnappte mir meine Tasche mit den Büchern. Ich stieg vier Haltestellen früher aus dem Bus und ging den Rest des Weges zu Fuß. Als ich ankam, saß Hillary hinter der Anmeldung und telefonierte. Sie winkte mir vergnügt zu, als ich vorbeiging.

Ich ließ mich auf meinem Stammplatz nieder, dem besten Platz in der ganzen Bücherei, der Sessel versteckt hinter den Regalen mit den DVDs, wohin sich nur wenig Leute verirrten und von wo aus ich freien Blick auf die Anmeldung hatte. Ich las und sah Hillary dabei zu, wie sie ihrer Arbeit nachging. Ich bewunderte immer, mit welch offenkundiger Freude sie sich ihren Aufgaben widmete. Einmal hatte ich gehört, wie sie sagte, dass die Liebe zu Büchern gleich nach der Liebe zu ihrer Familie kam.

Ich fragte mich oft, wie sie zu dieser Arbeit gekommen war. Jede Bibliothekarin, die ich aus Filmen oder Serien kannte, kam entweder als langweilige, alte Jungfer daher oder als heimliche Sexgöttin in Tarnung einer Hausmutter. Hillary war keines von beiden. Sie war zweifellos eine attraktive Frau, deren wahre Schönheit sich allerdings erst offenbarte, wenn man ihr näherkam. Strahlende Pfirsichhaut über zarten, symmetrischen Wangenknochen. Große blaue Augen und eine lange spitze Nase. Volles glattes Haar – erdbeerblond nannte sie es, als ich einmal all meinen Mut zusammennahm und ihr ein Kompliment machte –, schulterlang und nach links gescheitelt. Sie war zierlich und hatte schlanke knochige Handgelenke und lange dünne Finger. Ihre Stimme war überraschend tief und voll und ihr Lachen kehlig. Sie trug nie Kleider oder diese Schuhe mit Pfennigabsätzen, für die junge Frauen momentan eine Schwäche zu haben schienen, immer nur dunkle Jeans und Stiefel oder Ballerinas. Und sie mochte Tücher, hatte immer eins um ihren langen Hals geschlungen – knallbunt geblümt oder fröhlich gepunktet.

Ich hatte nie einen Menschen kennengelernt, der sich so sehr für gedruckte Worte begeistern konnte wie sie. Viele Male hatte ich voller Bewunderung beobachtet, wie jemand auf sie zutrat und eine wirre Buchbeschreibung stammelte – »Es geht um eine Frau, deren Tochter ihr Studium schmeißt und in Toronto an einer Straßenecke um Geld bettelt« – und wie Hillary diese Besucher völlig verzückte und verblüffte, indem sie sie schnurstracks zu dem Titel führte, den sie suchten. Ich hatte nie erlebt, dass sie sich irrte, kein einziges Mal.

Ich war erschöpft von den Ereignissen der vorherigen Nacht und verlor beim Lesen immer wieder den Faden. Ich nahm mein Handy aus der Tasche und öffnete die App, die Edie mir heruntergeladen hatte. Ich tippte »Hillary Bennett« ein, doch es erschienen Dutzende Namen. Ich fügte »Bibliothekarin« hinzu und da war sie, wie von Zauberhand. Ein Bild nach dem anderen von ihr und ihrem Ehemann mit den markanten Gesichtszügen, ihren drei hübschen Söhnen, ihren schicken Freundinnen (darunter Liz Cleary). Ich tippte zurück zu den Familienfotos und blieb an einem Bild von den drei Jungs hängen, wie sie in einem Rennboot fuhren. Der älteste war blond wie seine Mutter. Ich hatte gerade sein lächelndes Gesicht vergrößert, als plötzlich Hillary vor mir stand. Ich presste das Telefon gegen mein Bein.

»Frances, Liz hat mir erzählt, dass Sie sich zur Ruhe setzen?«

Könnte sich doch bloß ein Expertenteam das Tempo und die Leistung der Zunge dieser Frau zunutze machen. Genug Energie, um Las Vegas zu beleuchten, dachte ich. »Ja, das stimmt.«

»Wie schön für Sie. Irgendwelche großen Pläne? Eine Reise vielleicht?«

Mich überkam der Wunsch, etwas Witziges oder Interessantes zu sagen. Sie zu fragen, ob sie irgendwann einmal einen Kaffee mit mir trinken wolle. Das gleiche alberne Verlangen, das ich jedes Mal hatte, wenn sie mit mir sprach. Wie immer atmete ich tief durch, bis es weg war.

»Eine Reise? Ja. Vielleicht.«

»Sagen Sie mir Bescheid. Ich kann Ihnen ein paar tolle Reisebücher empfehlen. Hören Sie, ich schließe heute ein bisschen früher, so etwa in einer halben Stunde. Mein Sohn hat Geburtstag, und ich habe noch nicht einmal den Kuchen gebacken.«

Ich stellte mir Hillary in der weißen Küche vor, die ich auf ihren Fotos gesehen hatte, in einer Schürze und mit einem Rührbesen in der Hand, während die Kinder darauf warteten, ihn ablecken zu dürfen. »Das ist in Ordnung. Ich wollte sowieso gerade gehen.« Ich vermied es, sie anzusehen, während ich meine Sachen zusammenpackte.

»Geht es Ihnen gut? Sie wirken heute ein bisschen angeschlagen.«

»Oh ja, es geht mir gut. Nur etwas müde, nehme ich an. Danke der Nachfrage. Viel Erfolg beim Backen.« Ich lächelte und ging. Mein Herz trommelte. Einen Block hinter der Bücherei blieb ich stehen, um Luft zu holen, und verfluchte mein Naturell. Nächstes Mal, dachte ich. Nächstes Mal wird mir etwas einfallen, das der Rede wert sein wird.

***

Am Montagnachmittag starrte ich eine geschlagene Stunde auf die Uhr, bis Edie nach der Schule endlich durch die Tür spaziert kam. Ich wartete mit frisch gebackenem Bananenbrot und einem Krug Limonade auf sie.

»Na hallo«, sagte ich. »Du siehst ja wieder ganz rosig aus. Hast du dich erholt?«

»Ich denke schon, auch wenn ich im Unterricht andauernd eingeschlafen bin. Auf dem Zettel von der Klinik steht, dass das normal ist.« Sie schlug sich eine Hand vor den Mund. »Scheiße«, flüsterte sie. »Mom ist nicht da, oder?«

Ich schüttelte den Kopf, schnitt ihr eine Scheibe Bananenbrot ab und goss Limonade über einen Turm aus Eiswürfeln. »Die Luft ist rein.«

»Ooh, das ist ja noch warm! Lecker. Willst du keins?«

»Im Moment nicht.«

Ich wartete, bis sie aufgegessen hatte, dann bat ich sie, mit mir hinaus auf die Terrasse zu gehen. Es war ein grauer und kühler Tag – zum Glück, dachte ich. Ich wollte nicht, dass dieses Gespräch an die Wonne des Frühlings gekoppelt war. Sie setzte sich zu mir auf die Zedernholzbank neben den Blumenbeeten.

»Edie, ich habe beschlossen, mich zur Ruhe zu setzen.«

Sie starrte mich ausdruckslos an. »Wie? Heute?«

»Nein, wenn dein Schuljahr vorbei ist.«

»Warum?«

»Es ist einfach Zeit.«

»Wahrscheinlich arbeitest du zu viel. Du solltest mal Urlaub machen. Oder du könntest es mit Yoga versuchen. Mom schwört darauf, wobei ich mir nicht sicher bin, ob es bei ihr den gewünschten Effekt hat.« Sie blickte in ihren Schoß hinunter und zupfte an ihren Nägeln herum. »Es ist wegen des Anfalls, oder?«

Ich zuckte zusammen. »Woher weißt du davon?«

»Ich hab gehört, wie Mom und Dad darüber gesprochen haben.«

Ich schauderte und hoffte, sie hatte nicht auch gehört, dass ich mich quer über den Fußboden ihrer Mutter erleichtert hatte. »Nein, Edie. Ich werde nur einfach zu alt, um ein großes Haus wie dieses zu putzen.«

»Ich hab nur noch ein Schuljahr vor mir. Wie wär's, wenn ich dir helfe? Ich könnte die Wäsche machen und staubsaugen.« Ihre Unterlippe begann zu zittern.

»Du sollst Hausaufgaben machen, keine Hausarbeit.«

Sie nickte. »Ich versteh schon, wirklich. Es ist nur, dass ich dich vermissen werde. Sehr. Und da ist diese ganz neue Verbindung zwischen uns, verstehst du?«

Ich nahm ihre kleine kalte Hand in meine. Sie war samtweich verglichen mit der rissigen Haut meiner eigenen. Wir saßen ein paar Minuten lang schweigend da, und ich war dankbar für diesen Moment der Ruhe.

»Ich hab dir noch gar nicht erzählt, dass mir der Doc und die gnädige Frau ein Auto kaufen, weil ich wieder Klassenbeste bin«, sagte sie.

»Und du mit deinem nagelneuen Führerschein lässt dich bestimmt nicht lumpen. Du Glückspilz.«

Sie grinste und wischte sich mit dem Ärmel die Tränen ab. »Vielleicht kann ich dich mal in deiner Wohnung besuchen?«

»Das wäre schön.« Ich gab ihr einen Kuss auf die Hand und ließ sie los. »Jetzt aber rein mit dir. Sonst holst du dir hier draußen noch eine Erkältung.«

Zwei Wochen später steckte ich meinen letzten Gehaltsscheck in meine Tasche, zusammen mit den Abschiedsgeschenken von Dr. und Mrs Cleary – fünf Hundertdollarscheine und ein überladenes silbernes Bettelarmband –, legte meine Schlüssel auf den Tresen und zog leise die Haustür hinter mir zu.

6

»Frances, halten Sie sich das über Ihr linkes Auge und versuchen Sie, die Buchstaben in der letzten Zeile zu lesen.«

»T-Z-C-O-F.«

»Gut. Jetzt decken Sie Ihr rechtes Auge ab und versuchen Sie diese Reihe.«

»Vorne ein B, hinten ein P, glaube ich. Die Mitte ist mir ein Rätsel.«

Sie machte das Licht an und setzte sich hinter ihren Schreibtisch, derselbe Tisch, vor dem ich fast zehn Jahre lang ein paar Mal im Jahr gesessen hatte. Sie war eine gute Ärztin, die beste Hausärztin, die ich je hatte. Klug, gewissenhaft und nicht allzu redselig, was mir sehr entgegenkam.

»Also«, sagte sie, »Ihr linkes Auge weist ein Defizit auf, das höchstwahrscheinlich mit dem größeren Problem zusammenhängt. Hatten Sie weitere Anfälle?«

»Nein, nur Kopfschmerzen.«

»Nehmen Sie Ihre Tabletten?«

Ich nickte.

»Ich habe mir Dr. Bell gesprochen. Sie ist nett, nicht wahr?«

»Ja.«

»Also weiter ein klares Nein zur OP?«

»Ich möchte, dass wir an dem Punkt weitermachen, über den wir zuletzt gesprochen haben.«

Sie lächelte mich traurig an. »Frances, ich möchte, dass Sie Ihren Wunsch noch einmal äußern, damit wir uns absolut im Klaren darüber sind, was Sie von mir brauchen.«

Ich brauchte nicht wirklich etwas von ihr. Eine Handvoll Schmerzmittel und eine Flasche Whisky würden den Zweck vermutlich auch erfüllen, aber diese Methode war einfach nicht sicher genug. Mir war es wichtig, dass ich über meinen Tod entscheiden konnte. Als junges Mädchen hatte ich, was meinen Körper betraf, laut Gesetz keine Wahl gehabt. Doch jetzt, im Alter, war das Gesetz plötzlich auf meiner Seite. Ich hatte ein Mitspracherecht. Der Tod würde mich holen, so wie er meinen Vater und meine Mutter geholt hatte, aber er würde es zu meinen Bedingungen tun. *Macht.*

Ich straffte die Schultern, atmete tief ein und langsam wieder aus und nahm den Moment ganz in mich auf. »Dr. Langley, ich wünsche einen ärztlich assistierten Suizid.«

Sie zog die Schublade eines Aktenschranks auf und begann, Formulare herauszunehmen. Vielleicht hatte sie genau das Gleiche erst gestern für jemanden getan, und vorgestern. Vielleicht gehörte es heutzutage zur ärztlichen Routine. Ich hatte die Proteste im Fernsehen gesehen, die Hasstiraden derer, die es als Mord bezeichneten. Sie zitierten die Bibel und schürten Ängste über Ärzte, die wahllos alte Leute und behinderte Kinder töteten. Und ich kannte die Rufe der Befürworter, die Gnade für ihre Liebsten und für sich selbst forderten. »Unsere Hunde und Katzen haben bessere Chancen auf ein würdiges Ende als Krebspatienten«, sagte eine Frau unter Tränen in den Nachrichten, nachdem sie ihre Mutter durch sinnlose Qualen hindurchgepflegt hatte. Dann vor zwei Jahren, fast auf den Tag genau, beugten sich Politiker und Richter dem Willen der Menschen – Menschen wie ich, wie sich herausstellte.

Dr. Langley reichte mir die Formulare. »Sie müssen einen offiziellen, schriftlichen Antrag stellen, und Sie brauchen eine unabhängige Person, die das alles bezeugen kann. Nehmen Sie sich Zeit, um in Ruhe darüber nachzudenken. Sie können Ihre Meinung jederzeit ändern.«

Ich nahm meine Zettel und trat hinaus in den frischen Junimorgen. Ich lief die sechs Blocks zu Fuß nach Hause und fand Edie in ihrem glänzenden neuen Auto vor meinem Haus vor, ein hübscher Kompaktwagen im blassen Grünlichblau eines Rotkehlcheneies. Er stand ihr hervorragend. Ich hatte nicht mehr mit ihr gesprochen, seit ich das Haus ihrer Eltern vor drei Tagen für immer verlassen hatte. Ich hatte vorgehabt, ihr eine E-Mail zu schreiben, doch dann war die Sache mit meinem Auge dazwischengekommen, und ich hatte die Zeit vergessen. Als sie mich sah, winkte sie mir durch die Scheibe zu und hupte. Sie hüpfte aus dem Auto und breitete die Arme aus.

»Mega, oder? Ich wollte gerade wieder fahren. Ich bin gekommen, um dich zu fragen, ob wir zusammen mittagessen und auf den neuen Flitzer anstoßen wollen.«

»Ich kann dir etwas zu essen machen, wenn du magst.« Ich überlegte, ob ich überhaupt etwas im Kühlschrank hatte, das ihr schmeckte.

»Frances, genieß das Leben. Du bist eingeladen, wohin du willst.«

Ich hatte das letzte Mal in meiner Jugend außer Haus gegessen, damals in einem schäbigen Imbiss. »Okay. Aber du entscheidest.«

Wir saßen an einem Tisch mit einem großen Stück Packpapier über dem weißen Tischtuch, eine gute Idee, wie ich fand. Schweres Besteck, frische Blumen auf dem Tisch, Kellner, die schwarze Schürzen um die Taillen geknotet trugen und sich schnell und zielsicher durch den Raum bewegten wie Bienen in einem Stock. Edie fühlte sich wohl hier. Sie passte hierher. Sie bestellte ein Pastagericht – hausgemachte Ravioli gefüllt mit gebratenem Hühnchen, Waldpilzen und Cambozola (ein Käse, wie sie mir versicherte) in einer Sherrysahnesauce – und ich tat es ihr gleich, zu verwirrt von der Speisekarte, um mich selbst für etwas zu entscheiden.

Mein Essen wurde behutsam vor mir abgestellt, ein riesiger, weißer Teller, in dessen Mitte sich akkurat aufeinandergestapelte, gelbe Vierecke mit gewellten Rändern befanden, bedeckt von einer Sahnesauce und besprenkelt mit Kräutern. Es sah aus wie ein Gemälde. Ich ließ die Zinken meiner Gabel in die weiche Mitte des obersten Vierecks sinken, schnitt es mit meinem Messer in der Mitte durch und nahm es hoch, um zu sehen, was sich darin befand. Ich tunkte es in die Sauce und nahm es in den Mund. Es schmeckte nach Erde und Milch, Wein und Holzrauch.

»Oh mein Gott, ist das nicht köstlich?«, fragte Edie.

Ich brachte keinen Ton heraus und kämpfte gegen Tränen an. Ich kostete ein zweites Mal, und es schmeckte noch besser. Edie redete weiter, doch ihre Worte klangen immer gedämpfter und weiter entfernt, bis schließlich sämtliche Geräusche im Restaurant verstummten. Alles was ich hörte, war das Klappern meines Bestecks und das Mahlen meiner Zähne. Alles was ich fühlte, war die Konsistenz des saftigen Hühnchens und der samtigen Sauce. Es gab nichts außer diesem wunderbaren Essen. Als ich den letzten Bissen aufgegessen hatte, tunkte ich ein Stück knuspriges Brot in die Sauce und wischte den Teller blitzblank, und plötzlich erwachte der Raum wieder zum Leben.

Als Edie aufstand, um die Rechnung zu bezahlen, überkam mich ein Frösteln. Mir wurde kalt bis auf die Knochen. Die Haut in meinem Gesicht kribbelte, und als ich versuchte aufzustehen, gaben meine Beine unter mir nach. Ich fiel hin. Ich spürte, wie mein Kopf hart auf dem Boden aufschlug, sah Edies verängstigtes Gesicht über mir, hörte sie meinen Namen rufen. Dann wurde alles schwarz.

Ich kam in der Notaufnahme wieder zu mir, ohne jede Erinnerung, wie ich dort hingekommen war. Mein Kopf dröhnte, und ich hatte einen metallischen Geschmack im Mund. Ich versuchte, mich auf die Seite zu drehen, doch meine Muskeln waren wie blockiert, stocksteif und brannten vor Schmerz. Irgendwo hinter dem Klingeln in meinen Ohren hörte ich Edies Stimme.

»Frances. Frances.«

Ich sah nach rechts, und da war sie, lehnte an dem Bettgitter, mit rotem Kopf und verweinten Augen. Ich versuchte angestrengt, mir in Erinnerung zu rufen, was passiert war. Ein junger Arzt in blauer OP-Kleidung erschien auf der anderen Seite des Bettes.

»Mrs Delaney, ich bin Dr. Virani. Ich bin der diensthabende Neurochirurg. Wie geht es Ihnen?«

»Ich habe Durst. Edie, könntest du …«

Edie verschwand durch den Vorhang.

»Sie hatten heute in einem Restaurant einen Krampfanfall. Erinnern Sie sich daran?«

»Nicht wirklich.«

»Ihre Enkelin hat den Krankenwagen gerufen, der Sie hierhergebracht hat. Ich habe Ihre Krankenakte gelesen. Haben Sie Ihre Medikamente genommen?«

Ich nickte.

»Im CT von heute zeigt sich eine signifikante Vergrößerung des Tumors seit der letzten Aufnahme. Ich weiß, dass Sie eine Behandlung des Glioblastoms ablehnen, aber die Dosis Ihrer Medikamente muss erhöht werden. Okay?« Er untersuchte mich, dann setzte er sich ans Fußende des Bettes. »Mrs Delaney –«

»Nicht Mrs. Einfach Frances.«

»Frances. Ich rate Ihnen dringend, noch einmal über die Operation nachzudenken.«

»Nein, vielen Dank.«

»Es gibt nichts, womit man Sie umstimmen kann?«

»Nein, vielen Dank.«

Er schüttelte den Kopf, dann gab er mir ein Rezept und ging. Edie kam mit einer Flasche und einem kleinen Plastikbecher in der Hand zurück. Sie goss etwas Wasser in den Becher und hielt ihn mir hin.

»Soll ich dir helfen?«, fragte sie.

Ich griff nach dem Becher und trank einen kleinen Schluck. Dann einen zweiten.

»Ich hab denen gesagt, dass ich deine Enkelin bin«, sagte sie. »Sie wollten mich nicht zu dir lassen, da habe ich improvisiert. Ich hoffe, das war in Ordnung.«

»Ja, sicher. Auch wenn du es abstreitest, ich sehe alt genug aus, um deine Oma zu sein.«

Edie stand neben dem Bett, mit herabhängenden Armen, und kaute an ihrer Unterlippe, so wie sie es häufig tat, wenn sie nervös war.

»Du kannst jetzt nach Hause gehen. Ich komme zurecht.«

»Auf gar keinen Fall. Ich lass dich nicht allein in diesem Saftladen.« Sie versuchte zu lächeln, doch ihre Lippen zitterten und bebten. »Ich weiß nicht, was ich tun soll.«

Ich hatte sie noch nie so verzweifelt gesehen, und mir wurde klar, dass sie über den Tumor Bescheid wusste.

»Ich sage dir, was du tun sollst – geh und such mir eine Schwester. Ich will hier raus.«

Sie fuhr mich nach Hause, half mir die Treppe hinauf und blieb auf meinem Bett sitzen, bis ich einschlief. Als ich aufwachte, lag sie neben mir und las ein Buch.

»Was machst du noch hier? Wie spät ist es?«

»Kurz vor halb acht.«

»Hast du deiner Mutter Bescheid gesagt?«

»Ich habe ihr gesagt, dass ich bei Colin bin.«

»Ich muss in die heiße Wanne, und du musst nach Hause. Hilf mir hoch.« Ich humpelte hinter ihr her, während sie ihre Sachen zusammensuchte. »Hör zu, ich kann dir nicht sagen, wie leid mir das tut, was heute passiert ist.«

»Es braucht dir nicht leidtun.« Sie ging zur Tür, dann schaute sie über ihre Schulter zu mir zurück. »Frances, was passiert jetzt mit dir?«

»Ich werde sterben, so wie jedes Lebewesen auf diesem Planeten.«

»Wann?«

»Ich weiß es nicht, Liebes. In ein paar Monaten, denke ich. Vielleicht früher. Es tut mir leid.«

»Mir auch«, sagte sie und schloss die Tür.

Nach einem langen, heißen Bad legte ich mich mit steifen, schmerzenden Gliedern auf das Bett und beobachtete durch mein Fenster die Dämmerung, bestürzt und betrübt, wie dieser Tag sich entwickelt hatte. Ich hatte vorgehabt, es ihr schonend zu sagen, behutsam. Was für ein Mist.

Der Himmel verdunkelte sich, und der Mond ging auf, leuchtend und voll. Ich spürte plötzlich, wie der Druck der Zeit auf mir zu lasten begann und bedrohlich schwer wurde. Ich musste meinen unabhängigen Zeugen für den Antrag auf begleiteten Suizid finden, und es konnte nicht länger warten. Ich stand auf und kramte nach einem alten Telefonbuch. Ich suchte mit zugekniffenen Augen die Seiten ab und da war er, ein Name mit einer Telefonnummer. Ich hatte befürchtet, ich würde ewig brauchen, um ihn zu finden. Ich wählte und war erstaunt, wie unverändert ihre Stimme klang.

»Du meine Güte. Frances Delaney«, sagte sie. »Nach all der Zeit.«

Am nächsten Morgen klingelte mein Telefon genau in dem Moment, als der Bus von der Bordsteinkante losfuhr. Edie, die sich nach mir erkundigen und fragen wollte, ob sie vorbeikommen dürfe. »Gern morgen«, sagte ich. »Heute habe ich etwas zu erledigen.« Ich kontrollierte zum dritten Mal, ob ich auch wirklich meine Tabletten genommen hatte. Die Angst, hier im Bus auf dem schmutzigen Boden zusammenzubrechen, war so groß, dass ich kaum Luft bekam.

Eine halbe Stunde später war ich nur wenige Gehminuten von der Adresse entfernt, die Schwester Barb mir am Abend zuvor am Telefon durchgegeben hatte.

Ich klingelte und strich mir die Haare glatt. Dann stand sie vor mir, eine alte Frau, die ich jedoch auf der Stelle wiedererkannte. Das gleiche breite Lächeln, das sich über ihr ganzes Gesicht erstreckte, der gleiche Kurzhaarschnitt, jetzt wie eine silberne Haube auf ihrem Kopf.

»Hallo, Frances.«

»Hallo, Schwester Barb.«

Sie führte mich in ihre Küche, ein langer, sauberer Raum mit gemaserten Kiefernschränken und einem Tisch voller Gebrauchsspuren. Ich saß schweigend da, während sie eine Kanne Tee kochte und einen Teller mit klebrigen Rosinenbrötchen anrichtete.

»Mich hat schon lange niemand mehr Schwester Barb genannt«, sagte sie, als sie den Tee einschenkte. »Milch?«

»Ja, bitte.«

Sie trug immer noch ein kleines goldenes Kreuz um den Hals, das an einer dünnen Goldkette hing. Sie bemerkte, dass ich es ansah.

»Ich habe den Nonnen den Rücken gekehrt, nicht Gott.«

»Wann war das?«

»Ein paar Jahre, nachdem du das Heim verlassen hast.«

Wir saßen da und tranken zusammen Tee, so wie wir es viele Male in der Küche des Heims gemacht hatten, und eine Sehnsucht nach Vergangenem überkam mich. Es war überraschend angenehm, mit ihr zusammen zu sein, beinahe einfach, ganz und gar nicht überschattet von den Geistern des Grams und Grolls, wie ich befürchtet hatte. Sie fragte mich, ob ich immer noch mein altes Lexikon mit mir herumtragen würde.

»Jedes Mal, wenn ich das Wort *Choreografie* höre, muss ich an dich denken«, sagte sie. »Ich sehe dich noch genau vor mir, wie du es einkreist und ein paar Mal laut sagst, nachdem du es im Radio gehört hast. Ich fand das immer eine so bezaubernde Angewohnheit.«

»Warum hast du die Nonnen verlassen?«

Sie atmete lange aus. »Oh, das hatte viele Gründe, schätze ich. Hauptsächlich, weil ich fand, dass es sich ohne kirchliche Einschränkungen besser arbeiten ließ.«

Ich lächelte. »Vieles funktioniert besser ohne kirchliche Einschränkungen.«

»Erzähle mir von dir. Hast du geheiratet oder noch weitere Kinder bekommen?«

»Nein. Du?«

»Nein. Ich bin viel gereist. Ich war zehn Jahre für ein Kinderhilfswerk in Vietnam. Danach weitere zehn Jahre in einem Waisenhaus in China. Jetzt bin ich froh, zu Hause zu sein. Welchen Beruf hast du letztendlich ergriffen? Ich erinnere mich, dass du gesagt hast, du würdest gern Lehrerin werden.«

»Ich war Haushälterin. Frisch im Ruhestand, um genau zu sein.«

Sollte sie enttäuscht sein, verbarg sie es gut.

»Bist du glücklich, Frances?«

»Hin und wieder. Und du?«

»Hin und wieder«, sagte sie und seufzte. Sie schob ihren Teller mit einem angebissenen Brötchen weg und trank einen Schluck Tee. »Weißt du, wir durften damals keinerlei Kontakt zu den Mädchen aufnehmen, wenn sie weg waren. Aber nachdem du uns verlassen hattest, habe ich mir Sorgen gemacht, wie du mit dem Tod deiner Mutter fertigwerden würdest, und habe deinen Pfarrer angerufen. Ich weiß noch, dass ich das Münztelefon in der Stadt benutzt habe, damit Schwester Bernadette nichts mitbekommt. Er sagte mir, dass du gut versorgt seiest, und ich war sehr erleichtert. Dann, nachdem ich die Kirche verlassen hatte, beschloss ich,

Kontakt zu dir aufzunehmen, um zu schauen, wie es dir ergangen ist, aber ich habe dich nicht gefunden. Nicht die geringste Spur von dir, nirgends. Ich habe es aufgegeben, als mir klar wurde, dass du vielleicht nicht gefunden werden wolltest.«

Ihre Miene verfinsterte sich leicht, als würde eine Wolke darüberhuschen.

»Schon komisch, ich habe im Laufe der Jahre viel über dich nachgedacht, aber als du gestern angerufen hast, war ich mir nicht sicher, ob ich bereit bin, dich zu sehen oder nicht.«

Die Luft im Raum hatte sich irgendwie verändert, und ich spürte, wie meine Nerven zu flattern begannen. Ich griff nach einem Brötchen und biss hinein. Mein Hals war trocken geworden, und das Brötchen drohte stecken zu bleiben. Ich nahm einen großen Schluck Tee, um es hinunterzuspülen.

»Weißt du«, begann sie, »ich dachte wirklich, dass ich etwas bewegen könnte. Das System von innen heraus verändern. Ich dachte, ich würde Gutes tun, wenn ich euch Mädchen dabei half, das durchzustehen, und die Kinder in einem würdigen Zuhause unterbrachte – ja, so nannte man das damals. Ein würdiges Zuhause. Aber wenn ich heute daran zurückdenke, schäme ich mich.« Sie machte eine Pause und schüttelte den Kopf. »Ich habe dich damals nicht einmal gefragt, ob es das war, was du wolltest.«

»Niemand hat mich gefragt, was ich wollte.«

»Ich weiß, ich weiß. Mein Gott, ich war so naiv. Ich wollte die Leitung des Heims übernehmen, sämtliche Bernadettes aussortieren. Und glaub mir, ich habe es versucht.« Sie schaute weg, in Richtung des geöffneten Fensters. Als sie sich mir wieder zuwandte, griff sie nach meiner Hand. »Glaubst du, du kannst mir vergeben?«

Sieh dich an, bittest mich um Vergebung. Und sieh mich an, im Begriff, dich zu bitten, mir mit deiner Unterschrift zu einem sanften Gang ins Grab zu verhelfen. Zwei junge Frauen, die in ihrer Zeit gefangen gewesen waren, heute zwei alte Frauen, nur einen Steinwurf vom Tod entfernt, mit nicht viel mehr vorzuweisen als Kummer und Bedauern. Ich verspürte das Bedürfnis, sie zu umarmen, ihr etwas zu sagen, damit sie erkannte, dass wir die ganze Zeit im gleichen Boot gesessen hatten. Verstehst du nicht, Schwester? Wir wurden beide betrogen, du und ich. Getäuscht von den Wächtern über Schuld und Scham, die uns glauben machten, es gäbe keinen anderen Weg. *Gelinkt.*

»Barb, ich erinnere mich, wie liebenswürdig du warst«, sagte ich. »Daran erinnere ich mich sehr gut.« Ich tätschelte ein paar Mal sanft ihre Hand.

»Und ich erinnere mich, wie stark du warst.« Sie schenkte uns Tee nach. »Nun, erzähl, was führt dich zu mir?«

Ich griff in meine Tasche und holte meinen Antrag für den begleiteten Suizid heraus. »Ich brauche deine Hilfe bei etwas.«

Abwehrend hob sie die Hände. »Frances, ich kann dir nicht dabei helfen, deine Tochter zu finden. Du musst dich ans Jugendamt wenden …«

»Alles, was ich brauche, ist deine Unterschrift.« Ich schob ihr den Antrag über den Tisch zu.

Sie fing an, sich im Raum umzublicken, und ich deutete auf ihren Kopf, auf dem ihre Lesebrille saß.

Sie las, was ich geschrieben hatte, dann blickte sie zu mir auf. »Wie alt bist du? Ende fünfzig?«

Ich nickte. »Achtundfünfzig.«

Sie legte ihre Brille auf dem Tisch ab und rieb sich die Augen. »Zu jung für das hier. Es tut mir leid. Mehr als ich sagen kann. Das Leben hat es nicht immer gut mit dir gemeint, was?«

Ich zuckte mit den Schultern. »Nicht besser oder schlechter als mit vielen anderen.«

»Hast du große Schmerzen?«

»Ich habe es im Griff. Ich möchte nur nicht mehr leiden, als ich aushalten kann.«

»Weißt du schon, wann es so weit sein soll?«

»Ich bin mir noch nicht sicher. Es gibt noch ein paar Dinge, die ich klären möchte.«

Sie tippte mit dem Zeigefinger auf das Formular. »Und das ist es, was du willst? Was du wirklich für dich willst?«

Ich nickte. »Danke, dass du mich das fragst.«

Sie stand auf, kramte in einer Schublade und kam mit einem dicken, schwarzen Füller zurück.

Ich zog den Antrag über den Tisch zu mir herüber und unterschrieb ihn mit ihrem wunderschönen Stift, dann reichte ich ihr beides zurück. Sie zögerte einen Moment, dann setzte sie ihre Unterschrift darunter.

»Und was wird dein Gott zu deiner Rolle hierin sagen?«, fragte ich.

»Ich weiß es nicht«, sagte sie lächelnd. »Ich schätze, ich werde ihn fragen, wenn ich ihn sehe.«

Wir saßen ein paar Minuten lang schweigend da, dann unterhielten wir uns über ihre Reisen und ihre Nichten und ein bisschen über Edie. Als sie mich zur Tür brachte, um mich zu verabschieden, fragte sie mich, warum ich sie als meine Zeugin ausgesucht hatte.

»Du hast gesagt, ich soll anrufen, wenn ich je etwas brauche«, sagte ich. »Und ich hatte das Gefühl, ich habe vielleicht etwas gut bei dir.«

Sie legte mir eine Hand auf den Unterarm. »Frances, darf ich für dich beten?«

Ich beugte mich vor und gab ihr einen Kuss auf die Wange. »Es kann nicht schaden, auf Nummer sicher zu gehen. Ich nehme alles, was ich kriegen kann.«

Auf der Busfahrt nach Hause dachte ich über sie nach. Ich fragte mich, ob sie nachts die Gesichter aller Mädchen, die sie gekannt hatte, vor sich sah, die Gesichter aller geopferten Säuglinge, jene die bereitwillig von traurigen, stillen Mädchen wie mir übergeben wurden, und jene, die Mädchen entrissen wurden, die schrien und Widerstand leisteten und flehten, sie behalten zu dürfen.

Wende dich ans Jugendamt, hatte sie gesagt. Als wäre ich dort nicht öfter gewesen, als ich zählen konnte. Das erste Mal, als ich den heruntergekommenen Flachbau aufsuchte, wütend, empört und voller Adrenalin, war ich höchstens einundzwanzig, spindeldürr, pleite und beinahe am Durchdrehen vor Einsamkeit. Ich hatte nicht eine Sekunde lang darüber nachgedacht, was ich gemacht hätte, hätten sie mir mein Kind ausgehändigt. Alles, was ich wusste, war, dass ich zurückhaben wollte, was mir gehörte. Doch bevor ich auch nur einen Ton herausbrachte, geriet ich in Panik und rannte hinaus.

Eine Woche später kehrte ich zurück und die Woche darauf wieder und die Woche darauf ebenso, doch nie brachte ich den Mut auf, etwas zu sagen. Ich ließ ein paar Wochen verstreichen, dann ging ich erneut hin. Ich drückte mich gerade auf dem Flur herum, als eine Frau auf mich zukam, die sich als Judy, eine Sozialarbeiterin, vorstellte, und mich in ihr Büro führte. Sie machte mir einen Kaffee, und da saß ich dann, während sie Notizen schrieb, Papiere abheftete und mich hin und wieder ansah und lächelte. Zwanzig Minuten später verließ ich ihr Büro, ohne ein Wort gesagt zu haben. Nach weiteren sechs Monaten versuchte ich es noch einmal und fragte die Frau an der Anmeldung, ob ich eine Mitarbeiterin namens Judy sprechen könnte, doch sie hatte inzwischen selbst ein Kind bekommen. Sechs Monate später ging ich wieder hin und traf Judy an ihrem Schreibtisch an. Sie sah mich an und fragte: »Wie soll ich Ihnen helfen, wenn Sie nicht mit mir sprechen?«

»Ich will einfach nur wissen, ob es Georgina gut geht«, sagte ich und brach in Tränen aus.

Judy notierte sich alle Angaben zur Geburt, dann ließ sie mich in ihrem Büro allein. Zwanzig Minuten später kehrte sie mit einer Akte zurück. Sie sagte mir, dass ein verheiratetes Paar meine Tochter adoptiert hätte, zwei Professoren von der Universität. Sie hatten eine Nachricht für mich in der Akte hinterlegt, für den Fall, dass ich mich eines Tages erkundigen würde. Judy sagte, sie seien »offen, dass ihre Tochter ihren Hintergrund sondiere«, was immer sie damit meinten, doch sie baten mich zu warten, bis sie mindestens zwölf sei, das Alter, von dem sie glaubten, sie wäre der Tatsache gewachsen, dass es mich gab.

Während Judy sprach, weinte ich ununterbrochen. Rückblickend erkenne ich, dass ich sehr wahrscheinlich eine Depression hatte, trotzdem arbeitete mein Verstand klar genug, um zu verstehen, dass mein Kind in diesem Raum gut aufgehoben war, sicher verwahrt in einer beigefarbenen Aktenmappe. Ich bedankte mich bei Judy und ging nach Hause in mein eiskaltes Zimmer in einem Wohnheim am unteren Ende der Cochrane Street.

Nach diesem Tag bildete ich mir hin und wieder ein, meine Tochter auf der Straße zu sehen. Oder ich wachte nachts schweißnass und nach Luft ringend aus Träumen auf, in denen sie ertrunken war oder entführt wurde oder an einer tödlichen Krankheit litt. Ich arbeitete in mehreren Haushalten mit kleinen Kindern und verbrachte viel zu viel Zeit damit, Gitterbetten und Hochstühle zu putzen und all das Spielzeug und den Krimskrams abzuwischen, den es brauchte, um ein Kleinkind zu bespaßen. Ich hörte schließlich auf, in Haushalten mit Kindern zu arbeiten, und mit Professoren.

Als sich der Tag von Georginas zwölftem Geburtstag näherte, ging es mir gesundheitlich besser, aber ich war weder reicher noch gebildeter. Und jedes Mal, wenn ich dachte, dass der richtige Moment für eine Annäherung gekommen sei, stellte ich mir vor, wie sie mich in einem teuer eingerichteten Wohnzimmer begrüßte, Seite an Seite mit ihren wohlhabenden, intellektuellen Eltern, während ihr ihre »Herkunft« gegenübersaß – eine mittellose Putzfrau mit schwachen Nerven. Ich war überzeugt, ihr nichts bieten zu können und dass sie das innerhalb von fünf Minuten in meiner Gegenwart kapieren würde. Ich fürchtete, dass sie bestenfalls enttäuscht sein, sich schlimmstenfalls für mich schämen würde, und dass ich ihr so oder so irgendwie schaden würde. Ich entschied, sie in Ruhe zu lassen, und machte mir stattdessen ununterbrochen Gedanken über sie. Ob ihre Haare rötlich waren wie meine und die meiner Mutter. Ob sie gern las und gut in der Schule war. Ob sie eine Freundin hatte, die sie gernhatte. Ob, ob, ob.

Inzwischen hatte meine Tochter dreiundvierzig Mal Geburtstag gehabt. Und ich hatte mir dreiundvierzig Jahre lang Gedanken gemacht und auf den richtigen Moment gewartet, in ihr Leben zu treten. Doch nun war das Zeitfenster geschlossen. Ich wusste, dass es ein stichhaltiges Argument dafür gab, mich zu offenbaren, doch es gab auch ein ebenso stichhaltiges dagegen. Würde sie keinen Kontakt zu mir haben wollen, würde mich das bis zu meinem letzten Atemzug belasten. Und eines Tages würden sie vielleicht Schuldgefühle plagen, weil sie eine sterbende Frau zurückgewiesen hatte. Würde sie mich kennenlernen wollen, würde sie mich verlieren, kaum dass sie mich gefunden hatte. So oder so, es war eine Bürde, die sie nicht verdient hatte. Trotzdem wünschte ich mir nichts sehnlicher, als ihr für ein paar Minuten als Mutter gegenüberzutreten. Gerade lange genug, dass sie mir sagen konnte, dass es nicht besser für sie hätte laufen können. Ich hätte die Gewissheit, dass ich das Richtige getan hatte, wäre die kluge, Opfer bringende Mutter. Doch ich hatte zu viel Angst davor zu hören, dass es ihr nicht gut ergangen war, dass die Frau, die sie großgezogen hatte, rachsüchtig und grausam war, dass ihr Vater sie geschlagen oder Schlimmeres getan hatte. Dass ich einen Fehler monumentalen Ausmaßes gemacht hatte und sie mich ihr ganzes Leben lang dafür verurteilt und gehasst hatte, was ich getan und was ich nicht getan hatte.

Barb hatte mich gebeten, ihr zu verzeihen. Sie hatte so ernst dabei ausgesehen – sie hatte es sich so sehr gewünscht. Ich war mir nicht sicher, ob ich ihr diesen Wunsch erfüllt hatte. Auch ich wollte, dass man mir verzieh, wollte mit meiner Tochter in einer gemütlichen Küche zusammensitzen, Tee trinken, ihre Hand nehmen und sie um Verzeihung bitten, dass ich nicht darum gekämpft hatte, sie behalten zu dürfen.

Ich stieg in der Nähe von Dr. Langleys Praxis aus dem Bus, gab meinen unterschriebenen Antrag ab und machte mich zu Fuß auf den Heimweg. Ich blieb vor einem Restaurant stehen, das Edie bestimmt gefallen hätte. Ich setzte mich auf eine Holzterrasse an einen Tisch mit Blick auf die Straße und bestellte ein Glas Champagner. Der Kellner trug mir die Tageskarte vor, und ich bat ihn, mir ein Menü zu empfehlen. Ich ließ mir eine köstliche Fischsuppe gefolgt von gebratener Entenbrust schmecken, trank und rauchte eine Zigarette in der späten Nachmittagssonne, als würde mein Leben gerade erst beginnen.

7

Hinter mir lag eine anstrengende Nacht. Das schwere Essen und der Wein im Restaurant, dazu die neuen Tabletten, bescherten mir unruhige Träume. Doch ich zahlte den Preis für diesen wunderschönen Abend mehr als gern. Und mit dem Morgenlicht stellte sich ein friedliches Gefühl ein. Ich hatte geregelt, wie ich sterben würde, und die einzige Aufgabe, die jetzt noch vor mir lag, war, mein restliches Leben zu leben. Alles, was ich noch wollte, war herauszufinden, wie ich jede Minute auskosten konnte.

Ich lümmelte noch im Bett herum, als Edie um kurz nach neun an die Tür klopfte. Ich war zu erschöpft, um mich anzuziehen, und entschied, sie im Bademantel und in Hausschuhen zu begrüßen.

»Oh nein, ich hab dich geweckt«, sagte sie. »Soll ich später wiederkommen?«

»Nein, nein, alles okay. Komm rein.«

Sie hatte einen Becherträger aus Pappe in der einen Hand und hielt mit der anderen eine fettverschmierte, weiße Papiertüre hoch. »Ich hab Frühstück mitgebracht. Grüner Tee und Croissants mit Käse und Ei.« Sie packte das Essen auf dem Tisch aus und machte sich darüber her.

»Also, ich weiß jetzt, was ich diesen Sommer machen will«, sagte sie.

»Ah, für welchen guten Zweck willst du dich diesmal engagieren?«

»Für dich. Du bist mein guter Zweck. Ich biete dir an, dir zu helfen oder einfach nur mit dir abzuhängen, ganz egal. Und bevor du jetzt Nein sagst …«

»Einverstanden.«

Sie hörte auf zu kauen. An ihren Lippen klebten Krümel, und an ihrem Kinn hing ein Stück Ei. »Was?«

»Ich sagte, ich bin einverstanden. Natürlich nur, wenn deine Bedingungen stimmen.«

»Aber ich hab mir eine Stunde lang eine Rede überlegt, um dich zu überzeugen.«

»Tut mir leid. Sprich weiter.«

»Das ist jetzt hinfällig. Du hast mich völlig aus dem Konzept gebracht.«

»Hör auf zu schmollen und erzähl mir, was du dir überlegt hast.«

Während ich ihr zusah, wie sie die letzten Reste ihres Frühstücks verschlang, flammte eine nie dagewesene Hoffnung in mir auf, und ich hielt es kaum aus, auf ihre Antwort zu warten. Mach schon, Edie. Raus damit. Erklär mir, wie man das Leben lebenswert macht.

»Okay, als Erstes schreibst du eine Wunschliste. Mit allen Sachen, die du unternehmen oder sehen willst und so weiter.«

»Edie, hast du deiner Mutter von alldem erzählt?«

»Nö.« Sie wischte sich die Hände an einer Serviette ab und zog ein kleines rotes Ledernotizbuch aus ihrer Tasche. »Wir machen das ganz old school, ohne digitalen Fußabdruck. Mom denkt, ich weiß nicht, dass sie mein Handy checkt. Letzte Woche hab ich ewig mit Colin hin- und hergeschrieben, wie gern ich eine Wimpernverlängerung hätte, wer's glaubt. Zwei Tage später hat sie mir hundert Dollar in die Hand gedrückt, ›einfach so‹, hat sie gesagt. Egal, ich hab das Geld der Tafel gespendet.«

Ich nippte an meinem Tee. Ich war Feuer und Flamme für ihre Idee, und sollte ihre Mutter Wind davon bekommen, sei's drum. Aber wie sollte ich ihr Angebot guten Gewissens annehmen? Wie sollten wir Zeit miteinander verbringen, ohne dass sie Schaden nahm, wenn mein Körper und womöglich mein Geist begannen, mich im Stich zu lassen? Es würde heikel werden. Sie war so begeistert und voller Tatendrang, hatte ganz rote Wangen vor Aufregung. Sie zurückzuweisen, wäre durchaus heikler, vermutete ich.

Sie schlug ihr rotes Buch auf und zückte den Stift. »Also«, sagte sie, »Nummer eins auf der Liste ist was? Und keine falsche Bescheidenheit.«

Ich wusste nicht, wo ich anfangen sollte, doch es war im Grunde ganz egal, was ich mir einfallen lassen würde, es konnte nur eine Enttäuschung für sie sein. Ich hatte insgesamt fünftausend Dollar auf meinem Konto, meine eiserne Reserve – keine schlechte Ausbeute für eine Putzfrau, doch das sechzehnjährige Mädchen mir gegenüber hatte vermutlich das Doppelte auf ihrem Taschengeldkonto. Sie wusste nicht, was es hieß, sparsam zu sein. Es war eine antrainierte Fähigkeit, genährt aus Not und Disziplin, ähnlich einer Religion, deren zentraler Grundsatz lautet: »Dir soll nichts mangeln.« Jeder Dollar, der jemals den Weg in meine Hände gefunden hatte, wurde behütet wie der Schatz, der er war, und dann klug – nein, raffiniert – von Papier in Gummi verwandelt. Gäbe es ein Studium, wie man das Beste daraus machte, pleite zu sein, ich hätte einen Doktortitel in angewandter

Entsagung und Entbehrung. Königin der Second-Hand-Läden und gesegnet mit einer einzigartig robusten Konstitution, die maximalen Ertrag bei minimalem Einsatz ermöglichte – ein ganzer Arbeitstag bei Wasser und einer Banane. Ich hatte gelernt, meine Genügsamkeit als ein Zeichen für körperliche und geistige Stärke zu betrachten, für eine gefestigte Persönlichkeit und einen starken Willen. Ich hatte mir nicht ein einziges Mal etwas genommen, das nicht mir gehörte, waren die Zeiten noch so mager, und das war etwas, worauf ich sehr stolz war. Die zufälligen Bekanntschaften mit Mrs Heneghan und Mrs Cleary waren Glücksfälle, die mir auf meinem Weg sehr geholfen hatten, doch ich sagte mir gern, dass ich es mit und ohne sie geschafft hätte, und wahrte so meine Integrität.

Und trotzdem hatte ich oft davon geträumt, ein Haus wie das der Clearys zu besitzen oder überhaupt ein Haus, und fragte mich außerdem, was ich mit der ganzen Zeit hätte anstellen können, die ich jahrelang damit verbracht hatte, Flecken aus gebrauchter Kleidung zu schrubben und mir Sorgen darüber zu machen, wo ich meinen nächsten Job herbekam. Oft hatte ich mir eine Wohnung voller neuer gebundener Bücher und einen Kühlschrank voller Köstlichkeiten gewünscht, eine Reise in ein Land, dessen Sprache ich nicht sprach, einen Uniabschluss. Abhilfe gegen diese Luftschlösser schaffte ich, indem ich einmal im Monat sonntags ehrenamtlich im Obdachlosenheim half und Dosensuppe und trockenes Weißbrot an die wirklich Glücklosen verteilte. Ich konnte meine eigene Situation noch so schlimm finden, da waren immer so viele, denen es noch viel schlechter ging als mir. Für mich waren diese armen Menschen sowohl Trost als auch Warnung. Jedes Mal, wenn ich einem von ihnen ein Tablett mit Essen reichte, dachte ich, dass es auch mich hätte treffen können. Mit einem Mal fühlte sich mein kleiner Notgroschen an wie ein Geldregen, und ich war bereit, durch ihn hindurchzufegen und mir einen bescheidenen Wunsch nach dem anderen zu erfüllen.

»Also gut«, sagte ich. »Ich hätte gern etwas Neues zum Anziehen. Nichts Ausgefallenes, nur etwas Neues.«

Sie notierte es in ihrer schönsten Schrift. »Weiter?«

»Lass mir ein bisschen Zeit zum Überlegen.«

»Wie wär's mit einer coolen Frisur, passend zu den neuen Klamotten?«

»Okay. Nummer zwei ist Friseur. Aber zuerst die Kleider.«

Am nächsten Tag fuhr mich Edie zur Mall, wo Colin auf uns wartete. »Treffsicherer Geschmack, der Junge«, sagte sie. Er war vollkommen anders, als ich ihn mir vorgestellt hatte, ganz und gar nicht verpickelt oder unbeholfen. Groß und gut gebaut, mehr Mann als Junge, der mit seinen kurz geschorenen, blonden Haaren und den Designer-Klamotten wie eine nordische Gottheit der Neuzeit wirkte. Er war freundlich und liebenswürdig, und ich verstand sofort, warum Edie ihn mochte. Ich schüttelte seine kräftige Hand und versuchte, nicht an die zwei Tage zu denken, die Edie und ich damit verbracht hatten, hinter ihm her zu putzen.

Sie scheuchten mich durch die Mall, suchten Hosen, Pullis, T-Shirts und eine Jeansjacke für mich aus. Ich wünschte mir ein Halstuch, und Edie wählte eines, das meine Augen ihrer Aussage nach explodieren ließ, was anscheinend etwas Gutes war. Jedes Mal, wenn ich aus einer Umkleidekabine kam, klatschten sie und sagten mir, ich würde es »rocken«. Dann statteten sie mich mit Sandalen und Sneakern aus, die, so versicherten sie mir, Hammer waren. Gegen ihren Rat kaufte ich mir auch ein Paar flache, schwarze Schuhe, wie die, die Hillary getragen hatte. Edie sagte, es seien Omaschuhe, doch ich hielt sie für den besten Kauf des Tages. Colin verstaute die Tüten in Edies Auto, und ich beobachtete durch den Rückspiegel, wie sie sich zum Abschied umarmten und küssten. Jeder, der die beiden sah, würde denken, sie seien bis über beide Ohren ineinander verliebt, und ich nahm an, dass sie das auf gewisse Weise auch waren. Sie schafften es, dass ich mich so lebendig fühlte wie seit Jahren nicht mehr.

Zurück in meiner Wohnung breitete ich alle Einkäufe auf dem Bett aus und probierte jedes Kleidungsstück noch einmal an. Dann schenkte ich mir einen Whisky ein und rauchte zum Fenster hinaus, in Kleidern, an denen noch die Preisschilder baumelten.

Zwei Tage später nahm Edie mich mit in einen Friseursalon. Wir liefen an einer Reihe erhöht stehender Massagesessel vorbei, in denen plaudernd Frauen saßen und Kaffee tranken, während ihnen andere Frauen mit OP-Masken die Fußnägel feilten und Hornhaut weghobelten. Ich folgte Edie mehrere Glasstufen in einen strahlend weißen Raum hinauf, in dem schwarze Drehstuhle vor raumhohen Spiegeln standen. Eine große, furchtbar dünne Frau mit hochstehenden, platinblonden Haaren tänzelte auf uns zu. Sie trug ein schwarzes Tank-Top und eine leuchtend rote Hose, und ihr linker Arm war von oben bis unten mit einem bunten Blumengarten tätowiert.

»Frances, das ist Debra, Colins Schwester«, sagte Edie.

»Oh ja«, sagte ich. »Ich habe Colin kennengelernt. Er ist bezaubernd.«

»Er ist ein Schatz. Also, Frances, setzen Sie sich und lassen Sie uns über Ihre Haare sprechen.«

Edie stand hinter mir neben Debra, die anfing, mir durch die Haare zu fahren. Ihre Finger streiften mich seitlich am Hals und lösten einen wohligen Schauer aus. Sie schürzte die Lippen und schnitt eine Grimasse.

»Ganz schön trocken. Welchen Conditioner benutzen Sie?«

Doch ich konnte nicht antworten. Das Gefühl ihrer Hände in meinen Haaren war zu stark. Jedes Mal, wenn sie eine Strähne anhob und bewegte, verspürte ich ein Flattern in der Brust. Dann legte sie mir die Hände auf die Schultern und tätschelte sie spielerisch, und das Flattern war weg.

»Machen wir heute auch Farbe?«, fragte sie.

»Nein, nur schneiden. Was immer mir am besten steht. Entscheiden Sie.«

Edie verließ uns, und Debra führte mich zu einem Stuhl, der vor einem Waschbecken stand. Ich lehnte mich zurück, und warmes Wasser floss über meine Kopfhaut. Ich war noch nie in meinem Leben bei einem Friseur gewesen. Wieso mein sauer verdientes Geld verprassen, wenn ich zwei gesunde Hände und eine scharfe Schere besaß? Vor Debra hatte mir nur ein einziger Mensch jemals die Haare gewaschen, meine Mutter. Ich sah sie den rosafarbenen Plastikbecher hochnehmen, den sie zum Ausspülen benutzte. Ich spürte ihren Handballen gegen meine Stirn drücken, um zu verhindern, dass mir Seife in die Augen lief. Dann begann Debra, kleine, feste Kreise mit ihren Fingerspitzen zu formen, an meinen Schläfen, hinter meinen Ohren, am Übergang zum Hals, und ich stellte mir vor, wie sich der Tintenfisch freute und mit einem Tentakel zuckte wie ein glückseliger Hund mit dem Hinterlauf, wenn er am Bauch gekrault wurde.

Als sie mit Schneiden und Föhnen fertig war, waren es nicht mehr meine Haare. Sie federten und fingen das Licht ein, während ich den Kopf nach rechts und links drehte. Glücklich blätterte ich das Geld für mehrere Flaschen klebriges Zeug hin, von dem Debra beteuerte, dass es von nun an überlebenswichtig sei, und ich lachte laut auf, als Edie zurückkam und ich den Ausdruck auf ihrem Gesicht sah.

»Mund zu, kleines Mädchen. Hast du noch nie eine Schönheitskönigin gesehen?«

»Du siehst so, ich weiß nicht, modern und elegant aus. Es ist wirklich schön, Frances. Los, lass mich ein Foto von dir machen.« Sie hielt ihr Handy hoch und drückte auf den Auslöser.

Sie machte ein weiteres Bild von mir im Auto, während wir an einer Ampel standen, und noch zwei, nachdem sie vor der Bücherei geparkt hatte. Dann verbrachte sie fünf Minuten damit, die Bilder zu bearbeiten und zu entscheiden, welches sie Colin schicken wollte.

»Edie, ich steige jetzt aus.«

»Warte, warte. Nur noch eine Sekunde.« Sie tippte auf ihrem Telefon herum, dann steckte sie es in ihre Tasche. »Warum gehst du den weiten Weg bis hierher? Keine fünf Minuten zu Fuß von dir zu Hause ist eine viel größere Bücherei.«

»Hier ist es ruhiger. Nicht so viel junges Gemüse.«

»Moms Freundin Hillary leitet diese hier. Kennst du sie?«

»Ja, sie ist großartig.«

Sie beugte sich zu mir herüber und umarmte mich. »Du siehst toll aus. Du wirst alle Männer verrückt machen.«

»Danke für heute. Schönen Abend und fahr vorsichtig.«

Als ich die Tür zur Bücherei öffnete, hörte ich, wie Edie mir etwas aus dem Auto hinterherrief.

»Hey, Frances, Nummer drei auf der Liste. Überleg dir was.« Sie hupte und fuhr weg.

Ich überprüfte mein Spiegelbild in der Tür, bevor ich hineinging. Hillary saß vor ihrem Computer. Ich ging auf sie zu, doch ihr Telefon klingelte und sie stand auf und nahm es mit ins Büro. Ich drückte mich ein paar Minuten vor der Ausleihe herum, blätterte durch Infobroschüren für Touristen, die ich schon tausendmal in der Hand gehabt hatte, bis sie schließlich zurückkam.

»Hey, Frances. Wow, Sie sehen fantastisch aus. Der Ruhestand tut Ihnen richtig gut, was?«

Sie lächelte und wandte sich wieder ihrer Arbeit zu. Ich suchte meinen Sessel auf und beschloss, bei meinem nächsten Besuch meine Jeansjacke und das schöne Tuch anzuziehen und zu schauen, was sie dazu sagte.

Später, im Bett, nahm ich mein Handy und öffnete ein weiteres Mal Hillarys Leben. Die Fotos vom Geburtstag ihres Sohnes waren schon online, der Kuchen meisterhaft dekoriert und mit einer Kerze in Form einer neun in der Mitte. Ihr Mann war auch da, lächelte und wirkte vollauf zufrieden mit seiner Familie. Sein Aussehen ließ auf Klasse und Geld schließen. Edie hatte mich gewarnt, nicht zu viel in das Leben der Leute auf ihren Fotos hineinzuinterpretieren – sie sahen oft glücklicher aus, als sie tatsächlich waren –, doch für mich lag Vollkommenheit in diesen Bildern. Anschließend stöberte ich ein weiteres Mal durch Annies Leben, lange genug, um ihre Gegenwart im Raum zu spüren. Mir kam plötzlich der Gedanke, dass Hillary und Annie vielleicht nachvollziehen könnten, dass sich jemand ihre

Fotos ansah. Vielleicht wussten sie längst, dass ich umherschlich und in ihren Angelegenheiten herumschnüffelte, wie jemand, der nicht wusste, wie man sich in einer Welt voller Menschen anständig benahm.

Vor vielen Jahren, kurz nachdem ich in der Stadt angekommen war, hatte ich eine Stelle als Reinigungskraft in einem großen Hotel angenommen. Zu Weihnachten beschlossen ein paar meiner Kolleginnen, zusammen auszugehen, etwas zu trinken, sich eine hiesige Band anzuhören. Ich war überrascht, dass ich auch eingeladen wurde, und brachte irgendwie den Mut auf, mitzugehen. Sie waren ein wilder Haufen und schienen einander gut zu kennen. Ich wusste nicht, wie ich mich verhalten sollte. Daher saß ich einfach nur da, nippte an einem warmen Bier und versuchte, mir bei ihnen abzuschauen, was ich machen und was ich sagen sollte. Ich fühlte mich von Minute zu Minute unwohler. Ich trank ein zweites Bier, in der Hoffnung, dass mich das lockerer machen würde, doch stattdessen fühlte ich mich nur aufgebläht und mir wurde übel. Ich ging auf die Toilette, um mich frisch zu machen. Ich war noch in der schmierigen Kabine, als ich hörte, wie draußen die Tür aufflog und zwei Frauen miteinander zu sprechen begannen. Ich erkannte Marthas Stimme. Sie war ungefähr so alt wie ich und arbeitete oft in meiner Schicht. Sie erinnerte mich an Annie, immer am Schnattern und beliebt, mit Ecken und Kanten, die ich anziehend fand. Jedes Mal, wenn sie eine Schimpftirade losließ, musste ich lächeln.

»Oh Gott, ich werde für diesen Abend morgen wahrscheinlich bezahlen«, sagte Martha. »Wenn ich mich weiter so volllaufen lasse, werde ich Frances fragen müssen, ob sie meine Schicht mitmacht.«

Die andere Frau sagte etwas, doch ich konnte ihre Stimme nicht zuordnen. »Warum hast du sie überhaupt eingeladen mitzukommen? Sie sitzt nur dumm rum und glotzt uns an wie ein Vollidiot.«

»Oh, verdammt noch mal, sie ist kein Idiot. Sie ist halt ein bisschen ruhiger, na und? Sie hat mir leidgetan. Aber okay, stimmt schon, sie ist heute noch gruseliger als sonst. Kümmere dich einfach nicht um sie.«

Ich wartete, bis sie weg waren, dann stahl ich mich zur Hintertür aus der Bar in die eiskalte Nacht hinaus und fuhr allein mit dem Bus nach Hause. Am nächsten Tag meldete ich mich freiwillig für die Nachtschicht und sah mich nach einer anderen Stelle um. Ich habe Martha nie wiedergesehen, doch der Stich, den mir ihre Worte damals versetzt hatten, fühlte sich noch heute so frisch und heftig an, als hätte ich sie gerade erst gehört. Ich schaltete mein Telefon aus und schwor, mir nie wieder irgendwelche Fotos anzuschauen.

Am nächsten Morgen ging ich in ein benachbartes Café, an dem ich schon viele Male vorbeigelaufen war, mich aber nie hineingetraut hatte. Ich entschied mich für einen Tisch am Fenster und sah den Regenschirmspitzen dabei zu, wie sie auf und ab wippten, während die Menschen auf dem Bürgersteig durch den Regen eilten. Ich war mit Edie zum Frühstück verabredet. Eine halbe Stunde nach der verabredeten Zeit kam sie durch die Tür gestürzt, ließ sich auf einen Stuhl fallen und schnappte nach Luft.

»Sorry, ich hab verschlafen. Manchmal hab ich das Gefühl, tagelang durchschlafen zu können. Wusstest du, dass Jugendliche faktisch mehr Schlaf brauchen als ältere Leute? Deshalb bin ich genau genommen gar nicht zu spät. Ich mache lediglich von meinem biologischen Recht Gebrauch. Wie geht's dir?«

»Gut. Ich möchte jetzt von meinem biologischen Recht zum Frühstücken Gebrauch machen.«

Edie winkte einer Bedienung, und ich folgte ihrem Vorschlag, Eier Benedikt mit geräuchertem Lachs und einen frischen Obstsalat zu bestellen. Ich beschloss, für den Fall, dass ich in den Himmel kommen sollte, bis in alle Ewigkeit nur noch Eier mit dieser gelben Soße zu essen.

Edie schob ihren leeren Teller zur Seite. »Okay, Nummer drei auf der Liste. Lautet wie?«

Ich beugte mich vor. »Diese Seite, auf der du mich angemeldet hast. Können die Leute da sehen, wer sich ihre Fotos anschaut?«

»Normalerweise nicht, warum?«

»Nur so. Ich weiß ja nicht, wie dieses ganze Zeug funktioniert.«

»Ich bin mir ziemlich sicher, dass da jeder jeden stalkt.«

Ein dumpfer Schmerz begann hinter meinen Augen aufzuziehen. »Was meinst du mit ›stalkt‹?«

»Du weißt schon, einfach so rumklicken und Leute auschecken. Und damit hätten wir Nummer drei – dich in allen sozialen Netzwerken anmelden.«

Ich veränderte meine Sitzposition auf dem harten Stuhl und drückte mir die Daumen in den unteren Rücken. Seit dem letzten Anfall fühlte ich mich permanent steif, und mir tat alles weh. Ich ließ mich in der Badewanne aufweichen, massierte mir die Waden und Oberschenkel, knetete meine Schultern, bis ich keine Kraft mehr in den Händen hatte, und trotzdem fühlte ich mich wie ein einziger großer Knoten. Ich hatte plötzlich ein Bild vor Augen, wie ich einmal in

Mrs Clearys Schlafzimmer geplatzt war und sie ausgestreckt auf einer Klappliege vorgefunden hatte, während ihr eine junge Frau die Füße mit Öl massierte. Gütiger Gott, hatte ich im ersten Moment gedacht, Menschen dafür zu bezahlen, dass sie einen berührten, das ist wirklich die Krönung. Doch dann hatte ich den Ausdruck auf Mrs Clearys Gesicht gesehen, es hatte puren Frieden ausgestrahlt, wie ein schlafendes Kind. Sie hatte nicht einmal mitbekommen, dass ich ins Zimmer gekommen war.

»Ich habe Nummer drei für dich«, sagte ich. »Was, meinst du, kostet eine Massage?«

»Achtzig Dollar? Vielleicht hundert? Mom hat eine Frau, die zu uns nach Hause kommt. Ich kann dir ihre Nummer besorgen.«

Ich schüttelte den Kopf. »Nein, niemanden den sie kennt.«

Edie zückte ihr Telefon, und innerhalb von fünf Minuten hatte sie einen Kerl namens Oliver aufgetan, der auf Menschen mit Krebs spezialisiert war. Nur allerbeste Bewertungen, versicherte sie mir. Sie rief an und machte einen Termin für mich aus, und sie bot an, mich hinzufahren und wieder nach Hause zu bringen. Der Gedanke, mich vor einem Mann auszuziehen, bereitete mir Unbehagen, doch das Kribbeln, das Debras Hände hervorgerufen hatten, hatte etwas in mir ausgelöst, ähnlich einem Jucken, an dem ich nicht kratzen konnte, einem Schmerz, der sich nicht so ohne Weiteres bestimmen ließ. Ich wollte, dass jemand – irgendwer – nach mir griff und die Knoten löste.

»Frances? Ich bin Oliver. Folgen Sie mir nach hinten.« Er war ein untersetzter, muskulöser Mann mit rasiertem Kopf und einer runden, silbernen Brille, die nicht zu seinem engen, blauen T-Shirt und der elastischen Sporthose passen wollte. Ich folgte ihm in einen Raum mit gedämpftem Licht, in dem ein fruchtiger Geruch lag. Er nahm mir das Klemmbrett ab, das mir das Mädchen an der Anmeldung gegeben hatte, und ging die Formulare durch, die ich ausgefüllt hatte.

»Haben Sie außer dem Gehirntumor weitere gesundheitliche Probleme?«

»Nein, dieses eine reicht.«

Er nickte. »Wie ich sehe, kennen Sie unsere Behandlungsmethode, die Körperarbeit, noch nicht, daher schlage ich vor, dass wir es heute sanft angehen und ich mir erst einmal einen Eindruck von Ihrem Körper verschaffe, um zu sehen, wie wir anschließend weitermachen können. Wie klingt das?«

»Was immer Sie normalerweise machen, ist prima.«

»Ich gehe kurz raus, damit Sie sich ausziehen können. Legen Sie so viel ab, wie Sie möchten. Sie sollen sich wohlfühlen.«

Ich zog mich bis auf die Unterwäsche aus und schlüpfte unter das weiche Laken. Er klopfte an die Tür, und ich bat ihn, noch einen kurzen Moment zu warten, dann stand ich wieder auf, zog meinen BH und meine Unterhose aus und stopfte beides in meine Hosentasche. Ich huschte zurück auf die Liege und lag zum ersten Mal in meinem Leben völlig nackt in einer Art Bett.

»Okay, ich bin so weit.«

Oliver kam in den Raum, und ich wandte den Blick zur Decke.

»Frances, ich werde an Ihrem Kopf beginnen und mich von dort aus hinunterarbeiten. Wenn ich zu irgendeinem Zeitpunkt aufhören oder etwas anders machen soll, sagen Sie es bitte.«

Ich atmete tief ein. Er stellte sich hinter mich, ließ seine Hände über meine Haare gleiten und umschloss mit seinen Handflächen meinen Hinterkopf. Seine Fingerspitzen drückten gegen die Knochen, die meinem Kopf mit meinem Hals verbanden. Sie kreisten und strichen, und ich schloss die Augen. Leise Musik spielte im Hintergrund, eine sich windende Melodie, gezupft auf einer Gitarre. Und während seine Finger um meinen Kopf herumwanderten, sich an der Rückseite meines Halses hinunter zu meinen Schultern vorarbeiteten, hatte ich das Gefühl, als würde sich mein Körper in alle Richtungen ausdehnen, mit Luft füllen und über dem Tisch schweben. Seine Hände glitten in der Mitte meines Brustkorbs hinunter, trennten sich, fanden wieder zueinander und teilten sich erneut. Als sich meine Haut und Muskeln von meinen Knochen zu lösen begannen, sah ich meine Tochter. Ich sah ihr neugeborenes Gesicht, zerdrückt und feucht, und ihren winzigen, gekrümmten Körper, der noch über die spiralförmige, bläuliche Nabelschnur mit meinem verbunden war. Ich sah sie ihre ersten wackeligen Schritte über einen Küchenboden machen und an einem diesigen Sommerabend in einem gelben Baumwollschlafanzug über einen grünen Rasen rennen, die Haare feucht und zur Seite gekämmt. Eine Schuluniform, ein Weihnachtskonzert, ein Springseil, ein aufgeschürftes Knie, eine Zahnspange. Ich sah sie bei einem anderen Mädchen untergehakt durch die Stadt spazieren. Ein schwarzer Hut mit einer Quaste, ihr Zeugnis über dem Kopf haltend, während sie für die Kamera lächelte. Ein Mann an ihrer Seite, ein weißer Schleier, eine Taufe. Erhobene Gläser zur Feier ihres neuen Jobs. Das alles lief vor meinen geschlossenen Augen ab, als wären es Erinnerungen.

»Alles in Ordnung?«, fragte Oliver.

Der Klang seiner Stimme holte mich in den Raum zurück. Ich nickte, und er pumpte sich Lotion aus einer Flasche, die in einem Beutel um seine Taille hing, in die Hände. Er knetete sich meinen rechten Arm hinunter, dann nahm er meine Hand in seine. Der Druck gegen meine Handfläche löste eine mir bis dahin vollkommen unbekannte Wonne aus, die in warmen Wellen durch mich hindurchschoss. Ich verspürte den Impuls, zu lachen und mit den Schultern zu zucken, einfach um mit meinen Gefühlen zurechtzukommen. Als er mit meiner linken Hand fertig war, war mir derart heiß, dass ich befürchtete, mein Körper würde in Flammen aufgehen.

Er hob das Laken und die Decke über meinem linken Bein an und steckte beides sanft unter meinem rechten Bein fest, wobei er meine Intimsphäre zu jeder Zeit wahrte. Er drückte und knetete meinen Oberschenkel und meine Wade, und mit jeder Handbewegung hörte ich die Stimme meiner Mutter, wie sie hoch und klar sang. Ich sah sie mit dem Rücken zu mir am Spülbecken stehen und ihren Körper hin und her wiegen, während ihre Melodie durch das geöffnete Fenster hinaus auf das offene Meer wehte. Ich roch das Brot, das im Ofen backte, und den beißenden Geruch der Fichtenäste, die im Feuer knackten und zischten. Sie drehte sich zu mir um und lächelte.

Oliver tat das Gleiche mit meinem anderen Bein, bevor er mich bat, mich auf den Bauch zu drehen. Er nahm das Kissen weg, und ich entdeckte ein Loch in der Liege, in das genau mein Gesicht hineinpasste. Mehr Lotion, mehr Handgriffe über meinen oberen Rücken, ein tiefer, beinahe schmerzhafter Druck, als die Verspannungen sich lösten.

Als er meinen unteren Rücken erreichte, spürte ich die Hände meines Vaters um meine Taille, wie sie mich auf das Deck seines Bootes hoben. Ich konnte das Meer riechen und den feuchten Nebel im Gesicht spüren, schmeckte das Salz in meinem Mund. Ich sah die tiefen Falten, die sich um seine blauen Augen in seine wettergegerbte Haut gegraben hatten, und seine kräftigen, schwieligen Finger um das Steuerrad. Ich hörte sein dröhnendes Lachen, als ich eine mit Seetang behängte Toilettenbrille aus dem Wasser zog. Als sich Oliver an der Rückseite meiner Beine hinunterarbeitete, hörte ich den Klang seiner Geige. »Swallowtail Jig«, ein fröhlicher Reel, der meine Kindheit geprägt hatte, erklang in meinen Ohren, und es war, als wäre mein Vater von den Toten auferstanden und stünde spielend direkt neben mir.

Oliver sagte etwas, und ich öffnete die Augen. Der Teppich unter meinem Gesicht war voller dunkler Punkte. Tränen. Ich bat ihn zu wiederholen, was er gesagt hatte. Er sagte, dass ich mich umdrehen könne, und reichte mir ein Taschentuch.

»Keine Sorge«, sagte er. »Das passiert häufig. Eine Massage kann ganz unterschiedliche Gefühle hervorrufen.«

Ich wischte mir mit den Händen übers Gesicht und legte mich zurück auf das Kissen. Er schlug das Laken zurück und begann, meine Füße zu massieren. Ich schloss die Augen. Es war die gleiche Wonne, die ich verspürt hatte, als er meine Hände massiert hatte, nur noch schöner, beinahe unerträglich schön. Und dann sah ich Annie, ihr lächelndes Gesicht leuchtete durch den dichten Nebel an der Küste.

»Frances, wir sind für heute fertig. Ruhen Sie sich für den Rest des Tages aus und trinken Sie in den nächsten Tagen viel Wasser.« Er wandte sich zum Gehen.

»Oliver«, sagte ich und streckte eine Hand nach ihm aus.

Er nahm meine Hand in seine.

»Danke.«

Er legte die andere Hand auf meine und lächelte. »Sehr gerne.«

Ich stand langsam von der Liege auf, unsicher, ob meine Beine mich tragen würden. Ich zog mich an und bezahlte für meine Stunde und dachte, dass ich Geld nie besser investiert hatte. Ich vereinbarte einen weiteren Termin und trat hinaus in das strahlende Sonnenlicht, wo Edie in ihrem kleinen, grünlichblauen Auto auf mich wartete.

»Na, wie war's?«

Exquisit. »Sehr schön.«

Sie lächelte und fuhr los. Als wir in meine Straße einbogen, bemerkte ich das Lied, das im Radio lief, junge Männerstimmen, eine irische Trommel und eine Flöte, ein Akkordeon und eine Geige. Eine aufgemotzte, moderne Version, aber es bestand kein Zweifel.

»Mach mal lauter.«

»Dad liebt diese Band. Er ist mit zwei von ihnen in die Highschool gegangen.« Sie drückte auf einen Knopf am Lenkrad, und das Auto füllte sich mit »Lukey's Boat«. Sie hielt vor meiner Wohnung, genau als das Lied zu Ende war.

»Edie, ich will nach Hause.«

»Du bist zu Hause. Ist alles okay?«

»Nein, Nummer vier auf der Liste. Ich will nach Hause.«

8

Edie war völlig aus dem Häuschen, als ich sagte, ich wolle nach Safe Harbour. Sie fand, dass ich endlich etwas Bedeutendes für die Liste gefunden hatte, und ich gab ihr recht. Doch später an diesem Abend kamen mir Zweifel. Ich befürchtete, dass ich vorschnell damit herausgeplatzt war. Dass ich mich von der Massage und dem Lied im Radio hatte mitreißen lassen und eine unüberlegte Entscheidung getroffen hatte. Zu viel Bauch und zu wenig Kopf. Doch nun, nachdem ich es einmal ausgesprochen hatte, fühlte es sich an wie ein Versprechen, das ich sowohl Edie als auch mir selbst gegeben hatte. Eines, das ich nicht brechen konnte.

Ich ließ mich in ein heißes Bad sinken und versuchte zu ergründen, ob je etwas Wahres an meiner lang gehegten Überzeugung gewesen war, niemals wieder nach Hause zurückzukönnen. Ich wollte zwinkern und mich an dem Ort befinden, gegen den ich mich so lange zur Wehr gesetzt hatte, wollte sofort an der Küste abgesetzt werden, bevor mir sämtliche Gründe einfielen, die dagegensprachen zu fahren. Niemand will in die Zeit und an den Ort zurückreisen, an dem er sich von seiner schlechtesten Seite gezeigt hat, will noch einmal seinem bedürftigsten und empfindlichsten Ich begegnen. An dem Tag, als ich mit dem Bus vom

Heim der Barmherzigen Schwestern zurück nach Safe Harbour gefahren war, hatte mein junges Herz einer überreifen Frucht geglichen, voller Druckstellen und kurz davor zu verfaulen.

Es war ein kalter Januarnachmittag im Jahr 1979. Die Fahrt dauerte Stunden länger als üblich. Schneematschhügel waren zu Eisklumpen gefroren, und starker Wind zwang den Fahrer, im Schneckentempo zu fahren. Als der Bus schließlich die Haltestelle erreichte, sah ich Pfarrer O'Learys Auto, den Dodge Dart in der Farbe von Erbsensuppe, dann entdeckte ich ihn hinter dem Steuer, stocksteif in die Ferne starrend. Ich beobachtete durch die Scheibe, wie er sich eine schwarze Wollmütze über die grauen Locken zog, einen Rosenkranz an seine Lippen führte und aus dem Auto stieg. Ich lief nach vorn, die Tür ging auf, und Pfarrer O'Leary musterte mich von oben bis unten. Sein Blick blieb an meinem immer noch runden Bauch hängen. Ich knöpfte meinen Mantel zu, um ihn zu verdecken, während er mir die Tasche abnahm, dann bugsierte er mich zum Auto.

»Kein gutes Wetter für eine Busfahrt«, sagte er und ließ den Motor an.

Wir bogen in die Hauptstraße ein.

»Frances, es tut mir sehr leid, was mit deiner Mutter passiert ist. Es muss ein echter Schock für dich gewesen sein.«

Ich nickte.

»Nun, angesichts der Umstände, wie sie gestorben ist, vertritt der Erzbischof den Standpunkt, dass eine katholische Beerdigung nicht infrage kommt, aber ich werde eine Messe lesen ...«

»Hat sie einen Brief hinterlassen?«

»Nein.«

»Dann können Sie sich gar nicht sicher sein, dass sie sich wirklich umbringen wollte.«

Aber er war sich sicher. Er erklärte mir, dass sie sich mit einem langen Strick einen schweren Stein ans Bein gebunden hatte. Alles, was er anschließend sagte, war nur noch unverständliches Rauschen.

Ich sagte nichts, und als die Küste vor uns auftauchte, wandte ich mich von ihr ab. Er fuhr mich zu Annie, wo ich vorerst bleiben sollte, bis eine dauerhaftere Regelung gefunden wurde. Mrs Malone stand in der Tür und schloss mich in die Arme. »Auch das wird vorübergehen«, flüsterte sie mir ins Ohr.

Sechs Monate lang hatte ich an nichts anderes gedacht als an mein Wiedersehen mit Annie. Außer ein paar Briefen, die Schwester Barb hin und her geschmuggelt hatte, hatten wir keinen Kontakt gehabt. Nun war sie da, stand hinter ihrer Mutter, mit gesenktem Blick, die Hände ringend. Sie griff nach meiner Tasche, und Mrs Malone ging in die Küche, um mir etwas zu essen zu machen. Ich folgte Annie die Treppe hinauf.

Ich legte mich auf ihr Bett, und sie kuschelte sich von hinten an mich. Ich konnte die Wärme ihres Körpers nicht spüren. Ich spürte gar nichts. Sie legte mir eine Hand auf den Bauch.

»Hat es wehgetan?«, fragte sie.

»Ja.«

»Mom hat gesagt, dass ich nicht über das Baby reden soll. Oder über deine Mutter.«

»Dann rede über etwas anderes.«

»Über was denn?«

»Ganz egal.«

Sie erzählte mir, wie sie mit Donny Doyle Schluss gemacht hatte, nachdem sie ihn eines Tages hinter der Schule dabei erwischt hatte, wie er unter Mary Simpsons Rock herumfummelte. »Ausgerechnet diese Schreckschraube«, sagte sie. »Diese Haare und diese Zähne«, spottete sie, dann plapperte sie drauflos und erzählte mir alles, was ich verpasst hatte, bis ich schließlich einschlief.

Am nächsten Tag war Annie an meiner Seite, während Pfarrer O'Leary die Messe für meine Mutter las. Es war kalt in der Kirche und leer, bis auf die Familie Malone und meine Mutter, die in einem schlichten Sarg vor dem Altar lag. Keine Blumen, keine Musik, nur die Stimme des Pfarrers, die von den weiß getünchten Holzwänden widerhallte. Dann standen wir in der eisigen Kälte am hintersten Ende des Friedhofs, so weit vom Grab meines Vaters entfernt wie nur irgend möglich. Der Pfarrer sprach den Segen und ließ Weihwasser auf den Sarg meiner Mutter tropfen, das laut auf dem Holzdeckel aufklatschte. Alles, woran ich denken konnte, war, dass sie alles genau so gemacht hatte, wie er es ihr gesagt hatte. Nicht ein einziges Mal hatte sie Zweifel geäußert, als er sie aufgesucht und ihr eine Geschichte präsentiert hatte, mit der meine Sünde vertuscht werden sollte. Doch ein Loch neben dem Grab meines Vaters ausheben, das ließ er nicht, hatte noch nicht einmal ein paar welke Nelken für sie beschafft. Ich konnte ihn nicht ansehen.

Hinter dem Grab lag das schiefergraue Wasser, auf dem sich schaumgekrönte Wellen zu bilden begannen, als der Wind stärker wurde. Ich sah zu, wie es sich bewegte und seine Bewegungen verhöhnten mich. Seine Schönheit und Erhabenheit waren verschwunden. *Makaber*. Ich kehrte dem

Meer den Rücken und schwor im Stillen, meinen Lebtag lang nie mehr in seine Nähe zu gehen.

Am nächsten Tag sagte ich Mrs Malone, dass ich zurück nach Hause wolle. Sie flehte mich an, noch zu warten.

»Keine Sorge«, sagte ich. »Meine Mutter hat etwas Geld gespart, damit werde ich zurechtkommen.«

»Für den Moment, aber nicht lange.«

»In einer Woche werde ich siebzehn. Früher oder später muss ich lernen, allein zu leben.«

Mrs Malone schüttelte den Kopf und fing an, Essen aus ihrer Speisekammer in eine Plastiktüte zu packen.

»Frances, du kannst zu jeder Tages- und Nachtzeit zu uns zurückkommen. Hörst du? Morgen komme ich rüber und schaue nach dir«, sagte sie. Sie umarmte mich und schloss die Tür.

Es war kalt im Haus. Nirgendwo eine Spur meiner Mutter – kein Geschirr auf dem Tisch, kein Mantel am Haken neben der Tür –, doch ich konnte sie sehen, wie sie vor der Spüle stand und Kartoffeln schälte. Ich konnte sie hören, wie sie mir sagte, dass es Zeit sei, meine Hausaufgaben wegzupacken und ins Bett zu gehen. Und ich konnte die blumige Seife riechen, die sie benutzte, um sich jeglichen Fischgeruch von den Händen zu schrubben. Ihr Zimmer oben war aufgeräumt, das Bett gemacht und unberührt, doch auf der Kommode entdeckte ich eine Staubschicht und fuhr mit der Fingerspitze hindurch. Dann schrieb ich ihren Namen auf das dunkle Holz.

Die Luft war abgestanden. Ich öffnete das Fenster und ließ einen kalten Windstoß hinein. Ich legte mich auf ihr Bett, mein Körper passte genau in den Abdruck, den ihrer hinterlassen hatte. Ich wartete auf Tränen, kniff die Augen so fest zusammen, wie ich nur konnte, doch es kamen keine. Ich stand auf und streifte von Zimmer zu Zimmer. In der Küche folgte ich einem Sonnenstrahl vom Fenster zur Arbeitsplatte. Eine weitere dicke Staubschicht. Als ich sie in die Luft pustete und den Partikeln dabei zusah, wie sie im Licht auseinanderflogen, fiel etwas Schweres, Braunes zu Boden. Ich griff danach, rieb es zwischen meinen Fingern und nahm es hoch. Ausgefranste Enden eines Stricks. Ich schleuderte sie ins Spülbecken und würgte mein Frühstück darüber, dann putzte ich das Spülbecken und machte einfach weiter.

Den ganzen Tag und die gesamte Nacht hindurch ignorierte ich die Schwellung und die Schmerzen, die noch von der Geburt herrührten, während ich alles schrubbte und polierte, was mir in den Weg kam. Dann zog ich ihr Bett ab und wusch die gesamte Wäsche, scheuerte das Bad und wischte alle Böden. Als die Sonne langsam aufging, legte ich die Kleidung meiner Mutter akkurat aufeinandergestapelt zusammen und packte sie in kleine Müllsäcke. Ich trug einen nach dem anderen in den Hohlraum unter der Dachschräge, zusammen mit jedem Foto von ihr und allen ihren Liederbüchern. Ich verstaute das Ganze hinter den Kisten mit dem Weihnachtsschmuck. Dann ging ich ins Bett, jedes Körperteil vor Schmerz schreiend, und vergoss genug Tränen, um mein Kissen zu durchnässen.

Ich schlief noch, als Mrs Malone mit meinem Mittagessen an die Tür klopfte. Ich schleppte mich die Treppe hinunter und fand sie in der Küche, wo sie einen Teller Truthahnsuppe auf den Tisch stellte und einen Laib selbst gebackenes Brot aufschnitt.

»Setz dich und iss das, Frances. Baby hin oder her, du siehst aus, als hätten dich diese Nonnen halb verhungern lassen wollen.«

Sie trank schlückchenweise ihren Tee und sah mir dabei zu, wie ich ein paar Löffel Suppe aß und an einem Stück Brot herumkaute. Dann erklärte sie mir, dass das Haus meiner Eltern nie ihnen gehört hatte. Es war auf Land gebaut, das der Kirche gehörte, und sie waren nur die Verwalter gewesen. Mr Malone hatte mit Pfarrer O'Leary vereinbart, dass er sich vorerst darum kümmern würde. Mrs Malone bat mich, bei ihnen einzuziehen, doch bei der Vorstellung, dauerhaft in Annies lautem Haus zu leben, wurde mir schwindelig. Ich sagte ihr, dass ich hier wohnen wolle, in meinem Zuhause. Sie traf ihre eigene Vereinbarung mit mir. Sie würde den Pfarrer davon überzeugen, mich im Haus wohnen zu lassen, wenn ich im Gegenzug einverstanden war, dass sie einen mütterlichen Blick auf mich warf, bis ich mit der Schule fertig war. Ich konnte mir nicht vorstellen, wieder zur Schule zu gehen. Allein der Gedanke jagte mir Angst ein.

»Ich kann noch nicht wieder in die Schule. Ich kann einfach nicht«, sagte ich. »Alle werden über mich reden. ›Schaut mal, da ist Frances. Die, die schwanger wurde und ihre Mutter umgebracht hat.‹«

Mrs Malones Teetasse schepperte gegen den Unterteller. »Jesus, Maria und Josef. Jetzt hör mir mal gut zu, Frances. Du hast schon genug Sorgen, nimm das nicht auch noch auf dich. Der Tod deiner Mutter hat nichts mit dir zu tun. Nichts. Manchmal müssen Menschen einfach loslassen, und damit basta.«

»Was loslassen?«

»Was immer sie festhalten.«

Ich nickte und ließ sie in dem Glauben, dass sie mich überzeugt hatte.

Annie kam jeden Tag nach der Schule zu mir. Ihre Mutter hatte ihr aufgetragen, mir die Hausaufgaben zu bringen und mich zum Abendessen zu ihnen nach Hause zu schleppen. Ich tat, was man mir sagte, hauptsächlich weil mir die Kraft fehlte zu streiten.

Ich wachte in diesem Winter jeden Morgen in der festen Überzeugung auf, dass mir an diesem Tag ein neues Unglück zustoßen würde – ein falscher Schritt auf dem Eis gefolgt von einem Loch im Kopf, ein tobender Schneesturm, der das Haus mit sich riss, ein tödliches Virus, das nacheinander alle meine Organe befiel. Doch jeden Morgen quälte ich mich aus meinem warmen Bett, um festzustellen, dass sich die Welt völlig normal weiterdrehte. Eine Welt, die gar nicht zu bemerken oder sich darum zu scheren schien, was passiert war. Es war, als hätte meine Mutter nie existiert, und das machte mich wütend. Einmal in der Woche ging ich zum Grab meines Vaters und versuchte, meine viel zu schnell verblassenden Erinnerungen an ihn festzuhalten. Ich wollte auch das Grab meiner Mutter besuchen und den Schnee von dem weißen Holzkreuz fegen, einfach um mir zu beweisen, dass es sie tatsächlich gegeben hatte. Doch ich tat es nicht. Nicht ein einziges Mal. Ich schämte mich zu sehr und schaffte es nicht, ihr gegenüberzutreten.

Ansonsten verließ ich das Haus nur, um einzukaufen. Ich ging immer frühmorgens, wenn im Laden noch wenig los war und meine Mitschüler in der Schule waren. Trotzdem traf ich immer auf ein paar Leute, mit denen ich fertigwerden musste. Sie nahmen mich zur Kenntnis, indem sie mich entweder anstarrten oder schnell wegschauten, und ich wusste nie, was ich schlimmer fand. Hatte ich dann endlich alle Tomatensuppendosen und Müslipackungen in meiner Tasche verstaut, war ich klatschnass geschwitzt, und mein Herz stand kurz davor, aus meiner Brust zu springen.

Ich verbrachte meine Tage damit, auf dem Sofa zu liegen und in den Fernseher zu starren, den ich ohne Ton laufen ließ. Ich war permanent müde, schlief aber kaum. Meine Arme und Beine waren bleischwer und fühlten sich an wie Gummi, und mir taten die Gelenke weh. Ich hatte keinen Hunger und vergaß manchmal tagelang zu essen. Meine Schulbücher lagen ungeöffnet auf dem Küchentisch, ich konnte keinen klaren Gedanken fassen, schaffte es gerade einmal, mich darauf zu konzentrieren, den Tag zu überstehen. Ich hatte keine Lust zu lesen oder auf irgendetwas anderes – nicht einmal auf Annie. Sie stürmte jeden Tag um kurz nach drei durch die Tür, lächelte und quasselte und tat alles Erdenkliche, um mich aufzumuntern, und ich wurde so gereizt in ihrer Gegenwart, dass ich anfing zu glauben, ich würde sie hassen. Abends saß ich am Esstisch der Malones und zählte die Minuten, bis ich mich endlich davonmachen konnte. Dann ging ich nach Hause und putzte das Haus, bis ich mich ruhig genug fühlte, um zu schlafen.

Als meine Kleider nur noch an meinem knochigen Körper herunterhingen, machte sich Mrs Malone solche Sorgen, dass sie den Arzt rief. Sie standen eines Morgens unangekündigt zusammen vor meiner Tür. Ich hörte dem Arzt zu, wie er von Trauer sprach und davon, dass meine Hormone aus dem Gleichgewicht seien, dass ich mehr essen und einmal am Tag an die frische Luft müsse. Er und Mrs Malone steckten im Wohnzimmer die Köpfe zusammen, während ich in der Küche wartete und mir wünschte, im Erdboden zu versinken. Alles, was ich wollte, war, in Ruhe gelassen zu werden, doch davon wollten Annie und ihre Mutter nichts wissen. Mrs Malone mästete mich mit dick bestrichenen Butterbroten und Vitamintabletten mit Fruchtgeschmack. Annie packte mich jeden Tag warm ein und schob mich zur Tür hinaus, um stundenlang mit mir spazieren zu gehen, ganz egal bei welchem Wetter. Ich war bereit mitzugehen, solange wir stumm nebeneinander hergingen und uns vom Wasser fernhielten.

Dann eines Tages Ende April machte ich beim Laufen den Reißverschluss meines dicken Anoraks auf. Von den Schneebergen war nur noch eine graue Kruste übrig, und ich spürte die Wärme der Sonne auf meinem Gesicht. Ich wandte mich Annie zu und bat sie, mit mir zu reden.

»Worüber soll ich reden?«

»Egal. Rede einfach.«

Sie machte einen Satz auf mich zu und schlang die Arme um mich, wobei sie uns fast zu Boden riss. »Dem Himmel sei Dank«, sagte sie. »Du bist zurück.«

Ende Mai ging ich mit Annie an meiner Seite zurück in die Schule, auch wenn mir klar war, dass das Schuljahr für mich praktisch gelaufen war. Als Mary Simpson bei meinem Anblick die Kinnlade runterklappte, baute Annie sich vor ihr auf.

»Klappe zu, Schlampe, sonst stopf ich sie dir.«

Sie hakte sich bei mir ein und stolzierte den Gang hinunter, grinsend als wäre ich ein Preis, den sie gewonnen hatte. Ich trug immer noch die Last all dessen, was ich verloren hatte, auf meinen Schultern, und ich konnte mir nicht vorstellen, je wieder glücklich zu sein, doch in diesem Moment glaubte ich, dass alles möglich war, solange ich Annie hatte, die mich stützte.

***

Mein Badewasser war kalt geworden. Ich stieg fröstelnd aus der Wanne und wickelte mich fest in ein Handtuch. Am Morgen würde Edie mich abholen. Zusammen würden wir dorthin zurückreisen, wo mein Leben begonnen hatte. Sie hatte mich angebettelt, sie mitzunehmen, und ob es nun klug war oder nicht, ich hatte Ja gesagt. Ich wollte so viel Zeit wie möglich mit ihr verbringen, und ich brauchte sie. Die Schmerzmittel waren inzwischen ein abendliches Ritual geworden. Meine nachlassende Sehkraft schien sich eingependelt zu haben, aber hin und wieder geriet ich aus dem Gleichgewicht, war wackelig auf den Beinen und bewegte mich nicht mehr bedenkenlos und unbesorgt umher. Ich wusste außerdem, dass sie mir als eine Art Schutzschild dienen könnte, als ein Puffer zwischen mir und dem, was auch immer mich an einem Ort erwartete, an dem ich so viel Schmerz erfahren hatte. Ich trocknete mich ab und verspürte Gewissensbisse, dass ich Edie für meine Zwecke ausnutzte. Ich rang sie nieder, bevor sie größer werden und sich voll entfalten konnten.

Edie durfte mit ihrem Führerschein nicht auf dem Highway fahren, und so landeten wir in einem vollen und sehr lauten Bus. Ihrer Mutter hatte sie gesagt, dass eine Reise in meine Heimatstadt unerlässlich für ihre Allgemeinbildung sei. Eine einmalige Gelegenheit, das ländliche Neufundland kennenzulernen, und ihre Mutter hielt es für eine geradezu geniale Idee. Mrs Cleary rief mich sogar an, um sich bei mir zu bedanken, dass ich dazu beitrug, Edies Horizont zu erweitern.

Es war Hauptsaison, und die einzig freie Unterkunft war eine leicht heruntergekommene Ferienwohnung mit Blick auf einen felsigen Küstenstrich zwei Orte östlich von Safe Harbour. Wir kamen am späten Nachmittag an, gerade als der kühle Nebel von den Grand Banks hereinzuziehen begann. Nebel so dicht, dass man sich dagegenlehnen kann, hatte mein Vater immer gesagt. Edie packte ihre sämtlichen Gerätschaften aus, dann breitete sie meine Sachen ordentlich auf dem Bett aus. Sie verlor kein Wort über den Whisky oder die Zigaretten, ordnete alles nur nebeneinander auf der Kommode an und kümmerte sich anschließend um ihren Handyempfang.

Ich ging nach draußen und setzte mich in einen bunt bemalten Holzsessel auf die Veranda. Das Meer war ruhig und grau wie ein Kriegsschiff. Ein beißender Geruch aus Salz und Seetang wehte vom Wasser herein. Ich atmete ihn ein und war wieder ein Kind, das mit Annie den Strand absuchte. Zwei Paar winzige Gummistiefel, glänzende Muschelschalen wie Edelsteine in unseren kleinen Händen. Ich schloss die Augen und atmete ganz flach, um die Vergangenheit nur nach und nach zuzulassen.

Der Nebel verwandelte sich in feinen Sprühregen. Wie gut ich mich an diese ganze Nässe erinnerte. Regen und Niesel, Graupel und Schnee, permanent drang Feuchtigkeit in alles, unter Wolle und durch Holz, jeder Tag ein Kampf gegen die ewige Nässe. Wasser und Wind. Heulende Böen, die zu jeder Jahreszeit Hausverkleidungen ab- und Schuppen mit sich rissen. Die ganze Insel war wie besessen von dem rauen Wetter, das praktisch in jedem Gespräch Thema war, gehasst und gefürchtet und insgeheim doch geschätzt als Beweis unserer inneren Stärke. Und schien dann die Sonne, stärkte sie Körper und Geist gleichermaßen, und da sie sich nur selten zeigte, wirkte sie umso strahlender, wurde hierzulande regelrecht verehrt und war dafür bekannt, die Menschen halb bekleidet vor die Tür zu locken, sobald sich das Thermometer im einstelligen Bereich bewegte. Meine Insel war ein karger Felsen, der unbarmherzigem Wetter ausgesetzt war, doch sie machte es einem nie schwer, einen Grund zu finden, sie zu lieben. Wie diese Küste, auf die ich jetzt blickte, und wie die, die ich nicht mehr gesehen hatte, seit ich neunzehn gewesen war. Wäre dieser Küstenstrich nicht mit so viel Kummer verbunden, ich hätte ihn als ein Juwel dieser Erde betrachtet.

Ich fröstelte und knöpfte meine Strickjacke zu und dachte an den Tag, als ich Dr. Langley zum ersten Mal gefragt hatte, wie meine letzten Minuten ablaufen würden. Sie würde mit ihren Ampullen und Spritzen dorthin kommen, wo ich sterben wollte. Ich könnte einladen, wen immer ich an meiner Seite haben wollte. Sie würde mir und allen anderen im Raum erklären, was als Nächstes geschehen würde, dann würde sie mich ein letztes Mal fragen, ob ich mir sicher sei. Sie würde mir ein Medikament injizieren, das mich in einen sanften Schlaf versetzte, dann zwei weitere Medikamente, die zum Versagen aller Organsysteme führen würden, eine schmerzlose und kurze Angelegenheit, die alles in allem nicht länger als zehn bis fünfzehn Minuten dauern würde. *Erlösung.*

Ich stellte mir vor, wir wären nur zu zweit: Ärztin und Patientin. Wen gab es sonst noch? Edie war tabu. An diesem Ort hatte das Kind einer anderen Frau nichts zu suchen, und ich war nicht erpicht darauf, dass ihre letzte Erinnerung an mich mein letzter Atemzug war. Doch die Vorstellung, allein in einem Raum ohne Beisein eines vertrauten Menschen zu sterben, ließ mir keine Ruhe. Ich hatte mir mein einsames Leben sorgsam aufgebaut und fand bisweilen nichts daran auszusetzen. Ich war sogar ein kleines bisschen stolz darauf, eine Einzelkämpferin zu sein, eine Frau, die alles allein schaffte. Ich hatte mir eingeredet, dass mir nichts fehlte und dass ich mir die Verhältnisse, in denen ich lebte, selbst ausgesucht hatte. Häufig jedoch, besonders jetzt, wurde mir nur allzu bewusst, was ich zuwege gebracht hatte – ein Leben, das auf einem Fundament aus ramponierten Nerven aufgebaut war, aus lähmender Schüchternheit und einem geschundenen Herzen, das es nicht überstehen würde, ein weiteres Mal gebrochen zu werden. Mit hohen und festen Mauern, die jeden fernhielten. Annie hatte es hineingeschafft, bevor die Mauern standen, und Edie war im Laufe der Zeit durch die Risse geschlüpft.

Früher hatte ich mich oft gefragt, ob Menschen tatsächlich an Einsamkeit sterben konnten – ob das Herz aufhören konnte zu schlagen, wenn jahrelang niemand mit einem sprach oder man nie berührt wurde. Ich hatte einmal eine schwere Grippe gehabt, die mich eine ganze Woche lang ans Bett fesselte. Fünf Tage und Nächte sprach ich kein einziges Wort. Ich sah niemanden, und niemand sah mich. Als es mir schließlich gelang, mich zum Einkaufen in einen Laden zu schleppen, streifte die Kassiererin unbeabsichtigt meine Hand, und ihre Berührung brannte wie Feuer. Ich wollte sie bitten, mir etwas von sich zu erzählen: wo sie wohnte, was sie gefrühstückt hatte, welche Bücher sie las. Als ich den Mund öffnete, um mich zu bedanken, steckte meine Stimme irgendwo tief in meiner Kehle fest, eingerostet durch Nichtbenutzung.

Vermutlich noch schlimmer als die Einsamkeit war meine lähmende Unfähigkeit, sowohl die Initiative als auch die Gelegenheit zu ergreifen, anders zu sein. Wie oft hatte ich mir vorgenommen, mich einer Lesegruppe anzuschließen oder einen kostenlosen Kurs oder etwas Ähnliches zu besuchen, wofür an der Pinnwand einer öffentlichen Bücherei geworben wurde, nur um dann vor meiner Wohnungstür zu stehen und den Türknauf mit meiner feuchten Hand so lange umklammert zu halten, bis es zu spät war hineinzugehen. Ich fühlte mich jedes Mal wie eine Versagerin, als wäre ich lebensunfähig. Andererseits hatte es nie jemanden gegeben, der mir gezeigt hatte, wie man es richtig in Angriff nahm. Etwa einmal im Jahr war meine Verzweiflung, anders sein zu wollen, dermaßen groß, dass ich darüber nachdachte, mir professionelle Hilfe zu suchen. Ich wusste, dass es Menschen gab, die darauf spezialisiert waren, doch ich war zu ängstlich, um mich hinaus in die Welt zu wagen und jemanden zu suchen, der mir meine Angst nahm. Und so drehte ich mich im Kreis, Jahr für Jahr, bis der Tintenfisch anklopfte. Wäre ich doch nur über meinen eigenen Schatten gesprungen, hätte hin und wieder die Gelegenheit ergriffen, hätte die Schläge eingesteckt und die Zärtlichkeiten genossen oder wäre verdammt noch mal wenigstens so vernünftig gewesen, um Hilfe zu bitten und sie anzunehmen, wenn sie mir angeboten wurde. Doch das hatte ich nicht, und mir zu wünschen, es wäre anders, war in etwa so sinnvoll wie sich zu wünschen, die Erde würde aufhören, sich zu drehen.

Ich zuckte zusammen, als ich Edies Stimme hörte. »Komm rein, es ist viel zu kalt da draußen«, sagte sie. Ich drehte mich um und sah sie an, wie sie in der Tür der Ferienwohnung stand. Verzeih mir, dachte ich. Später, wenn du älter und mit Erkenntnis geschlagen bist, dann verzeih mir, dass ich dich so sehr gebraucht habe. Dass ich dich in meinem kleinen Drama in all diese Rollen gesteckt habe – die des Mädchens, das ich hätte sein können, die der Freundin, die ich geliebt und verloren hatte, die der Tochter, die ich weggegeben hatte, und nun die der starken, standhaften Mutter, die mich aus der Kälte ins Haus rief.

Wir holten uns Fish und Chips von der Imbissbude zum Abendessen, dann lagen wir nebeneinander in unseren zwei Einzelbetten. Edie legte ihr Telefon weg und zog die ausgeblichene, gelbe Tagesdecke aus Chenille zu sich hinauf, um sie sich genauer anzuschauen.

»Ich frage mich, wo die dieses ganze Vintagezeug herhaben.«

Ich lachte. »Aus einem Katalog von 1975, würde ich sagen.«

»Wie fühlt es sich an, zurück zu sein?«

»Das sage ich dir, wenn wir dort sind.«

Edies Telefon läutete, und sie quiekte, als sie die Nachricht las. Sie hüpfte aus dem Bett und vollführte einen kleinen Tanz durch das Zimmer, dann ließ sie sich neben mir auf die Knie plumpsen.

»Rate mal, was wir morgen machen?«

Ich musste nicht raten. Eine kurze Runde durch den Ort, ein Abstecher zu meinem alten Haus und alles, was meine Nerven sonst noch mitmachen würden. Darüber hinaus hatte ich für konkrete Pläne keinen Kopf, und das wusste sie. Sie hielt mir ihr Handy vor die Nase und zeigte mir eine Nachricht, die ich nicht wirklich entziffern konnte. Ich schaute mit zugekniffenen Augen darauf, und sie riss das Handy wieder weg.

»Die ist von Annie Malone. Sie wohnt immer noch hier, und sie weiß, dass wir morgen kommen. Du kommst bestimmt um vor Vorfreude.« Ihre Miene gefror. »Scheiße, tut mir leid. Du weißt, was ich meine.«

Ich setzte mich auf und starrte sie an. Ich sah, wie sie ihre Lippen bewegte und einen Schwall Worte formte, die keinen Sinn für mich ergaben. Ihre Stimme glich einem Kratzen, das immer lauter wurde, wie eine Krähe, die in mein Ohr krächzte.

»Edie, halt mal eben die Luft an und lass mich nachdenken.«

Sie zuckte zusammen und verstummte. Ich raste gedanklich durch die letzten Tage, voller Angst, ihrem Plan zugestimmt und es anschließend vergessen zu haben. Nein, ich war mir sicher, dass ich das nicht hatte. Vorgestern, am Telefon, hatte sie mich gefragt, ob wir Annie besuchen würden, und ich hatte ihr gesagt, dass es keinen Grund gab, jemanden ausfindig zu machen, den ich so lange nicht gesehen hatte. Mein Wortlaut. Grundgütiger, Edie, was hast du getan? Ich atmete aus und bat sie, mir einen Whisky einzuschenken. Ich nahm einen Schluck und forderte sie auf, ganz von vorn zu beginnen.

»Es hat mir einfach nicht eingeleuchtet«, sagte sie. »Den ganzen Weg hierherzukommen und sie nicht zu treffen. Da hab ich ihr online eine Nachricht geschickt und sie gefragt, ob ich sie anrufen darf.«

»Du hast mit ihr gesprochen? Wann?«

»Gestern.«

»Du hast ihr aber nicht erzählt, dass ich krank bin, oder?«

Sie schüttelte den Kopf. »Ich hab nur gesagt, dass wir zu Besuch kommen und sie treffen wollen.«

»Was hat sie gesagt?«

»Nicht viel, wirklich. Sie wirkte ziemlich verwirrt, aber ich denke, das lag daran, dass sie nicht einordnen konnte, wer ich war. Frances, du bist ja kreidebleich. Was ist denn los?«

Ich ließ sie neben dem Bett kniend zurück und ging ins Bad. Ich musste mich für ein paar Minuten von ihr zurückziehen, um zu begreifen, was sie getan hatte. Sie klopfte an die Tür, doch ich antwortete nicht. Als sie ein zweites Mal klopfte, schrie ich sie an, mich in Ruhe zu lassen, und bereute es sofort. Ich zog meinen Schlafanzug aus und stellte mich unter die Dusche in der Hoffnung, dass mich das kalte Wasser etwas beruhigen würde. Ich wusste längst, dass Annie noch in Safe Harbour lebte – ich hatte auf den Fotos, die Edie gefunden hatte, genug vom Ort im Hintergrund entdeckt –, aber ich wusste auch, dass ich ohne Edies Einmischung wieder weg gewesen wäre, bevor Annie überhaupt erfahren hätte, dass ich da war. Mir kam ein längst vergessener Psalm in den Sinn: »Danket dem Herrn, denn er ist gütig.«

Ich hatte mit dem Herrn nichts zu schaffen, trotzdem lehnte ich mich gegen die kalten Fliesen, murmelte Edie Clearys Namen wie ein Gebet und sprach ihr meinen grenzenlosen Dank und mein Lob aus.

Als ich zurück ins Zimmer kam, saß sie auf meiner Bettkante und blickte so verdrießlich drein, wie ich es noch nie gesehen hatte.

»Es tut mir so leid. Ehrlich, ich dachte einfach, es wäre eine mega Überraschung und …«

»Nein, *mir* tut es leid. Du hast etwas Gutes getan. Ich war einfach überrumpelt. Ich hätte Kontakt zu Annie aufnehmen sollen, aber ich habe es nicht gemacht.«

»Warum nicht?«

»Ich weiß es nicht. Es ist nicht so einfach, einen klaren Kopf zu behalten, wenn ein Tintenfisch darin herumschwimmt.«

Sie kniff die Augen zusammen. »Wovon zum Teufel sprichst du?«

»Nichts. Vergiss es. Ich bin einfach müde. Na los, zurück ins Bett mit dir. Wir haben morgen einen großen Tag vor uns.«

Sie plapperte noch ein bisschen weiter, von der neuen Haushälterin Bernice, die offenbar keinen Schimmer vom Kochen hatte und ihre Zeit damit vergeudete zu versuchen, Ordnung in Edies Zimmer zu bringen. Dann gähnte sie, murmelte eine weitere Entschuldigung und schlief ein. Ich lag hellwach da, lauschte ihren regelmäßigen Atemzügen und bereute es immer noch, ihr gegenüber laut geworden zu sein. Armes Kind. Sie hatte keine Ahnung, was sie mit einem einzigen Anruf ausgelöst hatte. Sie fing gerade erst an zu lernen, dass alles Gute und Schöne einmal zu Ende ging. Und sie musste noch lernen, dass gute Absichten oft nicht reichten, um alte Fehler wiedergutzumachen. Ich dachte über die Bindung nach, die sie und Colin zueinander aufgebaut hatten. Jede Wette, dass sie im Für-immer-und-ewig-Land lebten und glaubten, alles überstehen zu können. Und vielleicht würden sie und Colin es schaffen, würden lange, miteinander verflochtene Leben führen, die einander bereicherten. Doch ich hatte etwas gelernt, das sie nicht wussten: Auf dieser Welt waren zwei Menschen, die behaupteten, einander zu lieben, nur ein einziges schreckliches Gespräch davon entfernt, nie wieder miteinander zu sprechen. Nur eine leichtfertige Handlung, einander voll und ganz aufzugeben. Ich wusste das, und Annie Malone wusste es auch.

9

Von allen Bildern, die ich von Annie in Erinnerung behalten hatte, nahmen zwei besonders viel Raum ein. Das eine war ihr tränenüberströmtes, wutverzerrtes Gesicht – das, von dem ich wusste, dass es mir vor Sonnenaufgang erscheinen und meinen Verstand in Beschlag nehmen würde. Es würde wie immer ungebeten und unerwünscht auftauchen. Doch während ich im Wohnzimmer der dunklen Ferienwohnung saß, Edie lag nebenan und schlief tief und fest, und Rauch zum offenen Fenster hinausblies, beschwor ich das andere Bild herauf – das, wie sie über ihre linke Schulter zurückschaute und mir zuzwinkerte, während sie im Gemeindehaus über die Bühne schritt, um ihr Highschoolzeugnis in Empfang zu nehmen, ein Zeugnis, das wahrscheinlich ebenso mir gehörte wie ihr. Annie war ein Ass, was Zahlen anging, aber alles, was mit Worten zu tun hatte, langweilte und frustrierte sie gleichermaßen entsetzlich, und da kam ich ins Spiel. Ich versuchte, ihr Nachhilfe zu geben, machte aber letzten Endes irgendwie immer ihre Hausaufgaben parallel zu meinen. Sollte unseren Lehrern meine Handschrift in ihren Heften aufgefallen sein, verloren sie nie ein Wort darüber. »Mein Gott, du könntest diese Schule bis auf die Grundmauern abfackeln, und sie würden dir eine Eins mit Sternchen in Brandstiftung geben«, war Annies einziger Kommentar, als ich ihr sagte, dass ich Angst hatte, erwischt zu werden.

Doch dieser verregnete Junitag im Gemeindehaus gehörte ihr allein. Mein eigener Schulabschluss würde sich verzögern aufgrund der Zeit, die ich verloren hatte, um ein Kind auszutragen und meine Mutter zu betrauern. Sie war nun seit fast eineinhalb Jahren tot. Ich hatte das Schlimmste hinter mir, doch jedes Mal, wenn ich an sie dachte, glühte mein Körper vor Scham und Wut, daher versuchte ich erst gar nicht, an sie zu denken. An ihrem Todestag hatte Annie mich gefragt, ob ich sie vermissen würde. »Natürlich. Welcher Freak würde seine Mutter nicht vermissen?« Der harsche Ton, in dem ich ihr antwortete, entging selbst mir nicht. Die Wahrheit war, dass mir mein Leben ohne sie besser gefiel. Die kleinen Dinge, wie das Radio beim Duschen voll aufdrehen zu können, und die großen Dinge, wie von der Last befreit zu sein, mir ständig Sorgen um sie zu machen. Ich trauerte um meine Mutter, aber ich vermisste sie nicht. Nicht so, wie ich meinen Vater vermisste. Unmittelbar nach dem Tod meiner Mutter war ich zu der Überzeugung gelangt, dass mein Vater, hätte er noch gelebt, irgendwie verhindert hätte, dass mir all dieses Unglück widerfahren wäre. Dass die Dinge, die mir von ihm in Erinnerung geblieben waren und die ich an ihm schätzte – seine ruhige, verlässliche Art, seine Fröhlichkeit –, auf mich abgefärbt und ein vollkommen anderes Mädchen aus mir gemacht hätten. Ich fühlte mich doppelt betrogen.

Ich hatte seit dem Tag in der Küche mit Mrs Malone weder mit Annie noch mit sonst jemandem über meine Mutter gesprochen. Ich hoffte, dass die Menschen sie eines Tages vergessen würden, doch so, wie ich weiterhin in Safe Harbour behandelt wurde – die ständigen Blicke und das betretene Schweigen, das Kriecherische und die verzweifelten Bemühungen, fröhlich zu sein –, schien es, als wäre ich dazu bestimmt, die tragische Gestalt im Ort zu werden, die Waise des edlen, verschollenen Seemannes und der Dorfirren. Ich wusste nicht, ob sie über die Sache mit dem Kind Bescheid wussten, denn auch das war ein Thema, das nie angesprochen wurde, nicht von mir und nicht von Annie.

Annies Interesse an Jungs war seit meiner Rückkehr aus dem Heim praktisch erloschen, und ich fragte mich, ob es mein Unglück war, dass für ihre Enthaltsamkeit verantwortlich war. Vielleicht gab sie sich die Schuld an dem, was mir in jener Nacht passiert war, oder vielleicht sah sie in mir die Verkörperung der Gefahren der Lust. Ich fürchtete mich zu sehr vor der Antwort, um sie zu fragen. Alles, was ich wusste, war, dass ich ihre gesamte Aufmerksamkeit besaß, und das war himmlisch. Ich ahnte, dass es ein Fehler sein könnte, sie so sehr zu brauchen, in ihr den einzigen Grund zu sehen, morgens aus meinem Bett aufzustehen, doch ich entschied, dass es mir egal war. Alles, was mich interessierte, war das Abenteuer, das vor uns lag.

Es war sechs Monate vor Annies Schulabschluss, als sie zum ersten Mal davon sprach. Sie hatte beschlossen, alle Silvesterpartys sausen zu lassen – sowohl die ihrer Eltern als auch die, von der ihre Eltern keine Ahnung hatten –, um stattdessen einen ruhigen Abend mit mir am Ofen zu verbringen. Die Uhr schlug Mitternacht, die Siebziger lagen endlich hinter uns, und Annie erklärte, dass sie genug hatte.

»Genug wovon?«, fragte ich.

»Von diesem gottverlassenen Nest. Nichts zu tun, jeder steckt seine Nase in anderer Leute Angelegenheiten. Ich meine, was hält uns hier überhaupt? Keine Arbeit, kein Geld, keine Zukunft.«

»Was soll das heißen?«

»Das heißt, dass wir nicht den Rest unseres Lebens in diesem Kaff versauern werden. Wir hauen ab nach St. John's und schauen nie wieder zurück.« Sie begann, immer schneller und abgehackter zu sprechen. »Wir nehmen uns eine Wohnung. Unten am Hafen. Du studierst und wirst Lehrerin. Weiß der Himmel, was ich werde, aber mir wird schon was einfallen.«

Sie hörte gar nicht mehr auf zu reden. Davon, wie wir jedes Wochenende tanzen gehen, in Restaurants essen, verreisen und umwerfende Männer in Anzügen kennenlernen würden, die uns auf Händen trügen. Ich hörte ihr staunend zu, während sich in meinem Kopf ein ganzes Leben an ihrer Seite abspulte. Ich konnte alles ganz genau vor mir sehen, und als sie fertig war, sah ich uns beide als alte Frauen, die lachend auf alles zurückblickten.

Sie lehnte sich außer Atem auf dem Sofa zurück. »Nichts und niemand wird uns aufhalten, Frances. Du und ich gegen den Rest der Welt.«

Sie stürzte den Rest ihres Bieres hinunter, dann drehte sie das Radio voll auf und fing an zu tanzen. Ich sah ihr zu, wie sie durch das Wohnzimmer meiner toten Eltern hüpfte und wirbelte. Ich stellte mir vor, wie sie es mit jeder Bewegung reinwusch, wie sie mein jämmerliches Erbe mit ihrer ungezügelten Freude zerschmetterte. In diesem Moment war ich überzeugt, dass nur sie allein einen neuen Kurs für mich festlegen konnte. Ich spürte Glaube und Hoffnung in mir aufflammen und beschloss, jeden Traum, den ich je gehabt hatte, in ihre Hände zu legen und ihr zu folgen, wo immer sie mich hinführte. Ich sprang vom Sofa auf, und sie wirbelte mich herum, bis mir schwindelig wurde.

Am nächsten Morgen wachte ich mit dem unguten Gefühl auf, dass unser Gespräch vom Vorabend nichts weiter als eine vorübergehende jugendliche Laune gewesen sein könnte. Annie und ich lagen immer noch Kopf an Fuß unter einer gestrickten Wolldecke auf dem Sofa. Ich konnte meinen Atem sehen, die Fensterscheiben waren voller Eisblumen. Ich stand auf und schlich zum Holzofen, wobei ich mich fragte, wie ich ein Feuer machen sollte, ohne sie aufzuwecken. Ich fuhr herum, als ich ihre Stimme hörte.

»Du kannst aufhören, hier herumzuschleichen. Ich bin seit Stunden wach und brüte über unserem Fluchtplan. Punkt eins ist Geld«, sagte sie. »Ohne Geld kommen wir nirgendwo hin.«

Geld wurde schnell zu unserer gemeinsamen Obsession, da wir beide keines besaßen. Ich hatte angefangen, bei ein paar alten Frauen im Ort zu putzen, die mir zum Dank für meine Mühen einen Fünfdollarschein und einen Teller mit Abendessen in die Hände drückten. Ich ging wieder zur Schule, und obwohl ich mit dem Stoff hinterherhinkte, waren meine Lehrer überzeugt, dass ich ein kleines Stipendium ergattern könnte, wenn ich mich genug anstrengte. Doch damit würden wir nicht weit kommen. Annie bettelte ihre Eltern an, ihr das Geld für den Umzug zu leihen, doch sie waren am Ende jeden Monats genauso abgebrannt wie alle anderen, die wir kannten. Annie schäumte regelmäßig vor Wut, weil anscheinend immer genug Geld da war, damit ihre Brüder Eishockey spielen konnten, aber kein Cent für etwas übrig war, das ihre Eltern für blanken Unsinn hielten.

»Eine Schnapsidee. So haben sie es genannt. Ausgerechnet vor diesen verdammten Blödmännern. Gordie hat mich ausgelacht und gesagt, ich würde auf dem Strich landen, noch bevor ich meinen Koffer ausgepackt hätte. Als wäre Eishockey keine gottverdammte Schnapsidee. Als würde einer von diesen Idioten je einen Cent damit verdienen, einen Puck ins Netz zu schlagen. Ich sage dir, Frances, er hat Glück, dass ich ihm den Eishockeyschläger nicht über den Schädel ziehe.«

***

In diesem Winter hatte uns das Wetter besonders fest im Griff. Ein Schneesturm nach dem anderen fegte von der Bucht herein. Eisregen gingen über uns nieder und sorgten für tagelange Stromausfälle. Riesige Eiszapfen hingen wochenlang von allen Dachtraufen, und sämtliche Straßen waren unter mehreren Schichten tückischem Glatteis begraben. Der Februar wirkte noch dunkler und trostloser, als Annie und ich anfingen zu befürchten, dass unser kühner Plan auf ewig ein Wunschgedanke bleiben würde. Anfang März waren wir der Verzweiflung nahe. Dann eines Samstagmorgens kam Annie durch meine Haustür gestürmt.

»Ein gottverdammtes Wunder ist geschehen«, rief sie. »Wir sind gerettet.«

Der Name unseres Retters war Ches Rideout.

»Er ist ein alter Kumpel von Dad, der vor Jahren weggezogen ist, um sein Glück auf dem Festland zu suchen, wo er es anscheinend auch gefunden hat«, sagte Annie. »Dad sagt, er ist superschlau. Hat ein Vermögen gemacht, irgendwas mit Traktoren. Oder waren es Lastwagen? Weiß ich jetzt nicht mehr genau. Ist ja auch egal, jedenfalls hat er keinen Bock mehr auf Toronto und kommt zurück. Stell dir das mal vor, tauscht Toronto gegen dieses Nest.«

»Herrgott, Annie. Komm zu dem Teil mit unserer Rettung.«

»Ach so, genau. Er will einen riesengroßen Supermarkt bauen, plus Baumarkt. Und er sucht Mitarbeiter hier aus dem Ort. Sein Sohn kommt im Mai, um Leute einzustellen. Es heißt, dass Ende des Sommers Eröffnung sein soll.«

Mein Herz trommelte, und mir stiegen unvermittelt Tränen in die Augen.

Mitte Juli war Annie als Kassiererin eingestellt, und ich hatte mich auf eine Halbtagsstelle im Lager beworben. Als ich den Anruf erhielt, dass ich zu einem Vorstellungsgespräch kommen sollte, kam Annie zu mir rüber, um meine Kleidung auszusuchen und mir ein paar aufmunternde Worte mit auf den Weg zu Ches Rideouts Sohn Anthony zu geben, den ich vor dem fast fertigen Supermarkt treffen sollte.

»Sei einfach du selbst«, sagte sie. »Nur gesprächiger, aber red bloß nicht über Bücher oder so was. Und versuch zu lächeln. Und jetzt das Allerwichtigste, Frances: Versuche, dich zu konzentrieren, denn Anthony Rideout sieht wahnsinnig gut aus. Irre Augen, blau wie die Bucht, und volles, schwarzes Haar, nach hinten gekämmt wie Erik Estrada, aber lass dich davon bloß nicht ablenken.«

»Ich denke, das kriege ich hin.«

Anthony wartete auf dem Schotterparkplatz auf mich. Annie hatte recht, was sein Aussehen betraf. Er war der bestaussehende Mann, den ich je aus der Nähe gesehen hatte. Ich hatte eine ältere Person erwartet, doch er schien nicht allzu viel älter zu sein als wir. Er lächelte und schüttelte mir die Hand.

»Frances, freut mich, dich kennenzulernen. Ich habe schon viel von dir gehört.«

Ich nickte und setzte ein breites Lächeln auf.

»Jeder mit dem Nachnamen Malone, den ich kenne, sagt, ich wäre ein Dummkopf, wenn ich dich nicht einstellen würde. Du willst also in Teilzeit arbeiten?«

»Ja, ich habe letztes Jahr einiges in der Schule verpasst. Ich habe jetzt noch ein halbes Jahr vor mir.«

»Ja, Annie hat mir das von deiner Mutter erzählt. Tut mir leid.«

Ich war zu sehr damit beschäftigt, mich zu fragen, wie gut er Annie kannte, um etwas Vernünftiges darauf zu erwidern. Er führte mich zu einem schwarzen Pick-up und reichte mir ein Bewerbungsformular von einem Stapel, der auf dem Beifahrersitz lag.

»Reine Formsache«, sagte er. »Du bist eingestellt.«

Ein Mann mit einem gelben Schutzhelm rief aus dem Supermarkt nach ihm. Anthony bat mich, einen Moment zu warten, dann ließ er mich allein und etwas verwundert zurück, wie einfach ich an meinen ersten Job gekommen war. Ich lief auf dem Parkplatz herum, bis er fertig war. Er kam mit langen, selbstbewussten Schritten und breiten, gestrafften Schultern auf mich zu, ein Aufschneider wie er im Buche stand. Er schien sich in seinem Körper wohler zu fühlen als jeder andere Mensch, den ich kannte, und er verunsicherte mich noch mehr, als Fremde das für gewöhnlich ohnehin taten.

»Hey, Frances«, sagte er, »kann ich dich etwas fragen?«

Ich nickte.

»Annie. Hat sie einen festen Freund?«

Ich zuckte mit den Schultern. »Ich schätze, das müssen Sie sie selbst fragen.«

»Also schön«, sagte er. »Dann werde ich das wohl tun.«

Er zwinkerte mir zu, und mir lief ein kurzer, kalter Schauer über den Rücken.

Es war das Wochenende vor dem Labour Day, als der Supermarkt endlich eröffnete. Der ganze Ort war auf den Beinen, um sich kostenlose Hot Dogs vom Grill zu sichern und um Ches und Anthony Rideout dabei zuzusehen, wie sie ein breites rotes Band durchschnitten. Annie arbeitete an einer der fünf Kassen, während ich ins Lager gesteckt wurde. Am Ende unseres ersten Arbeitstages liefen wir zusammen nach Hause, erschöpft und trotzdem ganz aufgedreht von dem Gedanken, dass wir schon bald genug Geld zusammen haben würden, um uns in die Stadt abzusetzen. Annie schwärmte von Anthony – seinem Aussehen, seinem Charme, seinem scharfen Verstand und seiner zuvorkommenden Art. Sie erwähnte nicht, ob er sie gefragt hatte, was er mich gefragt hatte. Ich erwähnte es auch nicht. Ich wollte es gar nicht wissen. Alles, was mich interessierte, war unser Glück.

Meine Mutter hatte immer gesagt, dass allem Guten stets etwas Schlechtes folgte. Ihre Worte kamen mir in diesem Herbst immer wieder in den Sinn. Die Schule war ohne Annies beruhigende Gegenwart fast unerträglich für mich. Ich konzentrierte mich auf den Unterricht, aß allein in dem leeren Klassenzimmer zu Mittag und zählte die Minuten, bis ich endlich die halbe Meile zu Rideout's rennen konnte, wo Annie immer die Erste war, die ich sah. Sie lächelte und gab mir damit genug Auftrieb, um die Regale mit Dosensuppen und Bananen zu befüllen, bis es sechs Uhr war und wir zusammen zu ihr nach Hause liefen, wo wir uns an den lauten Esstisch der Malones quetschten. Dort blieb ich, solange ich konnte, dann ging ich nach Hause, machte meine Hausaufgaben fertig und rief Annie an, um Gute Nacht zu sagen.

Dann eines Abends hob Gordie ab, als ich anrief, und sagte mir, dass sie nicht zu Hause sei. »Sie treibt sich mit Mr Schmalzlocke rum«, sagte er und legte auf. Stundenlang lag ich wach im Bett und konnte an nichts anderes denken, dann stand ich auf und schrubbte den Rest der Nacht die blitzblanke Küche. Am nächsten Nachmittag erwähnte sie die Sache auf dem gesamten Heimweg mit keinem Wort. Ich glaubte, mir würde jeden Moment der Kopf explodieren, doch ich hielt durch, bis wir vor ihrer Haustür angekommen waren.

»Warum hast du mir nichts von dir und Anthony erzählt?«

Sie zuckte mit den Schultern. »Weil's da nichts zu erzählen gibt.«

»Wie lange geht das schon?«

»Er ist bei mir zu Hause aufgekreuzt, und ich bin mit ihm spazieren gegangen. Das ist alles.«

»Er ist dein Chef. Und meiner.«

»Ja, und?«

»Was, wenn es schiefgeht und er dich rausschmeißt?«

»Da gibt's nichts, was schiefgehen kann, also lass es gut sein.«

»Außerdem ist er zu alt für dich.«

»Er ist zweiundzwanzig. Vier Jahre sind gar nichts.«

»Ich finde einfach, dass wir uns auf das Wesentliche konzentrieren sollten. Unser Ziel im Blick behalten.«

Sie quetschte mir mit den Handflächen die Wangen zusammen. »Frances, du sorgst dich noch zu Tode. Vertrau mir, mein Blick ist genau auf das gerichtet, worauf er gerichtet sein soll.«

Einen Monat später ließ ich mich von Annie überreden, zur Weihnachtsfeier vom Rideout's Supermarkt zu gehen. Das Gemeindehaus war vor lauter Lametta kaum wiederzuerkennen. Es war heiß und stickig. Annie tanzte und hielt Hof für unsere Kollegen, während ich mich im Hintergrund hielt und an einer klebrigen Cola nuckelte, bis ich es nicht mehr aushielt. Ich suchte mit den Augen den Raum nach ihr ab, doch sie war verschwunden. Ich murmelte ein paar Dankesworte an Ches Rideout und seine Frau, dann drängelte ich mich durch die feiernde Menge zur Garderobe. Ich hörte es hinter einem der Garderobenständer rascheln und spähte in die schwach beleuchtete Ecke. Ich sah die Rückseite von Annies rotem Partykleid und Anthonys Hand, die in ihre schwarzen Locken vergraben war, während er ihren Hals mit sanften Küssen bedeckte, so wie die Männer in Liebesfilmen. Er legte ihr die andere Hand auf den unteren Rücken und zog sie zu sich hin und von mir weg. Ich schnappte mir meinen Mantel und stahl mich hinaus.

Es war eine wolkenlose Nacht, kalt und sternenklar. Ich lief an bunt beleuchteten Holzhäusern vorbei, Fichtenkränze zierten die Haustüren, Holzrauch stieg aus den Schornsteinen, doch ich nahm den Weihnachtszauber nicht wahr. Ich war zu sehr mit dem beschäftigt, was ich gesehen hatte. Damit, auf den Punkt zu bringen, was ich von Anthony Rideout hielt, benebelt von der Suche nach einem Wort, das mir nicht einfallen wollte. Irgendwann mitten in der Nacht tauchte es schließlich auf, und ich wachte davon auf, dass ich es mich in die Dunkelheit hinein sagen hörte: *Eindringling.*

Ich schätze, ich wusste seit unserer ersten Begegnung, dass er sie sich nehmen würde. Menschen wie er bekamen immer, was sie wollten. Schaumschläger vom Festland, gesegnet mit Aussehen, Charme und Geld, so exotisch daherkommend wie Pfauen. Annie hatte nie eine Chance, wenn sie auf Kerle wie ihn traf. Ich ebenso wenig. Innerhalb eines Monats wurden Annie und Anthony das neueste Paar im Ort. Zwei bis drei Mal in der Woche saß ich neben ihrem leeren Platz am Esstisch der Malones, während mir Annies Mutter Berge von Essen auf den Teller schaufelte. Die Samstagabende verbrachte ich mit meinen Büchern. Hatte ich Annie dann für mich, war sie fahrig und unruhig, und ich wusste, dass sie nur ihre Zeit mit mir absaß, bis er frei hatte.

Am ersten warmen Frühlingsabend stand sie vor meiner Tür und versuchte, mich zu überreden, mit an den Strand zu gehen, wo sich eine Clique von Arbeitskollegen zum Eintopfessen traf. Sie wusste ganz genau, dass ich mich dem Wasser nicht nähern konnte, und sagte ihr das. Als sie genervt den Kopf schüttelte und sagte: »Du kannst. Du willst nur nicht«, war es, als würde ich einer Fremden gegenüberstehen. Ich sah ihr durch das Fenster nach, wie sie die Straße hinunter in Richtung Meer lief, und hatte das Gefühl, als würde erneut ein Teil von mir fortgespült werden.

Je seltener ich Annie sah, desto mehr zog ich mich in mich selbst zurück. Als der Tag meiner eigenen Zeugnisvergabe vor der Tür stand, bat ich, der Verleihung fernbleiben zu dürfen. Meine Lehrer waren enttäuscht, doch ich war einer Feier unter Leuten nicht gewachsen. Das Einzige, was mich überhaupt motiviert hatte, es so weit zu schaffen, war, dass Annie weiter darauf beharrte, dass wir Ende des Sommers weggehen würden, und das obwohl ich nicht ansatzweise genug Geld für ein Studium zusammenhatte.

Am Tag nach der Zeugnisvergabe fing ich an, ganztags bei Rideout's zu arbeiten, wo Annie inzwischen Hauptkassiererin war. Wir machten fast jeden Tag zusammen Mittagspause, und hier und da nahm sie sich einen Abend Zeit, um bei mir zu übernachten, und allmählich geriet meine Lebensachse wieder ins Lot. Ich lernte, für das wenige, das ich von ihr bekam, dankbar zu sein. Trotz allem, was mich an Anthony störte – dass er jedem Mädchen, das vorbeilief, zuzwinkerte und nachschaute, dass er jede Gelegenheit nutzte, sich gegenüber den Männern im Ort aufzuspielen –, beschloss ich, dass er vielleicht weder so unwiderstehlich war, wie er dachte, noch so bedrohlich, wie ich dachte. Vielleicht war er einfach nur ein weiterer Planet in Annies Umlaufbahn, der wie jeder andere um die Sonne kreiste. Ich redete mir ein, dass Anthony lediglich ein Zeitvertreib für Annie war, und sagte mir, dass er Geschichte sein würde, kaum dass sie im Bus sitzen und die Lichter der Stadt in Sicht kommen würden. Ich verwendete meine ganze Energie darauf, einen halbherzigen Frieden mit alldem zu schließen, und war viel zu beschäftigt damit, mich über Wasser zu halten, um zu merken, dass die Strömung ihre Richtung änderte. War zu sehr auf den Horizont konzentriert, um mitzubekommen, dass mein Boot langsam unterging. Selbst als sie an diesem Abend im August vor meiner Tür stand, blass und zitternd, sah ich es nicht kommen.

Sie hatte sich kurz zuvor mit Anthony über unseren Umzug gestritten und war völlig durch den Wind. Ich hatte sie nie zuvor so aufgelöst gesehen. Ich zog sie zu mir ins Haus und machte ihr einen Tee. Ich setzte mich neben sie und wartete, bis sie aufhörte zu schluchzen.

»Er hat gesagt, dass er sich ein Leben ohne mich nicht vorstellen kann«, sagte sie. »Er hat sich alles ganz genau überlegt. Er will mich zur stellvertretenden Marktleiterin ausbilden. Er und ich sollen Rideout's eines Tages zusammen leiten.«

Ich schaffte es kaum, genug Luft zu holen, um zu sprechen. »Annie, wovon redest du da? Wir wollen in ein paar Wochen wegziehen.«

»Ich weiß, ich weiß. Aber er hat gesagt, dass er mich liebt, und ich bin so durcheinander. Ich kann nicht weg. Noch nicht. Nicht bevor ich das nicht alles in meinem Kopf sortiert habe.«

»Und wie lange wird das dauern?«

Sie antwortete nicht und fing wieder an zu weinen. »Ich weiß, dass du wütend auf mich sein musst, aber was ist, wenn ich nie wieder eine Chance wie diese bekomme?«

»Es gibt Hunderte Jungs in der Stadt, die so gut aussehen wie er. Du wirst die freie Wahl haben.«

»Nein, ich meine einen Job wie diesen. Nicht jeder ist so schlau wie du. Du kannst alles werden, was du willst. Das hier ist meine Chance, wirklich etwas aus mir zu machen. Und ich will keinen anderen Jungen. Anthony ist kein Junge, er ist ein Mann. Und ich will ihn.« Sie griff nach meiner Hand und hielt sie fest. »Hör zu, ich gebe dir meine gesamten Ersparnisse, damit du wie geplant im Januar mit dem Studium anfangen kannst. Du brauchst mich nicht.«

Das Pochen meines Herzschlags in den Ohren wurde unerträglich. Ich konnte keinen klaren Gedanken fassen, geschweige denn mir einen Plan überlegen, wie ich sie von alldem abbringen konnte. Ich saß wie betäubt da und brachte kein Wort heraus, während ich vor Wut zu kochen begann. Dieser Mistkerl hatte gewonnen, und ich wusste, dass es verdammt noch mal nichts gab, was ich dagegen tun konnte.

»Ich glaub das alles nicht«, sagte ich. »Was ist mit uns? Was ist mit unseren Plänen? Und was passiert, wenn er dich satthat und zur Nächsten abhaut, die sich von ihm unter den Rock grapschen lässt?«

Sie zuckte zurück, als hätte ich sie geschlagen. »Er liebt mich. Ist das so schwer zu glauben?«

»Du bist so verblendet von dem Tamtam, das er macht, dass du nicht siehst, was sich vor deinen Augen abspielt. Er liebt sich selbst viel zu sehr, um überhaupt noch Liebe für dich übrig zu haben.«

»Was zum Teufel weißt du schon? Du hast keine Ahnung, wie es sich anfühlt, jemanden zu lieben. Wen kennst du überhaupt außer mich? Niemanden. Du verkriechst dich die ganze Zeit mit deinen Büchern in diesem Haus, traust dich kaum vor die Tür, hast Schiss, mit jemandem zu reden. Du bist wie ein verdammter Einsiedler.«

»Dafür kann ich nichts. So bin ich nun mal.«

»Das ist ein Haufen Scheiße, und das weißt du.«

»Ich erkenne dich überhaupt nicht wieder, wie redest du denn mit mir? Dieser Typ hat dir eine Gehirnwäsche verpasst.«

»Oh, wie nett von dir. Ich kann noch selbstständig denken und reden, vielen Dank. Hör auf, so ein selbstsüchtiges Miststück zu sein.«

»Verschwinde.«

»Was?«

»Du hast mich genau verstanden. Verschwinde aus diesem Haus. Sofort.«

»Den Teufel werd ich tun. Wir bleiben hier so lange, bis die Sache geklärt ist.«

»Du hast doch längst alles geklärt, Judas.«

Sie schnappte sich ihre Tasche vom Tisch und stand so schnell auf, dass ihr Stuhl umkippte. »Weißt du was, Frances? Du bist genauso verrückt wie deine Mutter, und wenn du deinen Scheiß nicht geregelt kriegst, endest du wie sie.«

»Und wenn du und deine heilige Mutter euch so um sie gekümmert hättet, wie ihr es versprochen habt, dann würde sie heute noch leben.«

Wir standen uns in der Küche meiner Mutter gegenüber, mit bebender Brust und feuchten Augen, diese hässlichen Worte zwischen uns, und ich wusste, dass wir nie wieder die Gleichen sein würden. Panik stieg in mir auf, so heftig und schnell, dass ich auf die Knie fiel. Ich schloss die Augen und atmete sie weg. Als ich aufsah, war Annie fort.

Ich stand auf und ging, ohne etwas zu denken oder zu fühlen, die Treppe hinauf in mein Zimmer, wo ich einen Seesack mit Kleidern packte und den Schuhkarton mit Geld unter meinem Bett hervorzog, knapp über vierhundert Dollar, die ich in eine Socke rollte. Ich kritzelte ein einziges Wort für Mrs Malone auf ein Stück Papier: *Danke.* Ich legte die Nachricht auf den Küchentisch, schloss die Tür und lief los. Die ganze Nacht hindurch setzte ich einen Fuß vor den anderen, sah meinen Füßen beim Laufen zu, als gehörten sie jemand anderem. Dann hörte ich auf zu laufen. Die Nacht wurde vom Morgenlicht abgelöst, und ich setzte mich auf meinen Seesack an den Straßenrand. Ich hatte das Gefühl, hoch über der Straße zu schweben und auf mich hinunterzusehen, als würde ich eine Szene in einem Film anschauen. Ich sah, wie ein blauer Kombi anhielt und eine ältere Frau mich zu sich winkte, und stieg, ohne zu überlegen, in den Wagen. Sie und ihr Mann hielten mir einen Vortrag über das Böse, das jungen Mädchen heutzutage widerfuhr, und erklärten mir, wie viel Glück ich hatte, an gottesfürchtige Katholiken geraten zu sein und nicht an einen messerschwingenden Vergewaltiger.

Sie ließen mich am Roadway Motel raus, einem niedrigen Backsteingebäude am Stadtrand von St. John's, für das ich mich einfach nur deshalb entschied, weil es das erste Motel war, das ich sah. Die Frau an der Rezeption lächelte mich an, als ich durch die Tür kam. Ihre Haare waren um rosafarbene Lockenwickler gewickelt, und sie trug eine blaue Windjacke, auf deren Ärmel mit weißem Garn »Martina« eingestickt war. Sie nahm einen Schlüssel von einer Hakenleiste hinter sich. »Nummer 12 – das letzte auf der linken Seite. Schön ruhig und nicht weit weg vom Getränkeautomaten«, sagte sie. Es kostete einundzwanzig Dollar pro Nacht plus drei Dollar fürs Saubermachen. Ich hörte zu, während sie darüber klagte, dass sie alle Zimmer selbst putzen müsse, weil ihr Zimmermädchen vor drei Tagen gekündigt hatte. »Aber so ordentlich, wie du aussiehst, wirst du mich gar nicht brauchen.« Ich bezahlte das Zimmer, trottete den Flur hinunter und ließ mich auf das muffig riechende Bett fallen.

Es war dunkel, als ich aufwachte. Ich lag da, lauschte dem Dröhnen des Verkehrs auf dem Highway, den aufgebrachten Stimmen der Gäste aus dem Nachbarzimmer, dem Tropfen des Wasserhahns im Bad und sehnte mich nach der Geborgenheit und Ruhe meines Zimmers. Mein Körper fühlte sich steif und wund an, und ich bereute plötzlich ganz schrecklich, was ich getan hatte. Ich griff nach dem Telefon und wählte Annies Nummer. Sie hob nach dem ersten Klingeln ab.

»Hallo?«

Ich schluckte schwer und versuchte zu sprechen, doch es kam nichts heraus.

»Hallo? Ist da jemand?«

»Annie, ich bin's.«

»Oh mein Gott, Frances. Wo bist du? Wir suchen dich hier wie wahnsinnig.«

»Ich bin in einem Motel in der Nähe der Stadt.«

»Mann! Mom steht neben mir und will den Hörer haben. Geh weg, Mutter, du kannst gleich mit ihr sprechen. Hör zu, du musst ...«

»Komm her. Steig in den Bus und komm. Bitte! Ich kann das nicht ohne dich.«

Ich konnte hören, wie sie in den Hörer atmete.

»Nein, du kommst hierher zurück«, sagte sie. »Wir denken uns was aus. Einen ganz neuen Plan. Versprochen.«

»Ich kann dort nicht mehr leben. Ich kann einfach nicht.«

Wieder Schweigen, Annies Atmen.

»Frances, hör mir zu. Du musst zurückkommen.«

»Nein, du musst hierherkommen.«

»Du verstehst mich nicht. Er hat gesagt, dass er mich eines Tages heiraten will.«

Ich ließ den Hörer auf die Gabel sinken und sackte auf dem schmutzigen Teppich zusammen. Ich fühlte mich, als hätte ich das letzte Jahr mit den Fingerspitzen an einer Klippe gehangen, verzweifelt an das Einzige geklammert, wofür es sich zu leben lohnte. Die ganze Zeit hatte ich geglaubt, Anthony und ich seien Konkurrenten. Dass er in mein Leben eingedrungen war, um sich zu nehmen, was mir gehörte. Erst in diesem Moment begriff ich, dass Annie nie mir gehört hatte. Und nun hatte ich sie verloren so wie jeden Menschen, den ich einmal geliebt hatte. Unser Traum von einem kühnen gemeinsamen Leben war ganz allein meiner gewesen, und ich hatte das Gefühl, an dieser Erkenntnis zu zerbrechen.

Drei Tage lang verließ ich das Bett in dem Motel nur, um ins Bad zu gehen. Ich aß rein gar nichts und trank Wasser aus dem Hahn. Ich dachte für einen kurzen Moment darüber nach, mich zu erhängen oder ein Glas zu zerschlagen und mir die Pulsadern aufzuschneiden, doch mir fehlte die Kraft, um mir zu überlegen, wie ich vorgehen sollte. Ich befahl meinem Herz, dass es aufhören sollte zu schlagen, doch es ignorierte mich und pumpte einfach weiter. Am vierten Morgen rumorte es so heftig in meinem Bauch, dass ich davon aufwachte, und ich fragte mich, wie lange es wohl dauerte, sich zu Tode zu hungern.

Dann dachte ich an meine Mutter, wie sie sich unter Wasser gehalten hatte, und zum ersten Mal wurde mir bewusst, welch enorm große Verzweiflung das erfordert haben musste. Bestimmt hatte ihr Körper Widerstand geleistet und sich dagegen gewehrt, dass das Wasser in ihre Lunge eindrang, und trotzdem hatte sie weitergemacht. So groß war ihr Wunsch gewesen zu sterben. Dann sah ich sie angespült am Strand liegen, um sie herum die Malones und ihre Nachbarn, die nach Luft rangen und weinten. Ich stellte mir Annie vor, wie ihr mitgeteilt wurde, dass mein lebloser, steifer, stinkender Körper in diesem schäbigen Zimmer gefunden worden war. Sie würde sich die Schuld geben, und ich verspürte einen Anflug von Genugtuung bei dem Gedanken. Doch letztlich war es genau die Vorstellung, wie Annie litt, die mich zur Besinnung brachte. Und das Bedürfnis, ihr zu beweisen, dass sie falschlag. Ich würde nicht enden wie meine Mutter. Ich würde nicht in ihr Haus zurückkehren und ihre Rolle als die Irre von Safe Harbour übernehmen. Und nie wieder würde ich mich dieser Küste nähern und riskieren, den Sog des Wassers zu spüren.

Ich stand vorsichtig aus dem Bett auf, benommen und schwach. Ich musste mich beim Duschen gegen die Wand lehnen, um aufrecht stehen zu bleiben. Mir kam plötzlich das Bild einer toten Qualle in den Sinn, die ich als Kind am Strand gefunden hatte. Ein runder, weißer Klecks, blass und schlaff, nur Fleisch, kein Rückgrat. Ich zog mich an und lief über den Highway in ein Schnellrestaurant, stocherte in einem fettigen Spiegelei und etwas Toast herum und ging zurück ins Hotel. Ich bot Martina im Austausch gegen ein kostenfreies Zimmer und einen kleinen Stundenlohn meine Hilfe an. Innerhalb von drei Wochen hätte man von jeder Oberfläche in dem Motel essen können.

Sechs Monate später verkaufte Martina an einen Bauunternehmer, der eine Einkaufsmeile auf ihrem Grundstück errichten wollte. Sie gab mir ein überschwängliches Empfehlungsschreiben und rief ihre Schwester an, die eine Pension in St. John's besaß. »Nichts Besonderes«, sagte Martina, »aber es ist sauber und ruhig und ein guter Ausgangspunkt.«

Als ich im Stadtzentrum aus dem Bus stieg, hatte ich das Gefühl, auf einem anderen Planeten gelandet zu sein. Der Lärm. Der Verkehr. Fremde Menschen, wohin ich blickte. Ich war müde und nervös und befürchtete, mich übergeben zu müssen. Ich setzte mich auf eine Bank und vergrub meinen Kopf zwischen den Knien. Eine ältere Frau blieb stehen und fragte mich, ob alles in Ordnung sei. Ich gab ihr einen Zettel mit der Adresse der Pension.

»Können Sie mir sagen, wie ich da hinkomme?«

Sie schaute mit zusammengekniffenen Augen auf den Zettel. »Sicher, das ist gar nicht weit weg, Liebes. Nur zehn Minuten die Straße runter«, sagte sie und brachte mich direkt bis vor die Tür.

Ich blieb in meinem kleinen Zimmer und mied die Stadt. Eine Woche lang studierte ich die Stellenangebote in der Zeitung, dann fand ich eine Anzeige des Newfoundland Hotels, das Zimmermädchen suchte. Ich stotterte mich durch ein Vorstellungsgespräch bei einem mürrischen, schwitzenden Mann namens Harvey, und am nächsten Morgen trat ich meinen Dienst als Nachwuchs-Zimmermädchen an. Die Arbeit lag mir. In unordentliche Zimmer von Menschen hinein- und wieder hinausschlüpfen, während diese ihr ereignisreiches Leben lebten. Mich wie ein Phantom durch die Welt bewegen, lautlos und unsichtbar.

Die Morgensonne stand hoch am Himmel und löste den Nebel auf. Ich blickte mich in der Ferienwohnung um. Sie unterschied sich gar nicht so sehr von meinem Zimmer im Roadway Motel. Der Kreis schließt sich, dachte ich. Ich hörte, wie Edie im Schlafzimmer herumging, dann die Dusche rauschen. Ich saß immer noch am Fenster, als sie hereinkam, jugendlich frisch, lächelnd und bereit, sich ins Leben zu stürzen.

10

Cyril Strickland fuhr um neun Uhr in seinem rostigen, goldenen Oldsmobile vor. Die Vorstellung, in einem Landtaxi herumkutschiert zu werden, gefiel mir. Seit drei Generationen donnerten die Strickland-Männer in jeder Klapperkiste, die sie in die Finger bekamen, über die kleinen Landstraßen und das Stückchen Highway, das um Safe Harbour herum verlief. Sie waren eine Institution, und Cyril war der Jüngste im Bunde, wie er mich wissen ließ, als ich anrief, um das Taxi zu bestellen. Ich war erleichtert, dass er keine Ahnung zu haben schien, wer ich war. Als ich auf dem Rücksitz Platz nahm, wusste ich auch warum: Er konnte nicht älter als dreißig sein, war also noch nicht einmal geboren, als ich Safe Harbour verlassen hatte. Würde er meinen Namen allerdings unter meinen Altersgenossen fallen lassen, würde er in Windeseile alles über mich erfahren, was es zu wissen gab.

»Bereit, die bezaubernde Mrs Rideout zu besuchen?«

Ich nickte Cyril zu, dann fragte mich Edie, wer Mrs Rideout sei.

»Der Name von Annies Mann«, sagte ich.

»Aha. Du weißt aber, dass sie sich online Malone nennt, oder?«

Ich ignorierte sie und suchte nach einem Anschnallgurt.

Cyril unterhielt Edie mit haarsträubenden Geschichten über Haie, die direkt vor der Küste gesichtet worden waren, während ich mich in meinem Sitz zurücklehnte und die Augen schloss. Ich stand immer noch unter dem Einfluss von Tabletten und Schlafmangel, fühlte mich benebelt und bleischwer, doch mein Herz klopfte so schnell und so fest, dass ich befürchtete, es würde sich jeden Moment selbst außer Gefecht setzen.

Kurz nach dem Ortsschild, auf dem wir in Safe Harbour begrüßt wurden, bog Cyril in eine lange asphaltierte Auffahrt ein, die zu einem großen, eingeschossigen Haus führte, das in hellem Gelb verkleidet war. Es sah solide und gepflegt aus. Wir hielten neben einer glänzenden, schwarzen Limousine. Ich sah einen weitläufigen, grünen Rasen, dicht und frisch gemäht, und einen gewundenen Steinpfad, der auf eine Holztür zuführte, die rechts und links von hohen Tontöpfen mit üppigen Blumen eingerahmt war. *Wohlstand.* Gut gemacht, Mrs Rideout.

Edie klingelte. »Aufgeregt?«

Überreizt. Überspannt. Komplett neben der Spur. Such dir was aus. »Wie sehe ich aus?«

»Nervös. Versuch einfach, dich zu entspannen.« Sie kämmte mir mit den Fingern durch die Haare. »Schon besser.«

Die Tür ging auf, und nichts hätte mich auf die Welle purer Freude vorbereiten können, die mich überrollte, als Annie Malone den Kopf zur Seite neigte und lächelte. Ich schaffte es nicht, ihr in die Augen zu sehen, und hielt meinen Blick auf ihren Mund gerichtet, während sie sprach.

»Frances Delaney. Nach all den Jahren. Ich hätte dich überall wiedererkannt.« Sie zwinkerte Edie zu. »Und das muss das junge Ding sein, das mich neulich angerufen hat, richtig?«

Edie trat einen Schritt vor und streckte Annie eine Hand entgegen. »Genau. Ich bin Edie Cleary. Ich freue mich sehr, Sie kennenzulernen.«

»Na los, rein mit euch. Ich hab uns eine Kanne Tee und Kekse gemacht. Vorausgesetzt ihr kriegt was runter, nachdem ihr in Cyrils Rostlaube rumgerast seid. Er fährt wie ein Henker.« Sie führte uns in die Küche im hinteren Teil des Hauses. »Setzt euch. Frances hat ihren Tee immer mit Milch getrunken. Tust du das immer noch?«

Ich nickte und bemerkte, dass auch sie es anscheinend vermied, mir in die Augen zu sehen. Meine Backen taten langsam weh, so verkrampft lächelte ich, und ich spürte, wie mir der Schweiß von den Achseln zum Bund meiner neuen Hose hinunterlief.

»Edie, du willst bestimmt lieber etwas Kaltes trinken. Mal schauen, ob ich noch etwas Spritziges im Kühlschrank habe.«

»Ich trinke auch gern einen Tee. Danke, Mrs Rideout.«

»Nenn mich bloß nicht Mrs Rideout. Ich bin Annie. Sie ist höflich, Frances.« Sie goss drei Tassen Tee ein und erhob ihre. »Auf alte Freunde«, sagte sie zu niemand Bestimmtem.

Ich nahm meine Tasse und tat so, als würde ich trinken. Ich war zu fasziniert, um mich mit etwas so Banalem wie Schlucken zu befassen. Annie Malone saß vor mir auf einem Küchenstuhl, goss Tee ein und stieß auf die Vergangenheit an. Der Klang ihrer Stimme, die Beschaffenheit ihrer Haut und Haare, die Bewegungen ihrer Arme und Beine, ihre gesamte Erscheinung. Ein Geist, der vor meinen Augen zu Fleisch und Blut geworden war. Ihre Haare waren immer noch glänzend und schwarz, ich nahm an, dass hier ein Friseur nachgeholfen hatte. Sie sah viel jünger aus als ich. Rosig und gesund, geradezu beneidenswert. Fit und fesch in einer engen, dunklen Jeans und einer weißen Leinenbluse und mit einem klobigen, silbernen Armreif um das rechte Handgelenk.

»Annie, ich müsste mal ins Bad«, sagte ich.

»Den Flur runter, zweite Tür links. Und ignorier den staubigen Boden.«

Ich lehnte mich gegen das Waschbecken, um mich abzustützen. Ich konnte hören, wie sie sich unterhielten.

»Edie, du scheinst mir ein kluges Mädchen zu sein. Hat Frances dir jemals erzählt, was für ein Ass sie in der Schule war?«

»Erzählt nicht, aber ich kann es mir denken. Sie liest andauernd.«

»Ach ja? Das überrascht mich nicht. Sie hatte früher schon immer ihre Nase in irgendein Buch gesteckt. Lass dich nicht von ihr täuschen. Wenn sie immer noch dieselbe alte Frances ist, dann ist sie stumm wie ein Fisch, aber besitzt einen messerscharfen Verstand.«

In meinem Kopf drehte sich alles, und meine Beine waren wie Pudding. Ob es am Tintenfisch lag, der herumzappelte, oder an dem, was sich gerade in diesem Haus abspielte, wusste ich nicht. Ich kramte meine Tabletten hervor und schlürfte einen Schluck Wasser aus dem Hahn. Ich warf einen Blick in den Spiegel. Mein Gesicht glänzte verschwitzt, und meine Haare hingen nur noch schlaff herunter. Als ich zurück in die Küche kam, blätterten Edie und Annie gerade durch ein Fotoalbum.

»Mein Gott, ich bin so was von fett geworden«, sagte Annie. »Frances, du wiegst kein Gramm mehr als damals, als ich dich zum letzten Mal gesehen habe. Wie machst du das?«, fragte sie, ohne von dem Album aufzublicken.

»Putzen hält mich fit, schätze ich.«

Annies Kopf flog hoch. »Putzen?«

»Sie ist die Beste in der ganzen Stadt«, tönte Edie. »Das sagt jeder. Und sie kann ganz toll kochen.«

Annie sah Edie fragend an. »Aber sie ist doch Lehrerin.«

Ich setzte mich und griff nach meiner Tasse. »Haushälterin. So habe ich Edie kennengelernt. Ich habe für ihre Mutter gearbeitet.«

Und da suchte Annie meinen Blick. Sie hielt ihn kurz, denn klappte sie das Fotoalbum zu. »Gut. Also, wie ist der Plan? Die alte Umgebung erkunden? Der jungen Edie die Sehenswürdigkeiten zeigen? Das dürfte in fünf Minuten erledigt sein. Immerhin, das Wetter ist perfekt dafür.«

Wir kletterten in Annies Auto. Edie übertönte die Stille mit Fragen an Annie, während ich durch die Scheibe zusah, wie mein Zuhause Meter für Meter Gestalt annahm. Die mit Flechten bedeckten Felsen am Straßenrand, die niedrigen, schiefen Lattenzäune vor den Holzhäusern, die nun alle leuchtend bunt angestrichen waren, die weiße Kirche, die in der Sonne glänzte. Ich schloss die Augen, bis sie ein gutes Stück hinter uns lag. Und im Hintergrund, immer in Sichtweite, das endlose, blaue Wasser, unermüdlich in Bewegung und geduldig wartend.

Annie hielt am oberen Ende der Straße, die ich einst so gut kannte, und dann stand ich vor dem Haus, in dem mein Leben begonnen hatte. Verschwunden war die dunkelgrüne Farbe, die meine Mutter ausgesucht hatte, ersetzt von einem strahlenden Türkis. Schicke Blumenkästen aus Holz hingen vor den Fenstern, mit pinken Geranien, die munter im Wind wehten. Die glänzend schwarze Haustür schien besser zu einem Haus in der Stadt zu passen. Ich stand da, sah es an und versuchte zu entscheiden, ob der Gesamteindruck grässlich oder großartig war.

»Die Farbe ist unmöglich, ich weiß, aber man gewöhnt sich daran«, sagte Annie. »Ein schwules Pärchen aus der Stadt hat es vor Jahren gekauft und drei Sommer lang renoviert. Sie verbringen hier ihre Ferien. Stinkreich, die beiden. Egal, Edie, da drüben haben Frances und ich uns kennengelernt, genau auf dem Stückchen Rasen dort. Noch in Windeln, alle beide.« Sie hielt einen Moment inne. »Kommt mir vor wie vor einer Ewigkeit.«

»Mir kommt es vor, als wäre es gestern gewesen«, sagte ich und lief um das Haus herum nach hinten. Der Garten meiner Mutter war einer Terrasse aus Naturstein und niedrigen Hochbeeten voller ausgefallener Pflanzen und fedriger Gräser gewichen.

»Hübsch«, sagte Edie über meine Schulter. »Perfekt zum Feiern.«

»Meine Mutter hat uns aus diesem Garten ernährt. Kartoffeln und Karotten und sämtliche andere Rüben. Aber zum Feiern ist er vermutlich auch gut.«

Wir liefen zurück zur Vorderseite des Hauses, wo sich Annie gerade mit einer älteren Frau unterhielt.

»Frances, erinnerst du dich noch an Mrs Dillon?«

Sie war unsere Nachbarin drei Häuser weiter, wenn ich mich recht erinnerte. Sie war eine mürrische, religiöse Frau, aber auch eine Frau, die uns noch Jahre nach dem Tod meines Vaters Eintöpfe und Obstkuchen vor die Tür gestellt hatte. Sie sah mich mit feuchten Augen an, während ich ihre Hand schüttelte.

»Hallo, Mrs Dillon, wie geht es Ihnen?«, fragte ich.

»Ich befinde mich noch über der Erde, es scheint mir also großartig zu gehen. Du erinnerst mich an deine Mutter, Gott hab sie selig.«

Ich blickte verlegen auf meine Füße hinunter, während ich darauf wartete, dass sie ein Urteil sprach.

»Oh, wie schön sie singen konnte, deine Mutter. Ich kann heute noch ihre wunderschöne Stimme hören. Sie war eine bezaubernde Frau.«

Ihre Worte rührten mich beinahe zu Tränen und weckten plötzlich die Hoffnung in mir, dass die Welt vielleicht doch freundlicher war, als ich geglaubt hatte. »Danke, Mrs Dillon. Vielen Dank!«

»Auf geht's, Edie«, sagte Annie. »Die Führung geht weiter.«

Wir aßen in einem Restaurant im Ortskern zu Mittag, ein kleines Café, das für die Touristen aufgemotzt worden war. Und wir waren Touristen, Edie und ich. Es war genug Zeit vergangen, um mich wie eine Fremde in Safe Harbour zu fühlen. Außer Mrs Dillon sah ich nicht ein bekanntes Gesicht. Und ich entdeckte nicht die geringste Spur von dem einstigen Fischerleben. Nachdem in den Achtzigerjahren die Fischkutter gekommen waren und den Ozean leer gefischt hatten, hatte Safe Harbour das gleiche Schicksal ereilt wie alle anderen Orte, denen nichts anderes übrig geblieben war, als ihre Zukunft woanders zu suchen. Annie sagte, dass sich nun alles um Walbeobachtungsausflüge und Urlaubsvermietungen drehte. Sie spielte die Reiseführerin derart überschwänglich, dass es mir aufgesetzt vorkam. Unter der Oberfläche des Small Talks war die Spannung zwischen uns immer noch spürbar. Edies Anwesenheit bewahrte uns davor, dass wir in schwieriges Fahrwasser gerieten, und ich war zufrieden, ziellos in dem Geplauder über Land und Leute dahinzutreiben.

Nach dem Dessert schlug Edie vor, an den Strand zu gehen. Der Weg zur Küste hinunter war steiler, als ich ihn in Erinnerung hatte. Ich fiel immer weiter zurück, während ich vorsichtig einen Fuß vor den anderen setzte. Edie machte kehrt und bot mir ihren Arm an.

»Wie geht's dir, Frances?«

»Gut, ich bin heute nur ein bisschen wackelig. Denk dran«, sagte ich und tippte mir an den Kopf, »kein Sterbenswort.«

»Mach langsam. Sie wird einfach denken, dass du alt und hilflos geworden bist.«

Ich lachte. »Schönen Dank, Edie.«

Ich hielt den Blick starr nach unten gerichtet, einerseits um zu verhindern, dass ich über meine eigenen Füße stolperte, andererseits, und das war der eigentliche Grund, weil ich mich nicht traute, das Wasser anzuschauen. Ich ging Schritt für Schritt auf den Klang der Wellen zu, bis ich die ersten glänzenden Steine sah, dann blickte ich langsam zum Horizont auf. Die Sonne blendete mich, und ich war dankbar für die Sekunden, die meine Augen brauchten, um sich an das grelle Licht zu gewöhnen. Ich blinzelte und zwinkerte, und dann war Annie neben mir, ihre Gegenwart gab mir die Kraft, den Blick nach vorn gerichtet zu halten. Wir standen schweigend da und sahen aufs Meer hinaus, wie wir es schon so oft gemacht hatten.

Das Ruderboot lag immer noch dort, wo es immer gelegen hatte, die Farbe verblasst und abgesplittert, aber ansonsten unversehrt. Annie kickte mit der Schuhspitze dagegen.

»Wie dieses alte Ding überleben konnte, ist mir unbegreiflich. Jedes Jahr flickt es irgendjemand zusammen und bepinselt es neu, aber ich glaube, jetzt überlassen sie es endlich den Elementen.« Sie stieg über den Rand und setzte sich auf das verwitterte Holz. »Steig ein, Frances. Um der alten Zeiten willen.«

Edie half mir in das Boot und lief dann ans Wasser. Sie watete hinein, zuckte aber sofort zurück und rannte zu ihren Schuhen.

Annie lachte. »Das macht sie kein zweites Mal. Sie ist bezaubernd, Frances.«

»Ja, das ist sie.«

»Mein Gott, sieh sie dir an. Sie könnte du sein oder ich, damals.«

Annie lächelte, doch sie schien unruhig zu werden, als hätte sie noch etwas vor. Wir sahen Edie eine Weile zu, dann stand Annie auf und sprang aus dem Boot.

»Ich gehe auf den Friedhof, falls du mitkommen willst.«

»Ja.«

»Dann lass uns das kleine Dummerchen vom Wasser wegholen, bevor sie sich noch die Zehen abfriert.«

Ich rief nach Edie, und sie rannte auf uns zu, den Kopf in den Nacken geworfen, die Arme seitlich ausgebreitet. Sie war der Inbegriff der Jugend, und bei ihrem Anblick mussten Annie und ich lächeln.

Auf dem Friedhof stand ich am Grab meines Vaters, während Edie neben mir kniete und einen Strauß Gänseblümchen darauf arrangierte, den sie gepflückt hatte.

»Vermisst du ihn noch?«, fragte sie.

»Jeden Tag.«

Sie stand auf und blickte sich um. »Wo liegt deine Mutter?«

»Dort drüben.«

»Wieso wurde sie nicht neben deinem Vater begraben?«

»Gute Frage. Ein Versehen.«

»Gehst du als Nächstes zu ihr?«

Ich wandte mich zum hinteren Teil des Friedhofs um, wo sie begraben lag. Ich sah den niedrigen, weißen Zaun und die hohen, weißen Lupinen, die sich im Wind bogen. »Warte hier auf mich.«

Ich lief los und spürte, wie sich ein Knoten in meinem Bauch zu bilden begann – ein Knoten, der sich mit jedem Schritt fester zusammenzog. Ich hatte etwa die Hälfte des Weges geschafft, als ich stehen blieb. Ich wusste, dass ich keinen Frieden darin finden würde. Es war mir gelungen, einen Weg zu finden zu leben, ohne ihr noch einmal gegenüberzutreten, und nun musste ich einen Weg finden zu sterben, ohne ihr ein letztes Mal gegenüberzutreten. Ich kehrte ihr den Rücken zu und ging zurück zu Edie, die sich hütete, irgendwelche Fragen zu stellen.

»Okay, ich bin fertig«, sagte ich, drückte meine Hand in das warme Gras, das auf dem Grab meines Vaters wuchs, und ging weg.

Wir fanden Annie am Grab ihrer Mutter. Ich bat Edie, ein paar Blumen für Mrs Malone zu pflücken. Dann folgten wir Annie zu einem anderen Grab, das ein paar Schritte weiter lag. Sie rückte eine Vase mit Rosen zurecht, die neben einem schwarzen Grabstein aus Granit stand, dann trat sie ein Stück zurück und schloss die Augen. Sie schien zu beten, und Edie und ich stellten uns schweigend hinter sie und warteten. In den Grabstein war ein kleines, quadratisches Foto hinter Glas eingelassen, ein Junge, noch nicht volljährig. Er hatte Annies schwarze Locken und rosigen Teint. *Stephen Rideout. Geliebter Sohn, Bruder, Enkelsohn und Freund,* stand auf dem Stein. Ich beugte mich vor, um die Jahreszahlen lesen zu können – gerade einmal achtzehn, als er gestorben war, und er war fast genauso lange tot, wie er gelebt hatte.

»Annie, das tut mir leid«, sagte ich. »Das wusste ich nicht.«

Sie drehte sich um, ihre Miene ausdruckslos und undurchdringlich. »Woher solltest du auch?«

Ein eisiges Frösteln durchzuckte mich, und der Schmerz in meinem Kopf setzte ein. Ich gab Edie mit einem Blick zu verstehen, dass wir weitergehen sollten, und sie nickte und ging voraus. Ich wartete einen Moment, bevor ich anfing zu sprechen.

»Was ist passiert?«

Annie lief weiter, den Blick starr geradeaus gerichtet. »Ein Autounfall. Er ist im Winter zu schnell in eine Kurve gefahren.«

»Er sieht aus wie du, als du jung warst.«

»Ich weiß. Alle haben das immer gesagt, und es hat Anthony wahnsinnig gemacht. Meine Tochter Angela kommt mehr nach ihrem Vater, äußerlich wie innerlich.«

»Und wie läuft es mit Anthony?«

»Schwierig. Wenn auch weniger schwierig, seit ich mich vor ein paar Jahren von ihm hab scheiden lassen.«

»Auch das tut mir leid.«

»Das muss es nicht. Ich hab ihn vor die Tür gesetzt und zur Feier des Tages eine Flasche geköpft, noch bevor er die Auffahrt runter war.«

Ich lief schweigend neben ihr her.

»Na los, Frances, nun sag's schon. Sag mir, dass du es damals schon gewusst hast.«

»Das werde ich ganz bestimmt nicht tun.«

»Er war nie ein toller Ehemann, aber nach Stephens Tod war er ein richtiger Dreckskerl, und da hab ich es nicht mehr ertragen. Er ist jetzt in Toronto, vögelt sich jede Nacht durch die Bars, so heißt es jedenfalls. Ein Glück, dass ich ihn los bin.«

»Hast du jemand Neuen?«

»Ich habe Angela und einen Enkel und meine Freundinnen. Ein bisschen Geld vom Verkauf unserer Geschäfte an einen großen Handelskonzern. Das reicht fürs Erste.«

Annie bot an, uns zurück in die Ferienwohnung zu fahren, um uns eine weitere Tortur in Cyrils Auto zu ersparen. Wir kauften unterwegs ein paar Lebensmittel für ein leichtes Abendessen, dann verabschiedeten wir uns und versprachen, am nächsten Tag vorbeizukommen, um uns das Baby anzusehen. Ich sah ihr nach, als sie wegfuhr, und verspürte einen Schmerz in der Brust, den ich zuletzt vor vielen Jahrzehnten verspürt hatte, damals, als ich das letzte Mal mit ihr gesprochen hatte. Ich konnte den schmutzigen grünen Teppich in dem Motelzimmer sehen und den Telefonhörer in meiner Hand spüren. Mir wurde übel, und ich war plötzlich schweißnass.

Ich legte mich aufs Bett und schreckte zwei Stunden später aus einem Traum hoch, in dem ich über den Friedhof gestolpert und in ein tiefes, großes Loch voller Wasser gefallen war. Das Letzte, was ich sah, bevor ich unterging war Annie, die sich über den Rand beugte und mir zurief, ihre Hand zu nehmen. Ich stand vorsichtig aus dem Bett auf und ging ins Bad. Ich warf mir kaltes Wasser ins Gesicht, dann ging ich zu Edie auf die Veranda. Sie lümmelte auf einem Holzstuhl, ein Bein über die Armlehne geschwungen. Ihr Gesicht hatte Farbe bekommen, und auf ihrem Nasenrücken zeigten sich Sommersprossen. Sommerzeit-Edie. *Melancholie.*

»Es ist so friedlich hier, findest du nicht auch?«, sagte sie.

Ich setzte mich auf den Stuhl neben sie und zündete mir eine Zigarette an, die erste des Tages. Friedlich war kein Wort, das ich mit diesem Ort verband. Verlust hinter jeder Ecke und entlang der ganzen Küste, ein Grab, dessen Anblick ich noch immer nicht ertragen konnte, und zwei Frauen, die einander kaum in die Augen schauen konnten. Das schöne Wetter konnte diese Tatsachen erfolgreich verschleiern, doch was Edies Blick auf diesen Teil der Welt betraf, so bezweifelte ich, dass wir je auf einen Nenner kommen würden. Wie herrlich, wenn man einen Ort so nehmen konnte, wie er war, ohne davon beeinflusst und damit belastet zu sein, was einem dort widerfahren war. Ich saß da, rauchte und wünschte mir, ich würde an eine höhere Macht glauben, und sei es nur, um darum bitten zu können, dass Edie Frieden fand, wo immer sie weilte.

Wir machten uns ein leichtes Abendessen, und danach sahen wir zu, wie die Sonne im Meer versank und die Sterne am Himmel erschienen, Hunderte, Tausende, die Edie für das schönste himmlische Schauspiel hielt, das sie je gesehen hatte. Mein Gott, wie leicht man sie glücklich machen konnte. Es war mir schleierhaft, woher sie das hatte. Von ihren Eltern bestimmt nicht, die unter chronisch unerfüllter Sehnsucht zu leiden schienen. Dieses Mädchen jedoch, gib ihr einen Teller mit Rohkost, ein bisschen Käse und ein paar Kräcker, ein sterbendes, altes Hausmädchen zur Unterhaltung und eine sternklare Nacht in der hintersten Provinz, und sie glaubte, im Paradies zu sein.

Wir blieben noch lange auf der Veranda sitzen, und sie erzählte mir von den Colleges, an denen sie sich bewerben wollte, wog das Für und Wider ihrer vielen Optionen ab. Es bedrückte mich, sie immer weiter von all den wunderbaren Dingen plappern zu hören, die sie machen würde – all die wunderbaren Dinge, die ich sie nie würde machen sehen. Ich musste ihr mitten im Satz ins Wort fallen und sie bitten, mir ein Glas Wasser zu holen, um mir einen kurzen Moment Luft zu verschaffen. Als sie zurückkam, hatte ich mich so weit gesammelt, dass ich sie weiterreden lassen konnte. Sie zeigte mir lustige Ziegenvideos auf ihrem Handy, dann gingen wir ins Bett. Ich nahm zwei Schmerztabletten und fiel von einem unruhigen Traum in den nächsten, sah meinen Vater neben seinem Boot herschwimmen, während er, sehr zu meiner Belustigung, seltsame, bunte Meerestiere an Deck schleuderte.

Am nächsten Morgen war es kalt und bewölkt, ein Sommertag, wie ich in Erinnerung hatte. Cyril holte uns erneut ab und fuhr uns zu Annie. Sie öffnete uns mit ihrem Enkel auf dem Arm die Tür. Sie gab ihn mir. Wie lange war es her, dass ich ein Baby auf dem Arm hielt. Er hieß wie sein toter Onkel. Annie nannte ihn Stevie. Er wirkte unglaublich zerbrechlich und trotzdem absolut vollkommen und mit allem ausgestattet, was er zum Überleben brauchte: ein fehlerfrei arbeitendes Gehirn; ein Herz, das Blut pumpte; Lungen, die sich füllten und leerten; ein kräftiger Mund mit gespitzten Lippen, die sich fest um die Spitze von Annies kleinem Finger schlossen. Er fühlte sich warm und überraschend schwer in meiner Armbeuge an. Annie stand neben mir und streichelte turtelnd seine Wange. Edie hielt sich unbeeindruckt im Hintergrund, und ich fragte mich, ob sie sich generell nicht für Babys interessierte oder ob diese Begegnung zu früh nach ihrer eigenen flüchtigen Berührung mit einer Schwangerschaft stattfand. Ich reichte Annie den kleinen Stevie zurück, und wir folgten ihr ins Haus.

Angela war in der Küche und machte einen Teller mit Sandwiches zurecht. Sie wischte sich die Hände an einem Geschirrtuch ab. Sie war groß und schlank, ohne sichtbaren Hinweis auf eine genetische Verbindung zu ihrer Mutter. Sie hatte blond gefärbte Haare, und ihre Haut war von irgendetwas gebräunt, die Sonne war es nicht. Sie war barfuß und ihre Fußnägel waren perfekt gefeilt und pink lackiert. Sie sah durch und durch aus wie ein Stadtmädchen und nicht im Entferntesten so, wie ich sie mir vorgestellt hatte.

»Sie müssen die berühmte Frances sein«, sagte sie.

Sie kam auf mich zu, streckte mir eine Hand entgegen und lächelte, was sie sichtlich Mühe kostete. Ihr Ton war beinahe frostig, und sie hatte etwas Entnervendes und Unangenehmes an sich.

»Die bin ich«, sagte ich. »Wobei ich nicht weiß, was mich berühmt machen sollte.«

»Mom erzählt uns Geschichten von Ihnen beiden, solange ich denken kann. Die gute alte Zeit, stimmt's, Mom?«

Annie war zu sehr damit beschäftigt, Stevie anzuhimmeln, um mitzubekommen, worüber gesprochen wurde.

»Meinen Glückwunsch zum Baby, Angela. Er ist einfach perfekt.« Ich stellte ihr Edie vor.

Angela nickte ihr kurz zu und widmete sich wieder ihren Sandwiches. Edie und ich warfen uns verstohlen stirnrunzelnde Blicke zu und setzten uns an den Küchentisch. Annie legte das Baby in eine motorbetriebene Vorrichtung, die sich drehte, woraufhin es sofort einschlief.

»Seht euch diesen Apparat an«, sagte Annie. »Als Nächstes werden sich Roboter um sie kümmern.«

»Mom, du klingst wie eine alte Schachtel, wenn du so redest«, sagte Angela. Sie ließ ein Messer durch eine Gurke krachen wie ein Holzfäller, der Feuerholz spaltet.

»Ich find's cool, Angela«, sagte Edie. »Ob es das auch in meiner Größe gibt?«

»Meine Mutter findet es übertrieben.« Hack, hack, hack. »Setz dich, ich mach dir eine Tasse Tee.«

»Wunderbar«, sagte Annie. »Die alte Schachtel könnte ein bisschen Zuwendung vertragen.«

Wir aßen zusammen zu Mittag und verbrachten eine recht angenehme Stunde miteinander, trotz der offenkundigen Spannungen zwischen Annie und ihrer Tochter. Angela war ruppig und herablassend, und mit jeder Minute, die in ihrer Gesellschaft verging, fiel es mir schwerer, sie sympathisch zu finden. Die Art, wie Annie ihre Launen an sich abprallen ließ, legte den Schluss nahe, dass sie dieses Spiel seit vielen Jahren miteinander spielten.

Nach dem Dessert verschwand ich ins Bad, um meine Anfallsmedikamente zu nehmen. Meine Augen waren inzwischen so schlecht, dass ich das Etikett nicht mehr entziffern konnte. Ich musste mir etwas einfallen lassen, um sie nicht mit den Schmerzmitteln zu verwechseln. Ich hatte kaum Kraft in den Händen und brauchte mehrere Versuche, um den Deckel abzubekommen. Vielleicht war ja ich die alte Schachtel, oder vielleicht meldete der Tintenfisch seinen Anspruch auf ein weiteres Areal meines Gehirns an.

Als ich zurück in die Küche kam, stillte Angela Stevie gerade. Sie sah sanfter aus, und ich beschloss, dass sie eine zweite Chance verdiente. Edie erinnerte mich, dass wir den Bus in die Stadt kriegen mussten, und wir nahmen Annies Angebot an, uns zurück in die Ferienwohnung zu fahren.

Als wir dort ankamen, kämpfte sich die Sonne gerade erfolgreich durch die Wolken, und es war weniger frisch. Edie ging hinein, um unsere Sachen zu packen, und ließ mich mit Annie auf der Veranda zurück. Sie entdeckte die Zigaretten auf der Armlehne des Liegestuhls.

»Kann ich eine haben, bevor ich fahre?«, fragte sie.

»Bedien dich.«

Sie zündete sich eine Zigarette an, nahm einen tiefen Zug und blies genüsslich stöhnend den Rauch aus.

»Himmel, ich weiß nicht, wann ich das letzte Mal eine geraucht habe. Oh verdammt, ist das herrlich.«

Wir setzten uns nebeneinander auf die Veranda. Ich warf ihr immer wieder kurze Blicke von der Seite zu, während sie starr geradeaus aufs Wasser schaute. Ich sah in ihr immer noch das schöne Mädchen von damals, doch jetzt war da eine neue Tiefe, der Reiz einer Geschichte, die in ihrem Gesicht geschrieben stand und die sie in ihrem Körper trug. Ich wollte jede Einzelheit dieser Geschichte wissen, und ich wollte, dass sie jede Einzelheit von meiner erfuhr. Ich wollte alles, was sie mir geben konnte. Und ich wollte ganz dicht neben ihr sitzen und ihr sagen, dass mir die Zeit davonlief. Ich umklammerte die Armlehnen meines Stuhls und machte mich bereit zu sprechen, doch dann fiel mir ihr toter Sohn sein, ihr gefühlloser Mann, die miesepetrige Tochter. Sie gönnte sich diesen Moment der Ruhe, und ich ließ ihn ihr. Sie drückte die Zigarette an ihrer Schuhsohle aus und legte den Stummel auf das verwitterte Geländer.

»Frances«, sagte sie in Richtung Wasser, »ich finde keine Worte dafür, wie es sich anfühlt, dich wiederzusehen.« Sie stand auf und ging zu ihrem Auto, und ich trottete ihr hinterher. Sie öffnete die Autotür, dann schlug sie sie wieder zu und sprach mit dem Rücken zu mir.

»Weißt du was? Das stimmt nicht. Ich habe Worte dafür.« Sie fuhr herum, und ihr Gesicht färbte sich tiefrot. »Was zum Teufel ist mit dir passiert?«

»Was meinst du?«

»Was ich meine? Ich fass es nicht.« Sie schüttelte frustriert den Kopf. »Du bist einfach verschwunden. Wie eines dieser vermissten Kinder auf den Milchpackungen.«

»Es war« – ich suchte in meinem dröhnenden Kopf nach dem Wort – »kompliziert.«

»Herrgott, was ist nicht kompliziert? Das entschuldigt herzlich wenig in diesem Leben.«

»Annie, bitte.« Meine Stimme klang fremd, und der Boden unter meinen Füßen schien aufzuweichen und nachzugeben.

»Dieser letzte Anruf. Ich bin fast durchgedreht. Eine Woche verging, dann eine zweite, und ich dachte mir: Na gut, jetzt ist sie weg. Dann jahrelang kein Ton von dir. Kein einziger Gedanke an mich hier in diesem gottverdammten Goldfischglas, wo ich direkt in Sippenhaft genommen wurde als die Freundin des Mädchens, das sich hat schwängern lassen, des Mädchens, dessen Mutter ins Wasser gegangen ist, des Mädchens, das von einem Tag auf den anderen verschwunden ist. Nicht dass ich je darüber geurteilt hätte, wohlgemerkt, aber es gab genug andere, die das getan haben. Wie oft hab ich gedacht, dass ich nur geheiratet habe, um deinen Makel von mir abzuschrubben.«

Sie war immer lauter geworden. Sie warf einen Blick zur Tür der Ferienwohnung, die offen stand, und senkte ihre Stimme ein wenig.

»Du hast mich einfach aussortiert, hast nie wieder etwas von dir hören lassen. Wenn du wüsstest, wie oft wir in die Stadt gefahren sind und die Straßen nach dir abgesucht haben. Mom war sogar bei der Polizei, aber die haben sie wieder weggeschickt. Uns blieb nichts anderes übrig, als das Schlimmste zu befürchten. Jahrelang hab ich das alles mit mir herumgetragen, diese Traurigkeit und Wut, diese … Ungewissheit Sie waren immer da, diese Gefühle, verschanzten sich hinter allem Guten, was passiert ist. Und dann kamen meine Kinder, und ich hatte keine Zeit mehr, mich um irgendwas anderes zu kümmern als um sie. Und einfach so« – sie schnippte mit den Fingern – »war ich dich los. Oh, was war das für eine Erleichterung.« Sie atmete tief ein und stieß den Atem schnell und heftig wieder aus. »Aber dann ist Stephen verunglückt, und es geschah etwas Merkwürdiges. Ich wollte niemanden – weder meinen Mann noch meine Freundinnen. Ich wollte einzig und allein mit dir reden. Und alles fing wieder von vorne an, ich vermisste dich erneut. Und seitdem kommt es immer wieder hoch, dieses alte Rätsel, das ich nie lösen konnte. Bis heute hält es mich ein-, zweimal im Monat die halbe Nacht wach. Das Verschwinden der Frances Delaney. Und jetzt bist du hier, einfach so auferstanden, wieder zu Hause, mit dieser süßen Kleinen im Schlepptau, die nach deiner Pfeife tanzt und alle deine Geheimnisse hütet.« Ihre Stimme versagte, und sie sah weg, Tränen standen ihr in den Augen.

Mit jedem Wort, das sie sagte, schämte ich mich mehr für das, was ich getan hatte, für das, was ich gerade tat, dafür, dass ich nur daran gedacht hatte, wie schwer es für mich sein würde, sie zu sehen, und nicht ein Mal darüber nachgedacht hatte, wie schwer es für sie sein musste, mich zu sehen. Mein Körper brannte vor Scham wie ein Buschfeuer, verschlang mich von innen heraus. Die Haut an meinem Hals und an meinen Ohren kribbelte. Meine Kehle brannte. Ich schluckte und rang nach Luft, um meiner Stimme Kraft zu verleihen.

»Annie, es tut mir leid. Ich hatte so viel verloren, und ich fühlte mich so von dir verraten. Ich war nicht bei Sinnen. Ich frage mich, ob ich das überhaupt jemals war.«

Sie stieß einen brüchigen Seufzer aus, und ihre Unterlippe begann zu zittern. »Ich weiß, dass ich dich im Stich gelassen habe, schrecklich im Stich gelassen. Ich weiß, wie sehr ich dich damit verletzt habe. Ich hab es mein Leben lang bereut, glaub mir. Und ich will auch gar nicht so tun, als wüsste ich, wie sehr du gelitten hast. Aber ich habe auch gelitten.« Sie stieß sich mit zwei Fingern gegen die Brust. »Ich habe auch etwas verloren.«

Sie drehte sich um und stieg in ihr Auto, ließ den Motor an und das Fenster herunter und umklammerte das Lenkrad so fest, dass ihre Knöchel weiß hervortraten. Sie starrte geradeaus, den Rücken durchgedrückt. »Vielleicht verrätst du mir eines Tages, warum du zurückgekommen bist. Ich werde hier sein, wo ich immer war, und versuche zu entscheiden, ob es mich interessiert.«

Ich schloss die Augen, als sie losfuhr, hörte die durchdrehenden Reifen auf dem Schotter und die schrillen Schreie der Möwen über mir. Ich ging in die Ferienwohnung und nahm meine Tasche, dann stieg ich in den Bus und ließ ein weiteres Mal alles hinter mir.

11

Ich lag in dem abgedunkelten Raum und überließ meinen erschöpften Körper Olivers Händen. Wieder rief jede Berührung Erinnerungen wach – unzusammenhängende Bilder, die wie ein Farbfilm vor mir aufflimmerten, untermalt von Annies verletzenden Worten in Endlosschleife. Es war herrlich und grauenhaft zugleich, ein seltsamer Dämmerzustand, der sich anfühlte, als würde ich irgendwo zwischen Leben und Tod schweben. Als er mich mit sanfter Stimme wissen ließ, dass er fertig sei, war es, als würde ich mit einem lauten und schmerzhaften Aufprall in meinen Körper zurückkrachen. Ich fühlte mich wie zerschlagen und doch merkwürdig wiederhergestellt.

Zwei Tage waren seit dem Gespräch mit Annie vergangen, und ich hatte seitdem an kaum etwas anderes gedacht. Auf der Heimfahrt von der Massage wirkte Edie genauso nachdenklich wie ich.

»Was hast du auf dem Herzen, mein Mädchen?«

»Nichts.«

»Ich habe irgendwo mal gelesen, dass es verboten ist, Totkranke zu belügen.«

Sie sagte nichts, bis wir vor meinem Haus angekommen waren. »Also gut. Du hast kein Wort über dich und Annie verloren.«

»Was ist mit mir und Annie?«

»Kurz bevor wir gefahren sind, hab ich sie draußen reden gehört.«

»Verstehe. Was genau hast du gehört?«

»Ich hab nicht verstanden, was sie gesagt hat, nur dass sie wütend klang.«

»Das war sie. Weil ich mich all die Jahren nicht gemeldet habe.«

»Dann habt ihr zwei also nicht wieder zueinander gefunden?«

»Das könnte man so sagen.« Ich stieg aus dem Auto, und sie folgte mir in die Wohnung.

»Hast du ihr gesagt, dass du krank bist?«

»Nein, hab ich nicht. Und jetzt ab mit dir, kleiner Quälgeist. Danke, dass du mich gefahren hast, ich rufe dich morgen an.«

Ich ließ sie stehen und ging unter die Dusche. Als ich wieder aus dem Bad kam, lag sie auf meinem Bett. Ich blieb vor Schreck wie angewurzelt stehen, als ich sie sah.

»Ich würde sagen, wir haben beide Glück, dass ich in dieses Handtuch gewickelt bin. Mach mal Platz und lass mich schnell etwas überwerfen. Na los, raus mit dir.«

Ich zog mich an und fand sie anschließend in der Küche.

»Frances, du musst es ihr sagen.«

»Jetzt aber endgültig raus mit dir. Unternimm etwas Schönes. Ich rufe dich morgen an.«

»Ich gehe nicht, bevor du mir nicht versprochen hast, dass du es ihr sagt.«

»Warum ist dir das so wichtig?«

»Weil«, sagte sie und fing an zu weinen, »ich einfach will, dass du glücklich bist.«

Ich nahm sie in die Arme. »Du bist ein gutes Mädchen, Edie Cleary.«

Sie legte ihren Kopf an meine Schulter. »Warum willst du es ihr denn nicht sagen?«

»Ich weiß es nicht. Ich schätze, es fühlt sich einfach nicht richtig an.«

»Das klingt nicht sehr überzeugend.«

Sie löste sich aus meiner Umarmung und ging zur Tür. Sie holte ihren Schlüssel aus der Tasche und drehte sich zu mir um. Ein letzter Appell an mich zu reden.

»Vielleicht will ich einfach kein Mitleid von ihr, okay?«

»Ja, ich hab schon verstanden«, sagte sie. »Aber vielleicht kann ein kleines bisschen Mitleid manchmal Großes bewirken.«

***

Kurz nach Mitternacht klingelte mein Telefon. Ich tastete in Richtung des Geräuschs. Ich sagte Hallo, doch niemand antwortete.

»Edie, bist du das?« Meine Stimme war heiser, mein Kopf benebelt von Medikamenten und Träumen.

»Scheiße. Ich hab dich geweckt.«

»Annie?«

»Ich bin davon ausgegangen, dass du dein Telefon nachts auf lautlos stellst, wie jeder normale Mensch. Leg auf, ich hinterlasse dir eine Nachricht.« Ihre Stimme klang belegt, und sie lallte leicht. Ich hörte, wie Eis gegen Glas klimperte, dann ein schweres Schlucken.

Ich knipste das Licht an. »Nein, nein, ist schon gut. Ich bin wach.«

»Ich komme nächstes Wochenende in die Stadt. Ich will ein bisschen bummeln und so. Ich hab überlegt, ob wir uns nicht treffen und was zusammen trinken oder essen wollen?«

Ich setzte mich auf und schwang die Beine über die Bettkante. »Ja, warum nicht.«

Ich hörte sie zweimal tief ein- und ausatmen, dann noch mal Eis gegen Glas klimpern und ein weiteres Schlucken. »Nacht, Frances.«

»Nacht, Annie.«

Ich überprüfte die Anrufliste meines Telefons, um mich zu vergewissern, dass ich nicht geträumt hatte, dann legte ich mich wieder hin und begann, mir Sorgen zu machen, dass sie am Morgen aufwachen und sich nicht mehr an ihren betrunkenen Anruf erinnern könnte. Anschließend machte ich mir Sorgen, dass ich in der Nacht sterben und das Wochenende nicht mehr erleben könnte. Ich schlug die Decke zurück, machte das Fenster auf und zündete mir eine Zigarette an. Es war nach zwei, als ich eine Frau in einem blau schimmernden Kleid entdeckte, die unten den Gehweg entlangschlenderte. Sie schwankte auf ihren High Heels und schwang beim Gehen eine zierliche Handtasche im Kreis. Ich fragte mich, wo sie herkam. Ich stellte mir vor, wie sie sich unter blinkenden Lichtern in einem Club hin- und herwiegte, zusammen mit einem Mann, von dem sie sich jetzt davonstahl. Er würde aufwachen und feststellen, dass sie fort war, und sie würde in ihrem eigenen Bett schlummern, ihr hübsches Kleid ein kleiner Haufen auf dem Boden. Ich wollte nach ihr rufen, ihr zuzwinkern und zuwinken und ihr viel Glück wünschen. Sie bog um die Ecke, und ich setzte Teewasser auf.

Am nächsten Tag holte Edie mich mittags ab und fuhr mich für eine Reihe sinnloser Untersuchungen ins Krankenhaus – das »Überwachungsprotokoll«, wie die Ärzte es nannten. Vielleicht hofften sie in letzter Sekunde auf ein Wunder. Vielleicht tat ich es auch. Blut wurde abgenommen, Gedächtnis und Reflexe wurden getestet, Sehschärfe wurde gemessen. Herz, Lunge und andere innere Organe wurden untersucht. Dann lag ich im CT-Gerät, während sich ein Arzt schützend in einer Kabine versteckte und eine Ladung Strahlung auf meinen Kopf schoss. Ich stellte mir vor, wie sich der Tintenfisch in knallgelbem Licht aalte, ausgestreckt auf einer Strandliege mit einer winzigen Sonnenbrille auf dem Kopf und einem Frucht-Cocktail im Tentakel.

Als alle Informationen zusammengetragen und ausgewertet waren, war das Ergebnis wie gehabt. Der Tod und ich würden aller Voraussicht nach planmäßig aufeinandertreffen, plus/minus einer etwaigen Fehlertoleranz. Der Arzt sagte, dass es ihm furchtbar leidtue, mir diese schlechte Nachricht überbringen zu müssen, als würde ich nicht permanent spüren, wie mir der Sensenmann seinen Stiefel in den Nacken drückte.

Ich traf Edie auf dem tristen, grünen Flur. Ich konnte die Hoffnung beinahe riechen, die ihr aus allen Poren drang.

Ich legte ihr einen Arm um die Schulter. »Edie, wir alle kommen und gehen, jeder Einzelne von uns. Wir vergessen nur einfach den Teil mit dem Gehen.«

Sie nickte und schlang ihren Arm um meine Taille. Mein Handy vibrierte. Eine Nachricht von Annie, die mich fragte, ob wir uns am Samstag zum Mittagessen treffen wollten.

»Na los, Miss Cleary, lass uns ein Eis essen gehen. Ich habe ein paar Neuigkeiten für dich, die dir ganz bestimmt ein Lächeln aufs Gesicht zaubern werden.«

Edie setzte mich an meiner Wohnung ab und brauste davon, um sich für eine Party fertig zu machen. Es gab da einen Jungen, hetero diesmal, und es hatte sie erwischt. »So klug«, sagte sie. »Teilt komplett meine Weltanschauung und ist voll drin in Frauenthemen« – offensichtlich etwas äußerst Wünschenswertes, wenn man bedachte, dass sie es über sein gutes Aussehen setzte. »Heiß ist er übrigens auch«, ließ sie mich wissen.

Wir hatten uns kaum getrennt, da löste sich meine Erleichterung, dass sie sich endlich mit etwas anderem beschäftigte als mit mir, schnell in Luft auf, als ich anfing, mir die verschiedenen Verehrer vorzustellen, die sich ihr eines Tages präsentieren würden. Jungs, auf die ich nie einen verstohlenen Blick würde werfen können, um zu entscheiden, ob sie sie verdienten. Ich wusste, dass die Chancen recht gut standen, dass sie eine kluge Wahl treffen würde, aber ich wusste auch nur zu gut, dass ein einziger unaufmerksamer Moment selbst die strahlendste Zukunft verfinstern konnte. Ich beschloss, optimistisch zu sein, und bettete meinen schmerzenden Kopf für die Nacht auf das Kissen.

Am Morgen hatte ich erneut einen Anfall. Nicht so schlimm, wie die Male zuvor, aber mit genug Schlagkraft, um in einer verqualmten Küche inmitten von zerschlagenem Geschirr aufzuwachen, mit einem Gesicht, das aussah, als hätte ich mehrere Runden in einem Boxring zugebracht. Eine rote, geschwollene Backe, ein violett-schwarzes Auge. Ich war allein, als es passierte, und es grenzte an ein Wunder, dass ich mir nicht an Ort und Stelle den Garaus machte oder das ganze Haus in Brand setzte. Ich kam auf dem Boden wieder zu mir und musste ins Wohnzimmer kriechen, um mein Telefon zu holen.

Als Edie kam, sah sie sich in der Küche um und stieß einen Pfiff aus. »Mann«, sagte sie, »Sterben ist eine gefährliche Angelegenheit.«

Sie kümmerte sich rührend mit Eisbeuteln und einer Tube Salbe um mein Gesicht, dann räumte sie eine Stunde lang das Chaos auf, das ich angerichtet hatte. Sie schlief in dieser Nacht auf meinem Sofa, und am nächsten Tag beschloss sie, dass ich ein bisschen verwöhnt werden musste.

Edie fuhr mich in ein Spa, wo sich eine junge Frau eine Stunde lang meinen Händen widmete, sie massierte und einweichte, die Nägel kürzte und feilte, bis sie geschmeidig und kultiviert aussahen. Die Haut war weich und wies keinerlei Spuren einstiger Schufterei auf. Die Nägel waren alle gleich lang und glänzten mit Klarlack. Jedes Mal, wenn ich meine Hände bewegte, sprangen sie mir ins Auge, und ich stellte sowohl überrascht als auch stolz fest, dass es tatsächlich meine waren. Dann wandte sich die junge Frau meinen Füßen zu. Sie riss mich aus dem Tiefschlaf, um mir zu sagen, dass sie fertig sei.

Als ich nach Hause kam, war ich erschöpft. Ich war immer noch ein bisschen wackelig auf den Beinen von dem Anfall und musste mich auf Edie stützen, während wir die Treppe zu meiner Wohnung hinaufstiegen. Als wir oben angekommen waren, sagte sie mir, dass ich die Augen zumachen solle.

»Warum?«, fragte ich.

»Tu einfach, was ich dir sage, und stell keine Fragen.«

»Edie, ich kann kaum stehen und bin halb am Verhungern.«

»Vertrau mir. Mach die Augen zu.«

Ich hörte, wie sie sich an dem widerspenstigen Türschloss zu schaffen machte, dann raschelnde Bewegungen.

»Okay, jetzt kannst du schauen.«

Als ich die Augen aufmachte, standen sie und Colin grinsend wie zwei Honigkuchenpferde im Flur. Sie traten zur Seite. Hinter ihnen stand an der Stelle, wo sich normalerweise mein Fernseher befand, ein kleiner, komplett dekorierter Weihnachtsbaum. Auf meinem Tisch lag ein rotes Tischtuch und darauf war ein kleines Festessen angerichtet.

Edie hüpfte auf und ab und rief: »Fröhliche Weihnachten im Juli!«, und Colin zog einen Stuhl für mich heran.

»Das Hähnchen ist von der Imbisstheke aus dem Supermarkt, aber den Rest haben Colin und ich allein gemacht«, sagte Edie. »Ich weiß, wie sehr du Weihnachten magst. Und, na ja, ...«

Oh, diese beiden! Ich war so überwältigt, dass ich kein Wort herausbrachte aus Angst, in Tränen auszubrechen und alles zu ruinieren. Ich setzte mich und hielt mein Plastikglas hoch, um mir etwas Apfel-Cider einschenken zu lassen. Ich musste eine Nikolausmütze aufsetzen, und sie machten mir einen Teller mit Essen zurecht. Nach dem Essen war Bescherung. Edle Hautcreme, eine Schachtel handgemachte Trüffel und ein Paar rote Kaschmirsocken von Colin. Das letzte Geschenk war ein gerahmtes Bild von Edie und mir, das ich noch nie gesehen hatte. Sie musste darauf etwa zwölf sein. Wir saßen bei ihr im Garten am Picknicktisch und blinzelten beide in die Sonne. Sie trug ihre Schuluniform, die vollkommen zerknittert und verrutscht war, typisch Edie. Ihr Kopf lehnte an meiner Schulter, und ich hatte mit einer Hand ihr Kinn umfasst, meine Fingerspitzen drückten in ihre Wange. Wir sahen aus wie eine Familie. Ich konnte mich nicht erinnern, dass dieses Foto je gemacht worden war, und doch war es da, der Beleg, wie viel gemeinsame Zeit hinter uns lag.

»Toll gemacht, meine Kleine«, sagte ich.

»Danke gleichfalls, meine Große.«

Nachdem sie weg waren, blieb ich noch lange im zarten Schein der Lichterkette sitzen und dachte darüber nach, wie außergewöhnlich liebenswürdig Edie war, was für eine wichtige Gefährtin und Verbündete sie mir geworden war. Ich begann, infrage zu stellen, ob es richtig war, sie darüber im Unklaren zu lassen, wie genau diese Sache enden würde. Ich begann, diese und jede andere Entscheidung, die ich je getroffen hatte, infrage zu stellen. Wie naiv war es gewesen zu glauben, dass ich in einem einzigen, kurzen Besuch zu Hause den Frieden finden würde, in dem ich ruhen wollte. Stattdessen hatte ich nur alte Wunden aufgerissen, meine und die, die ich Annie zugefügt hatte. Ich fand es vollkommen ungerecht, so weit im Leben gekommen zu sein und immer noch derart unbeholfen durchs Leben zu stolpern. Wo war die Weisheit, die angeblich mit dem Alter und der Erfahrung kam? Ich würde bald sterben und wusste immer noch nicht, wie ich vorher sämtliche Knoten entwirren sollte. Ich hatte mir noch nicht einmal überlegt, wie genau ich sterben wollte, wo und wann und so weiter, und die Uhr tickte. Vielleicht wäre es besser, von einem Auto erfasst zu werden und sofort tot zu sein, der letzte Gedanke die Einkaufsliste fürs Abendessen. Ich spürte ein Engegefühl in der Brust, atmete langsam und tief in den Bauch, so wie Oliver es mir gezeigt hatte, und legte mir eine kleine, blaue

Pille unter die Zunge – die, die Dr. Langley mir für Momente wie diesen gegeben hatte. Nichts von beidem half. Innerhalb von Minuten war ich schweißnass und übermannt von dem Gefühl, dass sich der Raum um mich herum zuzog. Ich schlüpfte barfuß in meine Sandalen und taumelte hinaus in die Sommernacht.

Ich lief ziellos durch die menschenleeren Straßen meines Viertels. Die Kühle und die Stille der Nacht schafften es, mich so weit zu beruhigen, dass mir bewusst wurde, dass ich die Stadt noch nie zu dieser Uhrzeit gesehen hatte. Wie anders und wunderschön die Welt erschien, wenn sie herunterfuhr, wie ein schlafendes Kind, das nach einem Tag voller Unfug selig zusammenbrach. Mein Kopf hämmerte, doch ich lief einfach weiter und atmete, bis ich zu einer Bank kam. Ich legte mich darauf und bat den Tintenfisch, zur Ruhe zu kommen.

Ich öffnete die Augen und blickte in das grelle Morgenlicht. Ich wusste weder, wo ich war, noch, wie ich dort hingekommen war. Die Holzlatten der Bank hatten mir über Nacht keinen Gefallen getan. Ich stand langsam und schwankend auf und versuchte, mich zu orientieren. Ein junger Mann blieb stehen, um einen Kaffeebecher aus Pappe in einen Abfalleimer neben der Bank zu werfen.

»Hey«, sagte er, »alles klar?«

Ich nickte und machte zaghaft ein paar Schritte von der Bank weg.

»Sicher?«, rief er mir hinterher.

Ich winkte flüchtig, ohne mich umzudrehen, und lief nach Hause. Ich schloss die Tür zu meiner stillen, leeren Wohnung auf, dem sicheren und beruhigenden Ort, den ich so schätzte. Mit einem Mal erschien sie mir armselig, karg und vollkommen trostlos. Ich ging ins Schlafzimmer, dem Raum, in dem mein Leben enden würde, und alles, woran ich denken konnte, war, dass er genau so aussah wie ich mich fühlte – traurig und heruntergekommen. Ich war es leid, so zu leben, hatte es gründlich satt, allein zu sein. Ich sackte auf dem Bett zusammen und weinte, bis keine Tränen mehr kamen. Dann richtete ich meine Gedanken auf den Tag, der vor mir lag. Tee und Brot und Milch mussten gekauft werden, das Bett musste abgezogen, das Bad geputzt werden. *Belanglosigkeiten.*

12

Edie stöhnte und stampfte mit dem Fuß auf. »Wenn du nicht stillhältst, kriege ich das nie hin.« Sie drückte einen weiteren Klecks beigefarbene Creme auf einen Schwamm und tupfte damit auf meinem Gesicht herum, bis sie zufrieden war.

Ich beugte mich vor und sah in den Spiegel. Selbst mit meinen schlechten Augen konnte ich immer noch das verblasste Violett der Blutergüsse und den erhabenen, schorfigen Striemen quer über meiner rechten Wange erkennen. Ich fuhr mit dem Finger darüber und schüttelte den Kopf. »Ich weiß nicht, was das bringen soll. Es sieht einfach aus wie ein vermöbeltes Gesicht mit Schminke darüber.«

»Was erwartest du?«, sagte sie. »Selbst mit allen Make-up-Vorräten dieses Planeten könnte ich hier nichts mehr retten. Aber es sieht trotzdem besser aus, glaub mir. Außerdem geht es darum, dass Annie sieht, dass du dich bemüht hast.«

Sie durchstöberte meinen Kleiderschrank und legte mir Sachen heraus, dann fuhr sie mich in die Innenstadt.

»Nervös?«, fragte sie, als wir vor dem Hotel hielten.

»Ja.«

»Bereit?«

»Nein.«

»Ich kann hierbleiben und auf dich warten, wenn du willst.«

»Edie, das könnte fünf Minuten oder fünf Stunden dauern. Fahr du mal schön weiter und genieße deinen Tag.«

Ich betrat die klimatisierte Lobby des Sheraton Hotels, die gleiche nichtssagende Lobby wie in jedem anderen Sheraton auf der Welt, vermutete ich. Wie sehr sie sich verändert hatte, seit ich sie zum ersten Mal betreten hatte, um meine Karriere als Zimmermädchen zu beginnen, und nicht zum Besseren. Billiges, glänzendes Holz und drittklassige Bodenfliesen, künstliche Pflanzen, die unter dem grellen Neonlicht weich und klebrig geworden waren. Ich war zu früh und ging auf die Toilette, um einen Blick in den Spiegel zu werfen. Das Make-up war kalkweiß geworden und in die Falten meiner Haut gelaufen. Ich sah aus wie eine Leiche. Ich machte ein Papierhandtuch nass und rieb alles ab. Als ich die Toilette verließ, stand ein Reinigungswagen auf dem Flur. Ich fischte einen Zehndollarschein aus meiner Tasche und steckte ihn zwischen die Klorollen.

Annie stand an der Rezeption und blickte sich in der Lobby um. Ich versteckte mich und beobachtete sie, während sie wartete. Mein Blick wanderte zwischen ihr und dem Notausgang ein paar Meter links von mir hin und her. Der Tintenfisch beendete das Dilemma. »Feigling«, zischte er, und meine Füße trugen mich vorwärts. Ich zwang mich zu einem Lächeln und winkte, als sie mich sah.

»Heilige Scheiße!«, rief sie. »Was ist denn mit dir passiert?«

»Ein kleines Missgeschick in der Küche. Nicht der Rede wert.«

Sie runzelte die Stirn. »So sieht es aber nicht aus.«

»Du solltest die Küche sehen.«

Ich lächelte, sie nicht.

»Okay, wollen wir einfach hier im Hotel was trinken?«, fragte sie.

Ich nickte und folgte ihr in eine holzgetäfelte Lounge. Ich bestellte einen doppelten Whisky. Annie wirkte beeindruckt und bat die Kellnerin, zwei zu bringen. Wir nahmen beide einen Schluck und lehnten uns in unseren Stühlen zurück. Ich hatte vorgehabt, sie zuerst sprechen zu lassen, doch als die Minuten vergingen und sie immer noch nichts sagte, knickte ich unter dem Druck ein.

»Du bist also hier, um ein bisschen zu bummeln, ja?«

»Nein. Und ich bin auch nicht hier, um seicht zu plaudern.«

Die Frau am Nebentisch blickte von ihrer Zeitung auf. Ich rutschte auf meinem Stuhl hin und her und löste mein T-Shirt von meinem verschwitzten Rücken. Die Kellnerin kam wieder, und ich bestellte eine Portion Fish und Chips, obwohl ich wusste, dass ich sie nicht essen würde. Annie nahm einen großen Schluck aus ihrem Glas, und als die Kellnerin außer Hörweite war, nahm sie den Faden wieder auf.

»Ich bin hier, um dich zu sehen«, sagte sie. »Ich war nicht gerade begeistert, wie die Dinge gelaufen sind.«

»Ich auch nicht. Vielleicht können wir noch einmal von vorn anfangen?«

»Ich weiß nicht, wo wir da anfangen sollten, Frances. Keinen Schimmer.«

»Wie wär's, wenn du mir ein paar Fragen stellst, und ich versuche, so gut es geht zu antworten?«

»Warum nicht. Warst du die ganze Zeit hier in der Stadt?«

»Ja.«

»Verheiratet.«

»Nein.«

»Kinder?«

»Nur das, von dem du weißt.«

»Wie lange machst du schon dieses Haushaltsding?«

»Seit wir uns das letzte Mal gesehen haben.«

»Was ist aus dem Wunsch geworden, Lehrerin zu werden?«

Sie fragte es so beiläufig, als hätte ich mich einfach anders entschieden. Jahrelang hatte ich über nichts anderes nachgedacht, als endlich Lehramt zu studieren. Einmal, mit Ende zwanzig, hatte ich mich mit einer Frau von der Universität getroffen. Sie hatte mir alles erklärt – die Kurse, die Bücher, die Gebühren. Und eine kurze, Zeit lang war ich so blauäugig und hatte tatsächlich geglaubt, dass es passieren könnte, dass mir eine Wundermischung aus Geld und Mut in den Schoß fallen und es mir ermöglichen würde, die Uni zu besuchen und eines Tages selbst vor einer Klasse zu stehen. Doch kurz bevor ich mich buchstäblich für ein Studium zu Tode gehungert hätte, hängte ich meinen Traum endgültig an den Nagel. Denn selbst wenn ich das Geld gehabt hätte, wäre da noch der praktische Teil gewesen – die überfüllten Hörsäle und Arbeitsgruppen, die Präsentationen und mündlichen Prüfungen, das Studentenleben. Alles Dinge, die ich nervlich einfach nicht durchgestanden hätte. Ich bewahrte die Broschüren und Anmeldeformulare jahrelang auf, dann warf ich sie schließlich zusammen mit durchnässten Teebeuteln und Eierschalen in den Müll und gab mich mit der besten Ausbildung zufrieden, die für einen Bibliotheksausweis zu haben war. Überzeugt davon, dass ich all das nur Annie beziehungsweise ihrer Abwesenheit zu verdanken hatte, hatte sich meine Verbitterung tief eingebrannt. Doch nun war sie hier, saß mir gegenüber, immer noch strahlend und schön. Überrascht stellte ich fest, dass jegliche Schuldzuweisungen verschwunden waren.

»Es hat einfach nicht sollen sein, Annie.«

»Na, wenigstens schiebst du es nicht mir in die Schuhe, vielen Dank.«

»Ich tue nichts dergleichen.«

»Für mich klingt das nach einer schrecklichen Verschwendung.«

Ich ärgerte mich über ihre Worte. Ich kannte diese ewige Herabsetzung und das Mitleid für sämtliche Zimmermädchen dieser Welt nur zu gut. Entweder wurden wir wie der Dreck behandelt, den wir jeden Tag wegputzten, oder es war das andere Extrem – Ärzte und Anwälte, die Gleichheit heuchelten und nur allzu laut und oft davon sprachen, wie wichtig unser Beitrag für die Gesellschaft sei. Doch dann waren da Menschen wie die alte Mrs Heneghan. Sie schätzte meine Arbeit, brauchte mich so sehr, wie ich sie brauchte, und sagte mir das auch oft. Sie war eine würdevolle Frau, und es lag eine gewisse Würde darin, ihre unzähligen Missgeschicke wegzuputzen.

»Es ist nichts Falsches daran, für Menschen zu putzen. Es ist ehrliche Arbeit«, sagte ich.

»Aber es ist nicht dasselbe, wie Lehrerin zu sein.«

»Nein, da gebe ich dir recht.«

Das Essen kam. Wir aßen beide ein paar Pommes, den Fisch ließen wir unberührt. Wir verstummten, und die Luft zwischen uns wurde zunehmend dicker. Annie stürzte den letzten Schluck ihres Whiskys hinunter.

»Ich halte das nicht mehr aus. Hast du Zigaretten dabei?«, fragte sie.

Ich nickte.

Sie warf ein Bündel Geldscheine auf den Tisch und stand auf. »Lass uns gehen.«

Ich folgte ihr nach draußen. Sie fragte den Portier nach der Raucherecke. Er deutete auf einen kleinen Hof, wo es seiner Aussage nach niemanden stören würde. Wir setzten uns auf eine Bank, jede an ein Ende. Sie zündete sich eine Zigarette an, nahm einen tiefen Zug und wandte sich zu mir.

»Warum bist du zurückgekommen?«

Ich nahm ebenfalls einen tiefen Zug von meiner Zigarette, bevor ich ihr antwortete. »Gehirntumor. Mir bleiben noch ein paar Monate, höchstens.«

Sie blinzelte ein paar Mal, wirkte verwirrt, dann schien sie zu verstehen. »Jetzt lass dir nicht alles aus der Nase ziehen. Klartext, bitte.«

Ihr Gesichtsausdruck, ihr Tonfall, die verloren geglaubte Annie Malone. Ich konnte nicht anders, ich musste lachen.

»Frances, wenn das ein Witz sein soll, ich schwöre bei Gott, ich knall dir eine.«

»Nein, es stimmt«, sagte ich. »Es war nur die Art, wie du gerade geklungen hast. Es hat mich an früher erinnert, das ist alles.«

»Aber du siehst gar nicht krank aus. Abgesehen von dem Veilchen.«

»Ich hatte einen Krampfanfall in meiner Küche. Hab mich selbst grün und blau geschlagen und um ein Haar das Haus abgefackelt.«

Sie machte ein ernstes Gesicht. »Hast du starke Schmerzen?«

»Manchmal.«

»Herrgott, du machst keine halben Sachen, oder? Kommt zurück mit einem Paukenschlag.« Sie saß ein paar Minuten lang schweigend da. »Es tut mir leid. Furchtbar leid. Nach allem, was du durchgemacht hast, ist das nicht gerecht.«

»Mit Gerechtigkeit hast du ein eigenes Hühnchen zu rupfen, würde ich sagen.«

Sie zog ein letztes Mal an ihrer Zigarette und trat sie mit dem Schuh aus. »Weißt du, ich bin hierhergekommen, um mir zu holen, was mir zusteht. Ich wollte, dass du zu der Vergangenheit stehst und sie mir auf einem Silbertablett servierst, aber die Gegenwart scheint mir die Schau zu stehlen. Das klingt jetzt ein bisschen egoistisch, oder?«

»Ein klitzekleines bisschen vielleicht.«

Eine Träne lief ihr seitlich das Gesicht hinunter. »Ich hab mich nicht allzu sehr verändert, was?«

»Das kann ich noch nicht sagen.«

Sie holte ein Taschentuch aus ihrer Tasche und tupfte sich die Tränen weg. Sie hob einen Finger in die Luft. »Spinn ich oder hörst du das auch?«

»Die Musik? Die kommt vom Volksfest. Es ist dieses Wochenende drüben im Bannerman Park.«

»Wie weit ist das von hier?«

»Nicht weit. Zehn Minuten zu Fuß vielleicht.«

»Lust auf einen Spaziergang?«

Der Park war brechend voll, ein Meer von Gartenstühlen und Decken, die alle zu einer großen Bühne hin ausgerichtet waren. Wir fanden ein kleines Stück freie Wiese und setzten uns. Die Menschen klatschten und sangen und tanzten, wo Platz war. Wir hörten den Geigen und Flöten und Akkordeons zu, wie sie die alten Klassiker der Insel zum Besten gaben, die Weisen und Mittanznummern, die Musik über

Mühen und Verlust, über Beharrlichkeit und Triumph, die Musik unserer Jugend. Das Fest fand seit vielen Jahren statt, doch ich war nie hingegangen aus Angst, beim ersten Ton eines Lieds, das ich kannte, in Tränen auszubrechen. Ich sah den Leuten dabei zu, wie sie klatschten und sangen – auch Annie, die längst miteingestimmt hatte –, und wagte mich aus meiner Deckung heraus. Ich schloss die Augen und ließ mich von der Musik berauschen. Ich hörte die Stimmen der Sänger, wie sie mehrstimmig sangen »Heave away, me jollies, heave away«, eine Zeile aus dem Lied, das Annie und ich immer am liebsten gehört hatten.

Annie griff nach meiner Hand und zog mich hoch. »Los, Frances. Jemand muss diesen verdammten Städtern mal zeigen, wie man das Tanzbein schwingt.«

Sie führte mich durch die Menge zu einer freien Fläche vor der Bühne. Wir stellten uns Schulter an Schulter in entgegengesetzte Richtungen auf, dann hakten wir uns unter und drehten uns im Kreis, erst im Uhrzeigersinn, dann dagegen, wieder und wieder, bis ich mich im Wohnzimmer meiner Eltern befand, das Feuer brannte, die Dielen vibrierten vom Stampfen der Stiefel unter meinen Füßen, während sich der halbe Ort seine Sorgen von der Seele tanzte. Ich konnte Annie in der Ferne singen hören, ihre Stimme klar und rein, und ich wusste, dass ich es geschafft hatte. Ich hatte lange genug gelebt, um den glücklichsten Moment meines Lebens zu erleben. Als die Musik aufhörte, ließ ich mich ins Gras fallen, benommen und erschöpft, und lag neben Annie Malone.

Es dämmerte bereits, als wir gingen. Ich war müde und wackelig auf den Beinen, und Annie fuhr mit mir im Taxi nach Hause.

»Ich würde mich ja auf einen Absacker zu dir einladen und vielleicht noch eine Zigarette schnorren«, sagte sie. »Aber ich nehme an, du brauchst deine Ruhe.«

»Nein, nein, mir geht's gut. Komm mit rein. Einer geht noch.«

Ich machte uns einen Teller mit Obst und Käse und schenkte jedem von uns etwas zu trinken ein.

»Warum steht da ein Weihnachtsbaum in deinem Wohnzimmer?«, fragte sie.

»Ah, das ist Edies Werk.«

»Verstehe. Weil du im Dezember nicht mehr hier sein wirst.«

Tränen stiegen ihr in die Augen, und sie griff nach ihrem Glas.

»Bitte, nicht weinen. Es war so ein schöner Nachmittag.«

»Können die Ärzte denn gar nichts mehr für dich tun?«

»Sie wollen operieren, aber der Krebs würde nur zurückkommen.«

»Aber würde es dir nicht mehr Zeit verschaffen?«

»Ein bisschen. Ein paar Monate vielleicht.«

»Warum willst du nicht kämpfen?«

Kämpfen. Was für ein abgedroschenes, hässliches Wort. Warum ritten alle immer darauf herum, dass man kämpfen sollte? Ich hatte vor Kurzem angefangen, Todesanzeigen zu lesen, wobei ich besonders auf die achtete, in denen stand: »Verlor den tapferen Kampf gegen den Krebs«, oder ähnlicher Unsinn. Es kam mir vor, als wäre Sterblichkeit zu einem Charakterfehler erklärt worden. Meine Gedanken schienen sich in meinem Gesicht zu spiegeln, und sie ließ es dabei bewenden.

»Also, was nun?«

»Ich weiß nicht. Einen Line-Dance-Kurs machen. Aktmodell werden. Einen Spionageroman schreiben.«

»Herrgott, bleib ernst.«

»Ich werde schauen, wie es sich entwickelt, und wenn die Zeit gekommen ist, wird eine nette Ärztin kommen und mich einschläfern.«

»Wohin kommen? Hierher?«

»Was ist falsch daran?«

»Nichts. Ich versuche nur, es zu kapieren. Dich einschläfern. Bei dir klingt das, als wärst du ein gebrechlicher, alter Köter.«

»Ich habe lange darüber nachgedacht, und ich habe es mir sicher nicht leicht gemacht. Es ist das Richtige für mich. Ich erwarte nicht, dass du das verstehst.«

»Stimmt, ich verstehe es nicht«, sagte sie. Ihr Ton wurde schärfer. »Und wenn du wüsstest, was es heißt, ein Kind zu beerdigen, würdest du ein paar zusätzliche Monate zu schätzen wissen.«

Mir wurde schlagartig heiß, und das permanente, leise Klingeln in meinen Ohren schwoll zu einem schrillen Pfeifen an. »Ich habe drei Menschen verloren, darunter ein Kind. Vier, wenn ich dich mitzähle. Also halte mir bitte keinen Vortrag über Zeit und Verlust und all das. Ich habe nicht das Leben gelebt, das ich wollte – ich habe das Leben gelebt, das passiert ist. Also werde ich verdammt noch mal den Tod haben, den ich will, danke.«

Sie hob einlenkend die Hände. »Okay, okay. Ich rede, als würde ich dich kennen. Es ist, weiß Gott, mehr nötig als ein bisschen Musik, damit wir wieder Freundinnen werden. Es fühlt sich nur manchmal so an, als wäre ich die Einzige auf der Welt, die ein Kind verloren hat. So groß ist es. Es begräbt einfach alles und jeden unter sich, und das Einzige, was ich sehe, ist mein Junge allein in einem Graben. Ich wünsche mir nichts sehnlicher als mehr Zeit mit ihm, Minuten, Sekunden, irgendwas. Ich schätze, es fühlt sich an wie eine Ohrfeige, als würdest du es einfach wegwerfen.«

»Für mich ist es genau umgekehrt, als würde ich etwas festhalten. Ich weiß nicht, wie ich es besser erklären soll.«

Sie machte eine Kopfbewegung in Richtung des Weihnachtsbaums. »Was ist mit Edie? Weiß sie Bescheid?«

»Sie weiß, dass ich sterben werde, aber sie weiß nicht, wie es passieren wird.«

Annie lehnte sich auf dem Sofa zurück und starrte zur Decke hinauf. »Verdammt, ich hoffe, du weißt, was du tust.«

»Ich auch.«

Wir stellten uns ans Fenster und rauchten. Sie gähnte, und ich sah, dass es schon nach elf war.

»Du solltest zurück ins Hotel fahren.«

»Wie wär's, wenn ich hier übernachte?«

»Du würdest dein Hotelzimmer umsonst bezahlen.«

Sie zuckte mit den Schultern und lächelte. »Das ist egal. Ich schwimme im Geld.«

»Du kannst das Bett haben«, sagte ich. »Ich schlafe gern auf dem Sofa.«

»Frances, ich hab mich vielleicht noch nicht ganz abgeregt, aber ich werde eine Frau mit einem Gehirntumor ganz bestimmt nicht aus ihrem Bett werfen. Ich nehme das Sofa.«

Ich war zu müde, um zu streiten. Ich holte Bettzeug für sie, eine Ersatzzahnbürste und ein sauberes Nachthemd, eines von der Sorte, die sie seit ihrer Kindheit nicht mehr gesehen hatte, wie sie sagte. Ich zog mich in mein Zimmer zurück und hörte zu, wie sie sich einrichtete. In der Nacht wachte ich auf und entdeckte sie leise schnarchend neben mir, flach auf dem Rücken auf der Bettdecke liegend. Ich rollte mich auf die Seite, um sie anzusehen, und legte ihr vorsichtig eine Hand auf die Schulter. Sie bewegte sich, wachte aber nicht auf. Ich wünschte plötzlich, sie wäre nie gekommen. Ich hatte eine Kostprobe von ihr bekommen, und wie sollte ich mich nun nicht nach mehr sehnen? Morgen wäre sie weg, und ich würde mit einer neuen klaffenden Lücke zurückbleiben, von der ich wusste, dass ich sie niemals würde füllen können. Ich schloss die Augen und lauschte ihren pfeifenden Atemzügen, bis die Sonne aufgegangen war.

Am Morgen deckte ich den Tisch mit etwas Toast, starkem Tee und zwei Schüsseln Obst. Sie setzte sich und bestrich sich eine Scheibe Brot dick mit Marmelade, goss sich großzügig Milch in den Tee und sagte Guten Morgen, als hätten wir das unser ganzes Leben lang so gemacht. Außer mit Edie hatte ich noch nie mit jemandem in meiner Wohnung zusammengesessen, und es fühlte sich ebenso verunsichernd wie aufregend an. Ihre Gegenwart ließ den Ort, an dem ich so lange allein gelebt hatte, lächerlich klein wirken, als wäre sie ein Riese, der mit dem Absatz seines großen Stiefels durch das Dach meines Puppenhauses gekracht war. Wir aßen schweigend, dann stellten wir uns ans Fenster, rauchten und warteten auf ihr Taxi.

»Ich muss dich was fragen«, sagte sie. »Und ich will, dass du ehrlich zu mir bist. Wärst du nach Safe Harbour zurückgekommen, wenn du nicht krank geworden wärst?«

»Ich weiß es nicht.«

Sie seufzte und ließ den Kopf hängen.

»Annie, sieh mich an«, sagte ich. »Wärst du hier, würdest in meinem Bett liegen, an meinem Frühstückstisch sitzen, wenn ich es nicht wäre?«

Sie sah wieder zum Fenster hinaus. »Ich weiß es nicht.«

Das Taxi bog um die Ecke, und ich brachte sie zur Tür.

»Pass auf dich auf, Frances.«

»Du auch auf dich.«

Sie tätschelte meine lädierte Wange und ging. Die Wohnung wirkte wie ausgehöhlt und gespenstisch still ohne sie. Ich nahm meine Tabletten, ließ die Jalousien herunter und legte mich wieder ins Bett. Als um Mitternacht das Telefon klingelte, wusste ich, dass sie es war.

»Bist du wach?«, fragte Annie.

»Ja, ich bin wach.«

»Ich bin total mit den Nerven runter. Um ehrlich zu sein, ich komme mit der ganzen Sache nicht klar.« Sie holte zittrig Luft.

»Bist du noch da?«

»Ich hab den ganzen Abend vor dem Computer gesessen und mich über deine todbringenden Pläne informiert.«

»Und?«

»Und ich rufe an, um dir zu sagen, dass ich deine Entscheidung respektiere. Ich weiß nicht, ob es richtig ist, aber ich kann mir kein Urteil erlauben. Vielleicht würde ich das Gleiche tun. Ich weiß es nicht. Ich weiß verdammt noch mal gar nichts mehr.«

»Was ist …«

»Erzähl mir von deinen Freunden.«

»Was?«

»Wer hilft dir außer Edie?«

»Das reicht jetzt. Du klingst, als wärst du betrunken.«

»Das hab ich mir gedacht. Siehst du, ich kenne dich doch, Frances. Ich kenne dich zu gut.« Ihre Stimme begann wegzubrechen. »Und ja, ich betrinke mich. Ich sitze hier mit meiner Flasche und denke darüber nach, wie du allein in dieser Bruchbude sterben wirst.«

»Annie, bitte.«

»So wirst du nicht gehen. Das werde ich nicht zulassen.«

»Was soll das heißen?«

»Das soll heißen, dass wir das besser können.«

Ich setzte mich auf und knipste das Licht an. Ich konnte mich im Spiegel über der Kommode sehen, das Bild einer Frau, die mir bekannt und gleichzeitig unbekannt war, deren Gesicht blass war und abgespannt aussah, doch in dem sich ernsthaft Hoffnung spiegelte.

»Ich höre.«

13

Annies Vorschlag war unglaublich. Im ersten Moment schrieb ich es dem Alkohol zu und lehnte auf der Stelle ab. Doch je länger sie redete, desto überzeugter wurde ich, dass sie gründlich darüber nachgedacht hatte. Der Gedanke war ihr auf der Fahrt nach Hause gekommen, sagte sie, und nachdem er einmal Gestalt angenommen hatte, war sie zu der Überzeugung gekommen, dass es schlicht keinen anderen Weg für mich gab, und für sie. »Es ist ein hübsches Zimmer«, sagte sie. »Tolles Licht, schöner Blick in den Garten. Ich werde es neu streichen, dir hübsche Bettwäsche kaufen. Du hast dein eigenes Bad mit Whirlpool-Badewanne und so.«

Ich warnte sie, dass eine sterbende Frau im Haus zwangsläufig jede Menge Umstände machte, in jeglicher Hinsicht, doch sie hörte gar nicht zu. Sie hatte ihre Mutter vor Jahren durch eine Krebserkrankung begleitet, und sie war sich sicher, dass sie sich auf alles vorbereitet hatte, was ihr bei mir blühen konnte. Sie glaubte außerdem, dass es das war, was ihre Mutter gewollt hätte, und dem hatte ich nichts entgegenzusetzen.

Ich sagte ihr, dass ich darüber nachdenken wolle, und lag die halbe Nacht wach und überlegte mir Gründe, wie ich ihr absagen konnte, bis mir der Tintenfisch ins Ohr quakte.

»Nur ein Idiot würde das ausschlagen«, flüsterte er wieder und wieder, und bei Tagesanbruch stellte ich fest, dass ich auch dem nichts entgegenzusetzen hatte.

Dr. Langley nahm ihre Brille ab und rieb sich die kleinen roten Druckstellen auf beiden Seiten des Nasenrückens. »Es ist ein ganzes Stück zu fahren, und es würde die Wahl eines Termins eingrenzen. Ich weiß, dass wir schon mal darüber gesprochen haben, aber wollen Sie nicht doch noch einmal über die Möglichkeit nachdenken, die Medikamente selbst einzunehmen?«

»Nein. Mir wäre es immer noch lieber, Sie würden das machen.« Ich verschränkte die Finger und legte meine manikürten Hände auf ihren Schreibtisch. Sie musste an den Anblick schöner Hände gewohnt sein, denn meine schienen ihr nicht ins Auge zu fallen. Ich hielt die Luft an, während sie darüber nachdachte.

»Es wird nicht ganz unkompliziert werden, was die terminliche Seite betrifft, aber ich werde es möglich machen.«

Ich atmete aus und lockerte meine feuchtkalten Hände. »Danke. Sie wissen nicht, was mir das bedeutet.«

»Frances, ich bin in Twillingate aufgewachsen. Küstenmädchen durch und durch. Ich weiß genau, was es bedeutet.«

Als ich Annie anrief, um ihr zuzusagen, war sie bereits dabei, das Zimmer zu streichen.

»Was, wenn ich Nein gesagt hätte?«, fragte ich.

»Du wärst gekommen, so oder so, freiwillig oder unter Anwendung von Gewalt«, sagte sie. »So ersparst du mir allerdings die Arbeit, dich zu kidnappen. Wie dem auch sei, du tust das Richtige. Du wirst dich hier wohlfühlen, und es wird dir an nichts fehlen, und vielleicht wirst du sogar noch deinen Frieden machen. Und als i-Tüpfelchen gibt's meine Gesellschaft obendrauf. Welcher Idiot würde so ein Angebot ausschlagen?«

Es war ein kühler, sonniger Morgen, ein viel zu schöner Tag, um ihn drinnen zu verbringen, daher war es in der Bücherei herrlich ruhig. Ich war gekommen, um meine letzten Bücher zurückzugeben, allesamt ungelesen. Ich hatte angefangen, mich damit abzufinden, dass meine Büchereitage gezählt waren, etwas, das ich für beinahe genauso bedauerlich hielt wie Sterben. Ich saß in meinem Sessel und probierte ein Hörbuch nach dem anderen aus, doch ich konnte mich auf keine Geschichte einlassen. Jedes Mal, wenn ich versuchte, mir ein Gesicht zu der Stimme vorzustellen, verlor ich den Anschluss an die Handlung, die damit uneinholbar über alle Berge war. Ich gab es auf und reichte Hillary meinen letzten Stapel. Ich bemerkte, dass ihr Hals nackt war.

»Kein Tuch heute?«, fragte ich.

Sie stöhnte in Richtung Decke. »Mein Jüngster hat sich heute Morgen in meinen Schrank geschlichen, und ehe ich mich's versah, war jedes Tuch, das ich besitze, mit irgendetwas Klebrigem beschmiert. Weiß der Teufel, was es war. Sie weichen jetzt erst einmal alle ein.« Sie zuckte mit den Schultern und lächelte. »Kinder, was?«

Sie fing an, zwei Bücher zu registrieren, die sie für mich beiseitegelegt hatte. Ich öffnete den Mund, um ihr zu sagen, dass sie sich die Mühe nicht zu machen brauchte, doch dann schloss ich ihn wieder. Ich verließ die Bücherei und fuhr mit einem Taxi in den Laden, in dem ich meinen Hosenanzug gekauft hatte. Ich blätterte fünfundachtzig Dollar für ein zartblau-weißes Tuch aus weicher Seide hin, das aussah wie ein Aquarell. Die Verkäuferin wickelte es in rosafarbenes Seidenpapier und legte es sorgsam in einen glänzend weißen Karton, den sie mit einer rosafarbenen Schleife umwickelte. Ich fuhr zurück zur Bücherei und setzte mich draußen neben die Tür auf die Bank. Kurz bevor die Bücherei schloss, stand ich auf und überprüfte mein Spiegelbild in der Glastür. *Desolat.* Ich strich mir die Haare glatt und ging hinein. Hillary war gerade dabei, die hinteren Tische aufzuräumen.

»Hi, Frances, haben Sie etwas vergessen?«

Ich reichte ihr die beiden Bücher zurück, die sie mir zuvor gegeben hatte. »Ich werde sie nicht mehr brauchen. Ich ziehe weg.«

»Oh. Wohin ziehen Sie denn?«

»Zurück nach Hause nach Safe Harbour.«

»Ah, Ruhestand am Meer. Da bin ich ganz bei Ihnen. Alles, was ich mir wünsche, ist ein freier Blick auf den Ozean, wenn es bei mir soweit ist. Ich kann mir nicht vorstellen, jemals an einem Ort zu leben, an dem ich nicht jeden Tag das Wasser vor mir habe. Ich freue mich für Sie, aber ich werde Sie vermissen.«

Ich lächelte. »Wirklich?«

»Machen Sie Witze? Meine treueste Leserin.«

»Hillary, ich möchte Ihnen etwas schenken – ein Dankeschön dafür, dass Sie all die Jahre so freundlich zu mir waren.« Ich gab ihr den hübschen Karton.

Sie packte das Tuch aus, und ich konnte sehen, dass es ihr gefiel. Sie sagte nicht, dass das nicht nötig gewesen wäre, oder machte eine Bemerkung darüber, wie viel es gekostet haben musste. Sie wickelte es sich einfach um den Hals, und es sah aus, als hätte es immer schon ihr gehört.

»Frances, es ist wunderschön. Wie unglaublich aufmerksam von Ihnen. Ich werde aufpassen, dass es nicht in kleine klebrige Hände gerät. Vielen Dank. Darf ich Sie umarmen?«

Sie wartete meine Antwort gar nicht erst ab. Ehe ich mich's versah, stand sie vor mir und drückte mich an sie. Sie fühlte sich kompakt und stark an und roch nach Lavendel. Ich hatte gehofft, dass sie mir die Hand schütteln oder vielleicht in die Schulter kneifen würde, doch diese Stufe der Berührung löste eine Gefühlswallung in mir aus, die mich bedrohlich ins Wanken brachte. Sie trat einen Schritt zurück und führte spielerisch das Tuch vor.

»Kommen Sie«, sagte sie. »Begleiten Sie mich nach draußen.«

Sie schloss die Tür ab und wünschte mir alles Gute. Als sie sich zum Gehen wandte, hörte ich mich ihren Namen sagen. All meine vergebenen Chancen, all das, was ich mir gewünscht hätte, ihr sagen zu können. Erzähl mir von deiner Kindheit, von dem Haus, in dem du groß geworden bist, von den Lektionen, die dir deine Mutter erteilt hat. Davon, wie du deinen Mann kennengelernt hast. Ist er treu und gut und hat er dich verdient oder enttäuscht er dich jeden Tag? Von deinen Kindern, die deine Tücher ruinieren und deine Kuchen verschlingen. Erzähl mir, warum Liz Cleary so ist, wie sie ist, und warum jemand wie du mit jemandem wie ihr befreundet ist. Erzähl mir, was du schon alles von der Welt gesehen hast. Was isst du am liebsten, welcher Film bringt dich jedes Mal zum Weinen, wenn du ihn schaust, und was machst du, wenn du nicht schlafen kannst? Bist du wirklich so glücklich, wie du auf all den Bildern im Internet aussiehst, oder ist das alles nur gespielt? Erzähl mir alles.

»Vielleicht schicke ich Ihnen ein Bild von meinem Blick aufs Meer.«

»Das wäre schön«, sagte sie und ging fort.

Ich sah ihr nach, wie sie die Straße überquerte und in ihr Auto stieg. Sie telefonierte kurz, dann fuhr sie weg.

Als ich nach Hause kam, konnte ich immer noch Hillarys Lavendelduft an meiner Kleidung riechen. Ich drückte mein Gesicht in mein T-Shirt und atmete sie ein letztes Mal ein. Ich vergoss ein paar Tränen, dann ließ ich mich mit einem Glas warmem Whisky in die Badewanne sinken. Mir fiel ein Gedicht ein, das in Edies Zimmer an der Wand über dem Schreibtisch hing. Ich hatte es unzählige Male gesehen, doch erst an einem verregneten Morgen im letzten Sommer war ich davor stehen geblieben und hatte es gelesen. Ich fand es hübsch, bis ich die letzte Zeile erreichte. Sie fühlte sich an wie ein Schlag ins Gesicht. Dort wurde ich gefragt, was ich mit dem einen wilden, kostbaren Leben vorhatte, das mir geschenkt worden war. Und obwohl ich es oft wollte, konnte ich mich nie überwinden, das Gedicht ein zweites Mal zu lesen. Ich vermutete, würde die ehrwürdige Autorin Bilanz aus meiner zurückgezogenen, farblosen Zeit auf diesem Planeten ziehen, würde das Wort *verschwendet* fallen. Doch wer gab ihr das Recht zu beurteilen, was mein Leben wert war?

Ich war erschöpft von dem ewigen Wünschen und Wollen, davon, mich dafür zu kritisieren, was ich getan und was ich nicht getan hatte, weil ich nun einmal so war, wie ich war. Ich hatte genug davon, mir vorzuhalten, dass ich es immer wieder versäumt hatte, die Vergangenheit hinter mir zu lassen. Allen Widrigkeiten zum Trotz war ich fast sechzig Jahre alt geworden, und das musste reichen. Jetzt noch alles zu bedauern, würde einfach nur bedeuten, Zeit mit vergeudeter Zeit zu vergeuden. Eine wilde und kostbare Gegenwart wegzuwerfen, und mochte sie auch noch so kurz sein, um in einer Vergangenheit zu leben, die sich niemals mehr ändern ließ – das wäre Verschwendung. »Amen«, sagte der Tintenfisch, und ich erhob mein Glas auf ihn.

Edie stopfte sich den letzten Bissen einer Apfeltasche in den Mund. »Willst du deine nicht?«, fragte sie und krümelte meinen Tisch voll.

»Du futterst ja wie ein Scheunendrescher.«

»Was ist ein Scheunendrescher?«

»Jemand, der so viel isst wie du.«

»Du siehst heute nicht besonders frisch aus. Hast du deine Tabletten genommen?«

»Hör zu, ich muss mit dir reden.« Ich nahm ihre klebrige Hand. »Ich hoffe, du weißt, wie sehr du mir in den letzten Wochen geholfen hast. Ehrlich, ich weiß nicht, was ich ohne dich gemacht hätte.«

Sie stöhnte leise auf. »Oh Gott, was ist los?«

»Ich gehe nach Safe Harbour.«

»Oh. Okay, cool. Ich dachte schon, es wäre etwas Dramatisches.«

»Annie hat mich gefragt, ob ich bei ihr wohnen will.«

»Für wie lange?«

»Das ist der Punkt. Ich werde nicht zurückkommen.«

Sie nickte, dann nahm sie meine Hand hoch und inspizierte meine Nägel. »Die sehen immer noch gut aus.«

Ich legte ihr meine Handfläche an die Wange. Sie lehnte sich dagegen und lächelte, dieses herzzerreißend zittrige Lächeln, zu dem sie sich immer zwang, wenn sie versuchte, nicht zu weinen.

»Kann ich dich besuchen?«

»Natürlich. Jederzeit. Es tut mir leid, Edie. Ich muss das machen. Ich kann nicht anders.«

»Nein, das verstehe ich. Ich freue mich für dich, wirklich. Es ist nur, du weißt schon.«

»Ich möchte, dass du etwas weißt. Ich bin mir ziemlich sicher, dass ich nie Kontakt zu Annie aufgenommen hätte. Du hast das für mich möglich gemacht. Und das ist keine Kleinigkeit. Es ist etwas ganz Großes und Besonderes, und ich bin dir so dankbar.«

Ich schwieg einen Moment und wartete, bis sie aufhörte zu schniefen. »Wie wär's, wenn du mir zeigst, wie diese Videoanrufe funktionieren? Dann kannst du meine hässliche Visage sehen, wann immer du willst. Und dann schnappen wir uns deinen Kalender und suchen aus, wann du mich besuchen kommst.« Ich rubbelte ihr über den Rücken, bis sie ihr Telefon hervorholte.

Sie half mir, meine Bücher und ein bisschen Kleinkram zusammenzupacken, und bot an, alles in den karitativen Second-Hand-Laden zu fahren. Sie lud die Kartons in ihr grünlichblaues Auto, dann umarmte sie mich auf der Straße.

»Du bist das Große und Besondere, Frances«, sagte sie. »Ich bin diejenige, die dankbar ist.«

Ich klammerte mich an sie und überließ es ihr, sich als Erste aus der Umarmung zu lösen. Ich lief bis ans Ende der Straße in der Absicht, mich ein letztes Mal in der Stadt umzusehen, die ich nie wirklich kennengelernt hatte, doch mein welkender Körper hatte andere Pläne. Diese Stadt und ich würden Fremde bleiben. Sie hatte mir Zuflucht gewährt, doch sie war nie mein Zuhause geworden. Stattdessen verbrachte ich den Rest des Tages damit, den Toaster, den Wasserkessel und all die anderen Alltagsgegenstände zu putzen, die nun ein weiteres Mal den Besitzer wechseln würden. Der gute Mr Heneghan hatte gesagt, dass seine nächste Mieterin mit leeren Händen einzog und sich über alles freute, was ich entbehren konnte. Ich wischte den Küchentisch ab und stellte eine Flasche Wein zusammen mit einer Karte für sie darauf. Ihm hinterließ ich einen Dankesbrief. Ich hatte weder Lust noch Kraft, die Wohnung ein letztes Mal zu putzen, daher rief ich eine ehemalige Kollegin aus meinen Hoteltagen an, die mit Reinigungsmitteln nicht sparsam war und die das Geld brauchte, um sie zu bitten vorbeizukommen, sobald ich weg war.

Ich räumte meinen Schrank und meine Kommode aus, stopfte meine Arbeitskleidung in einen Müllsack und minimierte meine Habseligkeiten auf das absolut Nötigste. Ein armseliger Haufen, der in einen einzelnen Koffer passte. Anschließend bettete ich meine Knochen ein letztes Mal auf die Matratze, die ich von einer Wohnung in die nächste geschleppt hatte. Ich schlief unruhig und wachte immer wieder auf, verfolgt von dem Gefühl, dass alles zu Ende ging, und aufgedreht von dem Gedanken, was nun begann.

Annie holte mich am nächsten Mittag ab. Ich war seit Stunden auf und abfahrbereit, hockte auf der Sofakante und wusste nicht wohin mit mir. Sie wartete im Wohnzimmer, während ich auf Toilette ging und meine Nachmittagsdosis einnahm. Als ich rauskam, saß sie auf meinem Koffer.

»Wo ist dein restliches Gepäck?«

»Das ist alles.«

Sie blickte sich in dem kahlen, schäbigen Zimmer um und lächelte. »Das Familiensilber hast du wohl verkauft, was?«

»Ah ja, ich glaube, *Bruchbude* war das Wort, mit dem du mein schönes Zuhause betitelt hast. Ganz schön beleidigend.«

»Mach dich auf was gefasst, meine Liebe, denn wer die sterbende alte Schachtel bei sich aufnimmt, kann nach Lust und Laune seine Meinung sagen.«

»Und hast du vor, das für den Rest meines Lebens so zu machen?«

»Vielleicht. Das halte ich mir noch offen. Na los, Frances, sattel die Hühner. Ich will vor dem Abendessen zu Hause sein.«

Ich öffnete die Tür, doch die Endgültigkeit, die dieser Schritt über die Schwelle bedeutete, verschlug mir den Atem. Ich drehte mich zu Annie um und schüttelte den Kopf. »Ich kann nicht.«

»Was soll das heißen, du kannst nicht?«

»Ich kann nicht gehen.«

»Wie? Kannst du körperlich nicht gehen oder traust du dich nicht zu gehen?«

»Letzteres.« Ich fasste mir an die Brust und fing an, meine Atemzüge zu zählen, so wie Oliver es mir gezeigt hatte.

Sie ging in die Küche und kam mit einem Glas Wasser zurück. Ich versuchte zu trinken, doch mein Hals war wie zugeschnürt.

»Frances, ich bin hier gerade ziemlich hilflos. Sag mir, was ich machen soll.«

Ich schüttelte den Kopf.

Sie lehnte sich gegen die Wand und schloss für ein, zwei Minuten die Augen. Dann schnippte sie mit den Fingern. »Okay, ich hab's. Denk an den Moment, als du dein Kind geboren hast, ja? Als sie dir gesagt haben, noch einmal pressen, und du hast es geschafft? Aber du weißt, dass du es einfach nicht kannst, richtig? Dir ist es egal, ob du dein Leben lang mit einem Baby herumlaufen musst, das halb aus dir heraushängt. So ist es dann eben. Aber dann sagt dir die Hebamme, dass du keine Wahl hast. Komme, was wolle, das Kind ist unterwegs, und irgendwie bringst du es fertig. Und genau so ist es jetzt auch. Noch einmal pressen, und du bist draußen.«

Ich stand da und schnaufte ihr ins Gesicht, ermutigt, aber immer noch wie gelähmt. Sie drehte mich zur Tür, legte mir eine Hand auf den unteren Rücken und gab mir einen kleinen Schubs über die Schwelle.

»Herzlichen Glückwunsch«, sagte sie und nahm meinen Koffer. »Es ist eine Frau.«

Wir sprachen erst wieder miteinander, als wir den Highway erreichten. Wir fädelten in den fließenden Verkehr ein, und Annie sagte: »Also, Frances, ich würde sagen, wir stecken jetzt richtig tief drin.«

Ich lehnte meinen Kopf gegen die kühle Scheibe. »Bis zu unseren gottverdammten Hälsen.«

14

Das Auto hielt an, und ich schreckte hoch, irritiert und mit einem Spuckefaden, der mir vom Kinn tropfte. Annie zog den Schlüssel mit einem Ruck aus der Zündung und sprang aus dem Auto, um mein Gepäck aus dem Kofferraum zu holen. Ich öffnete meine Tür und stieg hinaus in den Nebel und den Nieselregen, die nach Meer rochen. Ich atmete ein und hielt die Luft an, um sie in meiner Lunge willkommen zu heißen.

Annie führte mich einen langen Flur entlang in ein Zimmer, das gut und gerne dreimal so groß war wie jedes Zimmer, in dem ich je geschlafen hatte. Ich wackelte mit den Zehen auf dem dicken, sandfarbenen Teppich. Vor mir lagen zwei große Fenster, und ich konnte die frische Farbe an den Wänden riechen – zartblau, ein Frühlingshimmel. Ich sah ein hohes, breites Bett, auf dem eine weiße Daunendecke auf einem hellvioletten Bettlaken lag. Vier riesige Kissen lehnten an einem Kopfteil aus Kiefer. Auf einem kleinen, weißen Nachttisch standen eine Lampe und eine Kristallvase mit gelben Tulpen. In der Ecke des Zimmers stand ein ausgeblichener gelber Sessel neben einem niedrigen Bücherregal, das randvoll mit Taschenbüchern bestückt war. An der Wand darüber hing ein großer Flachbildfernseher.

Annie öffnete zwei weiße Türen. »Hier geht's in den begehbaren Schrank. Drinnen steht noch eine kleine Kommode für dich.«

Dann machte sie eine weitere Tür auf, um mir ein strahlend weißes Bad mit einer kleinen Glasdusche und einer Whirlpool-Badewanne zu zeigen. Auf dem Rand lagen zusammengelegt mehrere neue blaue Handtücher.

»Es riecht noch nach Farbe«, sagte Annie. »Sobald das Wetter aufklart, machen wir die Fenster auf und lüften erst mal richtig durch. Aber es ist ein gutes Zimmer.«

»Es ist ein perfektes Zimmer. Ich weiß nicht, was ich sagen soll.«

»Sag: ›Danke, Annie.‹«

»Danke, Annie.«

»Jetzt komm erst mal an, und wenn du Lust auf eine Portion meiner berühmten Erbsensuppe und auf Rosinenbrötchen hast, findest du mich in der Küche.«

Ich packte meine Sachen aus und testete das Bett, das sich im ersten Moment hart anfühlte, dann aber unter meinem Gewicht nachgab und sich langsam meinem Körper anschmiegte. Ich befürchtete einzuschlummern, daher stand ich auf und lief den Flur hinunter, um zu schauen, was es mit der Suppe auf sich hatte.

Ich saß in Annie Malones Küche und aß ihr köstliches Essen. Ich hörte ihr zu, wie sie von dem Haus erzählte, das sie und Anthony kurz nach Stephens Geburt gebaut hatten. In das sie vor einigen Jahren Unmengen an Geld für die Renovierung der Küche gesteckt hatten, um sich kurz darauf zu trennen. Sie erzählte mir auch, dass Angela in St. John's eine Ausbildung zur Krankenschwester angefangen hatte, dann zufällig im Krankenhaus ihrer Highschool-Liebe

Ryan begegnet war, der sich beim Eishockey das Knie zertrümmert hatte. Sie schmiss ihre Ausbildung, obwohl sie nur noch ein Jahr bis zum Abschluss hatte, und folgte ihm zurück nach Safe Harbour, eine Entscheidung, die sie Annies Meinung nach noch bereuen würde. Sie führten jetzt das Restaurant, in das Annie Edie und mich zum Mittagessen mitgenommen hatte. »Im Sommer läuft es gut«, sagte Annie. »Aber die Winter sind mau. Nicht viel anders, als seinen Lebensunterhalt auf dem Wasser zu verdienen, schätze ich.«

Sie schlug alle meine Angebote, ihr zu helfen, aus, und ich sah ihr dabei zu, wie sie den Tisch abräumte. Wie unwirklich das alles war. Ich fühlte mich schwerelos, als würde ich wie ein Luftballon zur Decke hinaufschweben, sobald ich die Ellbogen vom Tisch nahm. Annie wischte ein letztes Mal über die Arbeitsplatte, dann schenkte sie jedem von uns einen Whisky ein. Sie erhob ihr Glas und sah mir in die Augen.

»Auf die Rückkehr von Frances Delaney.«

Ich stieß mit ihr an und schnappte mir meine Zigaretten. Wir gingen auf die Terrasse, wo sich der Nebel in unseren Haaren verfing.

»Was hat Angela dazu gesagt, dass ich jetzt in ihrem alten Zimmer wohne?«

»Ich hab ihr noch nichts gesagt. Von dem Zimmer oder von dir.«

Ich inhalierte gerade einen tiefen Zug und musste so stark husten, dass mir die Tränen kamen. »Verdammt, Annie. Wann hattest du vor, es ihr zu sagen? Wenn sie mich tot in ihrem Bett findet?«

»Frances, ich kenne meine Tochter jetzt schon eine ganze Weile. Unser Austausch von Informationen beschränkt sich auf das absolut Nötigste. Und du bist nicht in ihrem alten Zimmer. Du bist in Stephens.«

»Jetzt weiß ich gar nicht mehr, was ich sagen soll.«

»Es wurde höchste Zeit, dass dieses Zimmer einen anderen Zweck erfüllt, als Staub anzusetzen. Du eignest dich als Grund genauso gut wie jeder andere.«

»Wird sich Angela nicht noch mehr darüber aufregen, dass ich in seinem Zimmer wohne?«

»Du hast genug andere Dinge im Kopf. Überlass das mir.«

Ich rieb mir die Schläfen. »Gut, dass ich halb tot bin. Ich bin weder geistig noch körperlich in der Verfassung, mit dir zu streiten.«

»Das wird sich noch als sehr nützlich erweisen.« Sie schnippte ihre Zigarettenkippe in einen leeren Tontopf. »Warum gehst du nicht schlafen? Morgen soll die Sonne scheinen, und das willst du bestimmt nicht verpassen.«

Ich ließ mich in das edle Bett sinken und war innerhalb von Minuten eingeschlafen, doch in den frühen Morgenstunden setzte der Schmerz ein. Ich nahm zwei Tabletten am Waschbecken ein und setzte mich in den Sessel, um zu warten, bis es vorbei war. Die Schmerzen klangen langsam ab, und mir fiel der abgewetzte Rücken eines Taschenbuchs aus dem Buchregal ins Auge. Ich griff danach – eine Ausgabe von *Anne auf Green Gables*, die Seiten vergilbt und wellig. Ich versuchte, mit zusammengekniffenen Augen die Handschrift im Buchdeckel zu lesen: mein Name mit Bleistift geschrieben. Es war das Buch meiner Mutter, das sie als Kind geschenkt bekommen und an einem verschneiten Weihnachtsmorgen an mich weitergereicht hatte. Die anderen Schätze aus meiner Kindheit waren ebenfalls da. Jedes Buch, das ich törichterweise zurückgelassen hatte, stand dort auf den Regalbrettern. Ich stapelte so viele aufeinander, wie ich tragen konnte, und warf sie auf das Bett. Ich schaffte es nicht, die kleine, verblichene Schrift in einem der Bücher zu entziffern, stattdessen legte ich mir die Geschichte eines Waisenmädchens auf einer Insel unter das Kissen und schlief mit den anderen zu meinen Füßen ein.

Ich wurde von lauten Stimmen geweckt. Ich brauchte einen Moment, um mich zu orientieren. Ich konnte eine der Stimmen Annie zuordnen, und die Erinnerung an das Wo und das Warum kehrte zurück. Ich sollte von nun an fast täglich aufwachen, und einen glückseligen Moment lang würden der Tintenfisch und ich einander unbekannt sein. Dann würde es mir langsam dämmern, und mit jedem Sonnenaufgang würde ein neues Todesurteil verhängt werden. Ich öffnete die Tür und streckte meinen Kopf hinaus. Annie und Angela diskutierten hitzig miteinander, ihre harschen Worte flogen aus der Küche den Flur hinunter.

»Jetzt komm mal wieder runter, Angela.«

»Wenn du mit eigenen Augen gesehen hättest, was Rauchen verursacht, dann wüsstest du, wie recht ich habe.«

»Sie ist eine erwachsene Frau. Wenn sie rauchen will, was geht's dich an? Falls es Stevie ist, um den du dir Sorgen machst, sie raucht draußen.«

»Wie lange bleibt sie überhaupt?«

»So lange es dauert.«

»So lange was dauert?«

Ich schlich ein paar Schritte den Flur hinunter.

»Setz dich. Ich muss mit dir reden.«

Ich hörte, wie ein Stuhl über den Fliesenboden gezogen wurde. Stille, dann Annies Stimme, ruhiger und langsamer.

»Es geht ihr nicht gut.«

»Ein weiterer Grund, mit dem Rauchen aufzuhören.«

»Sie wird sterben. Sie hat einen Gehirntumor. Sie hat nicht mehr lange zu leben.«

»Was ist mit ihrer Therapie? Wie bekommt sie die hier unten?«

»Sie bekommt keine Therapie. Sie ist hierhergekommen, um zu sterben.«

»Hier in diesem Haus?« Angelas Stimme schnellte in jeglicher Hinsicht nach oben.

»Sprich bitte nicht so laut. Ich habe Stephens Zimmer für sie hergerichtet. Wenn es soweit ist, wird eine Ärztin kommen, und das war es dann.«

Sie schwiegen einen Moment, und ich wagte mich einen weiteren Schritt in Richtung Küche vor.

»Das kann nicht dein Ernst sein.«

»Oh, ich bin vollkommen ernst.«

»Du machst einen großen Fehler.«

»Ach ja, tue ich das?«, spottete Annie. »Und in welcher Funktion kommst du zu diesem Schluss?«

»Mein Gott, als jemand, der sich ein klein bisschen mit medizinischer Versorgung auskennt, als Katholikin, als jemand, der den Wert des Lebens schätzt. Such dir was aus.«

Mein Nachthemd war inzwischen schweissnass, und ich musste dringend aufs Klo, aber ich konnte mich nicht losreißen.

»Dir muss klar sein, dass du da nicht mitmachen kannst. Jeder im Ort wird innerhalb von fünf Minuten darüber Bescheid wissen. Und dann auch noch in Stephens Zimmer? Dad wird ausflippen.«

»Ich habe schon vor langer Zeit aufgehört, mich darum zu kümmern, was dein Vater oder irgendein anderes

Klatschmaul über mich denkt. Du überraschst mich, Angela. Warum sollte sie mehr leiden als nötig? Du hattest kein Problem, unseren Familienhund von seinem Leid zu erlösen.«

»Sie ist kein Hund.«

»Aber sie hat gelitten, das kann ich dir sagen. Du hast keine Vorstellung, was diese arme Frau durchgemacht hat.«

»Jeder hat sein Päckchen zu tragen, Mutter.«

Ich zuckte zusammen, als etwas auf dem Boden aufschlug und in Scherben zersprang.

»Hör auf, von Dingen zu sprechen, von denen du keine Ahnung hast«, sagte Annie. »Sie hat ihren Vater, ihre Mutter, ihr Zuhause, ihr Kind verloren, und nun ist sie hier, keine Lehrerin, wie sie es wollte, sondern eine Putzfrau mit einem Scheißtumor im Kopf, der ihr Gehirn auffrisst – ein Gehirn mit einem Verstand so messerscharf, davon können wir nur träumen –, und nach allem, was ich weiß, mit niemandem außer einem jungen Mädchen und mir, die ihr zur Seite stehen. Also überleg dir verdammt noch mal, was du sagst, und zwar schnell.«

»Ist ja gut, beruhige dich.«

»Ich werde mich nicht beruhigen. Ich schultere diese Familie jetzt seit fast zwanzig Jahren. Einen Scheißkerl von Ehemann, einen Sohn, der mir entrissen wurde, eine Tochter, die mich behandelt wie eine Schwachsinnige, und nicht ein einziges Mal habe ich um etwas für mich gebeten. Und das hier ist ebenso sehr für mich wie für sie. Diese Frau und ich haben einander einmal die Welt bedeutet. Wir haben eine gemeinsame Geschichte, die du weder kennen noch verstehen kannst. Frances braucht mich, und ich muss ihr helfen, also entweder du akzeptierst das oder du machst, dass du rauskommst. Und die Kirche und die guten Menschen von

Safe Harbour und dein ach so heiliger Vater können sich alle verpissen. Und jetzt kannst du zusammenkehren, was ich runtergeworfen habe.«

Ich hörte, wie Scherben zusammengefegt wurden, dann stampfende Schritte in Richtung Flur. Ich eilte schnurstracks in mein Zimmer zurück und lief direkt weiter ins Bad, wo ich mich mit trommelndem Herzen auf den Badewannenrand setzte. Ich hörte, wie es leise an der Tür klopfte.

»Frances, bist du wach?«, fragte Annie.

Ich drückte die Klospülung und drehte den Wasserhahn voll auf, damit sie denken musste, ich hätte ihren Streit nicht gehört. »Komme gleich.« Während ich mir die Zähne putzte, wurde mir bewusst, dass ich noch nie zuvor Gast in einem Haus gewesen war, in dem ich nicht gearbeitet hatte. Ich spuckte die Zahnpasta ins Waschbecken, spülte mir den Mund aus und kämpfte gegen den Drang an, irgendetwas schrubben zu wollen.

Ich ging in die Küche, wo Annie am Tisch saß, die Beine übereinandergeschlagen, die Arme verschränkt, und an ihrer Unterlippe kaute. Ich setzte mich ihr gegenüber und griff nach der Teekanne.

»Ich hoffe, Angela und ich haben dich mit unserem ersten Streit des Tages nicht geweckt.«

»Ganz und gar nicht. Und selbst wenn, es ist dein Haus. Mach einfach alles so wie immer.«

»Diesen hast du verpasst, aber keine Bange. Der nächste ist vorprogrammiert, sobald sie wieder in der Tür steht. Ganz ehrlich, ich weiß nicht, was ich bei ihr falsch gemacht habe.«

»Wo ist sie?«

»Beleidigt abgezogen. Egal. Es gibt Müsli und Brot und Eier. Ich müsste auch noch etwas Speck haben.«

»Ich esse einfach nur ein bisschen Brot zum Tee. Aber bleib sitzen, ich mach das schon. Willst du auch etwas?«

»Nein, ich krieg gerade nichts runter. Bedien dich und mach ein bisschen schnell, damit wir rausgehen und eine rauchen können. Ich bin mit den Nerven runter.«

»Du musst nicht auf mich warten. Geh ruhig schon vor.«

»Nein, ich hab gerade eine Regel für mich aufgestellt. Ich werde nur mit dir zusammen rauchen. So kann ich mir einreden, dass ich gar nicht rauche – ich unterstütze.«

»Überaus logisch.«

»Ja, oder? Wie kommst du mit dem Bett klar?«

Ich löffelte einen Berg Rebhuhnbeerenmarmelade auf eine Scheibe warmes, selbstgebackenes Brot und biss in das Frühstück meiner Kindheit. »Annie, es lässt sich nicht in Worte fassen, wie bequem dieses Bett ist. Oder wie lecker diese Marmelade ist. Hast du sie gemacht?«

»Nein, sie ist von Mrs Dillon. Sie gibt dir bestimmt ein Glas, wenn du sie fragst. Ihre Vorratskammer ist randvoll mit allem, was auf Gottes Erdboden wächst. Die Gute.«

Ich verputzte zwei weitere Marmeladenbrote, spülte sie mit süßem Tee hinunter und schnappte mir die Schachtel Rothmans.

Die Morgensonne hatte den Nebel verscheucht, und Annies frisch gemähter, unfassbar grüner Rasen dampfte und glitzerte. Ihr Grundstück reichte bis zu einer breiten Baumreihe aus weißen Birken und Fichten, und ein einjähriger Elch tauchte aus dem Wald auf und begann, am Gras zu knabbern. Zwei blaue Eichelhäher beobachteten uns von einem Ast aus, während wir schweigend an dem Terrassentisch saßen. Die kühle Inselluft war so rein wie eh und je, und Zigarettenrauch in sie hineinzupusten kam einem Sakrileg gleich.

»Ist Angela sauer, dass ich in Stephens Zimmer wohne?«

»Oh, davon gehe ich aus, aber wann ist Angela mal nicht sauer? Jeden Tag hat sie was anderes.«

»Ich will nicht für Spannungen sorgen.«

»Die Spannungen waren lange vor dir da. Ich werde nie begreifen, warum sie so unzufrieden ist. Aber eins steht fest, die Frau mit dem Gehirntumor gewinnt. Sie kann sich ihre Einwände in den Hintern stecken. Jahrelang hab ich um des lieben Friedens willen vor ihr gekuscht, aber damit ist jetzt Schluss. Es gibt einen neuen Chef im Ring.«

Ich lachte. »Annie Get Your Gun.«

»Ich sage dir, Frances, Gott stehe dem nächsten Idioten bei, der mir über den Weg läuft.« Sie formte eine Pistole mit den Händen und zielte auf die beiden Eichelhäher. »Also, was stellen wir mit dem herrlichen Tag an? Lust aufs Wasser?«

Es war wenig los am Strand, worüber ich froh war. Und ich war froh, dass Annie daran gedacht hatte, zwei Kissen für das harte Brett auf dem Ruderboot mitzunehmen. Wir betteten unsere alternden Hintern darauf und sahen hinaus auf das funkelnde Meer.

»Annie, das habe ich ganz vergessen. Meine Bücher.«

»Ich hab mich schon gefragt, wie lange es wohl dauert, bis du sie entdeckst.«

»Aber wie kommt es, dass du sie hast?«

»Nachdem du weg warst, hat Mom sie in Kisten gepackt. Sie standen jahrelang erst auf ihrem Dachboden, dann auf meinem.«

»Warum hast du sie all die Jahre aufbewahrt?«

»Ich schätze, ich hab gehofft, dass du eines Tages zurückkommst und sie wiederhaben willst.«

»Ich bin dankbar, dass ich sie wiederhabe.«

»Das solltest du auch.« Sie griff in ihre Tasche, holte eine kleine Tube Sonnencreme heraus und cremte sich Gesicht und Hals ein.

»Wie geht's denn der kleinen Edie?«

»Sie ist gerade Feuer und Flamme für einen Jungen. Sie würde nächstes Wochenende gern zu Besuch kommen, wenn das für dich in Ordnung ist.«

»Sicher. Sie ist ein süßes, kleines Ding. Es wird sie schwer treffen, wenn du stirbst.«

»Edie ist so stark, wie sie süß ist. Sie wird es schaffen.«

»Und was ist mit mir?«, fragte Annie. »Werde ich es schaffen? Ich weiß nicht, wie stark ich sein werde, wenn diese Ärztin vor meiner Tür steht. Ich weiß nicht, ob ich stark genug bin, um bei dir zu sitzen und deine Hand zu halten und dir zuzusehen. Ich hoffe es, aber ich weiß es nicht.«

»Das musst du nicht wissen. Noch nicht, jedenfalls.«

Sie nickte und sah hinaus aufs Wasser. »Ich kann mich an dieser Küste einfach nicht sattsehen. Es vergeht kein Tag, an dem mich der Ozean nicht tief beeindruckt. Ich könnte nie ohne ihn leben.«

»Und ich dachte, ich könnte mich niemals mehr in seine Nähe bewegen. Ich bin froh, dass ich ihn anschauen kann, ohne zusammenzubrechen.«

»Du bist leicht zufriedenzustellen, das muss man dir lassen.«

»Man ist leicht zufriedenzustellen, wenn man nichts mehr zu verlieren hat. Glaub mir, ich hatte es noch nie so leicht.«

Sie sah mich skeptisch an.

»Wirklich«, sagte ich. »Sterben macht das Leben einfacher. Für mich zumindest. Ich kann mich nicht erinnern, jemals im Leben so in mir geruht zu haben. Du weißt doch, wie ich war, nervös wie eine Katze, die man in die Enge getrieben hat.«

»Du warst einfach schüchtern, das ist alles.«

»Nein, es war mehr als das. Du hast es ja gestern in meiner Wohnung erlebt. Und das war noch harmlos. Auslöser waren immer andere Menschen, also habe ich alles getan, um nicht unter Menschen zu sein, was alles noch viel schlimmer gemacht hat. Und im Lauf der Jahre habe ich das so verinnerlicht, dass ich da einfach nicht mehr rauskam.«

»Warum hast du dir keine Hilfe gesucht? Heutzutage gibt es Psychologen wie Sand am Meer.«

»Ich weiß nicht. Früher hat man über solche Dinge nicht gesprochen. Ich schätze, ich habe mich zu sehr geschämt und mich nicht ausgekannt. Ich hatte zu große Angst, dass man mich für verrückt halten und wegsperren würde. Ich war zu traurig, zu beschäftigt, meinen Lebensunterhalt zu verdienen. Jedenfalls stand es mir mein Leben lang im Weg. Es hat mich von so vielem abgehalten.«

»Von was zum Beispiel?«

»Von allem. Wie dich schon viel früher zu besuchen.«

»Wir müssen das nicht alles hier und heute besprechen. Du bist gerade erst angekommen. Wir haben Zeit.«

»Ich weiß, aber bitte hör mir einfach zu. Ist dir eigentlich bewusst, wie sehr du mir geholfen hast, als wir jung waren? Wie viel leichter mein Leben dank dir war? In deiner Nähe habe ich mich einfach immer so viel stärker gefühlt, so viel besser.«

»Das beruhte auf Gegenseitigkeit.«

»Aber als ich dann in das Heim musste, fühlte es sich an, als würde mein Kopf irgendwie alles einfrieren. Als würde die Zeit bis zu meiner Rückkehr stillstehen. Aber dann ist Mom gestorben, und alles schien zerstört. Und dann hatten wir diesen schrecklichen Streit. Und als ich dich anrief, und du gesagt hast, dass du heiraten wirst, war es, als würde ich zum ersten Mal begreifen, dass du ohne mich weitermachen würdest. Dass nichts je wieder so sein würde, wie es war. Und das habe ich nicht ertragen. Also bin ich einfach weggelaufen, und dann habe ich offenbar nicht mehr zurückgefunden. Ich habe alles beiseitegeschoben und versucht, nicht mehr daran zu denken, damit ich weitermachen konnte, einen Tag nach dem anderen, bis zu viele Tage vergangen waren. Ich will mich nicht rechtfertigen. Ich versuche nur, es zu erklären. Mir und dir, schätze ich. Ich weiß, dass es falsch war, was ich getan habe. Ich habe es immer gewusst. Aber wie falsch es war, habe ich erst heute Morgen begriffen, als ich in diesem Zimmer aufgewacht bin. Dass du die Sachen deines wundervollen Sohnes weggeräumt hast, um Platz für mich zu machen. Ich meine, darin liegt so viel Güte, Annie. Ich kann das alles gar nicht fassen. Und dann die Bücher.« Ich machte eine Pause, atmete ein paar Mal zittrig ein und aus und ließ den Tränen, die ich zurückgehalten hatte, freien Lauf. »Es tut mir so leid, was ich an diesem Abend Schreckliches über dich und deine Mutter gesagt habe. Und es tut mir so leid, was du meinetwegen alles durchgemacht hast, wirklich.«

»Schon gut, Frances. Na los. Gräm dich nicht. Wir sprechen ein anderes Mal weiter. Jetzt lass uns einfach hier sitzen und aufs Meer schauen. Dann gehen wir zurück nach Hause, essen und trinken zu viel und reden über dummes, belangloses Zeug. Und was alles andere betrifft, das haben wir so lange für uns behalten, das kann ruhig noch eine Weile warten.«

15

Annie und ich blieben länger auf, als gut für mich war, und als ich aufwachte, brummte mir der Schädel, und ich lechzte nach einer Tasse Tee. In der Küche stieß ich auf Angela, die am Tisch saß und Stevie stillte. Ich blickte mich nach Annie um und überlegte, schnell wieder in mein Zimmer zu verschwinden.

»Sie ist nur kurz was einkaufen. Sie müsste gleich wieder da sein«, sagte Angela. Sie löste sich sanft von dem Kind. »Wie geht es Ihnen?«

»Ganz gut, im Großen und Ganzen. Und Ihnen?«

Das Baby stieß auf, und Angela lächelte beinahe. »Endlich.« Sie wischte ihm mit einem Waschlappen übers Gesicht und legte ihn in die Babyschale, die auf dem Boden stand. »Mir geht's gut, wenn man mal davon absieht, dass ich seit sechs Monaten keine zwei Stunden am Stück geschlafen habe.«

»Wollen Sie auch einen Tee?«

»Klar.«

Ich suchte die Schränke nach Bechern ab.

»Rechts neben dem Kühlschrank. Nein, eins weiter«, sagte sie.

»Ich werde mich hoffentlich bald zurechtfinden.« Ich konnte ihren Blick im Rücken spüren, während ich Wasser kochte und nach dem Brotbeutel auf der Arbeitsplatte griff. »Möchten Sie auch einen Toast?«, fragte ich, ohne mich umzudrehen.

»Tee reicht.«

Ich setzte mich zu ihr an den Tisch. Keiner sagte etwas. Sie schlürfte, ich schlürfte und kaute, Stevie schlief. Ich stand auf, um das Geschirr abzuräumen und zurück ins Bett zu gehen, bis Annie wiederkam.

»Und wie gefällt Ihnen das Zimmer?«, fragte sie.

Ich stellte das Geschirr ins Spülbecken und setzte mich wieder. »Sehr gut. Ihre Mutter hat es wirklich ganz toll für mich hergerichtet.«

»Ach ja? Ich hab's nicht gesehen.« Sie sah das Baby an, dann wieder mich, ausdruckslos.

»Sie können es sich gern ansehen.«

»Nein, danke.«

»Ich weiß, dass es das Zimmer Ihres Bruders war. Es tut mir leid, dass er gestorben ist.«

Sie nickte und trank ihren Becher aus. »Tut mir leid, dass Sie krank sind.«

Sie sah nicht so aus, als würde es ihr leidtun. Ich stand auf und wischte die Arbeitsplatte ab und überlegte, was ich als Nächstes tun sollte. Ich warf einen Blick auf meine Hände, ruhig. Ich lauschte meiner Atmung, tief und regelmäßig. Herzschlag, langsam und kräftig. Ich ging zurück zum Tisch und setzte mich ihr gegenüber.

»Angela, ich habe das Gefühl, dass Sie mir etwas sagen möchten.«

Sie lächelte dünn. »Eigentlich nicht.«

Ich klopfte leicht mit dem Mittelfinger auf den Tisch und schob mein Kinn vor, um sie aufzufordern weiterzureden.

»Also gut. Ich halte nichts von dem, was Sie und Mom hier tun. Bei allem Respekt«, sagte sie und hob eine Hand, die Handfläche in meine Richtung gewandt, ein Zeichen des Respekts, das immer mehr in Mode zu kommen schien. »Ich halte es für falsch.«

»Verstehe. Was genau stört Sie daran?«

»Ich bin einfach der Überzeugung, dass jedes Leben kostbar ist und dass es falsch ist, auch nur ein einziges zu beenden, egal unter welchen Umständen.«

»Hmm. Kostbar. Etwas von großem Wert, sollte nicht verschwendet oder achtlos behandelt werden.«

»Genau das meine ich.«

Sie verschränkte die Arme vor der Brust und redete weiter, doch ich hörte gar nicht mehr zu. Alles, was ich hörte, war der Ton ihrer Stimme, der gleiche herablassende Ton, den ich mein ganzes Leben lang von Menschen gehört hatte. Ich blickte in das Gesicht dieser selbstgefälligen jungen Frau und sah jede einzelne Person, die mich jemals verletzt oder dafür gesorgt hatte, dass ich mich klein fühlte. Die Kinder in der Schule, Michael Doyle, Schwester Bernadette, Pfarrer O'Leary. Die Menschen in Safe Harbour, die mich für die Schuld meiner Mutter hatten büßen lassen. Die Zimmermädchen, die mir aus dem Weg gegangen waren, die Kunden, die auf mich herabgesehen hatten. Ich dachte an die unzähligen Male, die ich in der Stille meines Schlafzimmers oder unter der Dusche Selbstgespräche geführt und schlagfertige Antworten geübt hatte, die ich mich Stunden zuvor nicht getraut hatte zu geben, wenn wieder einmal verletzende Bemerkungen gefallen waren. Dann stellte ich fest, dass sich Angelas Mund nicht mehr bewegte.

»Ich kann nicht für Ihre Mutter sprechen«, sagte ich, »aber ich kenne sie seit vielen Jahren, und sie war immer ein Mensch, der wusste, was er wollte. Sie haben mich gerade erst kennengelernt und trotzdem sprechen Sie völlig ungeniert über etwas dermaßen Persönliches mit mir. Es würde mir nicht im Traum einfallen, Ihnen zu sagen, wie Sie Ihr Leben leben sollen, und ganz sicher würde ich Ihnen nicht sagen, wie Sie sterben sollen. Ich hoffe, dass Sie sich niemals in meiner Situation befinden werden, aber falls doch, dann hoffe ich außerdem, dass Sie niemals ein derart unverschämtes, taktloses Gespräch wie dieses über sich ergehen lassen müssen.«

Bevor sie antworten konnte, kam Annie schwer bepackt mit Einkaufstüten in die Küche.

»Was ist taktlos?«, fragte sie.

»Oh, ich schildere Angela gerade nur meine Ansichten über das Sterben.«

»Ah«, sagte Annie. »Und wie läuft es?«

»Ganz gut, denke ich.«

Annie beschäftigte sich damit, die Einkäufe auszupacken, während Angela aufstand und sich die Wickeltasche über die Schulter schleuderte. Sie nahm ihren Sohn hoch, wobei das Gewicht des Autositzes ihren Arm zu Boden zog, und wandte sich Annie zu.

»Dann ziehst du das also wirklich durch?«

»Angela, ich warne dich. Kümmere dich um deinen eigenen Kram«, sagte Annie.

»Mom, du hast keine Ahnung, worauf du dich einlässt. Du bist noch nicht über Stephens Tod hinweg und glaubst, du kriegst es geregelt, dass diese Frau in seinem Zimmer stirbt? Bist du noch ganz dicht?«

»Es reicht.« Annies erhobene Stimme hallte durch die Küche. Sie machte ein paar Schritte auf ihre Tochter zu. »Es reicht jetzt«, sagte sie ruhig und ging zu ihren Einkäufen zurück. »Also, wer will Erdbeeren? Ihr solltet mal sehen, wie groß die sind.«

»Viel Glück euch beiden«, sagte Angela. »Ihr werdet es brauchen.« Sie marschierte hinaus und ließ krachend die Haustür ins Schloss fallen.

»Sie wird sich wieder beruhigen«, sagte ich.

»Ha! Darauf würde ich nicht wetten.«

»Stimmt«, sagte ich. »Was habe ich da über Erdbeeren gehört?«

Nach dem Mittagessen wollte Annie zum Friedhof, um Stephen zu besuchen, bevor der Nebel aufzog.

»Warum kommst du nicht mit und besuchst deine Eltern?«, schlug sie vor.

Auf dem Friedhof küsste sie ihre Fingerspitzen und gab dem Grabstein ihrer Mutter einen Klaps, dann ging sie zu ihrem Sohn. Ich schlenderte rüber zu meinem Vater, legte einen Strauß Lupinen auf das Gras über ihm, dann ging ich weiter zu Stephens Grab. Ich hielt mich im Hintergrund, während Annie sich hinkniete, verblühte Blüten abzupfte und ein paar Blätter mit den Händen wegfegte. Sie legte ihren Kopf an den schwarzen Stein und ging weg. Ich folgte ihr mit ein paar Schritten Abstand. Plötzlich blieb sie wie angewurzelt stehen. Sie drehte sich um, und ihr Gesicht war schmerzverzerrt, jeder Zug derart entstellt, dass sie kaum wiederzuerkennen war.

»Annie, was ist los?«

»Oh Gott. Oh mein Gott.«

Sie setzte sich ins Gras und fing an zu weinen. Ich ging neben ihr in die Hocke. Ich wollte ihre Hand halten oder ihr über den Rücken streicheln, wie ich es bei Edie machte, aber ich war mir nicht sicher, ob sie das wollte, daher entschied ich mich für ein unbeholfenes Schultertätscheln.

»Ich weiß nicht, wie ich mit uns beiden umgehen soll. Ich sehe dich in meinem Haus an, und es ist, als wärst du irgendeine Fremde von der Straße. Und ich sehe dich hier an, und es ist, als wären wir wieder sechzehn.« Sie atmete durch und legte sich auf den Rücken. »Jahrelang hab ich mich gedanklich mit dir rumgeschlagen. Ich hab mir Sorgen um dich gemacht, dich vermisst, dir die Schuld gegeben, dich zum Teufel gewünscht. Ich schätze, es war einfacher, dir die Schuld zu geben als mir. Dass ich dich zu dieser Party an jenem Abend überredet habe. Ich war die, die sich durch den Ort gevögelt hat. Ich war die, die sich hätte schwängern lassen sollen. Und dieser Tag, als du mich angerufen und gebeten hast zu kommen. Ich hätte es tun sollen.«

»Wir waren jung.«

»Nicht zu jung, um übers Heiraten nachzudenken. Aber vielleicht zu jung, um zu erkennen, dass du die bessere Wahl warst als Anthony Rideout. Tausendmal hab ich mir gesagt, wäre ich doch nur gefahren. Hätte ich es doch nur getan. Du wärst Lehrerin, und ich wäre etwas Besseres als die Exfrau von diesem Arschloch. Vielleicht wäre ich glücklich geworden. Und vielleicht hätte ich kein Kind beerdigen müssen.«

Sie fing wieder an zu weinen, und ich legte mich neben sie.

»Annie, was geschehen ist, ist geschehen. Wir müssen einen Weg finden, das alles hinter uns zu lassen, sonst schaffen wir es unmöglich, diese Sache durchzustehen, wegen der ich gekommen bin. Wir dürfen die Vergangenheit nicht in dieses Zimmer lassen, wenn meine Zeit gekommen ist. Wir nehmen das sonst beide mit ins Grab. Und da ich als Erste sterbe, habe ich das letzte Wort.«

»Du hast recht. Ich weiß ja, dass du recht hast.« Sie griff in ihre Tasche und holte ein zerknülltes Taschentuch heraus, um sich die Tränen abzuwischen. »Warst du schon bei deiner Mutter?«

Ich schüttelte den Kopf.

»Na los. Ich warte hier auf dich.«

»Ich gehe nicht zu ihrem Grab. Ich war nicht mehr dort, seit sie beerdigt wurde.«

Sie schnäuzte sich in ihr Taschentuch. »Dann ist dieses ganze Gerede darüber, die Dinge hinter sich zu lassen, mehr Predigen als Praktizieren, was?«

»Es gibt Dinge, die kann man nicht vergeben.«

Sie stieß einen langen, tiefen Seufzer aus und stand auf. »Komm mit, ich muss dir was zeigen.«

Ich lag auf dem Bett, während Annie die Bücher in meinem Zimmer durchblätterte.

»Hier ist er«, sagte sie und reichte mir einen weißen Umschlag.

»Was ist das?«

»Ein Brief von meiner Mutter. Sie hat ihn kurz vor ihrem Tod geschrieben. Eines Morgens hat sie mich gebeten, ihn aus ihrer Kommode zu nehmen und in eine Kiste mit alten Büchern auf dem Dachboden zu legen. Da habe ich zum ersten Mal begriffen, dass sie sie für dich aufgehoben hat. Es war überhaupt ein interessanter Tag.«

»Und du hast ihn nicht aufgemacht?«

»Er ist nicht an mich adressiert, oder? Ich musste ihr versprechen, die Finger davon zu lassen. Sie hat lediglich gesagt, dass es um etwas geht, das du wissen sollst. Ich hab so einen Verdacht, was drin steht, und ich weiß nicht, ob du dich damit besser oder schlechter fühlen wirst, aber es ist dein Brief. Du entscheidest, was du damit machen willst.«

»Ich sehe inzwischen nur noch auf einem Auge gut. Du wirst ihn mir vorlesen müssen.«

»Nein, das kann ich nicht. Wir müssen uns etwas überlegen, wie du ihn selbst lesen kannst.« Sie ging raus und kam mit einer großen Lupe zurück. »Hier, versuch es damit.« Sie hielt den Umschlag hoch.

»Miss Frances Delaney. Vertraulich.«

»Verstehst du jetzt? Sie hätte das nie geschrieben, wenn sie gewollt hätte, dass ich ihn lese. Komm zu mir, wenn du fertig bist«, sagte sie und schloss die Tür.

Was hatte Mrs Malone nicht alles für mich getan, und was hatte sie im Gegenzug von mir bekommen? Schweigen. Nicht ein einziger Anruf oder Brief in all den Jahren. Nicht einmal eine gottverdammte Weihnachtskarte. Ich hatte irgendwo einmal gelesen, dass Scham zu den menschlichen Emotionen zählte, die am schwersten zu ertragen waren. Und mit diesem Umschlag in der Hand fühlte es sich an, als hätte man mich kopfüber in Scham getaucht. Ich schämte mich so sehr, dass ich sogar in Erwägung zog, den Brief gar nicht zu lesen. Gleichzeitig wusste ich, dass das Mindeste, was ich für Mrs Malone tun konnte, war, sie zu Wort kommen zu lassen. Mit zitternden Fingern nahm ich den Brief aus dem Umschlag und strich die Seiten glatt, dann setzte ich mich in den Sessel und hielt die Lupe davor.

Meine liebe Frances,
ich weiß nicht, ob du diese Zeilen jemals lesen wirst, daher schreibe ich sie vielleicht mehr für mich als für dich, aber ich bin inzwischen eine alte Frau und habe nicht mehr lange zu leben, und ich denke, es ist längst überfällig, das zu tun, was ich tun will. Ich hatte immer gehofft, dich noch einmal wiederzusehen, doch das wird nicht geschehen und das bedrückt mich sehr. Ich sage das nicht, um dir ein schlechtes Gewissen zu machen, sondern damit du weißt, wie viel mir an dir lag. Ich bin nie wirklich darüber hinweggekommen, dass du fortgegangen bist, aber ich weiß, dass du deine Gründe gehabt haben musst wegzubleiben. Ich war nie jemand, der die Beweggründe anderer beurteilt, und ich hoffe, dass du nun auch nicht über mich urteilen wirst.

Ich erinnere mich, als wäre es gestern gewesen, der Tag, an dem du und ich in der Küche deiner Mutter saßen. Sie war erst wenige Tage unter der Erde, und du gabst dir die Schuld an dem, was sie getan hatte. Vielleicht hätte ich dir damals sagen sollen, was ich dir jetzt sage – vielleicht hätte es den alles entscheidenden Unterschied gemacht –, doch damals war alles so anders als heute. Es gibt so vieles, was du über deine Mutter nicht weißt.

Ich ließ die Lupe sinken und rieb mir die Augen. Ich legte den Brief beiseite und ging ins Bad, um mir kaltes Wasser ins Gesicht zu spritzen. Ich wollte nicht wissen, was Mrs Malone mir sagen wollte. Was nützen irgendwelche bitteren Wahrheiten jetzt noch?, dachte ich. Der Tintenfisch war da anderer Meinung. »Sie wartet«, sagte er, und ich kehrte in den Sessel zurück.

Frances, du kannst dir nicht vorstellen, wie glücklich du deine Eltern gemacht hast. Deiner Mutter ging es in der Schwangerschaft elend, hundeelend. Doch kaum warst du geboren, da sagte sie mir, dass es das alles wert gewesen sei. Sie war müde und erschöpft in den ersten Wochen, doch man schrieb es dem Stress zu, den ein Neugeborenes mit sich bringt. Ich sagte ihr, dass es ihr besser gehen würde, sobald sie den Dreh raushätte. Doch dann fuhr dein Vater ein paar Wochen zur See, und als er zurückkam, ging es ihr sehr schlecht. Ich war zu sehr mit Annie beschäftigt, die gerade erst geboren war, und mit den Jungs, die kreuz und quer um mich herumrannten, um mitzubekommen, wie krank sie geworden war. Er kam zu mir gelaufen – und bat mich, nach ihr zu sehen. Als ich dort ankam, war das Haus in einem erbärmlichen Zustand und sie ebenfalls. Sie konnte kaum sprechen. Hatte seit Tagen nichts gegessen. Auch du warst in einer sehr schlechten Verfassung, unterernährt und ununterbrochen am Weinen. Ich musste dich an meine Brust legen, während dein Vater sie anzog und zum Arzt brachte.

Sie kam schließlich ins Waterford Hospital – du erinnerst dich vielleicht noch, dass es von allen nur die Irrenanstalt genannt wurde, als wir es noch nicht besser wussten. Heute würde man sagen, dass sie an einer postpartalen Depression litt. Ich weiß das, weil ich im Laufe der Jahre alles darüber gelesen habe, was ich finden konnte. Wir behielten es für uns, dein Vater und ich, denn wie du weißt, hätte man ihr unrecht getan. Wir erzählten allen, dass sie Gallensteine hätte, die entfernt werden müssten, und ließen es dabei bewenden. Dein Vater hat sich um dich gekümmert, während sie weg war, und er hat seine Sache gut gemacht, Gott segne ihn. Er war ein guter Mann. Als es ihr wieder besser ging, schwor sie, nie wieder ein Kind zu bekommen, aus Furcht, dasselbe noch einmal durchmachen zu müssen. Und deshalb gab es nur dich. Sie erlitt eine weitere Depression, als du ungefähr drei warst – nicht so schlimm wie die erste, aber schlimm genug, um sie ein weiteres Mal nach Waterford einzuweisen. Danach schien es ihr gut zu gehen, bis dein Vater starb. Ich denke, er hat ihr geholfen, stabil zu bleiben, doch ohne ihn schaffte sie es einfach nicht.

Nun, für den Fall, dass du dir jetzt erneut die Schuld an allem gibst, sollst du Folgendes wissen: Nicht ein einziges Mal hat deine Mutter es je bereut, dich bekommen zu haben. Ich weiß mit absoluter Sicherheit, dass sie das alles, ohne zu zögern, noch zehnmal durchgemacht hätte, um dich zu haben. Sie hat mir anvertraut, dass es bei ihr in der Familie liegt. Ich weiß nicht, ob du dich noch erinnerst, wie ich dich nach der Geburt deines Kindes mit Argusaugen bewacht habe. Jetzt weißt du warum.

Nachdem du weg warst, hat Annie mir erzählt, was du über sie und mich und deine Mutter gesagt hast, dass sie sich nicht das Leben genommen hätte, wenn wir uns richtig um sie gekümmert hätten. Vielleicht ist etwas Wahres daran. Ich habe mir all die Jahre den Kopf darüber zerbrochen, doch ich bin einer Antwort keinen Schritt nähergekommen. Ich kann nur sagen, dass ich deine Mutter am Tag, bevor sie starb, gesehen habe und dass es keinerlei Anzeichen dafür gab, was passieren würde. Und wäre in den Tagen oder Wochen zuvor irgendetwas seltsam gewesen, ich bin mir sicher, dass ich es bemerkt hätte. Ich weiß nicht, was sie fortgetrieben hat. Ich werde es auch nie wissen. Aber ich weiß, dass sie dir das Herz gebrochen hat, Frances. Ich weiß es so genau, weil sie mir meines auch gebrochen hat. Doch mein Herz war nicht derart gebrochen, dass ich keinen Platz darin gefunden hätte zu verstehen, warum sie getan hat, was sie getan hat. Ich denke, dass sie schrecklich gelitten haben muss, um so zu gehen. Es ist so, wie ich es dir an diesem Tag vor all den Jahren gesagt habe – manchmal müssen Menschen einfach loslassen. Ich vermute, sie hat keinen anderen Ausweg gesehen.

Ich hoffe, es ist dir gelungen, Frieden mit alldem zu schließen, und falls nicht, dann hoffe ich, dass dir dieser Brief dabei helfen wird. Du warst ein gutes Mädchen, Frances, und ich bin mir sicher, dass eine gute Frau aus dir geworden ist.

In Liebe, Bridget Malone

Ich faltete den Brief zusammen, zu benommen, um irgendetwas zu fühlen. Ich fragte mich, was ich fühlen sollte. Schmerz angesichts des Ausmaßes der Tragödie. Verbitterung, weil ich diesen Brief nicht schon vor Jahren in den Händen gehalten hatte. Wut über all die falschen Schuldzuweisungen, erst an meine Mutter, dann an mich, später an die gute Mrs Malone. Doch alles, was ich in meinem Innern fand, war ein überwältigendes Gefühl der Erleichterung, als würde ich wohlbehalten in meinem Bett aus einem langen und brutalen Albtraum aufwachen. Mein ganzes Leben war vom Erbe dieser schwachen Frau gezeichnet gewesen, deren Stimmung an den Verlust eines Mannes geknüpft war. Eine Frau, für die ihr Kind nicht Grund genug war, um auf dieser Welt zu bleiben. Ich las den Brief ein zweites Mal. Als ich fertig war, fühlte ich mich meiner Mutter auf eine Art verbunden, wie ich es noch nie zuvor verspürt hatte. Warm, beinahe voller Freude. Eine kranke, gequälte Frau, die beschlossen hatte, ihrem Leid ein Ende zu setzen; wie könnte ich sie dafür verurteilen? Wir waren Seelenverwandte, Geiseln eines Defekts, der tief in unseren Zellen verborgen lag, und egal, was mit ihr nicht stimmte, es war nicht ihre Schuld, was bedeutete, dass dasselbe auch für mich galt. Ich steckte den Brief zurück in den Umschlag und machte mich auf die Suche nach Annie.

Zehn Minuten später waren wir wieder am Friedhof. Der Nebel war inzwischen aufgezogen, und ich war froh über die kühle, düstere Atmosphäre, für die er sorgte. Ich gab Annie den Brief. »Hier, lies«, sagte ich und bat sie, im Auto zu warten. Der Name meiner Mutter war in einen weißen Grabstein gemeißelt, ein Geschenk von Mrs Malone, die es nicht ertragen hatte, dass sie in einem anonymen Grab lag, in Abwesenheit verurteilt, dann vergessen. Ich legte die Blumen, die ich unterwegs gekauft hatte, auf das Gras und bat sie um Verzeihung. Ich hörte, wie hinter mir die Autotür geöffnet und wieder geschlossen wurde, dann stand Annie neben mir.

»Ich wusste, dass der Brief etwas mit deiner Mutter zu tun hat, aber ich hatte ja keine Ahnung«, sagte sie. »Gerade im Auto habe ich mich an eine Szene erinnert, als Gordie einmal etwas nicht sehr Nettes über deine Mutter gesagt hat und Mom ihn dafür in der Luft zerrissen hat. Ich hab sie noch nie so wütend erlebt. Jetzt ergibt es Sinn.«

»Ich weiß nicht, ob deine Mutter recht hatte mit dem, was sie geschrieben hat.«

»Welchen Teil meinst du?«

»Der Teil, in dem sie schreibt, dass eine gute Frau aus mir geworden ist. Sie schreibt, dass sie mich nicht verurteilt, aber wie schafft sie das?«

»Weil sie die beste Frau überhaupt war.«

»Annie, vielleicht habe ich kein Recht, darum zu bitten, und vielleicht bräuchten wir mehr Zeit, als ich habe, aber besteht die Möglichkeit, dass wir es schaffen, reinen Tisch zu machen und noch mal von vorn anzufangen?«

Sie nickte und schloss mich in die Arme, und ich hielt mich fest.

»Du bist ganz das Kind deiner Mutter, Annie Malone.«

»Nein«, sagte sie. »Ich hab es einfach nur so verdammt satt, traurig und wütend zu sein.«

Nach dem Essen setzten wir uns raus und sahen den Vögeln dabei zu, wie sie über der Wiese flatterten und ihre Kreise zogen. Annie sprach über belanglose Dinge – was aus den

Mädchen geworden war, mit denen wir zur Schule gegangen waren, wie die Kreuzfahrt gewesen war, die sie vor zwei Jahren gemacht hatte –, und während ich ihr zuhörte, spürte ich, wie sich nach und nach etwas in meinem Körper veränderte, wie er weicher wurde und sich erholte, als würden sich sämtliche ausgetrocknete, brüchige Knochen und erschlaffende Muskeln und Organe regenerieren, indem sie gierig das Wasser und den Sauerstoff aus dem Blut aufnahmen, das durch sie hindurchströmte, die Nährstoffe aufsaugen und zu neuem Leben erwachen.

Als ich im Bett lag, musste ich daran denken, was Annie gesagt hatte, als sie mir den Brief gegeben hatte – dass sie nicht wisse, ob ich mich besser oder schlechter fühlen würde, wenn ich ihn gelesen hatte. Ich war mir immer noch nicht ganz sicher. Ich fühlte mich verändert, befreit, brannte darauf, das Leben jenseits von Schuld und Scham auszuprobieren. Ich verglich es gedanklich mit dem Durchbrechen eines dunklen Kokons und dem Losfliegen als Schmetterling, jener kurzlebigen Spezies, die sich hütete, einen Augenblick mit etwas anderem zu verschwenden als damit, die süßeste Blüte zu finden.

Überrascht stellte ich fest, wie herrlich ruhig es in meinem Kopf war. Meine Gedanken formten sich einer nach dem anderen, und zum ersten Mal seit dem Tod meines Vaters stand das Sorgenkarussell still. Die ganze sinnlose Angst schien auf wundersame Weise abgebaut und über Bord geworfen. Und tschüss, auf Nimmerwiedersehen, Gott sei mit dir. Besser, entschied ich – tausendmal besser –, wohl wissend, dass nichts jemals so einfach war.

Ich wusste, dass ich in dem Bewusstsein sterben würde, meiner Mutter durch meine Geburt, durch meine Existenz, großen Schmerz zugefügt zu haben. Trotzdem bedankte ich mich ein letztes Mal bei Mrs Malone und fiel in einen tiefen, traumlosen Schlaf.

16

Ich konnte Annies Stimme hören, blechern und weit entfernt, wie eine schlechte Telefonverbindung. Sie rief meinen Namen, wieder und wieder. Vor mir war alles weiß, und allmählich erkannte ich, dass es die Decke war. Meine linke Gesichtshälfte war nass, und mein Körper fühlte sich an, als würde er in Flammen stehen.

»Frances, hörst du mich?«

Dicker Teppich unter meinem Rücken. Annie auf den Knien, ihr Gesicht über meinem. Ich lag auf dem Boden meines Zimmers. Annie richtete sich auf und setzte sich auf die Fersen, dann hob sie ihre zitternde Hand an die Stirn und atmete tief aus.

»Nicht bewegen. Ich bin gleich wieder da.« Sie rannte ins Bad und kam mit einem feuchten Waschlappen zurück, mit dem sie mir übers Gesicht wischte. »Alles okay, alles okay. Du hattest einen Anfall.«

Ich schloss die Augen und blieb reglos liegen, bis ich spürte, wie sich mein steifer Körper zu entkrampfen begann.

»Gut«, sagte Annie. »Wir müssen dich ins Bett schaffen. Meinst du, du kannst aufstehen?«

Ich schüttelte den Kopf.

»Versuchen wir es mit Hinsetzen.«

Sie stellte sich vor mich, beugte sich vor und griff nach meinen Händen. Sie fing an, mich hochzuziehen, und ein brennender Schmerz schoss durch meinen Körper. Ich schrie auf und erschreckte Annie damit so sehr, dass sie meine Hände losließ. Ich fiel zurück und spürte, wie mein Kopf auf dem Boden aufschlug.

»Jesus, Maria und Josef!«, rief Annie. »Es tut mir leid. Bist du verletzt?«

Ich versuchte zu sprechen, doch mein Mund war zu trocken.

Annie fiel neben mir auf die Knie und fing hektisch an, meinen Kopf zu untersuchen. »Frances, bitte sag was – irgendwas –, damit ich weiß, dass es dir gut geht.«

Ich krächzte ein »Okay«, und sie seufzte erleichtert.

Sie wischte mir wieder mit dem Waschlappen übers Gesicht, dann über ihr eigenes.

»Gib mir eine Minute. Ich krieg das hin.« Sie atmete ein paar Mal tief ein und aus, dann wechselte sie von den Knien in die Hocke. Sie legte mir einen Arm um den unteren Rücken, fasste mir mit dem anderen unter die Knie und hob mich hoch. Sie wankte in Richtung Bett und hievte mich auf die Matratze wie einen Sack Kartoffeln. Ich blieb völlig verdreht liegen, während sie auf der Bettkante verschnaufte. Anschließend rollte sie mich auf den Rücken und packte mich in die Bettdecke ein.

»Wie viel Uhr ist es?«, lallte ich mit schwerer Zunge.

»Noch ganz früh. Erst kurz nach sieben.«

»Habe ich auf deinen Fußboden gepinkelt?«

»Ich denke nicht. Und wenn doch, wen interessiert's?«

Sie ging raus und kam mit einem Glas Wasser zurück, dann hob sie meinen Kopf an und hielt mir das Glas an den Mund. Ich trank zwei kleine Schlucke, legte den Kopf zurück, und alles wurde schwarz. Als ich aufwachte, lag sie neben mir und starrte an die Decke.

»Wie viel Uhr ist es?« Meine Kehle war trocken und wund, meine Stimme ein heiseres Krächzen.

»Kurz vor neun. Hast du Durst?«

Ich nickte und trank gierig ein ganzes Glas Safe Harbour Brunnenwasser, nach wie vor das Beste, das ich je getrunken hatte. »Annie, es tut mir leid.«

»Nein, mir tut es leid. Ich hätte dir ein Kissen unter den Kopf legen sollen, aber ich hab's vergessen. Das passiert mir nicht noch mal, versprochen. Trotzdem hatten wir Glück, dass ich überhaupt da war. Ich bin gegen sechs aufgewacht und konnte nicht mehr schlafen. Ich bin aufgestanden, um mir was zu lesen zu suchen, und lief zufällig gerade an deinem Zimmer vorbei, als ich einen dumpfen Schlag hörte. Da bist du hingefallen. Wie wahrscheinlich ist das?«

»So viele Anfälle, wie ich inzwischen habe, ziemlich wahrscheinlich, würde ich sagen.«

»Hast du deine Tabletten genommen?«

»Ich kann mich nicht erinnern, ob ich sie gestern Abend genommen habe. Ich schätze nicht.«

»Ich werde dir eine Tablettenbox kaufen.«

»Kleine Buße dafür, dass ich mich vorhin fast umgebracht habe.« Ich bewegte mich und zuckte zusammen vor Schmerz in den Muskeln, die bis an ihre Grenzen belastet worden waren. »Vielleicht ist es Zeit, die Badewanne auszuprobieren.«

Sie sprang vom Bett. »Du bleibst hier.«

Ich hörte das Wasser laufen und mir wurde klar, dass ich es allein nicht hineinschaffen würde. Annie würde mir helfen müssen. Sie würde mich ausziehen und meinen geschundenen, nackten Körper stützen müssen, während ich ein blau geädertes, weißes Bein über den Badewannenrand hievte. Sie hätte reichlich Zeit, um meine trockene, runzelige Haut zu begutachten, meine hängenden Brüste und meinen schlaffen Bauch, meine schwieligen, rissigen Füße, und mir bliebe nichts anderes übrig, als es zu ertragen. Bis auf einige Ärzte, vor denen ich mich stets nur bis auf das Nötigste ausgezogen hatte, und Oliver hatte noch nie jemand meinen unbekleideten Körper gesehen. Mein Gott, wie demütigend das alles war.

»So, Frances. Dann gehen wir jetzt mal baden.«

Sie schlug die Decke zurück und half mir, aus dem Bett aufzustehen. Wir gingen mit langsamen Schritten ins Bad, in dem das Badewasser dampfte. Ich wandte mich vom Spiegel ab und hielt die Augen geschlossen, während sie mir mein Nachthemd über den Kopf zog. Sie griff nach meiner Hand und stützte mich, während ich einen Fuß vom Boden hob und ins Wasser gleiten ließ.

»Gut so. Mach langsam.«

Ich stand in der Badewanne und ließ mich mit ihrer Hilfe in die wohltuende Wärme sinken. Ich lehnte den Kopf zurück und atmete aus. Annie bediente einen Regler an der Wand, und die Düsen erwachten grummelnd zum Leben. Das Wasser trommelte gegen meinen Körper und vertrieb die Steifheit. Ich musste unwillkürlich lächeln.

»Ziemlich gut, oder? Uralt, aber macht ihre Sache immer noch eins a«, sagte Annie.

»Sie sieht nagelneu aus.«

»Das liegt daran, dass sie nur ein paar Mal benutzt wurde. Wir haben sie ungefähr einen Monat vor Stephens Tod für ihn einbauen lassen. Er wurde ständig beim Eishockey grün und blau geschlagen, und, mein Gott, er hat sie geliebt. Ich weiß noch, dass ich immer Angst hatte, er könnte einschlafen und darin ertrinken.« Kummer spiegelte sich auf ihrem Gesicht, und sie wandte sich ab. Sie klappte den Toilettendeckel herunter und setzte sich darauf. »Ich bleibe, bis du fertig bist, wenn du nichts dagegen hast. Für alle Fälle.«

Als sie mir aus der Badewanne half, ließ es sich nicht umgehen, in den Spiegel zu schauen. Wie erschreckend dünn und gebrechlich ich aussah im Vergleich zu ihrem gesunden, stattlichen Körper, der in einen dicken, weißen Bademantel gewickelt war. Meine Knochen sprangen mich durch eine fast durchsichtige Haut an, mein Fleisch hing welk an meinen Knochen herunter. Es war schlimmer, als ich befürchtet hatte, und ich war Annie dankbar, dass sie sich auf meine wackeligen Beine konzentrierte. Ich schnappte mir das Handtuch vom Haken und verhüllte mich, so schnell ich konnte.

Annie schickte mich zurück ins Bett, und ich erhob keinen Einspruch. Ich konnte hören, wie sie in der Küche herumklapperte und wie eine Männerstimme im Radio die Nachrichten las. Dann kamen Angela und Stevie. Stimmengemurmel, gedämpfte Musik, Schranktüren, die auf- und zugingen. Geräusche von Leben. Dieses Haus war lebendig, es lebte aus ihr heraus. Ihre Gegenwart war in jedem Winkel spürbar. Ich konnte immer noch ihre Wärme im Bett spüren, sie in den Laken riechen, ihre Fußabdrücke auf dem Teppich sehen – all die kleinen Zeichen, dass ich nicht allein war.

Annie erschien in der Tür. Sie war immer noch im Bademantel und trug ein Tablett mit Tee und Toast vor sich.

»Was hältst du von einem Tag im Bett? Ungesundes Essen, schlechtes Fernsehen, Füße hochlegen, rumlümmeln wie zwei Königinnen.«

Ich klopfte einladend auf die Bettdecke. »Ihre Hoheit.«

Wir verbrachten den Rest des Vormittags an das Kopfteil gelehnt und sahen aufgekratzten Bräuten dabei zu, wie sie mit ihren Müttern über Kleider stritten, und fleißigen Pärchen, wie sie heruntergekommene Häuser entkernten. Wir dösten eine Stunde, dann zauberte Annie Sandwiches und mehrere Tüten Chips herbei. Wir schlossen die Tür, öffneten die Fenster, sahen dem Regen zu und rauchten, ohne uns darum zu scheren, was Angela später dazu sagen würde.

Annie legte ihren Knöchel über meinen. »Gott, das erinnert mich an früher. An diese ganzen Nächte, die wir uns wie die Heringe in unsere Kinderbetten gequetscht haben, kein Millimeter Platz zwischen uns, aber quietschfidel. Leider erinnert es mich auch an die Zeit, als ich frisch verheiratet war. Ganze Wochenenden lang haben Anthony und ich uns damals zwischen den Laken gewälzt. Sonntagabend war dann das ganze Bett voller Krümel und sämtlichen anderen Hinterlassenschaften.«

»Was ist mit euch beiden passiert?«

Sie nahm einen tiefen Zug von ihrer Zigarette und blies einen langen, dünnen Rauchfaden in die Luft. »Also, zunächst einmal waren wir zu jung. Und wir kannten uns kaum. Wir waren komplett im Hormonrausch. Dann kamen die Kinder. Angela war ein schwieriges Kind.« Sie sah mich aus dem Augenwinkel an. »Ja, ja, spar's dir. Stephen war einfacher, aber trotzdem. Und mit dem Laden, und dem zweiten Laden, und dem dritten, war Anthony mehr unterwegs als zu Hause. Dann fing die Sache mit den anderen Frauen an, und als Stephen starb, waren wir zwei hasserfüllte Fremde, die nebeneinander an einem Grab standen.«

»Das tut mir leid.«

»Das muss es nicht. Ich hätte auf dich hören und mir eine Menge Kummer ersparen sollen. Was ist mit dir? Bist du je vor den Altar getreten?«

»Nein, ich bin nicht der Ehetyp.«

»Heiße Affären?«

»Ich bin auch nicht der Affärentyp. Ich komme allein besser klar.«

»Ich denke, da hast du nicht viel verpasst. Ich glaube, ich lass mich lieber jagen als fangen. Und es gab einige, die im Lauf der Jahre hinter mir her waren, erfolglos. Wobei, für einen bin ich vom Gas gegangen.«

Ich drehte mich auf die Seite, um sie anzusehen. »Wann?«

Sie rutschte ein Stück nach unten und legte ihren Kopf auf das Kissen. »So ein halbes Jahr nach Stephens Tod. Es war nicht der Rede wert. Wir haben ein bisschen in seinem Auto rumgefummelt. Er war auch verheiratet.«

Ich stellte mir Annie vor, wie sie sich in einem Auto mit beschlagenen Scheiben die Kleider vom Leib riss, die verweinten Augen fest geschlossen, während eine große, gesichtslose Gestalt über ihr ragte. Es machte mich traurig, und mir wurde leicht übel. Ich wollte so darauf reagieren, wie jede andere Frau es tun würde, etwas Kluges sagen oder einen anzüglichen Witz reißen, aber ohne einen Erfahrungsschatz, auf den ich zurückgreifen konnte, hing ich fest. Ich wusste, dass Frauen über Sex und dergleichen miteinander redeten. Ich hatte es in Geschäften mitangehört, in Filmen gesehen, hatte ihre Gedanken und Gespräche Seite um Seite in Büchern gelesen, doch in allen Fällen hatten die Frauen über reichlich Erfahrung verfügt – gute, schlechte und regelrecht widerliche. Ich verfügte über dreißig Sekunden mit Michael Doyle, und selbst das waren dreißig Sekunden zu viel.

»Hast du ihn geliebt?«, fragte ich.

»Großer Gott, nein. Ich habe ihn benutzt, um etwas anderes zu fühlen als das, was ich damals fühlte. Es war eine Dummheit, wirklich. Es ging ein paar Wochen, und dann bin ich eines Tages einfach nicht zu einer Verabredung aufgetaucht. Danach hab ich nie wieder mit ihm gesprochen. Wenn ich ihn heute sehe, nicke ich ihm kurz zu, als wäre nichts gewesen. Ach, ich hätte dir das gar nicht erzählen sollen.«

»Warum nicht?«

»Weil du mich jetzt für ein altes Flittchen hältst.«

»Ich halte dich nicht für alt.«

Sie lachte und schüttete sich die letzten Chipskrümel direkt aus der Tüte in den Mund. Ich stand auf, um auf die Toilette zu gehen und meine Tabletten zu nehmen. Als ich zurückkam, war sie weg. Ich legte mich hin und schloss die Augen.

Einige Zeit später öffnete ich die Augen und blickte direkt in Annies Gesicht, das wenige Zentimeter über meinem schwebte. Sie hatte geduscht und roch nach Seife und irgendetwas Blumigem. Ihren Bademantel hatte sie gegen einen frischen rosa-weiß-gestreiften Schlafanzug eingetauscht. Sie hielt eine Whiskyflasche hoch.

»Ich finde, es ist Zeit für die Happy Hour.«

Sie setzte sich im Schneidersitz aufs Bett und schenkte mir einen kleinen Schluck ein. Ich ließ mir den Whisky die Kehle hinunterbrennen, dann hielt ich ihr mein Glas zum Nachschenken hin.

»Und«, fragte sie, »wie geht es dir jetzt mit alldem? Dem Brief, mit deiner Mutter?«

Ich dachte einen Moment lang nach. *Befreiungsschlag.* »Ich fühle mich frei.«

»Darauf trinke ich.« Sie nahm einen Schluck und schlüpfte wieder unter die Decke. »Weißt du, ich hab letzte Nacht über deine Mutter nachgedacht und mich gefragt, was wir tun würden, wenn wir vorher wüssten, welchen Schmerz wir später im Leben ertragen müssten. Würden wir etwas Ähnliches machen wie sie, oder würden wir uns trotzdem durchkämpfen?«

»Wer weiß das schon? Es gibt Menschen, die überstehen ein Unglück nach dem anderen und machen immer weiter. Ich glaube nicht, dass ich jemals verstehen werde, was manche Menschen dazu bringt zu gehen, und andere davon überzeugt zu bleiben. Vielleicht tut das niemand.«

»Wäre sie doch nur später geboren. Wer weiß, was man für sie hätte tun können? Vielleicht hätte sie sich aber trotzdem genauso entschieden. Mir schwirrt der Knopf, wenn ich darüber nachdenke.«

»Mir auch. Wie wär's mit einem leichteren Thema?«

»Okay, erzähl mir von deinem Kind.«

Ich lachte. »Selbstmord ist vielleicht doch einfacher.«

»Ich kann mich nicht erinnern, dass wir je darüber gesprochen haben. Es war, als wäre es nie passiert. Und ich finde, dass ich durchaus Anspruch habe, auf den neuesten Stand gebracht zu werden.«

»Einverstanden. Frag mich, was du wissen willst.«

»Wie hast du sie genannt?«

»Georgina.«

»Weißt du, was aus ihr geworden ist?«

»Ja. Sie wurde von einem Professorenehepaar adoptiert und hatte ein besseres Leben, als ich es ihr hätte bieten können.«

»Okay, aber hast du dir jemals gewünscht, du hättest die Kirche und alle hier zum Teufel gejagt und sie selbst großgezogen?«

»Manchmal. Oft, um ehrlich zu sein. Aber nach dem, was mit meiner Mutter passiert war, wäre es so gut wie unmöglich gewesen.«

»Aber nehmen wir mal an, sie wäre nicht gestorben, hättest du das Kind behalten wollen?«

»Zu viel ›hätte‹ und ›wäre‹ in diesem Gedankenspiel, um das zu wissen. Gehst du noch in die Kirche?«

Annie schüttelte den Kopf. »Als die Kinder klein waren, hab ich sie zu Weihnachten und Ostern mitgenommen. Aber als diese ganzen Missbrauchsskandale publik wurden, hab ich meine Kinder nicht mehr in die Nähe der Kirche gelassen. Was für krumme Dinger die am Laufen haben. Als ein Pfarrer die Küste runter überführt wurde, hat das meine Mutter fast umgebracht. Es hat ewig gedauert, bis sie sich überhaupt eingestand, dass es stimmte. Wenn es nach mir ginge, würde ich den ganzen Laden dicht machen.«

»Ich auch. Bis auf die Grundmauern niederbrennen. So, wir hatten ertrunkene Mütter, adoptierte Kinder, pädophile Pfarrer. Was steht als Nächstes auf der Liste der leichten Themen?«

»Hier kommt etwas ganz Leichtes. Was willst du essen? Pizza oder Pizza?«

Annie servierte mir Salami-Hackfleisch-Pizza ans Bett, während ich mit Edie telefonierte. Sie nahm mich ordentlich in die Mangel – Tabletten, Schlaf, Zigaretten- und Alkoholkonsum, Anfallsstatus. Ich schwindelte und lenkte das Gespräch auf ihren bevorstehenden Besuch. Sie hatte gelesen, dass das Wetter ungewöhnlich warm werden sollte – warm genug, um zusammen im Meer zu baden, hoffte sie. »Ich werde auf gar keinen Fall ins Wasser gehen«, sagte ich. Doch sie redete so lange auf mich ein, bis ich ihr schließlich versprach hineinzuwaten, sollten die Temperaturen über fünfundzwanzig Grad steigen, was praktisch ausgeschlossen war.

»Also, wie ist der Plan?«, fragte Annie, nachdem ich aufgelegt hatte.

»Edie kommt am Freitag.«

»Nein, ich meine den großen Plan. Was willst du mit der Zeit anstellen, die dir noch bleibt?«

Die Frage erschien mir merkwürdig angesichts der Tatsache, dass ich genau das machte, was ich machen wollte, und das direkt vor ihren Augen. »Na, das hier«, sagte ich.

»Was?«

»Ich weiß nicht. Leckeres Essen. Ein Plausch an der Küste. Eine Zigarette auf der Terrasse, ein Glas Whisky, dann in dieses Wunder von Bett.«

»Das ist alles? Was ist mit Shoppingtouren, einem Abenteuer mit einem gut aussehenden Fremden, einem Wochenende in Paris? Irgendwas.«

»Es ist zu spät für alberne Wünsche.«

»Wenn du die Zeit zurückdrehen könntest, was hättest du gern gemacht?«

»Ich wäre gern gereist. Ich hab mal ein Bild von einer Bibliothek gesehen – ich glaube, es war irgendwo in Portugal. Die schönsten Räume, die ich je gesehen habe. Gigantische, weiße Säulen und eine gewölbte Decke, bei der dir die

Augen aus dem Kopf fallen würden. Das hätte mir gefallen. Vielleicht all die Gemälde und Statuen in Italien besichtigen. So albernes Zeug eben. Bist du gereist?«

»Nicht wirklich. Ich war in Toronto, ein paar Mal in Florida, dann die Kreuzfahrt, von der ich dir erzählt habe. Nichts Berauschendes. Anthony hat immer gesagt, Europa sei dreckig, aber irgendwann will ich mal hin.«

»Tu das. Du kannst überallhin. Du kannst sogar woanders leben, wenn du willst. Hast du je darüber nachgedacht wegzuziehen?«

»Früher mal. Aber dann kam der kleine Stevie. Er ist mein Sonnenschein, und solange er da ist, bin ich es auch. Aber genug von mir, hier geht's um dich.«

»Annie, ganz ehrlich, ein bisschen Gesellschaft ist alles, was ich will.«

»Du bist eine Frau mit bescheidenen Bedürfnissen.«

»Ich bin eine Frau mit dem Bedürfnis zu pinkeln.« Ich richtete mich im Bett auf, jeder einzelne Muskel schrie protestierend vor Schmerz, und ließ mich laut stöhnend zurücksinken.

Annie schlang die Arme um mich und zog mich auf die Beine. Ich arbeitete mich zentimeterweise ins Bad vor. Mein Kopf dröhnte, und mein Körper fühlte sich entsetzlich steif und schwer an, als wäre mein gesamtes Gewebe miteinander verklebt und hätte sich in Stein verwandelt. Ich befürchtete, meine verbleibenden Tage auf der Toilette verbringen zu müssen, da sich der Rückweg vor mir auftürmte wie ein unbezwingbarer Berg.

Ich schleppte mich mit Annies Hilfe zurück zum Bett, die mitfühlend auf mich einquasselte, bis ich mich wohlbehalten wieder darin zurücklehnte.

»Ich sage dir, was du brauchst – eine ordentliche Abreibung«, verkündete Annie. Sie verschwand und kam mit einer weißen Flasche zurück, die sie auf den Nachttisch knallte. Sie riss die Bettdecke zurück und pumpte sich einen üppigen Klacks Bodylotion in die Hand, dann setzte sie sich auf die Bettkante. »Ich hab das früher immer nach Eishockeyspielen für Anthony gemacht. Vertrau mir, ich weiß, was ich tue.«

Sie zog mein Nachthemd hoch und ließ ihre Hand sanft auf meinen rechten Oberschenkel klatschen. Die kalte Lotion zusammen mit ihrer warmen Hand löste ein Kribbeln bis in die Zehenspitzen aus. Sie erzählte, während sie meine Muskeln rieb und knetete. Von Gordie und den zwei anderen Malone-Brüdern, die dem Ruf des Geldes nach Westen zu den Ölsanden gefolgt waren, wo sie für ein fettes Gehalt arbeiteten und sich große Häuser und große Trucks gekauft hatten. Davon, dass sie an Weihnachten alle nach Hause kommen würden, Brüder und Ehefrauen, Kinder und Hunde. Dass sie zur Tür hereinstürmen und Annies Haus eine Woche lang in ein Zirkuszelt verwandeln würden. Dass sie es genoss, wenn sie kamen, und es noch mehr genoss, wenn sie wieder fuhren.

Sie redete weiter, während sie mich massierte wie ein Profi. Ihre Stimme war eine tröstliche Ablenkung von ihrem Blick, der so unverwandt auf meinem Körper ruhte. Diesmal waren da keine Erinnerungen, es gab nur den Moment, in dem ich mich befand. Ich versuchte, mich auf ihre Worte zu konzentrieren, ihr Gesicht zu fokussieren, doch nach und nach ließen mich meine Sinne im Stich. Ich sah den Tintenfisch vor mir, wie er mit einem gelben Schutzhelm auf dem Kopf vor einem Miniatursicherungskasten stand und langsam und systematisch eine Sicherung nach der anderen ausschaltete und so vergnügt die gesamte Leistung auf das Fühlen lenkte. Ich sah nichts, hörte nicht, doch ich spürte alles. Jeder Zentimeter meiner Haut stand unter Strom und barst vor Energie.

Annies Hände bewegten sich nie auch nur in die Nähe des Epizentrums des Empfindens. Und doch war da auf einmal dieses Flattern irgendwo zwischen meinen Hüftknochen. Von dort wanderte es nach unten, ein stetiges Pulsieren, wunderschön und aufregend und so intensiv, dass es fast schon unerträglich war. Was für eine rätselhafte Maschine mein Körper doch geworden war. Der Motor lag in den letzten Zügen, aber das Getriebe knirschte noch. Unter meinen Armen und an meinen Schienbeinen sprießten immer noch stachelige, neue Haare, Fußnägel mussten geschnitten werden, Blase und Darm füllten und entleerten sich wie am Schnürchen, die Organe schnurrten und das Blut brauste. Und nun pulsierte ein winziger Teil meines Körpers, von dem ich gar nicht mehr gewusst hatte, dass ich ihn überhaupt besaß. Sollte Annie es bemerkt haben, ließ sie sich nichts anmerken. Ich schloss die Augen und ließ es von selbst kommen und gehen, allerdings nicht ohne darüber nachzudenken, was es zu bedeuten hatte.

Ich war schon immer ein Sonderling gewesen, wenn es um Sex ging. Allein in einer Welt voller Wesen, die alle von etwas beherrscht zu werden schienen, das ich nicht verstand. Ich dachte immer, dass bei meiner Fertigung etwas schiefgelaufen sein musste. Dass ich ohne die entscheidenden Bauteile vom Fließband gekommen war, die bei anderen Menschen die Triebkräfte anzuheizen schienen. Selbstbefriedigung war immer nur eine tröstende Geste gewesen, zu der mich nichts und niemand Bestimmtes jemals inspiriert hatte. Und während ich nur allzu gut wusste, wie es sich anfühlte, sich nach der Berührung eines anderen Menschen zu sehnen, war mir der Wunsch nach einem Mann in meinem Bett vollkommen fremd. Ich erinnerte mich plötzlich an ein besonders ungehobeltes Zimmermädchen aus einem der Hotels, eine Darlene Sowieso. Sie ritt pausenlos auf meinem männerlosen Dasein herum. Eines Tages nannte sie mich vor versammelter Mannschaft im Pausenraum eine Lesbe, schleuderte es mir entgegen, als wäre es etwas Verabscheuungswürdiges und Gottloses. Ich wusste nicht, ob es stimmte, was sie behauptete, da ich mit Frauen genauso wenig Erfahrung hatte. Doch Annie Malones Berührung war eine Initialzündung für meinen Körper und öffnete meinem Herzen die Augen. Ein längst überfälliges Eingeständnis von etwas, das ich im Grunde immer gewusst hatte. »Besser spät als nie«, sagte der Tintenfisch. Dem konnte ich nur halbherzig zustimmen – früher wäre mir weitaus lieber gewesen –, aber ich war zu zufrieden, um mich zu streiten.

Ich wurde von grellem Sonnenlicht geweckt. Feuchte Luft war über Nacht durch die offenen Fenster hereingeweht und hatte das Zimmer in Beschlag genommen. Ich war von Kopf bis Fuß in eine schmierige Mischung aus Bodylotion und Schweiß gehüllt. Annie schlief tief und fest neben mir, schwarze Haarsträhnen klebten ihr an der Stirn. Ich überlegte, ihr die Haare aus dem Gesicht zu streichen, doch ich wollte nicht riskieren, sie zu wecken. Ich brauchte noch etwas Zeit, bevor ich ihr wieder in die Augen sehen konnte, gerade so lange, um mich dagegen zu wappnen, etwas oder gar alles, was ich in der Nacht zuvor gespürt hatte, zu verraten.

Ich stand auf, beinahe geschmeidig und erlöst von dem Anfall, und seifte mich unter der kühlen Dusche ein, bis meine Haut quiekte.

Angela erschien mit Stevie im Schlepptau, als wir gerade mit dem Frühstück fertig waren. Wir würden nie Freundinnen werden, sie und ich, doch es schien, als hätten wir einen brauchbaren Waffenstillstand geschlossen. Die drückende Hitze machte sie allerdings nicht genießbarer und Annie hielt einen Tag am Meer für die ideale Zuflucht für uns alle.

Die frische Brise am Meer schaffte es, die Hitze zu verwirbeln. Annie und ich entschieden uns gegen das Ruderboot und ließen uns stattdessen in zwei Campingstühle plumpsen. Angela machte sich daran, Stevie mit Sonnencreme einzuschmieren. Ich fragte Annie leise, ob alles in Ordnung sei, nachdem sie es nun das erste Mal wirklich mit meinem abgewirtschafteten Körper zu tun bekommen hatte.

»Das war doch ein Kinderspiel. Pillepalle«, sagte sie in Richtung Meer.

»Annie, schau mich an.«

»Ich werde mich daran gewöhnen«, sagte sie, und Tränen stiegen ihr in die Augen.

Angela hörte auf, sich um Stevie zu kümmern, und wandte sich ihrer Mutter zu. »Was ist los mit dir?«

»Nichts. Wechseljahre«, sagte Annie.

»Das kommt davon, weil du dich weigerst, Hormone zu nehmen. Ich hab dir hundertmal gesagt …«

»Angela, ich brauche keine verdammten Hormone. Ich lasse mir diesen Schnurrbart mit Absicht wachsen. Damit sehe ich stark aus. Stimmt's, Frances?«

»Absolut. Du siehst aus, als könntest du einen Lastwagen stemmen«, antwortete ich.

»Ganz genau«, sagte Annie. »Herrgott, ist das heiß. Ich kann mich nicht erinnern, dass es hier jemals schon so heiß war. Angeblich soll es das ganze Wochenende so bleiben.«

Angela schnappte sich Stevie und ging mit ihm zum Wasser. Ich sah ihnen zu, wie sie in den Wellen Spaß hatten, und dachte, dass sich Edies Wunsch vielleicht doch erfüllen würde.

17

Hinter Annie und mir lag eine schlaflose Nacht. Sie litt unter der Hitze, ich noch viel mehr unter unerträglichen Kopfschmerzen, die von mehrfachem Erbrechen gekrönt wurden. Wir saßen zusammengesackt am Küchentisch und versuchten, uns mit großen Gläsern Eistee neues Leben einzuhauchen, als Edie in der Tür erschien, frisch und lebendig, ein vergnügtes Gänseblümchen unter dem verwelkten Unkraut.

Annie hob kraftlos eine Hand zum Gruß, während ich aufstand und Edie in die Arme schloss. Sie verströmte irgendetwas, strahlte eine Energie aus, die neu war. Ach, genau, dachte ich, der Junge.

»Hey, Frances«, flüsterte sie mir ins Ohr.

»Hey, Süße«, flüsterte ich zurück.

»Okay, dann werd ich euch zwei mal allein lassen«, sagte Annie. »Eine kalte Dusche ist der einzige Weg aus diesem Dilemma.«

»Ich freu mich, dich wiederzusehen, Annie.«

»Ich mich auch, Kleines«, rief sie über die Schulter zurück, während sie den Flur hinunterschlurfte.

Ich schob Edie ein Stück zurück und sah sie mir genau an. »Du siehst toll aus. Setz dich. Ich mache dir etwas zu essen.«

»Nicht nötig, wirklich.«

»Dann einen Smoothie. Ich habe alles an Obst, was du magst.«

Edie schimpfte über ihre Mutter, während ich das Obst zusammensuchte und wusch und wir wie von allein in unser gewohntes Muster zurückfanden. Ich weiß nicht, was als Nächstes geschah, doch plötzlich stand ich in einer violetten Pfütze. Ein Klumpen fiel aus meinen Haaren und landete mit einem lauten Platschen auf dem Boden. Edie und Annie standen entgeistert in der Tür. Annie hatte sich umgezogen, und ihre Haare waren nass. Ich war vollkommen verwirrt. Ich wusste, dass irgendetwas in dieser Küche fürchterlich schiefgelaufen war, doch ich wusste nicht, was genau oder was ich damit zu tun hatte.

Annie fand als Erste ihre Sprache wieder. »Heilige Scheiße. Was ist denn jetzt schon wieder passiert?«

Edie wandte sich Annie zu. »Ich war nur kurz im Bad, zwei Minuten, höchstens.«

Ich erinnerte mich. Ich wollte Edie einen Smoothie machen.

Annie nahm den Deckel, der zum Mixer gehörte, von der Arbeitsplatte und fuchtelte damit vor mir herum. »Den hast du vergessen draufzumachen, du Esel.« Sie lachte und fing an, die Arbeitsplatte abzuwischen. »Edie, in dem Schrank hinter dir sind Eimer und Schrubber. Setz sie hin, dann mach dich nützlich.«

Ich sah ihnen dabei zu, wie sie mein Chaos beseitigten. Sie lachten jetzt miteinander, doch ich hatte ihn gesehen, den kurzen Blick, den sie ausgetauscht hatten, den Schreck in Edies Augen. Ich wusste, was sie dachten, aber nie sagen würden. Arme, alte Frances, ihr Verstand ist futsch. Bei jedem anderen würde man es als einen dummen Fehler abtun, aber bei mir, einer übergenauen Frau mit einem Kopf voller Tumorzellen und einem Blutkreislauf voller Betäubungsmittel, war es ein unleugbares Zeichen dafür, was kommen würde.

Ich wusch mich, und Annie zog los, um Mrs Dillon noch ein paar Gläser Marmelade abzuschwatzen. Edie und ich setzten uns aufs Sofa, um uns zu unterhalten. Mein Missgeschick wurde mit keiner Silbe mehr erwähnt, alles drehte sich um Edies Freund Tareq. Sie zeigte mir ein Bild von ihm auf ihrem Handy. Ein dunkles, schmales Gesicht, eingehüllt in schwarze Locken, strahlend weiße Zähne. Er war zweifellos umwerfend, aber das war kein Junge – das war ein erwachsener Mann, mit dunklem Brusthaar, das aus seinem T-Shirt herausschaute. Mein Herz machte einen kleinen Satz.

»Er sieht aus wie ein Filmstar«, sagte ich, dann hielt ich einige Sekunden inne. »Und er wirkt ein bisschen älter als du.«

»Er ist gerade mal achtzehn, okay, wird nächsten Monat neunzehn. Er kommt aus Syrien. Er ist vor ein paar Jahren mit seiner Familie hierhergekommen. Er spricht vier Sprachen und wird Internationale Entwicklung studieren. Er will sich auf Flüchtlingsthemen spezialisieren.«

»Solange er dich gut behandelt, bin ich mit ihm einverstanden. Kennen deine Eltern ihn schon?«

»Nein. Ich schätze, ich warte noch auf den richtigen Moment. Ich hab Angst, dass Mom über ihn herfällt, ihn mit peinlichen Fragen löchert. Danach wird sie über mich herfallen wegen seines Alters, du weißt, was ich meine?«

Ich wusste es nur zu gut, aber nach allem, was ich gehört hatte, würde sie es schwer haben, an ihm herumzunörgeln. Er hatte ein vom Krieg erschüttertes Land verlassen, sich in ein neues integriert, in der Schule geglänzt und gleich mehrere Stipendien für die Uni erhalten. Seine Familie klang herzlich und freundlich, und er schien meine hohen Ansprüche zu erfüllen, die ich hatte, wenn es um Edies Wohl ging. Sollte Liz Cleary das nicht beeindrucken, war da immer noch sein gutes Aussehen, auf das sich zurückgreifen ließ. Ich wusste, dass er nicht der Eine war – es würde eine ganze Reihe ebenso unwiderstehlicher Freunde nach ihm geben –, aber er war derjenige, bei dem Edie Trost suchen würde, wenn ich starb. Ich nahm ihr Telefon, um ihn mir noch einmal anzusehen. Ich betrachtete sein hübsches Gesicht mit dem strahlenden Lächeln und flüsterte ihm zu, ihr beizustehen.

Annie und ich waren zu nichts zu gebrauchen. Edie hatte Erbarmen mit uns und begnügte sich damit, mit den beiden altersschwachen Hauskatzen herumzulümmeln. Wir bekochten sie und lachten über die Geschichten, die sie uns über jugendlichen Leichtsinn erzählte, bis die Sonne am Horizont versank. Dann erst wagten wir uns nach draußen. Die Abendluft war immer noch stickig und legte sich mir zusammen mit dem Zigarettenrauch, den ich einatmete, auf die Brust. Edie war ungewöhnlich still, als wir die Zigaretten hervorholten. Sie beobachtete kommentarlos und aus sicherer Entfernung, wie ich mir eine zweite ansteckte, und ich verstand, dass sie es akzeptiert hatte. Ihr Telefon klingelte, und sie spazierte barfuß im Gras umher, lachte und warf ihre Haare auf eine Art zurück, wie ich es noch nie bei ihr gesehen hatte, ein kunstvoller Reflex, ausgelöst durch Tareqs Stimme.

Ich fügte mich Annies Obergrenze von einem Whisky. Sollte das Wetter halten, würde Edie am nächsten Morgen erst Ruhe geben, wenn ich bis zur Taille mit ihr im Ozean stand, und ich konnte mir eine weitere Nacht wie die vorherige nicht leisten. Ich ging früh ins Bett, nahm meine Tabletten und wartete darauf einzuschlafen, doch ich fiel lediglich in einen kurzen Halbschlaf, aus dem ich panisch und hellwach wieder hochfuhr. Der Tod umzingelte mich erneut, riss mich in eine Spirale der Angst. Ich knipste das Licht an, setzte mich auf die Bettkante, versuchte zu atmen, meinen Puls zu beruhigen und den Krawall in meinem Kopf zu entschärfen. Eine Handvoll kaltes Wasser ins Gesicht. Langsame Runden durch das Zimmer. Fernseher an, dann wieder aus. Noch mal kaltes Wasser. Als ich schließlich das Gefühl hatte, es nicht mehr auszuhalten, öffnete ich die Tür und ging zu Angelas ehemaligem Zimmer. Edie saß im Bett und tippte auf ihrem Telefon herum.

»Oh, gut, du bist noch wach«, sagte ich.

»Was ist los? Geht's dir schlecht?«

»Nein, ich bin nur unruhig. Leistest du mir Gesellschaft?«

»Klar.« Sie verschickte eine letzte Nachricht und folgte mir den Flur hinunter.

Wir lagen schwitzend nebeneinander unter meiner Decke, während der Ventilator in der Ecke die feuchte Luft im Raum verwirbelte.

»Edie, würdest du mir einen Gefallen tun?«

»Klar. Alles was du willst.«

Ich griff unter mein Kissen und holte das muffige Buch hervor. »Lies mir das vor.«

Sie rückte ein Stück näher und schlug die erste Seite auf. Ich atmete den mir so vertrauten Duft ihrer Haut und Haare ein, lauschte ihrer gedämpften, melodischen Stimme, während sie die Worte meiner Kindheit aufleben ließ, und schlief ein.

»Frances! Himmelherrgott, jetzt komm endlich. Edie zerfließt im Auto.« Annie schrie aus der Diele. Sie verlor langsam, aber sicher die Geduld.

»Bin gleich da. Nur noch eine Minute.«

»Das Rad der Zeit, alte Frau.«

Ich hörte, wie die Haustür ins Schloss fiel, während ich mich ein letztes Mal vor dem Spiegel drehte. Ich besaß keinen eigenen Badeanzug, hatte seit meiner Kindheit keinen mehr besessen. Der, den ich trug, ein pinkfarbener Einteiler mit Spaghettiträgern, war ein ausrangiertes Modell von Angela. Gütiger Gott, welch einen Anblick ich bot. Knubbelig, knorrig, knittrig. Hervorstehende Knochen und eingefallene Höhlen. Hängebrüste, die hinter geformten Körbchen baumelten. Ich zog mir ein Trägershirt über und schlüpfte in eine kurze, weiße, ausgefranste Baumwollhose, ebenfalls aus Angelas Mottenkiste, durch die mein pinkfarbener Hintern hindurchleuchtete.

Ich setzte mich auf den Beifahrersitz, dank der voll aufgedrehten Klimaanlage war es im Auto inzwischen angenehm kühl, und Annie musterte mich.

»Du hast dein T-Shirt falsch herum an.«

Ich sah an mir herunter. Richtig. Sogar doppelt falsch herum. Ich zog es aus und legte es mir in den Schoß, unsicher, wie man es richtig anzog.

»Das liegt daran, dass ich mich so beeilen musste. Ich ziehe es an, wenn wir da sind. Fahren wir jetzt oder nicht?«

Der Strand war brechend voll, der halbe Ort tummelte sich am Wasser, um sich abzukühlen. Auf dem alten Ruderboot wimmelte es von Kindern, und es gefiel mir gar nicht, wie sie darauf herumkletterten, Eis auf die Sitzfläche tropfen ließen, es mit ihren klebrigen Händen hin und her schaukelten. Ich funkelte sie im Vorbeilaufen böse an und erhielt im Gegenzug einen dreckigen Mittelfinger entgegengestreckt. Der Lärm der Menschen zusammen mit dem Tosen der Brandung war erdrückend, kaum zu ertragen, und auf meinen Wunsch hin trotteten wir bis ans Ende des steinigen Strandes, so weit weg von den Massen wie nur möglich.

Wir klappten unsere Stühle auf, öffneten die kleine Kühlbox mit Getränken und Sandwiches und sahen uns das überdrehte, sommerliche Schauspiel an, das sich uns bot. Schon bald würden kalte Winde toben, Raureif würde die Bäume der umliegenden Wälder überziehen, riesige Eisbrocken würden von den Gletschern abbrechen und vor der Küste treiben, doch heute gab es nur Sonnencreme und nackte Füße und stolz zur Schau gestellte Körper.

»Schaut euch die an. Makellos«, sagte Annie, als drei geschmeidige, junge Frauen aus dem Wasser kamen und auf ihre sie anhimmelnden Freunde zuliefen. »Oh, wie gut ich mich an diesen Effekt erinnere.«

»Annie war immer die Königin der Küste«, sagte ich zu Edie. »Sie war die Raquel Welch von Safe Harbour.«

»Wer ist Raquel Welch?«, fragte Edie.

Annie verdrehte die Augen. »Eine, die sich wünscht, sie wäre so umwerfend gewesen wie ich damals. Ich war eine Granate, Edie. Und soll ich dir was sagen? Ich wusste es. Ich hab es nach allen Regeln der Kunst ausgenutzt, und noch mehr. Aber egal, die Zeiten sind vorbei.«

Nicht ganz. Annie war immer noch ganz die Strandschönheit. Ihr Körper hatte den Gezeiten weitaus besser standgehalten als meiner. Bis auf die Rundungen am Bauch und die blassen, silbrigen Streifen, die Schwangerschaften mit sich brachten, sah sie fast genauso aus, wie ich sie in

Erinnerung hatte. Kräftige Arme und Beine mit Muskeln, die von glatter, makelloser, schnell bräunender Haut an Ort und Stelle gehalten wurden. Zierliche Hände und Füße mit perfekt gefeilten Nägeln. Männer warfen ihr immer noch bewundernde Blicke zu – daran hatte sich nichts geändert. Was sich geändert hatte, war, dass es sie nicht mehr zu interessieren schien.

Edie nahm ihr Handy aus der Tasche. »Yesss!« Sie ballte effektvoll die Faust. »Meine Damen, wir haben milde neunundzwanzig Grad. Frances, du gehst mit rein.« Sie zog ihr T-Shirt aus und schlüpfte aus ihrer Hose. Sie trug einen glänzend schwarzen Badeanzug, mehr für Sportlerinnen als für Pin-up-Girls gemacht. Die Lage wurde ernst. »Na los, steh auf! Abgemacht ist abgemacht, stimmt's, Annie?«

»Geh schon, Frances. Es wird dir guttun. Ich werde euch von den billigen Plätzen aus zuschauen und das freudige Ereignis für die Abendnachrichten filmen. Die alte Frau und das Meer.« Sie nickte mir aufmunternd zu.

Ich enthüllte meine pinkfarbene Pracht und nahm Edies Hand. Die Steine brannten unter meinen Füßen, bis ich die erste kalte Welle des Atlantiks über meinen Zehen spürte. Ich riss Edies Hand zurück. Erschrocken drehte sie sich zu mir um.

»Willst du nicht rein?«

»Dieses Wasser und ich haben eine lange Geschichte. Lass mir einen Moment Zeit.«

Zögernd machte ich ein paar Schritte vorwärts, meine Füße glitten und rutschten über die abgerundeten Steine. Das Meer drückte gegen meine Knie, und glibberiges Seegras wickelte sich um meine Knöchel. Der Tintenfisch beugte sich vor, eine Augenbraue interessiert hochgezogen.

Ich watete bis zur Taille weiter. Noch ein Schritt und eine Welle gegen meine Brust. Salz spritzte an meine Lippen. Als die nächste Welle auf mich zukam, ließ ich Edies Hand los, atmete tief ein und ließ mich fallen. Ich tauchte unter, kraft- und wehrlos, bis sich mein Körper an die Bewegungen erinnerte, die er machen musste, um mich vorwärts durch das dunkle grüne Wasser zu tragen, über den felsigen Grund hinweg, hinaus in das tiefe klare Wasser. Ich hob die Arme über den Kopf und ließ mich in die kühle Stille hinabsinken, wartend und lauschend, bis ich keine Sekunde länger den Atem anhalten konnte, dann schoss ich an die Oberfläche und schnappte nach Luft. Ich drehte mich zum Horizont, schloss die Augen und lauschte erneut auf den Ruf aus der Tiefe, mich den Toten anzuschließen. Ich hörte nichts außer meinen keuchenden Atemzügen, dem Kreischen der Möwen und leisem Applaus vom Tintenfisch.

Ich war überwältigt von der allgegenwärtigen Schönheit – der belebenden Kälte, dem schimmernden Sonnenlicht, dem rhythmischen Hin- und Herschaukeln, während ich auf dem Rücken lag und in den Himmel lächelte. Rings um mich herum Wasser, das einen unglaublichen Durst stillte, von dem ich nicht einmal wusste, dass ich ihn hatte. Ich hatte dem Ozean die Stirn geboten und gewonnen, mein Preis diese Heimkehr, von der ich jetzt wusste, dass ich sie verdiente. Ich konnte mich nicht erinnern, mich jemals im Leben so lebendig gefühlt zu haben, so überglücklich. Ich hatte keine Sorgen und war an nichts gebunden. *Schwerelos.*

Ich ließ mich treiben, bis ich spürte, wie mir das Salz und die Sonne im Gesicht brannten, dann paddelte ich zurück an den Strand, an dem zwei Frauen standen – die eine jung und schlank und blond, die andere älter, wohlgeformt mit dunklen Locken. Sie lachten und winkten und riefen meinen Namen. Sie sahen glücklich aus, wer immer sie waren.

18

Es war die Hitze, sagten sie. Die Hitze und die Anstrengung. Der Schock durch das kalte Wasser. Schmerzmittel, Erschöpfung, Flüssigkeitsmangel – jede auch nur halbwegs plausible Erklärung wurde dafür herangezogen, warum ich mehrere Minuten brauchte, um Annie und Edie zu erkennen, jede, außer der offensichtlichen.

Ich war nach meiner Wiedervereinigung mit dem Ozean in einem Zustand auf sie zugestolpert, der einer Ekstase nahekam. Sie sahen freundlich aus, doch abgesehen davon sagten mir ihre Gesichter nichts. Ich stellte mich ihnen vor, und Chaos brach aus. Das Mädchen sah mich erschrocken, beinahe verängstigt an, die Frau wirkte verärgert. Sie wiederholten immer wieder ihre Namen, forderten mich auf, meinen zu sagen und ihnen den Namen des Ortes zu nennen. Sie führten mich zu einem Stuhl, wickelten mich in ein Handtuch, rieben mir die Schultern und gaben mir Wasser zu trinken. Ich teilte zu keinem Zeitpunkt ihre Besorgnis, zumindest nicht soweit ich mich erinnere. Während sie um mich herumschwirrten, fiel mir alles wieder ein. Annie und Edie. Alles war gut, auch wenn der Zustand, in dem sich die beiden befanden, auf etwas völlig anderes schließen ließ. Entgegen ihrer Auffassung und einiger ziemlich zwingender gegenteiliger Beweise zum Trotz fühlte sich mein Kopf in diesem Moment klarer an als je zuvor, frei von Sorge, jegliche Nervosität hatte sich in Luft aufgelöst und war verschwunden. Sicher, ich war aufgeregt – mein Herz raste, ich war außer Atem, rot im Gesicht und zerstreut –, doch für mich war es nichts weiter als Freude, die Amok gelaufen war.

Die Heimfahrt verlief schweigsam. Ich saß auf dem Rücksitz und war nicht im Geringsten beunruhigt. Ganz im Gegenteil. Der Tintenfisch müsste sich schon mehr einfallen lassen, um mich aus meiner neu gewonnenen Ruhe zu bringen. Nicht einmal der Anblick der Kirche verdarb mir die Stimmung. Mir kam der Gedanke, dass sich andere Menschen immer so fühlten. Sie waren tage-, monate-, ja sogar jahrelang mit sich und der Welt zufrieden. Ich bin mir nicht sicher, ob ich gewusst hätte, was ich mit mir hätte anfangen sollen, wäre das früher passiert. Sicher war nur die Sonne in meinem Gesicht, die Stimmen meiner Freundinnen im Auto, die Annehmlichkeiten, die in Annies Haus auf mich warteten, und ein ganzer Ozean, der mir nichts zu sagen hatte außer »Willkommen daheim«.

Edie verschwand, um zu duschen, und ich lief den Flur hinunter, um das Gleiche zu tun, als Annie mir eine Hand auf den Unterarm legte.

»Wir müssen darüber reden, was da gerade passiert ist.«

»Ich habe doch gesagt, dass es mir gut geht.«

»Frances, du hast uns nicht erkannt.«

»Fünf Minuten lang. Hör zu, ich hatte da draußen im Wasser einen echt großen Moment. Eine Art heilende Erfahrung oder so etwas.«

Sie sah mich fragend an und deutete mit zwei Fingern auf ihren Kopf. »Du meinst eine Wunderheilung?«

»Nein, nicht so etwas. Eine Heilung der Seele. Ach, ich weiß auch nicht, wie ich es beschreiben soll.« Ich hob die Hände in die Luft, schloss die Augen und wiegte mich hin und her. »Ich habe Gott gesehen.«

»Du musst zum Arzt.«

Ich ließ die Arme fallen und griff nach ihren Händen. »Annie, das war ein Witz.«

»Ruf deine Ärztin an.«

»Um ihr was zu sagen? Dass ich vergesslich bin? Ich kann dir sagen, was sie antworten wird. ›Tja, so ist das halt, wenn einem ein großer Tumor im Kopf wächst.‹«

»Vielleicht gibt es ein anderes Medikament. Was weiß denn ich.« Sie beugte sich vor und senkte die Stimme. »Frances, sie hat sich zu Tode erschreckt.«

»In Ordnung, ich rede nachher mit ihr.«

»Und vorher solltest du dich vielleicht ein bisschen hinlegen, hm?«

»Auf gar keinen Fall. Ich kriege jetzt kein Auge zu. Dafür fühle ich mich viel zu gut, ehrlich.« Ich packte sie an den Schultern. »Hast du mich vorhin im Wasser gesehen? Ich sage dir, ich habe mich noch nie so gut gefühlt.«

»Okay, okay«, sagte sie lachend. »Ich werde den Teufel tun und dir das ausreden. Aber du sprichst mit Edie, ja?«

»Ja, habe ich doch gerade gesagt. Kann ich jetzt duschen?«

Sie machte eine Kopfbewegung in Richtung meiner Zimmertür und hielt mir drohend einen Finger vors Gesicht. »Aber heute Abend keinen Whisky.«

Ich drehte mich um und lief lächelnd den Flur hinunter. Viel Glück dabei, Mama Malone.

Bis zum Abendessen schienen Aufregung und Ärger der beiden verflogen zu sein. Edie war die übliche Plaudertasche, während wir draußen am Tisch saßen, ich mit einem Whisky in der einen Hand, einer Zigarette in der anderen, Annie mit den Händen in der Luft. Sie beschloss, mir meinen Willen zu lassen, und ging hinein, um den Abwasch zu erledigen.

»Edie, wegen heute«, fing ich an.

»Ja, das war echt schräg, oder?« Sie lächelte gequält und wand sich auf ihrem Stuhl, als wollte sie sich aus einer unerwünschten Umarmung lösen.

»Ich weiß, dass du dich erschreckt hast. Ich weiß, dass ich nicht wusste, wie du heißt, aber ich erinnere mich an deinen Gesichtsausdruck.«

»Ich hab mir nur Sorgen gemacht, das ist alles.«

»Worüber hast du dir Sorgen gemacht?«

Sie antwortete nicht.

»Es ist unabwendbar. Das weißt du.«

»Es ist nur, es scheint dir doch gut zu gehen. Du siehst nicht mal krank aus.«

Eine dicke Träne lief ihr die Wange hinunter und tropfte von ihrem Kinn auf den Tisch. Ich streckte eine Hand aus und wischte ihr mit den Fingerspitzen über die Backe.

»Ich nehme viele Medikamente. Sehr viele.«

»Und vielleicht ist es genau deshalb passiert. Vielleicht hast du zu viele genommen.«

»Ja, das stimmt, es könnte an den Medikamenten gelegen haben oder an der Hitze – alles, was du und Annie gesagt haben, könnte dabei eine Rolle gespielt haben. Aber der wahrscheinlichste Grund ist das Ding in meinem Kopf.« Ich klopfte mir gegen den Schädel. »Edie, Liebes, ich kann immer schlechter sehen, meine Beine sind schwach, mein Gleichgewicht ist nicht in Ordnung. Ich bin ständig erschöpft, dann die Anfälle und jetzt mein Gedächtnis. So ist die Entwicklung. Der Lauf der Dinge.«

»Ich will das nicht.«

»Wir wollen das beide nicht. Aber wenn wir mal alle Probleme außer Acht lassen, kann ich dir eins sagen: Ich habe mich nie besser gefühlt als heute. Da draußen im Wasser zu sein – mein Gott, das war unglaublich. Und das verdanke ich dir. Du hast mich an die Hand genommen und mich hineingeführt. Das ist wirklich eine Gabe. Ich werde das nie vergessen. Und du solltest es auch nicht.«

»Frances, glaub mir, ich werde nichts von alldem je vergessen.«

Sie reichte mir eine Zigarette und gab mir Feuer, dann lief sie auf die Wiese. Sie schlug drei perfekte Räder, dann blieb sie grinsend mit der glühenden Abendsonne im Rücken stehen. Sie hatte noch nie so hübsch ausgesehen, dieses Mädchen, halb Kind, halb Frau, beide im Einklang in einem Körper. Gewiss, sie war mit allem gesegnet, was man für Geld kaufen und nicht kaufen konnte, ihr Schicksal längst vorgezeichnet, bevor ich in ihr Leben getreten war, und trotzdem sagte ich mir gern, dass ich einen Anteil, und sei er noch so klein und unbedeutend, daran gehabt hatte, dieses wundervolle Geschöpf zu formen, und mit diesem Wissen den Schritt ins Jenseits zu gehen, war das, womit ich gesegnet war.

Edies Telefon klingelte. Sie rannte zum Tisch zurück, um den Anruf anzunehmen. Sie sah mich an, formte »Tareq« mit den Lippen und schlenderte wieder auf die Wiese hinaus.

Annie ließ sich in den Stuhl mir gegenüber fallen. »Mein Gott, bin ich groggy. Schenk mir auch ein Glas ein. Ein großes.« Sie trank einen Schluck und leckte sich die Lippen. »Ah, das tut gut. Sieh sie dir an. So wie sie kichert und ihre Haare zurückwirft, würde ich sagen, sie telefoniert mit ihrem Freund. Himmel, sie ist total verknallt, das arme Häschen. Sie hat keine Ahnung, dass der Höhenflug die Bruchlandung nicht wert sein wird. Aber gut, so läuft es nun mal. Weißt du, die Leute sagen immer, ›Hätte ich damals gewusst, dass‹, und so weiter, aber ich wette, ich hätte mich trotzdem von jeder Klippe gestürzt.«

»Niemand kann aus seiner Haut«, sagte ich. »Aber bereust du es wirklich, dass du dich auf Anthony gestürzt hast?«

»Ach, ich weiß auch nicht. Sobald Kinder im Spiel sind, lässt sich das nicht mehr so einfach sagen.«

»Dabei fällt mir ein, was du vor Kurzem am Auto zu mir gesagt hast. Dass du glaubst, nur geheiratet zu haben, um meinen Makel von dir abzuschrubben.«

Sie zuckte zusammen und schwenkte ihren Whisky, bevor sie das Glas an die Lippen setzte und einen weiteren großen Schluck nahm. »Es war dumm und gemein, das zu sagen, und schlichtweg gelogen. Ich glaube, dass du eine Art Kompass für mich warst, jemand, der mich immer daran gehindert hätte, zu weit vom Kurs abzukommen. Ich wusste nicht, wie sehr ich mich auf dich verlasse, bis du weg warst, wobei wahrscheinlich nicht mal du es geschafft hättest, mir diese Hochzeit auszureden. Vielleicht wäre mein Leben komplett anders verlaufen, vielleicht aber auch genau gleich. Jedenfalls habe ich begriffen, dass niemand dafür verantwortlich ist, außer ich selbst.« Sie zündete sich eine Zigarette an, nahm einen tiefen Zug und sah Edie einen Moment lang dabei zu, wie sie über den Rasen spazierte. »Wie heißt noch mal dieses Sprichwort? Das Herz will, was es will, oder so ähnlich.«

»Glaubst du, dass du noch mal heiraten wirst?«

Sie lachte. »Heiraten? Großer Gott, Frances, ich weiß nicht mal, ob ich mich jemals wieder flachlegen lasse.«

»Aber was hast du dann vor? Ich meine, schau dich an. Du bist schöner als die Hälfte aller Frauen im Fernsehen.«

Sie warf ihre Haare zurück und lächelte. »Da kann ich dir nicht wiedersprechen, aber hier in der Gegend gibt es niemanden, der die Mühe wert wäre, so viel ist sicher. Ehrlich, ich hab einfach keine Lust. Dieses ganze Tamtam, verstehst du?«

»Was meinst du?«

»Na, das ist doch alles eine Riesenshow, oder etwa nicht? Dieses ganze Herausgeputze und Getue. Schau dir Angela an. Falsche Bräune, falsche Wimpern. Ihre Freundinnen sind genauso. Laufen mit haarlosen Muschis durch Safe Harbour. Fragt man sie warum, dann sagen sie, sie tun es für sich. Ich bitte dich, wer in Gottes Namen lässt sich nur für sich brühend heißes Wachs auf seine Mumu schmieren?«

»Hast du?«

»Hab ich was?«

»Dir deine Mumu wachsen lassen?«

»Für kein Geld der Welt. Aber ich habe genug andere Dummheiten gemacht. Ich besitze mehr Dessous, als ich jemals tragen kann. Weiß der Geier, wie viel Geld ich im Laufe der Jahre fürs Haarefärben und für Schminke ausgegeben hab. Und wie oft ich die Beine breit gemacht hab, nur um Anthony davon abzuhalten fremdzugehen. Ich war fix und fertig von den Kindern, und er kam halb besoffen und geil nach Hause, und ich ließ ihn machen und tat so als ob. Er lehnte sich zurück, als hätte er mir gerade den Himmel auf Erden bereitet, und ich log und erzählte ihm, wie toll er gewesen sei. Das klingt jetzt, als wäre Sex unser einziges Problem gewesen, aber das war noch das geringste. Ich glaube einfach, dass er sich nie wirklich für mich interessiert hat. Als Mensch, meine ich.«

Ich hatte keine Ahnung, was ich darauf sagen sollte, keine Bezugspunkte, um über die Szenen einer Ehe zu sprechen. Alles, was mir dazu einfiel, war etwas, das ich mit Sicherheit wusste. »Nun, er ist ein Idiot.«

»Ja, aber da ist er nicht der Einzige, oder? Erinnerst du dich an Sharon Gulliver? Sie war zwei Klassen unter uns. Wir waren jahrelang eng miteinander befreundet, bis sie nach Toronto gezogen ist. Ihr Mann ist vor einiger Zeit gestorben, und letztes Jahr hab ich sie besucht. Sie hatte gerade diesen neuen Mann kennengelernt und machte haargenau den gleichen Scheiß, einschließlich dem Wachsen. Knapp über fünfzig und redet davon, sich die Brüste machen zu lassen. Ich hab mir nur gedacht: ›In welchem Alter hört das alles auf?‹ Ich hab sie gefragt, worüber sie sich mit ihm unterhalten würde, und sie konnte mir kein einziges tiefgründiges Gespräch nennen, das sie je mit ihm geführt hatte. Wie auch immer, sie beschloss, mich mit dem Kumpel ihres Freundes zu verkuppeln. Ganz netter Kerl, gut aussehend, erfolgreich, und ich dachte mir: ›Scheiß drauf, warum eigentlich nicht?‹ Er lädt mich zu einem tollen Abendessen ein, scheint mich kennenlernen zu wollen, stellt mir alle möglichen Fragen über meine Vergangenheit, was ich mir heute vom Leben wünsche und so weiter. Wir fahren in seine Wohnung, trinken was, landen im Bett. Und dann sagt er mir doch glatt, dass er einen Porno braucht, um zu kommen. Nicht vorher, wohlgemerkt – währenddessen.

Und was mache ich? Ich lächle und sage: ›Okay.‹ In nicht mal drei Minuten ist er fertig, und bevor sein Schwanz trocken ist, fängt er an, von einem frühen Meeting zu faseln, und schwups sitze ich in einem Taxi. Ich hab nie wieder was von ihm gehört. Ich meine, wenn das als Nächstes auf mich wartet, dann gehe ich lieber mit einem Schinken-Käse-Sandwich und einer Flasche Wein ins Bett.«

Ich lachte. »Tut mir leid, das ist nicht lustig. Du hast einfach noch nicht den Richtigen kennengelernt. Jemand, bei dem du einfach du selbst sein kannst.«

»Nee, das Thema ist durch. Ich gefalle mir besser ohne Mann um mich herum. Obwohl ich darüber nachdenke, mir einen neuen Vibrator anzuschaffen. Einen, der mich so liebt, wie ich bin. Egal, ich habe das Gefühl, immer nur über mich zu reden. Wie geht es dir?«

»Schwindelig, schwach, müde, permanent Kopfschmerzen. Alles in allem gar nicht so schlecht für eine Halbtote.«

»Hast du mit Edie geredet?«

»Ja, sie kommt zurecht.« Ich schaute in Edies Richtung. Sie telefonierte immer noch. »Tareq heilt alle Wunden, wie du siehst.«

»Was hältst du davon, wenn wir morgen Abend ausgehen? Edie fährt am Vormittag, oder? Wir machen uns einen faulen Tag, du ruhst dich schön aus, dann gehen wir runter in die Bar was trinken. Musik gibt's auch.«

»Den Ort aufmischen?«

»Genau. Komm schon, es wird dir guttun.«

»Also gut. Aber ich will mich ein bisschen zurechtmachen. Nicht für jemand anderen, nur für mich. Aber kein Wachsen. Ich lasse der alten Mumu freien Lauf.«

»Das ist die richtige Einstellung.«

Edie suchte aus, was ich am nächsten Abend anziehen sollte, dann las sie mir wieder vor, bis ich einschlief. Am nächsten Morgen lag sie immer noch neben mir im Bett, ihre Kleidung zerknittert, die Haare klebten ihr seitlich am Kopf. Ich betrachtete sie im Schlaf, voller Bewunderung dafür, dass sie mich Tareq ein ganzes Wochenende lang vorgezogen hatte – eine Ewigkeit für zwei Jugendliche, die einander gerade entdeckten. Ein paar Stunden später standen wir in der Auffahrt und umarmten uns, und wieder überließ ich es Edie, sich als Erste aus der Umarmung zu lösen.

»Und du bist dir sicher, dass du FaceTime runtergeladen hast?«, fragte sie.

»Ja. Wir probieren es morgen Abend aus. Vergiss nicht, mir ein Bild von dir und Tareq zu schicken. Und pass auf dich auf. Du weißt, was ich meine.«

»Mach dir um mich keine Sorgen. Pass du nur gut auf dich auf. Ich komme in ein paar Wochen wieder, okay?«

Es gelang mir, nicht zu weinen, als sie ging, auch wenn ich mir dafür fast durch die Wange beißen musste. Ich vermutete, dass es ihre letzte Erinnerung an mich sein würde, daher lächelte ich, winkte und stand aufrecht. Ich tat mein Bestes, um gelassen und elegant auszusehen. Ich verbrachte den Rest des Tages im Bett, wo ich zwischen Schlafen und Weinen hin und her wechselte.

Am frühen Abend hatte die Hitze nachgelassen, die Luft war gereinigt und wieder kühl und frisch. Annie machte uns ein leichtes Abendessen, dann verschwand sie in ihr Zimmer, um sich fertig zu machen. Sie kam in mein Zimmer stolziert, ein Geist aus meiner Jugend in einer engen Jeans und einem eng anliegenden rosafarbenen T-Shirt, mit Lipgloss und glänzenden Haaren.

»Annie Malone, die Götter haben es gut mit dir gemeint.«

Sie hatte ein kleines rotes Schminktäschchen dabei. Sie umfasste mein Kinn, strich sanft mit einem Pinsel über meine Wangen, dann mit einem anderen über meine Augenlider, tuschte meine Wimpern und tupfte fruchtig riechenden Balsam auf meine Lippen.

»Fertig. So ist es besser«, sagte sie und begleitete mich zum Spiegel.

Soweit ich es erkennen konnte, hatte sie recht. Es war besser, aber trotzdem nur eine dünne Lackschicht über einer Wahrheit, die kein Make-up der Welt kaschieren konnte. Die eingefallenen Wangen und die fahle Haut, die gegen die kräftige Puderschicht ankämpften. Ich fragte mich kurz, ob ich grotesk wirkte. Ich stellte fest, dass es mir egal war.

Die Seahorse Tavern war ein altes, weiß getünchtes Haus in Küstennähe. In meiner Jugend war es ein Wohnhaus gewesen, doch man hatte die örtliche Kneipe daraus gemacht. Ein bemaltes Holzschild schwang im Wind, die Tür glänzte in der Farbe eines Liebesapfels. Drinnen tauchten von der Decke hängende Glaskugeln die auf alt gemachten Holzdielen und vertäfelten Wände in warmes gelbes Licht. Vor einer spiegelblank polierten Bar aus dunklem Holz reihten sich Barhocker mit cognacfarbenen Ledersitzen. Alles trug die Handschrift eines Großstadtpinkels. Wären da nicht der Südküstenakzent und der Geruch von Bier und paniertem Fisch überall um mich herum gewesen, ich hätte niemals gedacht, dass ich zu Hause war.

Annie winkte und nickte im Vorbeigehen den Leuten zu, von denen mir einige bekannt vorkamen, blieb aber erst stehen, als wir die Bar erreichten. Ich konnte die Blicke der

Stammgäste auf mir spüren, und einen flüchtigen Moment lang begannen meine Nerven zu flattern, setzten kurz zum Flug an, landeten dann aber gleich wieder wohlbehalten, bevor sie ins Trudeln geraten und einen Absturz provozieren konnten. Ein junger Mann mit rötlichen Haaren und Sommersprossen auf den Unterarmen zapfte Bier.

»Hallo, Mrs Rideout. Was darf es heute Abend für Sie sein?«

»Christopher, ich bin nicht mehr Mrs Rideout, und du bist alt genug, um mich jetzt Annie zu nennen. Zwei Whisky Sours, bitte. Das ist meine Freundin Frances. Sie hat früher mal hier gelebt, sie ist hier aufgewachsen.«

»Ah, willkommen zurück«, sagte er und streckte mir eine fleischige Hand entgegen.

Hinter uns saßen zwei Männer vor einem gemauerten Kamin, einer mit einer Geige, der andere mit einem Akkordeon, und gaben die alten Klassiker zum Besten. Ich drehte mich um, um ihnen beim Spielen zusehen zu können. Niemand schenkte ihnen besondere Beachtung, doch ich konnte meinen Blick nicht von ihnen losreißen. Sie waren nicht die besten Musiker, die ich je gehört hatte, doch das spielte keine Rolle. Ihre Lieder waren Erinnerungen; meine Mutter und mein Vater lebten und atmeten in jeder Note, die sie spielten. Ich schloss die Augen, und die Musik umspielte mich wie eine herrlich kühle Brise.

Annie stupste mir mit dem Ellbogen in die Rippen, reichte mir ein neues Getränk und deutete mit einem Kopfnicken auf einen kleinen dickbäuchigen Mann, der geradewegs auf uns zukam. Seine Haare hingen in trockenen, dünnen Strähnen auf seinen Hemdkragen hinunter. Er torkelte leicht, hatte uns offensichtlich einige Gläser voraus. Seine

Haut war gerötet und ledrig, und als er lächelte, entblößte er spitze, gelbe Zähne.

Annie ließ den Kopf sinken und murmelte: »Oh, Gott, da kommt er. Safe Harbours begehrtester Junggeselle.«

»Annie, Annie, Annie«, sagte er. »Hinreißend wie immer, jaja.«

»Betrunken wie immer, jaja«, erwiderte Annie.

»Ach, komm schon, ich amüsiere mich bloß ein bisschen. Wen hast du denn da mitgebracht?« Annie wandte sich von ihm ab und mir zu. »Frances, das ist Donny Doyle.«

Ich nickte ihm zu und drehte mich wieder zu den Musikern um. Donny rief dem Barkeeper zu, uns zwei Getränke auf seinen Deckel zu bringen, doch Annie sagte, dass wir versorgt seien. Ich stand auf und fragte Christoper, wo ich die Toiletten finden würde, dann lief ich in den hinteren Teil der Kneipe. Ich trödelte in der Kabine herum in der Hoffnung, lange genug weg zu sein, um Donny nicht mehr anzutreffen. Als ich zur Bar zurückkam, saß er auf meinem Hocker.

»Los, steh auf, Donny«, sagte Annie. »Lass die Dame wieder auf ihren Platz.«

Er stand auf, ließ mir jedoch nicht genug Raum, um mich setzen zu können, ohne ihn zu berühren. Annie reichte mir ein neues Getränk, und ich drehte Donny den Rücken zu.

»Woher kommt die?«, fragte er Annie.

»Das ist Frances Delaney, du Trottel. Aus der Schule. Die Schlaue.«

»Ach ja. Dreh dich mal um, damit ich dich besser sehen kann.«

Ich warf ihm einen kurzen Blick über die Schulter zu, und er nickte.

»Genau. Jetzt erkenn ich dich«, sagte er.

Ich zuckte zusammen, als er mir eine Hand auf den Arm legte. »Warst du nicht die Kleine, die damals mit meinem Cousin Michael mitgegangen ist? In dieser Nacht draußen in der alten Hütte?«

»In Ordnung, Donny«, sagte Annie. »Frances und ich wollen über ein paar Frauensachen quatschen, also geh jetzt weiter, okay?«

»Oh, Annie, erinnerst du dich an diese Nacht? Das waren gute Zeiten.«

Er krallte seine Hände in Annies Oberschenkel, machte eine stoßende Bewegung mit seinem Becken und beugte sich vor, um sie zu küssen. Annie hob die Hand, um ihn wegzustoßen, und ehe ich mich's versah, hatte ich ihm mein Getränk ins Gesicht geschüttet, inklusive Kirsche.

»Verdammt, Weib«, rief er und taumelte rückwärts. »Was zum Teufel ist los mit dir?«

Annie starrte mich mit offenem Mund an, während Donny in Richtung Toilette stapfte. Dann brach sie in Gelächter aus und legte mir einen Arm um die Schulter. Ich griff nach ein paar Servietten, um den Bartresen abzuwischen, und stammelte Christopher eine Entschuldigung für die Sauerei zu, die ich gemacht hatte.

»Richtig so, Misses. Der Mann ist eine echte Plage«, sagte er und mixte mir ein neues Getränk. »Das hier geht aufs Haus.«

Wir waren um kurz nach elf wieder zu Hause. Annie hatte recht damit gehabt, dass mir ein Abend draußen guttun würde. Körperlich war ich geschafft, aber geistig in Hochstimmung. Ich war gerade ins Bett gekrabbelt, als sie mit einer Packung Schokoladeneis und zwei Löffeln in der Tür erschien. Wir lagen schweigend nebeneinander, sahen uns einen alten Schwarz-Weiß-Film an, den wir beide liebten, an dessen Titel wir uns jedoch nicht erinnern konnten, und ich wusste, dass alles, was zwischen uns schiefgelaufen war, endlich gerade gerückt und geklärt war, dass auch die letzten Hürden genommen und überwunden waren. Wir sind wieder in der Spur, dachte ich, während mir die Augen zufielen. Ich war fast eingeschlafen, als ich spürte, wie sie mich auf die Seite drehte. Ich schlug die Augen auf. Sie kam mir langsam näher und küsste mich. Ihre Lippen waren weich und kalt, und sie schmeckten nach Whisky und Schokolade. Sie zog sich zurück und sah mich prüfend an, dann kam sie wieder auf mich zu. Sie legte ihre Lippen auf meine und öffnete ihren Mund, dann teilte sie meine Lippen mit ihrer Zunge und bewegte sie langsam in meinen Mund. Sie gab ein leises Geräusch von sich, ein Seufzen, und plötzlich war ich hellwach, jede Zelle meines Körpers stand kopf. Mein Herz raste, und ich wurde von einer Hitzewelle durchzuckt.

Ich legte ihr eine Hand auf den Brustkorb und drückte sie ein kleines Stück von mir weg. »Annie, warte. Was machst du da?«

Sie zog ihr Nachthemd aus und warf es auf den Boden. »Ich springe von einer Klippe.«

Ich schloss die Augen und stürzte ihr hinterher.

19

Durch das Fenster konnte ich sehen, wie die Morgendämmerung den Himmel bereits milchig rosa färbte, und ich hatte noch nicht eine Minute geschlafen. Ich hatte die Nacht damit verbracht, wieder und wieder zu durchleben, was zwischen uns passiert war, etwas, das mit nichts zu vergleichen war, was ich je in einem Buch gelesen oder in einem Film gesehen hatte. Keine Köpfe, die zurückgeworfen wurden, kein wildes Aufbäumen, keine waghalsigen Manöver. Einfach zwei Mädchen in den Körpern älterer Frauen, die ohne Wegbeschreibung im Dunkeln herumtasteten. Herrlich, nichtsdestoweniger. Als wir uns schließlich voneinander lösten, legte ich mich auf den Rücken, schwach und erschöpft, so frei, als würde ich fliegen.

Jetzt schlief Annie tief und fest neben mir. Ich nahm eine schwarze, lockige Haarsträhne in die Hand und fragte mich, was sie von alldem halten würde, sobald die ersten Lichtstrahlen auf uns fielen. Ich fragte mich, ob sie es genauso sehen würde wie ich, als eine Art urtümliches Ritual, das einen weiterentwickelten Zweck erfüllte. Dass sie mir, wenn auch nur für ein paar Stunden, meinen Kummer genommen hatte und ich ihr ihren und dass sich irgendwo in dem Gewirr aus Händen und Füßen und allem, was dazwischen lag, alles aufgehoben hatte. Ich fragte mich außerdem, ob ich den höheren Zweck aufs Spiel gesetzt hatte – dass sie aufwachen und sich schämen und von mir abgestoßen fühlen würde, es als eine Dummheit und einen Gnadenakt betrachten würde und dann erleichtert wäre, mich los zu werden.

Sie bewegte sich, und ich stand leise aus dem Bett auf, um meine längst überfälligen Medikamente zu nehmen. Als ich zurückkam, räkelte sie sich wie eine faule Katze und lächelte, und ich stieß die Luft aus, die ich unbewusst angehalten hatte.

»Frances, ich würde sagen, wir haben den Rubikon überschritten. Überschritten und sämtliche Brücken hinter uns abgebrannt.«

Sie streckte die Hand aus, und ich hielt sie locker in meiner. Ich versuchte, etwas zu sagen, doch es gelang mir nicht.

Sie hob die andere Hand und legte sie mir an die Wange. »Du brauchst nichts zu sagen. Atme einfach. Setz dich einfach hin und atme, okay? Ich mache uns in der Zwischenzeit Frühstück.«

Ich setzte mich und atmete eine Weile, dann ging ich zu Annie nach draußen, wo sie den Tisch gedeckt hatte. Sie schlang einen Berg fluffiges Rührei hinunter, ließ ihre Gabel auf den Teller fallen und lachte in sich hinein.

»Ich sage dir, ich krieg das Bild von Donny Doyle nicht aus dem Kopf, wie ihm der Whisky vom Gesicht tropft. Für den Rest meines Lebens werde ich daran denken und lächeln, wenn ich deprimiert bin. Er hat's weiß Gott verdient.«

»Er hat sich nicht gut gehalten. Du kannst froh sein, dass du diese Klippe umschifft hast.«

»Ich habe nichts umschifft. Dieses Arschloch stand nie zur Debatte. Verkackt einen Job nach dem anderen. Sein

Aussehen hat er schon lange eingebüßt, und trotzdem treibt er sich da draußen rum und grabscht jede Frau an, die ihm über den Weg läuft. Nur Eier und kein Hirn. Im Grunde kann er einem leidtun.« Sie trank einen großen Schluck Tee und griff nach den Zigaretten. »Oh Gott, schau dir das an, ich rauche wie ein Schlot. Wenn du weg bist, muss ich mir den Mist erstmal wieder abgewöhnen.« Sie wurde kreidebleich. »Oh Frances, das tut mir leid. Oh Gott. Knall mir einfach eine. Ich hab das nicht so gemeint …«

»Schon gut«, sagte ich. Und ich meinte es so. Es war schon gut. Weniger das, was sie gesagt hatte, als vielmehr der Tod selbst. Er war diese eine Sache im Leben, auf die man sich wirklich verlassen konnte, und trotzdem erwischte er einen unerklärlicherweise jedes Mal eiskalt. Und je näher der Moment meines eigenen Todes rückte, desto klarer wurde mir, wie vollkommen alltäglich er war. Ich hätte gern mit ihr über solche Dinge gesprochen, doch was nützte es einer Frau, deren Kind zu Tode gekommen war, über das Sterben zu philosophieren? Ich wischte ihre Besorgnis beiseite. »Mach dir keine Gedanken, wenn du solche Dinge sagst.«

»Ich wollte nicht unsensibel erscheinen, vor allem nicht nach letzter Nacht.«

Meine Haut begann zu versengen. Oh, Annie, Annie, bitte lass uns auf das wesentlich angenehmere Thema meines Todes zurückkommen. Ich hatte keine Ahnung, wie man nach so viel Intimität weitermachte. Wurde erwartet, dass man zwanglos über Gänsehaut und Brustwarzen plauderte, die man zärtlich zwischen den Zähnen gehalten hatte? Über feuchte Körperöffnungen und das Hineingleiten von Fingern und Zungen? War es unhöflich, darüber zu sprechen, oder noch unhöflicher, sich darüber auszuschweigen? Mein

Kopf begann sich zu drehen, und ich entschied, freundlich und dankbar zu reagieren.

»Ja, letzte Nacht. Ich möchte mich für die schönen Stunden bei dir bedanken«, sagte ich.

»Hör sich das einer an. Wie förmlich. Ich glaube nicht, dass sich jemals jemand für Sex bei mir bedankt hat. Egal. Gern geschehen, kann ich da nur antworten. Es *war* schön, oder?«

»Dann bereust du es nicht?«

»Meine liebe Frances«, sagte sie, »ich bin oft am Morgen danach aufgewacht und habe es bereut, aber glaube mir, dieser Morgen zählt nicht dazu.«

Ich stocherte in meinem Frühstück herum und hielt meinen Blick auf den Teller gerichtet. »Sag mir eins, und sei ehrlich. Hast du das aus Mitleid mit mir gemacht?«

Sie trank einen Schluck Tee und stellte ihren Becher auf den Tisch. »Ja, ich denke schon.«

Die Antwort zu hören, die ich erwartet hatte, minderte keineswegs den Stich, den sie mir versetzte. Trotzdem lächelte ich. »Du brauchst es nicht schönreden. Raus damit.«

Sie lächelte zurück. »Es klingt schlimm, aber das ist es nicht. Ich bin diejenige, die gestern Nacht angefangen hat, und ja, ich hab's gemacht, weil du mir leidgetan hast. Aber wenn ich jetzt darüber nachdenke, hab ich mir selbst auch leidgetan.« Ihr Lächeln wirkte plötzlich wehmütig, und sie trank ihren Tee aus, bevor sie weitersprach. »Ich glaube nicht, dass ich meinen Körper jemals mit jemandem geteilt habe, der mich geliebt hat. Ich meine wirklich geliebt. Anthony nicht und auch sonst keiner von den Idioten, mit denen ich mich rumgewälzt habe. Und ich schätze, ich wollte einfach wissen, wie es sich anfühlt. Aber jetzt beantworte du mir auch eine Frage – diese Sache, die du für mich fühlst, ist die neu oder war die schon immer da?«

»Was meinst du?«

»Diese Liebe.«

Ich sah sie an, und jeder Augenblick, den ich je mit ihr verbracht hatte, spulte sich in meiner Erinnerung ab. Ich dachte an die Jahre mit ihr, die Jahre ohne sie, daran, wie sie in irgendeiner Form immer bei mir gewesen war. »Natürlich liebe ich dich. Das habe ich immer.«

»Nein, ich meine, wie lange genau bist du schon in mich *verliebt*?«

Der Tee in meinem Becher kräuselte sich, so sehr zitterte meine Hand. Der Tintenfisch beugte sich vor und trommelte ungeduldig mit einem Tentakel. Ich schloss die Augen. »Ich kann mich nicht erinnern, dass es jemals anders war.«

Ich weiß nicht, was ich erwartete – Erstaunen, Wut, Ekel –, doch als ich die Augen wieder öffnete, war da nichts dergleichen. Im Gegenteil, sie wirkte geschmeichelt und sah überaus zufrieden aus.

»Du bist nicht im Geringsten überrascht, oder?«

»Warum sollte ich? Die Hälfte aller Männer im Ort ist verrückt nach mir, und jetzt frage ich mich, ob nicht auch die Hälfte der Frauen von einer Nacht in meinem Bett träumt. Ich hab's zum ersten Mal vor ein paar Tagen kapiert, als du davon gesprochen hast, dass niemand aus seiner Haut kann. Dann habe ich mich daran erinnert, wie ich dir damals gesagt habe, dass Anthony übers Heiraten gesprochen hat – und weg warst du. Dann gestern Abend in der Bar. Du hast meine Ehre verteidigt wie eine Liebhaberin. Überall haben sich Teile eines riesigen Puzzles zusammengefügt. Wie auch immer, ich liebe dich auch, Frances. Vielleicht nicht auf die gleiche Art, aber trotzdem ist es Liebe. Und Mitleid hin oder her, ich wollte tun, was wir gestern Nacht getan haben, und es hat mir verdammt viel Spaß gemacht. Ich bin seit Jahren einsam und unglücklich, aber heute fühle ich mich wie neugeboren. Ganz ehrlich.«

Sie lehnte sich in ihrem Stuhl zurück und streckte ihr Gesicht in die Sonne. »Es war so anders als das, was ich mit Männern erlebt habe. Sanfter, langsamer. Nicht dieses Gegrunze und Pressluftgehämmere, auf das sie so scharf sind. Und wie kommt es, dass sie alle keinen blassen Schimmer zu haben scheinen, wie man eine Brust berührt? Ob es überhaupt einen gibt, der etwas anderes damit anzustellen weiß als kneten und drehen?«

»Das kann ich nicht sagen.«

»Nicht, wenn du mit Frauen schläfst, wohl wahr.«

»Darüber weiß ich auch nichts.«

Sie setzte sich kerzengerade auf. »Aber es gab doch sicher andere Frauen vor mir?«

Ich schüttelte den Kopf. »Mach dich jetzt bitte nicht darüber lustig.«

»Nein, nein, das würde ich nie. Ich kann mir nur einfach nicht vorstellen, ein ganzes Leben ohne zu verbringen. Die gute Nachricht ist dann wohl, dass ich damit die Beste bin, die du je hattest.«

Angela kam mit Stevie auf dem Arm durch die Terrassentür. »Worüber lacht ihr?«

»Du kommst genau richtig«, sagte Annie. »Wir reden über Sex.«

»Mutter, bitte.«

»Frances, wie du siehst, ist meine Tochter eher der prüde Typ. Trotz des Nebenprodukts von Sex auf ihrem Arm.«

»Ich bin nicht prüde. Ich frage mich nur, ob dieses Thema an den Frühstückstisch gehört.«

Annie schüttelte den Kopf. »Los, gib mir meinen Enkel, bevor deine viktorianischen Ansichten auf ihn abfärben.« Sie setzte sich Stevie auf die Oberschenkel und wiegte ihn hin und her.

»Wie geht es Ihnen, Frances?«, fragte Angela.

»Ganz gut, danke.«

»Ganz gut!«, rief Annie. »Du hättest sie mal gestern Abend im Seahorse erleben sollen. Sie hat Donny Doyle ihren Drink ins Gesicht gekippt. Und da stand er dann, tropfend und mit einer Cocktailkirsche dekoriert.«

»Annie«, sagte ich, »das musst du ihr doch nicht erzählen.«

»Da werde ich bestimmt nicht die Einzige sein. Du warst zu lange in der Stadt, Frances. Bis zum Mittagessen wird es der ganze Ort wissen. Ich wette, sie hat die Geschichte heute schon zweimal gehört.«

»Nur einmal«, sagte Angela. »Im Supermarkt.«

»Ha, was hab ich gesagt?« Annie lachte und zog alberne Grimassen für Stevie.

»Nun«, sagte ich naserümpfend, »er hat es verdient. Er hat deine Mutter angegrapscht.«

»Ich vermute, dass meine Mutter daran nicht ganz unschuldig war.«

»Vorsicht, Angela«, sagte ich. »Deine Mutter hat sich nur um ihre eigenen Angelegenheiten gekümmert.«

»Hör gar nicht hin. Sie will mich nur provozieren, was ihr heute nicht gelingen wird. Stimmt's, Stevie?«

Sie hob das Baby über ihren Kopf und machte Kussgeräusche.

»Mom, halte ihn nicht so hoch. Davon muss er spucken.«

Annie reichte Stevie ihrer Tochter zurück und warf mir einen abgekämpften Blick zu. »Angela, was kann ich heute für dich tun?«

»Ich hatte gehofft, du würdest ein paar Stunden auf ihn aufpassen. Ich will zum Friseur und mir die Nägel machen lassen.«

»Hau schon ab. Ich werde versuchen, ihn in deiner Abwesenheit nicht zu verderben.«

Angela gab ihr Stevie zurück, drehte sich um und ging ohne ein Dankeschön, und ich dachte, dass man ihr vielleicht auch mal ein Getränk ins Gesicht schütten sollte. Der arme Kleine, der bei jemandem wie Angela aufwachsen musste, und die arme Annie, die sie lieben musste. Ich bezweifelte, dass ich in der Lage wäre, mich für sie zu erwärmen, wäre sie meine Tochter. Andererseits, wie kam ich dazu, mir eine Meinung über die Fähigkeiten einer Mutter anzumaßen?

Ich träumte in dieser Nacht von meiner Tochter, einer jugendlichen Version von ihr. Wir saßen zusammen im Heim der Barmherzigen Schwestern. Sie servierte mir ein gegrilltes Käse-Sandwich, dann verschwand sie radschlagend aus der Küche. Ich wachte mitten in der Nacht auf, flüsterte ihren Namen, dann verkrampfte ich und hatte erneut einen Anfall. Er kam und ging schneller als die vorherigen, doch die stechenden Kopfschmerzen, die er hinterließ, stellten alles Bisherige in den Schatten. Ich musste nach Annie rufen und sie bitten, mir meine Tabletten zu bringen.

Sie schlief wieder neben mir, und als die Schmerzen nachließen, konnte ich spüren, wie der Tintenfisch an Kraft zunahm, wie er an Länge und Umfang zulegte und seine

Saugnäpfe in die schwammigen Furchen meines Gehirns trieb. Vorbei war es mit der flüsternden Zeichentrickfigur in niedlichen Verkleidungen, nun war er ein knurrendes Monster, gezüchtet, um zu vernichten. Ich kniff die Augen zusammen, hielt mir die Ohren zu und presste die Lippen aufeinander, um zu verhindern, dass er ins Zimmer platzte. Mein Brustkorb schnürte sich zusammen, und die wenige Luft, die ich einatmete, fühlte sich trocken und staubig an. Ich stand auf und suchte nach etwas zum Anziehen, dann stolperte ich den Flur hinunter und zur Terrassentür hinaus in die kühle, windstille Nacht. Ich stellte mich unter den schwarzen Himmel, die unzähligen Sterne, die Sichel des gelben Mondes, dann humpelte ich barfuß durch das Gras, dessen feuchte Halme sich zwischen meine Zehen bohrten. Ich entdeckte meine Zigaretten auf dem Tisch, doch ich hatte keine Lust zu rauchen. Ich ging zurück ins Haus und blinzelte auf die Uhr an der Küchenwand. Viertel vor zwölf. Meine Arme und Beine fühlten sich an wie Gummi. Ich setzte mich auf einen der Holzstühle und überlegte, was ich mit mir anfangen sollte. Im einen Moment fror ich, im nächsten glaubte ich zu verglühen. Meine Haut juckte und brannte, als hätte ich zu lange in der Sonne gelegen. Wasser. Ich brauchte Wasser. Ich ging zur Haustür, schlüpfte in meine Turnschuhe und verließ das Haus. Ich lief los, die Bordsteinkante wies mir den Weg durch die dunkle Nacht. Ich weiß nicht, wie viel Zeit verging, bis ein Auto neben mir anhielt. Ich hörte, wie die Scheibe heruntergekurbelt wurde.

»Na, wohin des Weges zu dieser späten Stunde?«

Der Taxifahrer. Sein Name beginnt mit C. Er hatte sich über den Beifahrersitz gebeugt und lächelte mich durch das Fenster an.

»Ans Wasser.«

»Springen Sie rein. Ich fahre Sie hin. Da draußen ist es stockfinster.« Er drückte die Tür auf.

»Ich habe kein Geld dabei.«

»Das macht nichts. Es sind keine fünf Minuten.«

Ich zögerte kurz, dann stieg ich ein. Im Auto roch es nach Bier und Aftershave.

»Frances, richtig? Die Freundin von Annie Rideout. Kümmern Sie sich nicht um den Gestank. Ich hab gerade ein paar Jungs aus der Kneipe nach Hause gefahren. Die hatten vielleicht Schlagseite! Das werden sie morgen früh ganz schön zu spüren bekommen. Egal, was gibt's da unten am Wasser, das Sie zu dieser nachtschlafenden Zeit dorthin treibt?«

Ich zuckte mit den Schultern und sah aus dem Fenster.

»Nicht der gesprächige Typ, verstehe. Also gut, ist ja nichts dran auszusetzen. Was mich betrifft, ich rede zu viel – behauptet zumindest meine bessere Hälfte. Aber wehe, sie legt selbst los. Das sollten Sie hören, quasselt wie ein Wasserfall.« Er lachte. »Trotzdem ist sie eine gute Frau. Muss sie auch sein, wenn sie's mit einem wie mir aushält, was?«

Das Auto schien mit Lichtgeschwindigkeit zu fahren, und mir wurde schlecht. Ich kurbelte die Scheibe herunter und atmete gierig die Nachtluft ein. Er fuhr mich so nahe ans Wasser, wie er konnte. Ich bedankte mich und schloss die Tür. Er setzte den Wagen zurück und richtete die Frontscheinwerfer auf den Weg, so wie er es gesagt hatte, und ich lief langsam los, taumelte und stolperte über die Steine auf das Geräusch der Wellen zu. Als ich das Wasser erreichte, sah ich ein orangefarbenes Licht aufflackern, ein Lagerfeuer am Strand. Ich blieb stehen und lauschte. Der Brandung, die gegen die Felsen schlug, und dem Geräusch meiner eigenen schweren Atemzüge. Den entfernten Stimmen der Jugendlichen um das Feuer. Einem Hund, der dreimal bellte. Dann tauchte es auf, zunächst gedämpft, dann zunehmend klarer und lauter – das Spiel meines Vaters über die Saiten, lang gezogene Töne, die nach oben kletterten, dahinter die Stimme meiner Mutter, die leise summte. Ich schloss die Augen, gab mich ihren Lockrufen hin, dann zog ich meine Schuhe und meine Kleidung aus und lief langsam in die Wellen. Das eiskalte Wasser betäubte meine brennende Haut und linderte den Schmerz. Ich lief weiter, bis ich untertauchte. Ich sank hinab, und dann hörte ich sie meinen Namen rufen. Ich tauchte auf, zitternd und spuckend. »Frances«, rief sie mit kräftiger, klarer Stimme. Ich fuhr herum und suchte die Dunkelheit nach ihrem Gesicht ab. »Frances, ich bin hier.«

Plötzlich sah ich ein grelles, weißes Licht. Ich hörte es platschen, gefolgt von hektischen Bewegungen im Wasser. Wieder und wieder rief sie meinen Namen. Dann war sie bei mir, zog mich an sich, schlang ihre Arme um mich. Ich klammerte mich ein paar verzweifelte Sekunden lang an mein Leben, strampelte und schlug um mich, dann gab ich auf.

Ich saß wieder in einem fahrenden Auto, eingehüllt in etwas Schweres, das auf der Haut an meinen Schultern kratzte. Ich spürte ein warmes Gewicht an meiner linken Seite. Annie Malone sprach.

»Also, Cyril, kein Wort zu niemandem. Wenn ich nur einen Piep von der Sache höre, werde ich die Messer wetzen, um dir alles abzuhacken, was an dir runterbaumelt. Hast du mich verstanden?«

»Keinen Pieps, Annie, ich schwöre bei Gott«, sagte der Mann auf dem Fahrersitz.

Sie öffnete die Autotür. »Los, Frances. Ab ins Haus. Nimm meine Hand.«

Sie führte mich in ein gelbes Haus, warf ein Bündel Kleidungsstücke auf den Boden, dann zog sie mir das kratzige Ding von den Schultern und warf es zu dem Haufen. Eine Decke. Es war eine alte, graue Militärdecke. Ich sah an mir hinunter und stellte fest, dass ich bis auf meine Schuhe nackt war. Merkwürdig. Normalerweise zog ich mich an, bevor ich das Haus verließ. Annie brachte mich schnurstracks in ein blau-weißes Badezimmer und stellte mich unter eine warme Dusche. Sie brauste mich ab, rubbelte mich trocken, zog mir ein Nachthemd an und half mir in ein warmes Bett. Dann gab sie mir zwei weiße Tabletten und ein Glas Wasser.

»Hier, nimm die.«

Ich schluckte die Tabletten. »Annie, hast du es auch gehört?«

»Was gehört?«

»Wie mein Vater gespielt und meine Mutter gesungen hat. Sie waren im Wasser.«

Sie lief auf die andere Seite des Bettes, schlüpfte neben mich und legte mir eine Hand auf die Stirn. »Beruhige dich. Schlaf jetzt. Alles ist gut.«

»Ich wollte nur noch einmal das Wasser sehen.«

»Es wird morgen auch noch da sein. Schlaf jetzt.«

»Danke, Annie.«

Sie schnaufte leise und langsam, während sie zur Decke hinaufsah. »Gern geschehen. Und jetzt mach die Augen zu.«

20

Ich schlug die Augen auf und blickte mich in dem Zimmer um. Ich erkannte den ausgewaschenen, geblümten Ärmel meines alten Nachthemds. Ich nahm an, dass das Bett mir gehörte, die blauen Wände jedoch jemand anderem. Ich wusste, dass ich nicht aufstehen musste, um arbeiten zu gehen, doch warum genau, wollte mir nicht einfallen. Mein Kissen war feucht, was mich irritierte, bis die Erinnerung an meinen Ausflug ans Meer zurückkehrte, eine lebhafte, wenn auch lückenhafte Erinnerung. Hauptsächlich Fahrten – wie ich dorthin gekommen war und wie ich hierhergekommen war. Dann wusste ich alles wieder. Mein Gehirn, das mich so spektakulär im Stich ließ, dann zurück in Aktion trat, um mir die bittere Wahrheit mit voller Wucht vor Augen zu führen.

Der Weg ins Bad fühlte sich an wie ein Marathon. Ich schreckte Annie auf, die vollständig angezogen auf der Toilette saß und Rauch zum geöffneten Fenster hinausblies.

»Himmel, ich krieg noch einen Herzinfarkt.« Sie spreizte die Beine und ließ die Zigarette in die Schüssel fallen. »Ich hatte Schiss, dass Angela auftauchen und mich erwischen könnte. Ich halte keinen weiteren Vortrag von ihr aus. Wie geht's dir?«

»Rasant bergab, wie es scheint.«

Ich putzte mir die Zähne, wobei sie mich genauestens im Auge behielt.

»Hör zu, ich hab meine Ärztin gebeten vorbeizukommen und dich kurz anzuschauen.«

»Annie«, flehte ich.

»Hör auf zu jammern. Sei lieber froh, dass ich deinen nackten Hintern gestern Nacht nicht direkt ins Krankenhaus gekarrt habe.«

»Du hast ja recht, tut mir leid. Danke, dass du dich um mich gekümmert hast.«

»Du kannst mir danken, indem du dich von Dr. Patel durchchecken lässt.«

Annies Ärztin untersuchte mich kurz. Sie war beunruhigt über meinen Blutdruck, zu niedrig. Puls, schwach und unregelmäßig. Arme und Beine, kraftlos. Erinnerung, lückenhaft. Mit anderen Worten, alles beim Alten. Bevor sie ging, bat ich sie, mir mein Telefon zu geben, und rief meine eigene Ärztin an. Ich hinterließ ihr eine Nachricht mit der Bitte, mich so schnell wie möglich zurückzurufen. Ich legte auf, und Annie kam ins Zimmer.

»Wen hast du angerufen?«

»Meine Ärztin. Wie hast du mich letzte Nacht gefunden?«

»Cyril hatte den Eindruck, dass du ein bisschen von der Rolle warst. Er hat mich angerufen, damit ich komme und nach dir sehe. Zum ersten Mal bin ich ihm dankbar für seine große Klappe.« Sie setzte sich auf die Bettkante und sah sich im Zimmer um. »Ich hab überlegt, einen Tisch zu dem Sessel zu stellen, dann können wir hier essen.«

Ich nickte. »Gute Idee.«

Sie brachte mir Tee und Toast ans Bett. Ich döste, bis mein Telefon klingelte. Dr. Langley. Ich wartete bis zum letzten

Moment, ehe ich ranging. Sie sagte mir, dass Annie sie am Morgen bereits angerufen und über mein neuestes Abenteuer in Kenntnis gesetzt hatte. Sie machte mir einen Vorschlag, und ich war einverstanden. Ich stand auf, zog mich an, überprüfte gleich zweimal, ob ich alles richtig herum anhatte, dann ging ich zu Annie in die Küche, wo sie gerade eine Pfanne abspülte.

»War das deine Ärztin am Telefon?«, fragte sie, ohne sich umzudrehen.

Ich setzte mich an den Tisch. »Ja.«

»Was hatte sie zu ihrer Verteidigung zu sagen?«

»Der dreißigste. In zehn Tagen. Um sieben Uhr abends. Sie wird eine Krankenschwester mitbringen.«

Sie ließ klares Wasser über die Pfanne laufen, legte sie in das Abtropfgitter und trocknete sich die Hände an einem Geschirrtuch ab, bevor sie sie in die Hüften stemmte. So blieb sie eine ganze Weile stehen, den Blick aus dem Fenster gewandt, und sagte nichts.

»Annie, es muss bald passieren, sonst werde ich nicht mehr einwilligen können«, sagte ich. »Und was wäre dann?«

Sie drehte sich um. »Okay«, sagte sie.

»Okay.«

Wir setzten uns auf die Terrasse in den kühlen Nebel und schwiegen uns unverkrampft an. Anfangs fand ich einen merkwürdigen Gefallen daran, den genauen Zeitpunkt meines Todes zu kennen, ein Privileg, das andere nicht hatten. Wie viele Menschen auf der Welt starben genau in diesem Moment und sahen es nicht kommen, mussten so vieles unerledigt und unbeendet zurücklassen? Ich würde meinen Tag planen, mich verabschieden und mir einen ordentlichen Abgang verschaffen. Alle Angelegenheiten wären geregelt.

Ich hatte das Datum geradezu gelassen und distanziert in meinen Kalender getippt, als wäre es ein Termin für eine Zahnreinigung. Doch sich den Termin für einige faszinierende Augenblicke in einem Kalender anzuschauen, war eine Sache. Zehn Tage lang darauf hinzusteuern – nun, da lag der Haken.

»Und jetzt?«

»Geht alles so weiter wie bisher, nehme ich an.«

»Das ist nicht leicht, oder?«, sagte sie mit brüchiger Stimme.

»Es könnte weitaus schwerer sein.«

»Geh und leg dich hin. Ich bring dir was zu essen.«

Sie kam mit einem Tablett voller Essen, das ich nicht anrührte, während wir fernsahen. Durch das Fenster sah ich, dass sich der Himmel dunkel verfärbt hatte und Regen ankündigte. Die Sommertage waren genauso gezählt wie meine, und ich sehnte mich plötzlich nach einer verschneiten Stunde, bevor ich ging, sechzig Minuten funkelnde Flocken, die herabschwebten und alles in Sichtweite zudeckten.

Annie beschäftigte sich den Rest des Tages damit, mein Zimmer herzurichten. Ein Beistelltisch mit einem weißen Tischtuch, ein tragbarer CD-Player und ein riesiger Stapel CDs, von denen sie dachte, dass sie mir gefallen würden. Eine Vase mit Feldblumen, ein weißer Plastikstuhl für die Dusche, den sie noch im Keller hatte (ein Überbleibsel aus der Zeit, als sie vor vielen Jahren in der vereisten Auffahrt ausgerutscht war und sich das Bein gebrochen hatte), und ein abgegriffenes Fotoalbum mit Bildern aus unseren ruhmreichen Tagen.

»Mein Gott, schau dir das an. Das war der Tag, an dem du den Aufsatzwettbewerb gewonnen hast, weißt du noch,

Frances? Du musstest ihn vor der ganzen Schule vorlesen. Ich dachte, du würdest gleich ohnmächtig werden, so blass warst du.«

Sie blätterte lachend die Seiten um, kommentierte mit schrillen Schreien ihre Kleidung und Frisuren. Ich blickte auf mein Leben zurück und sah die Freude darin. All die Weihnachtsfeste und Geburtstage, die Annie und ich zusammen gefeiert hatten. Die Klassenfotos, die Bilder von uns auf Schulkonzerten und -bällen – jedes einzelne ein Dokument unseres Heranreifens, Annie, die erblühte wie eine Wildrose, und ich, die ihr Bestes tat, sich jeden übrig gebliebenen Sonnenstrahl zu schnappen. Und auf jedem Bild, sei es direkt im Mittelpunkt oder irgendwo im Hintergrund lauernd, ein Pfarrer, eine Nonne, ein Kreuz an der Wand. Mahnmale des Glaubens, der uns einst beherrscht hatte.

Annie stand auf, ging zu dem Bücherregal und nahm eine schmale, blaue Mappe heraus. »Hier. Die habe ich für dich aufgehoben.«

Sie reichte sie mir, dann ließ sie mich allein. Ich schlug sie auf und mir stockte beim Anblick des Schwarz-Weiß-Fotos meiner Eltern der Atem. Sie standen nebeneinander, blinzelten in die Sonne und lächelten. Es war das Foto, das auf dem Tisch neben ihrem Bett gestanden hatte, das, welches kurz nach ihrer Trauung aufgenommen worden war. Sie trug ein schlichtes, knielanges Kleid und einen kleinen runden Hut auf dem Kopf. Er trug einen dunklen Anzug, der schlaff an seiner hageren Gestalt herunterhing, derselbe Anzug, den sein Bruder ein Jahr zuvor an seiner eigenen Hochzeit getragen hatte. Ich strich mit der Hand über das Bild. Sie waren einfache Leute, alle beide, doch Liebe und Hoffnung machten sie schön. Ich nahm das Foto aus der Mappe und drehte es um – »Georgina und Patrick Delaney, Hochzeitstag«, stand dort in der Handschrift meiner Mutter. Es gab noch ein paar weitere Bilder von den beiden, einige von mir als Baby, mehrere von uns dreien zusammen. Alles in allem nicht mehr als ein Dutzend, aber trotzdem eine bemerkenswerte Sammlung für eine Familie, die nicht einmal einen Fotoapparat besaß. Ich nahm das Hochzeitsfoto und ein weiteres von mir – im Alter von vier, so stand es auf der Rückseite –, auf dem ich zwischen den beiden auf einer Decke am Strand saß. Ich lehnte sie gegen die Vase auf meinem Nachttisch, dann humpelte ich den Flur hinunter in die Küche.

»Wie lange hast du diese Fotos schon?«

»Seit Jahren. Sie waren in der Kiste mit deinen Büchern.«

»Seit Jahren?«

»Frances, warum schreist du?«

»Wann hattest du vor, sie mir zu zeigen?«

»Ich hab sie für dich aufgehoben, um sie dir zu zeigen, wenn es mit dir zu Ende geht.«

»Das hast du ein bisschen knapp kalkuliert, oder? Was, wenn ich gestorben wäre, bevor du sie mir gezeigt hättest?«

»Bist du aber nicht.«

»Hatte ich aber.«

»Dann hätte ich mir ›Schlechteste Freundin der Welt‹ auf die Stirn tätowieren lassen, okay? Aber du lebst noch, also hör auf, dir die verdammte Seele aus dem Leib zu schreien, und bedank dich lieber.«

Ich war zu müde, um weiter zu schmollen. »Schön. Danke.«

»Schon besser. Sterben schient deinen Manieren nicht gerade gutzutun.«

»Ich pfeif auf meine Manieren«, sagte ich und ging zurück ins Bett. Ich schlief immer noch, als Edie anrief.

»Du siehst müde aus, Frances. Schläfst du genug?«

»Ich habe das Gefühl, nichts anderes zu machen, als zu schlafen. Aber du siehst toll aus. Erzähl mir, was gibt's Neues im Edieland?«

»Mom hat Tareq kennengelernt, und sie war zuckersüß zu ihm, dafür gibt's Pluspunkte, aber kaum war er weg, ist sie total ausgeflippt. Wie ich auf die Idee komme, mich mit einem Kerl rumzutreiben, der in der Nähe einer Sechzehnjährigen nichts zu suchen hat, bla, bla, bla. Dann fing sie damit an, wie viel Angst sie hätte, dass ich schwanger werden könnte, was, wie wir beide wissen, ein Riesenwitz ist. Jetzt reden wir nicht mehr miteinander. Es ist totaler Mist, aber ich denke, ich werde es einfach aussitzen, oder?«

»Sie wird sich damit arrangieren. Was soll sie sonst machen?«

»Korrekt. Von ihm abbringen wird sie mich jedenfalls nicht. Ich meine, was glaubt sie, wo das hinführt? Dass ich nachts aus meinem Fenster klettere und sie mir mit einem Nudelholz die Auffahrt hinterherjagt? Ich sage dir, sie macht mich fertig. Ich hoffe, Hillary schafft es, sie zur Vernunft zu bringen. Sie war gestern Abend hier, und ich habe gleich gemerkt, dass sie auf meiner Seite ist. Oh, ich soll dir schöne Grüße ausrichten und dir sagen, dass sie dich in der Bücherei vermisst.«

»Ah, Hillary. Sie ist eine gute Seele. Sag ihr, dass ich sie auch vermisse.«

»Ich hab Annie eine E-Mail geschickt, um sie zu fragen, wie es dir geht. Ich meine, wirklich geht. Aber sie hat gesagt, dass ich dich selbst fragen soll.«

»Ich denke, es geht mit mir zu Ende, Edie.«

»Woher weißt du das?«

»Ich spüre es einfach.«

»Wie fühlt sich das an? Entschuldige, vielleicht sollte ich das nicht fragen.«

»Doch, ist schon in Ordnung. Körperlich tritt einfach immer häufiger das auf, was du schon kennst, aber sonst ist nicht alles schlecht. Es ist, als wäre alles klar und scharf, wie die Gesichter auf der Kinoleinwand. Oder wie alles aussieht, wenn die Sonne durch den Nebel gedrungen ist. Ich weiß nicht, wie ich es beschreiben soll. Irgendwie deckt das Leben die Dinge zu, während der Tod sie blank scheuert. Ich weiß nicht, ob das irgendeinen Sinn ergibt.«

»Doch, ich verstehe schon. Ich schätze, es gibt nichts mehr, was um deine Aufmerksamkeit konkurriert, richtig? Als wäre da nur noch eine Sache, auf die du dich konzentrieren musst.«

»Genauso ist es. Kluges Mädchen.«

»Ha, sag das mal meiner Mutter. Sie findet, dass ich mein Leben wegwerfe.«

»Du wirst ihr das Gegenteil beweisen. Daran habe ich keinen Zweifel.«

»Du wirst doch noch so lange da sein, dass ich dich noch mal besuchen kann, oder?«

»Das kann ich dir nicht versprechen, Liebes.«

Tränen stiegen ihr in die Augen, doch sie sammelte sich schnell wieder. »Tu einfach, was du kannst, okay?«

»Das werde ich.«

»Ich mach dann mal besser Schluss. Ich soll mein Zimmer aufräumen.« Sie drehte ihr Handy, um mir das Katastrophengebiet zu zeigen, das ich so gut kannte.

»Edie Cleary, ich schwöre dir, eines Tages wird man Jimmy Hoffa unter deinem Bett finden.«

»Wer ist Jimmy Hoffa?«

»Gute Nacht, Edie.«

»Bis bald, Frances.«

Ich hielt mein Telefon noch lange in der Hand, nachdem sie vom Display verschwunden war. Ich wusste, dass sie eines Tages herausfinden würde, wie ich gestorben war. Aber ich wusste auch, dass sie ihren Frieden damit schließen würde. So war sie einfach.

Annie kam herein und brachte mir einen Teller mit Essen, doch ich hatte keinen Hunger. »Es tut mir leid, dass ich vorhin so gereizt war«, sagte ich.

»Ich bitte dich, du kennst meine Tochter. Dagegen bist du eine Dilettantin.«

Sie kletterte zu mir ins Bett und kuschelte sich von hinten an mich. Als um vier Uhr der Wecker klingelte, stand sie auf, gab mir meine Tabletten und strich mir über die Haare, bis ich wieder einschlief.

Am nächsten Tag brachte sie mich an die Küste und führte mich langsam zu dem Ruderboot. Noch neun Tage. Als wir auf der Heimfahrt am Supermarkt hielten, schien jeder Artikel neunundneunzig Cents oder neun Dollar neunundneunzig zu kosten – Neuner, wohin ich sah. Auf der Fahrt ließ der Tintenfisch eine Endlosschleife laufen: alle neune, ach du grüne Neune, neunmalklug, neunundneunzig Luftballons, neuneinhalb Wochen. Ich musste das Radio anmachen, um es zu übertönen.

»Ich hab das Gefühl, dass wir im ganz großen Stil Zeit verlieren«, sagte Annie.

»Was meinst du damit?«

»Na, dass wir wichtigere Dinge machen sollten, als in einem alten Boot rumsitzen, Makkaroni mit Käse essen und Filme schauen, die wir schon kennen.«

»Was könnte es denn Wichtigeres geben als das?«

»Was weiß ich. Ich zermartere mir das Hirn auf der Suche nach einem Knaller-Abschied, aber mir fällt einfach nichts ein.«

»Ich bin nicht gerade der Knaller-Abschiedstyp.«

»Auch wieder wahr.«

Wir fuhren die Auffahrt hinauf, und Annie stellte den Motor ab.

»Ich will einfach nicht, dass dein letzter Tag kommt und du das Gefühl hast, die Chance verpasst zu haben, etwas Unvergessliches zu tun. Etwas wirklich Spektakuläres.«

»Annie, glaube mir, das tue ich jeden Tag, jede einzelne Minute.«

Ich stellte mir vor, wie sie behutsam Stephens Sachen aus dem Zimmer geräumt und die Wände gestrichen hatte. Ich dachte an die Kartons voller Bücher und Bilder, die jahrzehntelang auf Dachböden verstaubt waren. An ihren scharfen Ton gegenüber Angela, als diese sich aufgespielt hatte, den Klang ihres Lachens in der Bar. Daran, wie sie schmeckte und was für ein Geschenk ihre Berührungen waren. Ihre derbe Warnung an Cyril, den Mund zu halten. Die Blumen neben meinem Bett, das Gewicht ihres Fußes auf meinem, die Wärme ihres Atems in meinem Nacken, wenn wir schliefen. *Spektakulär.*

21

Ich nehme an, hätte sich irgendjemand genug für mich interessiert, um zu fragen, wäre er vermutlich überrascht, vielleicht sogar enttäuscht gewesen, zu hören, dass ich den Großteil meiner letzten Stunden verschlief. Ich wette, hätte ich eine Umfrage unter zufällig ausgewählten Passanten auf der Water Street gemacht, hätte jeder einzelne all die wunderbaren Dinge aufgezählt, die er noch machen würde, während die Uhr rückwärts tickte. Es konnte ja niemand wissen, was für eine anstrengende, mühsame Angelegenheit Sterben ist, schlimmer als jede Arbeit, die sich jemals vor mir aufgetürmt hatte, Hotelzimmer nach Silvester und Mrs Heneghans nervtötendes Silberbesteck inbegriffen. Schlaf bedeutete inzwischen sowohl Erleichterung als auch Qual. Während mein Körper sanft hineinglitt wie in ein warmes, duftendes Bad, klammerte sich mein Geist am Rand der Klippe fest, panisch, auch nur eine Minute bei Bewusstsein zu verpassen. Geist triumphiert über Materie, sagte Annie oft, wenn ich verzweifelt versuchte, wach zu bleiben. Doch jedes Mal triumphierte die Materie.

Jede Minute, die ich nicht schlief, verbrachten wir mit Ausflügen an die Küste, sahen uns Filme an und redeten miteinander, und aus neun verbleibenden Tagen wurden in Windeseile vier, kostbare Zeit, die nun in Lichtgeschwindigkeit verging. Als der achtundzwanzigste auf dem Kalender stand, der Tag, an dem ich mitten in einem Telefonat mit Edie einschlief, bat ich Annie, meine Medikamente zu reduzieren.

»Gib mir einfach nur ein bisschen weniger«, sagte ich. »Stell dir mal vor, du wärst gerade am Plaudern und würdest sehen, wie das Gesicht einer Sterbenden auf das Display klatscht. Die arme Edie hatte fast selbst einen Anfall.«

Annie lachte. »Den Anblick hätte ich mich was kosten lassen.«

»Sie fand das gar nicht lustig. Abgesehen davon habe ich heute etwas zu erledigen und brauche einen klaren Kopf.«

»Was hast du denn zu erledigen?«

»Ich will Edie einen Brief schreiben, ein paar letzte Worte.«

»In Ordnung. Hier, nimm die halbe Dosis. Siehst du gut genug, um zu schreiben, oder brauchst du meine Hilfe?«

»Ich denke, ich kriege es hin, aber ich brauche Papier. Schönes Papier, wenn du welches hast.«

»Habe ich. Willst du heute an die Küste oder nicht?«

»Später vielleicht. Ich will das erst erledigen.«

Annie ging und kam mit mehreren Bögen dickem, cremefarbenem Papier und einem passenden Umschlag zurück. Ich setzte mich in den Sessel und nahm einen Stift. Der erste Versuch war steif und förmlich und klang überhaupt nicht nach mir. Ich atmete ein paar Mal tief durch, dann fing ich noch einmal von vorn an, und diesmal kamen die Worte von Herzen. Ich bedankte mich bei Edie für die Freude und den Trubel, die sie in mein tristes Leben gebracht hatte, und sagte ihr, dass es mir eine Ehre gewesen sei, mich so viele Jahre lang Tag für Tag auf sie freuen zu dürfen. Ich sagte ihr, dass ich sie schätzte und bewunderte und dass mich nur eines wirklich traurig machte: dass meine Zeit mit ihr zu früh vorbei gewesen war.

Mir gefiel gar nicht, wie zittrig meine Handschrift aussah, aber ich wollte auch nicht, dass meine letzten Worte an sie von jemand anderem geschrieben waren. Als ich zum wichtigsten Teil kam, umklammerte ich den Stift ganz fest und nahm die linke Hand zur Hilfe, um die rechte festzuhalten.

Edie, ich möchte, dass du eines weißt und dich immer an diese Abschiedsworte erinnerst. Vor nicht allzu langer Zeit hast du eine sehr wichtige Entscheidung getroffen. Danach hast du dich gefragt, ob du das Richtige getan hast. Jetzt habe ich eine sehr wichtige Entscheidung getroffen, und ich bin mir ganz sicher, dass ich das Richtige getan habe. Ich hoffe, dass du verstehen wirst, warum ich mich für diesen Weg entschieden habe. Ich hoffe außerdem, dass du ein langes und glückliches Leben führen wirst. Aber was ich mir wirklich für dich wünsche, ist ein Leben, das du selbst und nach deinen Regeln gestaltest, das du so lebst, wie allein du es willst. Ohne Wenn und Aber. Das andere, was ich mir für dich wünsche, ist ein aufgeräumtes Zimmer.

Ich liebe dich wie ein eigenes Kind,
Frances

Ich bat Annie, ihn auf Fehler durchzusehen.

»Das ist ein schöner Brief, Frances. Na los, schaffen wir deinen schlaffen Hintern ans Wasser, bevor der Wind auffrischt.«

Wir setzten uns neben das Ruderboot auf Campingstühle und schlürften Tee mit Schuss. Das Wetter hatte umgeschlagen, es war deutlich kühler geworden, und ich konnte den

Herbst riechen. Die Sonne strahlte von einem blauen Himmel herab, doch sie hatte ihre Kraft verloren, war eingeschlossen in den geröteten, sich schälenden Schultern und Knien der Kinder und bis nächstes Jahr versteckt. Drei Tage. Drei Musketiere, drei sind einer zu viel, drei Meilen gegen den Wind, aller guten Dinge sind drei, ewig und drei Tage, in drei Teufels Namen.

»Annie, was ist eigentlich mit deinen Freundinnen?«

»Was soll mit ihnen sein?«

»Es kommt nie jemand vorbei.«

»Sie wissen, dass ich zu tun habe.«

»Wissen sie vom dreißigsten?«

»Von mir bestimmt nicht. Für Angela kann ich mich allerdings nicht verbürgen. Ich habe sie gebeten, deine Privatsphäre zu respektieren, und da mich noch nicht der halbe Ort angerufen hat, um mir seine bescheidene Meinung dazu kundzutun, ist es durchaus möglich, dass sie einmal im Leben auf mich gehört hat.«

»Erzähle mir von ihnen.«

»Es sind tolle Mädels. Tammy Douglas kennst du aus der Schule. Sie ist zum zweiten Mal verheiratet, aber auch diese Ehe steht kurz vor dem Aus. Mary Simpson ist eine sehr gute Freundin. Wenn ich daran denke, wie ich ihr beinahe den Hals umgedreht hätte, weil sie mir Donny Doyle ausgespannt hat. Sie waren jahrelang zusammen, nachdem wir mit der Schule fertig waren. Gott sei Dank hat sie ihn nicht geheiratet. Ihr Mann ist ein Goldschatz. Die anderen Frauen treffe ich nur hier und da.«

»Was macht ihr dann zusammen?«

»Im Winter spielen wir Curling ... na ja, wir spielen eine Partie, und dann trinken wir den Rest des Abends. Oder wir gehen langlaufen, solche Sachen halt. Und wir fahren auch mal übers Wochenende in die Stadt und bummeln. Wir überlegen, nächstes Jahr noch mal eine Kreuzfahrt zu machen, aber wir warten erst mal das Ende von Tammys Ehe ab, dann sehen wir weiter. Meistens essen wir einfach zusammen und reden und ziehen uns gegenseitig aus irgendeiner Scheiße. Ohne sie hätte ich es nicht geschafft, über Stephens Tod hinwegzukommen. Und sie werden mir auch bei dir zur Seite stehen.«

»Du hast großes Glück.«

»Das stimmt. Was ist mit dir, Frances?«, fragte sie. »Ich wollte eigentlich nicht darüber reden, weil ich Angst habe, dass es ein wunder Punkt ist, aber ich glaube, dass dein Leben ziemlich einsam gewesen ist. Vielleicht ist es falsch, das jetzt anzusprechen.«

»Nein, du hast recht mit dem, was du denkst und sagst. Ich war über weite Strecken zu viel allein, aber dafür war ich größtenteils selbst verantwortlich, und ich habe keine Lust mehr, mir darüber den Kopf zu zerbrechen. Die Hauptsache ist, dass ich jetzt nicht allein bin.«

In einem anderen Leben hätte ich Curling gespielt, wäre Ski gelaufen, hätte Kreuzfahrten gemacht und mir helfen lassen. Vielleicht hatten die Buddhisten und Hindus und all die anderen Religionen, über die ich vor Jahren in einem dicken, roten Buch gelesen hatte, recht. In ein paar Tagen würde ich es herausfinden, und sollte meine Seele ihren Weg in einen anderen Körper finden, gelobte ich, sie direkt zu all jenen zu führen, die gern mit mir befreundet sein würden.

Annie schüttete den kalten Tee aus der Thermoskanne über die Steine, dann kletterte sie aus ihrem Stuhl. »Okay, altes Haus, es wird Zeit für deine Tabletten.«

Ich hielt sie am Arm fest. »Annie, warte. Sieh mal.« Ich deutete auf einen riesigen Adler, der hoch über den Möwen kreiste. Ich hatte einmal mit einer Frau zusammengearbeitet, die dem Volk der Mi'kmaq angehörte. Sie hatte mir erklärt, dass der Adler ein ganz besonderes Geschöpf sei. Ich konnte mich nicht mehr an alles erinnern, was sie gesagt hatte, doch es ging hauptsächlich um Mut und Weisheit und Kommunikation mit dem Schöpfer. Dass die Federn dabei helfen können, die Angst vor dem Übertritt in die Geisterwelt zu nehmen. Er flog auf uns zu und schwebte hoch über unseren Köpfen, beschrieb drei Kreise, dann flog er in Richtung Wald davon. Ich schirmte meine Augen mit der Hand ab und suchte am Himmel nach ihm, doch er war weg.

Den ganzen Tag ging mir der Adler nicht mehr aus dem Kopf. Als ich Edie anrief, bat ich sie nachzuschauen, welche Bedeutung er hatte, und tatsächlich wurden ihm nur positive Dinge zugesprochen.

»Ich würde sagen, das ist ein gutes Omen.«

»Ich bin mir sicher, dass es einfach nur Zufall war.«

»Warum sehen wir es nicht als ein Zeichen des Friedens oder der Stärke oder so was?«

»Vielleicht hast du recht. Es kann ja nicht schaden, es als ein Zeichen von irgendetwas zu sehen.«

Später am Abend stand ich hinter dem Haus im Gras und hoffte, den Adler am dunkel werdenden Himmel zu entdecken, doch alles, was ich zu sehen bekam, waren zwei Krähen, die nach Schnecken pickten und sich ankrächzten wie ein wütendes Ehepaar. Annie kam durch die Tür und verscheuchte sie.

»Was machst du hier draußen?«

»Ich halte Ausschau nach dem Adler.«

»Hör mal, ich würde gern wissen, was du essen willst. Wünschst du dir irgendetwas Besonderes?«

»Du meinst, als meine Henkersmahlzeit?«

»Ja, ich schätze, das war meine Frage.«

Ich dachte darüber nach und stellte enttäuscht fest, dass mir nichts einfiel. Ich schrieb es der inneren Distanz zu, die in den letzten Tagen Besitz von mir ergriffen hatte. Es war nicht so, dass ich den Faden verloren hatte und nicht mehr wusste, was vor sich ging – es fühlte sich nur einfach nicht so an, als würde es mir passieren.

Ich war eine Figur, die eine Rolle spielte, diese arme Frau im Spielfilm der Woche, die nur noch zwei Tage zu leben hatte. Zwei linke Hände, es gehören immer zwei dazu, zwei Seiten einer Medaille, wenn zwei sich streiten, alles hat ein Ende, nur die Wurst hat zwei.

»Wie wär's mit einem Schokoladenkuchen? Gefüllt mit Erdbeermarmelade?«, fragte sie. »Das war doch früher dein Lieblingskuchen.«

»Klar. Das wäre jetzt genau das Richtige.«

Sie wirbelte durch die Küche, und kurze Zeit später thronte der glasierte Kuchen stolz auf einer Kristallplatte. Ich brachte es nicht übers Herz, ihr zu sagen, dass ich wahrscheinlich nicht mehr als eine Gabel davon herunterkriegen würde. Wir gingen ins Bett und lagen im Dunkeln, atmeten und starrten an die Decke, bis wir schließlich beide einschliefen. Irgendwann mitten in der Nacht wachte ich auf und hörte sie leise weinen, vielleicht um Stephen, vielleicht um mich. Ich wusste es nicht, und ich fragte auch nicht danach. Ich legte ihr einfach eine Hand auf den Kopf und kuschelte mich von hinten an sie, legte ihr einen Arm um die Hüfte und schloss die Augen.

Der nächste Tag war trüb und kalt, und das Meer war grau und übersät mit weißen Schaumkronen. Wir saßen bestens ausgestattet am Strand mit Thermosflasche und Zigaretten, Kuchenstücken in Tupperdosen und Plastikgabeln. Der Wind peitschte mir die Haare ins Gesicht und stach mir wie Nadeln in Augen und Wangen. Annie hatte mich in eine dicke Wolljacke gepackt und beim Verlassen des Hauses nach Mütze und Handschuhen gegriffen – ein mütterlicher Reflex, nahm ich an. Ich ließ alles in der Tasche, um ein letztes Mal den Zorn der Insel auf meiner Haut zu spüren. Ich zündete zwei Zigaretten an und gab ihr eine.

Eine junge Mutter mit Sohn tauchte am Ufer auf. Sie zeigte ihm, wie man einen Drachen steigen ließ. Er hielt die Spule, während sie losrannte und die leuchtend gelbe Raute in den Wind warf. Er flatterte über ihnen, und sie hüpften und schrien vor Freude. Die Frau winkte und lächelte uns zu, hochzufrieden mit ihrem Erfolg.

»Das sind Tammys Tochter Jeannie und Tammys Enkel Matthew«, sagte Annie. »Er ist taub. Tammy bringt mir die Zeichensprache bei. Du solltest sehen, wie schnell er sie beherrscht. Der Vater ist auf und davon, dieser Scheißkerl. Sie wohnen jetzt bei Tammy. Er ist ein goldiger kleiner Kerl.« Sie seufzte und drückte ihre Zigarette aus. »Verdammt, sie hat gesehen, dass ich geraucht habe. Jetzt wird sie es Tammy sagen, und ich werde mir ewig was von ihr anhören müssen.«

»Annie, wir müssen vor morgen noch über ein paar Dinge sprechen.«

Sie sah aufs Meer hinaus, dann zu Matthew mit seinem Drachen. »Nur noch fünf Minuten, dann reden wir über alles, versprochen.«

Ich saß da und wartete geduldig, während dichte Wolken in meinem Kopf aufzuziehen begannen. Würde der Schmerz erst einmal einsetzen, wäre jegliche Hoffnung dahin, ein Gespräch mit klarem Kopf zu führen. Aus diesem Grund hatte ich alles aufgeschrieben. Ich holte den Zettel aus meiner Jackentasche. Alle Informationen zu meinem Bankkonto und die Anweisung, das spärliche Guthaben an das Obdachlosenheim in der Stadt zu spenden. Die Einäscherung war vollständig bezahlt. Die Bitte, meine Asche ins Meer zu streuen. Und eine letzte Bitte an Annie: ein Nachruf. Keine Lobhudelei, einfach nur ein paar Zeilen, in denen stand, dass es mich gegeben hatte.

Der kleine Matthew verlor die Lust an seinem Drachen und setzte zu einem Spurt den Strand hinunter an, dicht gefolgt von Jeannie. Der verlassene Drache wurde von einer Windböe erfasst und schwebte davon, dann stürzte er kopfüber in die Felsen, wo er hin und her flatterte, bis ihn schließlich eine Welle mit sich riss. Ich reichte Annie meine Liste. Minutenlang hielt sie sie einfach nur in ihrer geballten Faust.

»Annie, bitte.«

Sie strich den Zettel auf ihren Oberschenkeln glatt. »Ein Nachruf? Soviel Vertrauen hast du in mich, sicher?«

»Ich werde ein Haufen Asche in einer Dose sein. Du kannst lügen, soviel du willst.«

»Willst du, dass Edie die Asche mit mir verstreut?«

»Wenn sie will. Und du rufst sie morgen Abend an und schickst ihr den Brief, ja?«

»Nein, Frances, ich werde sie nicht anrufen. Ich werde in die Stadt fahren und es ihr persönlich sagen. Ich werde sie in den Arm nehmen und ihr den Brief geben. Ich werde mich darum kümmern. Mach dir deswegen keine Sorgen.«

Sie schaute einen Moment lang auf die Wellen hinaus, dann stand sie auf und streckte eine Hand aus. »Wollen wir?«

Ich nickte und erhob mich in den belebenden Wind. Annie führte mich ans Wasser, und ich stellte mich in den Nordatlantik, bis ich meine Füße nicht mehr spürte. Ich ließ meine Socken und Schuhe zwischen den kalten, nassen Steinen und schaute nicht mehr zurück.

22

Ich tat alles Erdenkliche, um wach zu bleiben in dieser Nacht, meiner letzten. Schwarzer Kaffee, zwei Tassen nach dem Essen. Ich rauchte eine Zigarette nach der anderen, mischte Cola in meinen Whisky, sog tief die kühle Nachtluft ein, verzichtete komplett auf die Anfallsmedikamente, und trotzdem kippte mir der Kopf ständig nach vorn, während ich im Sessel saß. Keine zehn Minuten zuvor hatte ich das letzte Gespräch mit Edie beendet, und nun saß ich da und überlegte, ob mir der Schmerz das Herz zerrissen hatte.

Eine Stunde vor dem vereinbarten Telefonat hatte Annie mir beim Duschen geholfen. Sie hatte mir die Haare mit einem Handtuch trocken gerubbelt, sie auf Lockenwickler gedreht und anschließend geföhnt. Sie rieb mir Creme ins Gesicht, dann brachte sie ihre gesamte Schminke zum Einsatz. Sie drehte die Lockenwickler wieder aus, kämmte mir vorsichtig die Haare, tupfte mir zum Schluss etwas Farbe auf die Lippen und knöpfte meine gute, lavendelfarbene Bluse zu, deren Saum locker über meine Schlafanzughose fiel. Sie half mir in den Sessel, dann nahm sie ihr Telefon und richtete es auf mich.

»Okay, Frances. Eins für die Nachwelt.«

Ich setzte mich auf. »Pass auf, dass man meinen Schlafanzug nicht sieht.«

»Falte die Hände und leg sie auf den Tisch. Kipp den Kopf ein bisschen zur Seite. Nein, zur anderen Seite. Genau. Jetzt lächeln. Nein, nicht so verkrampft. Weicher, als hättest du ein Geheimnis zu erzählen.«

»Himmel noch mal, das soll nicht aufs Cover der *Vogue*. Warte mal eben.« Ich scrollte durch mein Telefon und fand das Foto, das Edie von uns beim Friseur gemacht hatte. Mir gefiel, wie ich darauf aussah. Ich betrachtete es einen Moment lang und versuchte, das Lächeln zu kopieren.

»Na bitte, perfekt. Bleib so«, sagte Annie. Sie machte drei Fotos und entschied sich für das zweite. »Oh, das ist schön«, sagte sie, als sie mir das Display hinhielt.

»Schön? Ich weiß nicht, aber es wird schon gehen. Schickst du es ihr morgen Abend?«

»Direkt danach. Wie du es gesagt hast.« Sie stellte mein Getränk und einen Aschenbecher auf den Tisch und schloss die Tür.

Ich trank und rauchte, bis es klingelte, dann zwang ich meine Mundwinkel nach oben und nahm den Anruf an.

»Wow, Frances, du siehst fantastisch aus.«

»Danke. Du aber auch.« Sie hatte sich die Haare auf Kinnlänge schneiden lassen, und es stand ihr wunderbar. Sie trug silberne Kreolen, die ich noch nie zuvor gesehen hatte, und ihre hellen Wimpern waren schwarz getuscht und geschwungen.

»Tareq holt mich gleich ab. Wir wollen zu einer Spendenaktion für syrische Flüchtlinge. Wie geht es dir?«

»Gut. Mir geht es gut.«

»Wirklich? Oh, ich bin so froh, das zu hören. Wenn das Wetter hält, können wir vielleicht wieder schwimmen gehen, wenn ich das nächste Mal komme.«

Ich nickte und krallte meine Hände in die Knie. »Dann ist Tareq also noch der Mann der Stunde?«

Sie stand auf und machte ihre Zimmertür zu. »Oh mein Gott, Frances, halt dich fest. Gestern Abend waren wir zusammen essen, und ich stopf mir gerade ein riesiges Stück Pizza in den Mund, da platzt er raus: ›Ich hab mich in dich verliebt.‹ Ich wäre fast erstickt.«

»Das war bestimmt ein großer Moment.«

Sie schloss die Augen und erschauerte. »Es war, als würde ich schweben.«

»Was empfindest du für ihn?«

»Das Gleiche.«

»Und hast du es ihm gesagt?«

»Hab ich, während mir Fett vom Kinn getropft ist. Der Gipfel der Romantik, sag ich dir.« Sie verdrehte die Augen und lachte.

»Schön für dich, noch schöner für ihn. Deine Liebe ist ein Geschenk, Edie. Vergiss das nicht.«

»Ja, ja, ich weiß, ich bin ein kostbares Juwel. Was hältst du davon, wenn ich ihn das nächste Mal mitbringe? Ich würde ihn dir so gern vorstellen.«

»Und ich würde ihn so gern kennenlernen.«

»Mega. Ich schreib Annie gleich morgen früh eine E-Mail und frag sie, ob sie damit einverstanden ist. Hör mal, Frances, es tut mir echt leid, aber ich muss los. Mom ist daheim, und sobald er kommt, bricht hier die spanische Inquisition los. Ich ruf dich morgen Abend wieder an, dann können wir länger reden, okay?«

»Hab ganz viel Spaß heute Abend. Edie, du siehst so hübsch aus, so erwachsen und bereit für die Welt. Wirklich etwas Besonderes.«

»Ähm, danke. Ich fühle mich auch bereit für die Welt. Okay, ich bin dann mal weg. Wir hör'n uns.« Sie warf mir eine Kusshand zu, und dann war sie fort, fort um mit Leib und Seele zu lieben und zu verhindern, dass ihre Mutter sich einmischte, so wie die Natur es vorgesehen hatte.

Ich saß da und starrte aus dem Fenster, todunglücklich und voller Zweifel an meiner Entscheidung, Edie aus dieser Sache herauszuhalten. Es war zu ihrem eigenen Schutz und zu meinem. Aber vielleicht hatte ich mich geirrt. Vielleicht wäre es ein Segen, sie in meiner letzten Stunde bei mir zu haben. Ein Segen für wen? Mich? Edie? Uns beide? Ich schlief darüber ein.

Es war bereits nach zehn, als Annie mir auf die Schulter tippte, um mich zu wecken. Sie erschreckte mich, und ich stand zu schnell auf. Wenige Sekunden später schlug ich auf dem Boden auf, noch einmal ein zappelnder Fisch. Als es vorbei war, spürte ich die warme Lache unter mir auf dem Teppich, und mir fiel vor Erleichterung ein Stein vom Herzen, der letzte Hauch eines Zweifels ausgeräumt von einem Urinstrahl.

Ich wusste mit einer Gewissheit, die sich erst in diesem Moment voll und ganz einstellte, dass ich es nicht länger verantworten konnte. Der Schritt war richtig, und die Zeit war definitiv gekommen. Eine äußerst günstige Erkenntnis, dachte ich, wenn man bedachte, dass die Ärztin in weniger als vierundzwanzig Stunden schon wieder auf dem Heimweg sein würde.

Annie stand über mir. In der einen Hand hielt sie eine Pillendose, in der anderen ein Glas Wasser. »Du musst deine Tabletten nehmen.«

Ich schüttelte den Kopf.

»Das ist keine Bitte. Ich möchte gern neben meiner Freundin schlafen in ihrer letzten Nacht auf Erden, und so sehr ich dich auch mag, ich hab keine Lust, einen Schlag ins Gesicht zu kriegen oder angepinkelt zu werden, also mach den Mund auf.«

Ich tat, was man mir sagte – schluckte meine Tabletten, lehnte mich in der Dusche gegen die Wand, während sie mich wusch, setzte mich auf die Bettkante und ließ mir von ihr einen frisch gewaschenen Schlafanzug anziehen. Dann sah ich ihr dabei zu, wie sie mein Missgeschick aus ihrem teuren Teppich schrubbte. Ich schämte mich, natürlich, dennoch lag etwas Tröstliches darin, ein nie dagewesenes Gefühl der Nähe zu dieser Frau, die sich um mich kümmerte, als wäre ich Teil ihrer Familie, eine Frau, die lachte, während sie den Fleck aufsaugte und wegrubbelte und mir sagte, ich solle mir meine Putztipps in den Arsch schieben.

»Halt mal die Luft an. Zwei Kinder, zwei Hunde im Lauf der Jahre und ein Mann. Ich habe mehr Pisse und Scheiße, und was auch immer ein Körper sonst noch ausscheiden kann, aufgewischt, als du in deinem ganzen Leben. Ich weiß, wie man ein bisschen Damenpipi aus diesem Teppich rauskriegt.«

»Ja, aber musstest du jemals ein benutztes Kondom von einer Decke kratzen? Ich mehr als einmal. Zwei im gleichen Hotelzimmer.«

»Himmel, was stimmt mit den Leuten nicht? Ich schätze also, du kannst mitreden. Wobei man für das Waschen eines Teenagerbettlakens auch einen Preis oder zwei verdient hätte, das kann ich dir sagen. So, fertig. So gut wie neu. Wie geht es dir? Was machen die Schmerzen?«

»Es geht schon, aber morgen werde ich dafür büßen.« Wie beiläufig mir das Wort über die Lippen kam. *Morgen.* Als ob es kein Morgen gäbe. Heute hier, morgen dort. Iss, trink und sei lustig, denn morgen sterben wir. Herrgott, dieser Tintenfisch wusste nie, wann es genug war. Ich sprach ihn leise an. »Kapierst du nicht, dass ich die Oberhand habe?«

»Was?«, fragte Annie.

»Nichts. Ich habe nur mit mir selbst geredet.«

Sie kniff die Augen zusammen und kam auf mich zu. Sie beugte sich über mich und tätschelte mir die Wange. »Reiß dich zusammen.«

»Ah, du weißt, dass du eine gute Freundin hast, wenn sie dich am Abend, bevor du stirbst, zum Lachen bringt.«

»Ich finde, das lässt sich am Inhalt des Eimers da drüben viel besser abmessen, aber ganz wie du meinst.«

Sie setzte sich aufs Bett und legte mir erneut die Hand an die Wange. Ich drückte mein Gesicht gegen ihre Handfläche und schloss die Augen.

»Du weißt, dass du immer noch aussteigen kannst, wenn du willst«, sagte ich, wohl wissend, dass es nicht stimmte.

»Ich will, was du willst. Du bist diejenige, die sich sicher sein muss.«

»Ich bin mir sicher.«

»Gut, denn ich werde diesen Teppich nicht noch einmal schrubben.« Sie sammelte ihr Putzzeug zusammen und ließ mich allein, damit ich mich ausruhte.

Ich döste wieder ein, dann wurde ich von leiser Geigenmusik geweckt. Das Zimmer war von Kerzenlicht erleuchtet. Annie saß mit geschlossenen Augen an das Kopfteil gelehnt neben mir. Ich hob vorsichtig meinen schmerzenden Arm und legte ihn auf ihren Oberschenkel. Über die Musik hinweg konnte ich den Regen hören, der von heulendem Wind gegen die Fensterscheiben gepeitscht wurde. Ich versuchte, mich aufzusetzen, doch meine Muskeln rebellierten, und ich ließ es sein. Annie kniete sich auf das Bett, hievte mich hoch und lehnte mich gegen das Kopfteil. Sie beugte sich aus dem Bett und griff nach der Whiskyflasche, die auf dem Boden stand.

»Kann ich dich für ein Schlückchen erwärmen?«

»Oh ja, das kannst du.« Ich prostete ihr zu und schaffte es, einen kleinen Schluck zu nehmen.

Sie stand auf und lief ans Fenster. »Ganz schön stürmisch. Hoffentlich gibt es keinen Stromausfall.«

»Vielleicht macht Gott noch mal richtig klar Schiff, bevor ich komme.«

Sie kletterte wieder neben mich. »Glaubst du noch an Gott?«

»Ich weiß gar nicht, ob ich jemals wirklich gläubig war.«

»Ich dachte, diese Nonnen hätten es dir eingebläut.«

»Wenn überhaupt, dann haben sie es mir ausgetrieben. Und du?«

»Kommt auf den Tag an. Ich schau mir an, in welchem Zustand unsere Welt ist, und kann mir nicht vorstellen, wie irgendein Gott das zulassen kann. Und als Stephen gestorben ist, war ich mir sicher, dass es über mir nichts als Himmel gab. Doch dann nehme ich den kleinen Stevie auf den Arm und sehe, wie perfekt er ist, oder ich sehe so was Albernes wie einen Regenbogen und denke mir, vielleicht. Vielleicht.«

»Die Sache mit dem Himmel und den Engeln und so weiter ist ja ganz nett, aber ich komme mit der Vorstellung von Gott nicht klar, jedenfalls nicht mit der, die man uns eingeredet hat. Irgendein alter Mann, der irgendwo da draußen im All sitzt und urteilt und verurteilt und entscheidet, wer gut genug und wer nicht gut genug ist, um in sein Reich zu kommen. Das klingt für mich zu sehr nach dem Weihnachtsmann.«

»Was glaubst du dann, wohin du morgen kommen wirst?«

»Darüber habe ich nicht nachgedacht.«

»Nicht ein einziges Mal, seit du von dem Tumor erfahren hast?«

»Ich war mir ziemlich sicher, dass es nirgendwohin geht, außer in eine Urne, darum habe ich nicht darüber nachgedacht. Aber jetzt hast du mich ins Grübeln gebracht.«

»Okay, angenommen, es gibt so was wie einen Himmel oder ein Leben danach oder was auch immer. Was würdest du dir wünschen?«

Ich versuchte, meine Version des Paradieses zu entwerfen, doch mein Geist war zu benebelt, um mehr als flüchtige Visionen zustande zu bringen. Ich sah Wasser und meine Eltern, alt und runzlig. Edie und Annie. Ein Klassenzimmer mit meinem Namen an der Tür, ein hübsches Haus voller Bücher und mich, wie ich nach einem Arbeitstag als Lehrerin dorthin nach Hause ging, schick gekleidet, erschöpft, aber zufrieden und selbstbewusst.

»Ich würde mir wünschen, eine zweite Chance zu bekommen, eine Möglichkeit, so zu sein, wie ich immer gern gewesen wäre.«

»Ich mir auch. Also, ich hab keine Ahnung, was da draußen ist, aber für den Fall, dass du dich an der Himmelstür wiederfindest, tu mir bitte einen Gefallen: Suche meinen Jungen und sage ihm, dass ich bald nachkommen werde.«

»Verdammt noch mal, Annie. Hör auf, solche Sachen zu sagen, oder ich werde unsere letzte Nacht schluchzend an deiner Schulter verbringen. Abgesehen davon könnte ich genauso gut unten landen.«

»Auch wieder wahr. Falls Anthony irgendwann dort auftaucht, sag ihm, er kann mich mal.«

»Mache ich. Aber es gibt da auch etwas, dass ich dir sagen will. Ich wollte eigentlich bis zum letzten Moment damit warten, aber ich habe Angst, dass ich mich morgen nicht daran erinnere. Es geht um meinen ersten Besuch in Safe Harbour, der Tag, als du mich zur Schnecke gemacht hast, weil ich einfach so verschwunden bin. Ich bin zurück in die Stadt gefahren und hab mir gedacht, das war's. Ich werde sie nie wiedersehen. Sie wird mir nie verzeihen. Und ich hatte keine Ahnung, wie ich mit dieser Last sterben sollte. Aber du hast es zum Guten gewendet. Und dass ich jetzt hier bei dir sein darf … Ich meine, mir fehlen einfach die Worte dafür.«

»Ich würde sagen, wir haben es beide zum Guten gewendet. Schon komisch, ich habe gerade erst heute Morgen darüber nachgedacht, wie stolz ich auf unsere Entscheidung bin, dass unsere Freundschaft die Mühe wert war. Dass wir den ganzen alten Scheiß hinter uns gelassen und es auf die Reihe gekriegt haben.«

»Ich bin auch stolz auf uns.«

»Was du sagst, klingt so, als wäre es schwer für mich gewesen, Frances, aber das war es nicht. Und es klingt so, als hätte ich es nur für dich getan, aber so war es nicht. Ich wusste gar nicht, wie schlecht es mir ging, bis ich dich an diesem Tag, als du zurückgekommen bist, wiedergesehen habe, und irgendwie hat mich dieser gemeinsame Weg wirklich geheilt. Ich wollte dir das eigentlich nicht sagen, weil es einfach blöd ist, so was zu sagen, aber ich hab das Gefühl, dass du mir mein Leben zurückgegeben hast.«

»Was soll das heißen, du wolltest mir das nicht sagen? Was ist blöd daran?«

»Weil du, Dummerchen, gerade stirbst, und ich hier von einem neuen Lebensgefühl fasele. Und weil du nicht hier sein wirst, um es mit mir zu erleben.«

»Hast du irgendeine Vorstellung, was mir das bedeutet? Wie glücklich mich das macht? Verstehst du denn nicht? Dafür lohnt es sich zu sterben. Wenn ich mir vorstelle, ich wäre gegangen, ohne das zu wissen. Großer Gott!«

»Alles klar, beruhige dich. Ich hab's dir gesagt, solange du noch lebst, und jetzt weißt du es. Wenn du so weitermachst, kommst du mit Sicherheit in die Hölle.«

»Bring mich nicht zum Lachen. Mir platzt der Schädel.«

Ich rutschte langsam das Kopfteil hinunter, und sie gab mir meine Tabletten, dann kuschelte sie sich von hinten an mich.

»Ich werde dich vermissen, Frances. Du ahnst nicht wie sehr.«

Ich hatte zu starke Schmerzen, um zu antworten. Ich griff nach ihrer Hand und hielt sie fest, bis ich merkte, dass das Morphium anfing zu wirken, dann schwebte ich davon.

23

Ich wurde von Vogelgezwitscher geweckt. Nach und nach fuhr mein Körper hoch, bis ich hellwach und so munter war, wie seit Wochen nicht mehr. Ein zarter Sonnenstrahl fiel durch das Fenster, und ich drehte mein Gesicht hinein, um die Wärme zu genießen, die durch die Glasscheibe drang. Ich musste mich nicht verzweifelt orientieren, wurde nicht jäh von Erinnerungen überrollt, die über Nacht verschwunden waren. Nichts erschien mehr unwirklich, und mir war die Lage, in der ich mich befand, voll und ganz bewusst. Es blieben nur noch wenige Stunden – etwa neun, um genau zu sein –, und ich nahm an, dass es realer als jetzt nicht mehr werden konnte. Ich hatte mir weder etwas für diesen letzten Tag gewünscht noch etwas geplant, wollte nichts erzwingen, bis die Sonne unterging, hauptsächlich deshalb, weil mir weiterhin nichts einfiel, das ich zusätzlich zu dem wollte, was ich bereits hatte. Ich musste plötzlich an all die Gefangenen denken, die zum Schafott geführt worden waren, so wie ich es in Filmen gesehen hatte, diese dramatischen Darstellungen des reuigen Sünders, des Aufsässigen und des Unschuldigen. Wie haben sie wohl ihre letzten Stunden verbracht? Und wenn die Zeit gekommen war, haben sie dann wild um sich geschlagen, sich gewunden und lautstark protestiert? Oder haben sie ihre Zellen in Würde, aufrechten Schrittes und schicksalsergeben verlassen?

Mein Telefon läutete, und ich griff danach. Eine Terminerinnerung auf dem Display: »Dr. Langley. 7:00 abends.« Das verflixte siebte Jahr, die sieben Weltwunder, die sieben Todsünden, im siebten Himmel. Ich forderte das Ding in meinem Kopf ein letztes Mal auf, ausnahmsweise einmal still zu sein und verdammt noch mal Respekt zu zeigen. Ich kämpfte mich aus dem Bett, mein Körper so steif wie ein Baumstamm. Annie erschien in der Tür, während ich mich über den Teppich schleppte. Sie stellte das Frühstückstablett auf den Tisch und ließ Badewasser einlaufen.

»Erst essen, dann baden, danach eine Massage. So wirst du diesen Planeten nicht verlassen.«

»Sehr wohl, Ma'am.«

Ich aß eine halbe, süße, saftige Orange und ein paar Bissen frische Ananas, spülte meine Schmerzmittel mit einer Tasse perfekt gebrühtem Tee hinunter und rundete das Ganze mit einer letzten Zigarette ab, die mir nicht wirklich schmeckte, auf die ich jedoch in Anbetracht der Symbolik nicht verzichten wollte. Annie half mir in die Badewanne und stellte den CD-Player auf den Boden. Sie zündete eine Kerze an, die nach frisch gebackenen Weihnachtsplätzchen roch. Dann wusch sie mir die Haare. Ich setzte mich in den Sessel, damit sie mich föhnen und kämmen konnte, doch ich erhob Einspruch, als sie nach dem Schminktäschchen griff.

»Nein, ich gehe so, wie ich gekommen bin.«

Sie half mir ins Bett und ging, um selbst zu duschen. Sie kam mit der großen Flasche Bodylotion zurück und rieb die Hände aneinander, um sie anzuwärmen. Sie begann oben an meinem rechten Bein, jede Berührung jagte Stromstöße unter meine Haut aus. Sie knetete mich einmal von oben bis unten durch, sparte nur meine Hände und Füße aus, dann kniete sie sich auf das Bettende, massierte langsam, aber fest mit ihren Daumen meine Fußsohlen und sagte zum ersten Mal etwas, seit sie angefangen hatte.

»Frances, mach die Augen zu und denke zurück. Denke an die Zeit zurück, als es nur uns beide gab. Vor den Nonnen und Babys und Särgen und Gräbern. An die Zeit, als wir nichts kannten außer diesem alten Ruderboot. Ich erinnere mich jetzt an alles. Du auch?«

»Ja.«

»Wenn du heute Abend gehst, versprich mir, dass du dich nur an das Gute erinnern wirst.«

»Ich verspreche es.«

Sie beendete die Fußmassage und setzte sich auf die Bettkante. Sie zog ein zerknittertes Blatt Papier aus ihrer Hosentasche, legte es in ihren Schoß und nahm meine rechte Hand. Sie knetete meine Handfläche und blickte auf ihre Worte hinunter.

»Frances Delaney, achtundfünfzig, meine erste und treueste Freundin, ist heute verstorben – friedlich, selbstbestimmt und in Würde. Sie war eine schüchterne Frau, aber sie war stark. Eine gute, kluge und nachsichtige Seele, die Bücher und Musik liebte, genau wie ihre Eltern, die beide lange vor ihr gegangen sind. Nachdem uns die Irrungen und Wirrungen des Lebens viele Jahre voneinander getrennt hatten, ist sie an diese Küste zurückgekehrt, um ihre letzten Tage in meinem Haus zu verbringen, wofür ich mein Leben lang in ihrer Schuld stehen werde.« Sie drehte das Blatt um und nahm meine linke Hand. »Frances kann mit Stolz auf eine Karriere als Haushälterin zurückblicken – die Beste der Stadt, wie ihre junge Freundin Edie sagt, die heute mit mir um Frances trauert und sie für immer mit mir hochleben lassen wird. Nur wenige kannten sie gut, doch die, die sie kannten, respektierten und liebten sie mehr, als sie ahnte. Bitte erhebt ihr zu Ehren ein Abschiedsglas mit mir. Gute Reise, meine wundervolle Freundin.«

Ich verschränkte meine Finger mit ihren und hob ihre Hand an meine Lippen, dann legte ich sie an meine Wange. »Und meine Liebeskünste erwähnst du nicht?«

Sie lachte und grub ihre Knöchel sanft in meine Wange. »Das werde ich später einbauen, wenn du gegangen bist.«

»Und vielleicht bedankst du dich noch bei Dr. Langley.«

»Erst mal abwarten, ob sie es verdient hat.«

»Es ist der schönste Nachruf, den ich je gehört habe.«

»Ja, er ist schön, oder?« Sie ließ meine Hand los und legte den Zettel auf den Nachttisch.

Ich dachte darüber nach, mir etwas Nettes anzuziehen, entschied mich letztlich aber doch wieder für meinem blauen Schlafanzug, was Edie sicher für gut befunden hätte. Annie und ich legten uns draußen auf Holzliegen und saugten die letzte Wärme des Sommers auf. Ich aß ein paar Bissen von einem Schinkensandwich, spülte es mit Limonade hinunter (mit einem Spritzer Whisky und einer prallen Kirsche) und kämpfte mit einem Stückchen von Annies Schokoladenkuchen. Eine ganze Stunde ging an ein Nickerchen unter der Sonne verloren, aus dem ich mit rosarotem Gesicht und Hals wieder aufwachte. Annie redete, und ich hörte zu. Erneut über unsere gemeinsame Kindheit, über Stephen, über Edie und Tareq, über alles und nichts, wie an jedem ganz normalen Tag. Ich warf einen Blick auf mein Telefon. Viertel vor sechs.

Ich betrachtete Annies Gesicht, auf das schräg das Sonnenlicht fiel, und konnte all unsere Jahre, die wir getrennt voneinander verbracht hatten, in den Falten sehen, die sich in ihre Haut eingegraben hatten. Ich stellte fest, dass es keine Rolle mehr für mich spielte. Sie war mein Anfang und mein Ende, und die Mitte, die mir so schrecklich vorgekommen war, war nun nichts weiter als eine Aneinanderreihung von langweiligen Momenten, die mich irgendwie zu dem einzigen Moment geführt hatten, der zählte.

Um sechs bat ich sie, mich ins Schlafzimmer zu bringen. Sie lehnte mich gegen zwei dicke Kissen, dann stand sie da, die Arme um sich selbst geschlungen, und schaute mich mit gequältem Gesichtsausdruck an.

»Oh, Frances, ich weiß nicht.«

Ich klopfte neben mich auf das Bett. »Setz dich.«

Sie setzte sich mit dem Rücken zu mir auf die Bettkante und beugte sich mit dem Gesicht in die Hände vergraben nach vorn.

»Annie, du musst nicht dabei sein, wenn du nicht willst.«

»Und was dann? Setz ich mich in die Küche, während du hier drinnen allein bist? Gib mir nur eine Minute. Ich bin gleich wieder okay.« Sie atmete ein paar Mal tief ein und aus, dann machte sie leise Musik an und legte sich zu mir.

Und so wahr mir Gott helfe, ich döste ein. Bis zur letzten Minute. Die Türklingel ließ mich hochschrecken. Annie machte einen Satz aus dem Bett und sah mich an, die Augen weit aufgerissen.

»Das sind sie, oder?«

»Mach ihnen auf. Ich bin bereit.«

Es klingelte ein zweites Mal, und sie verließ langsam das Zimmer. Ich hörte, wie sie sich einander vorstellten, wie

Tee angeboten und freundlich ausgeschlagen wurde. Dann hörte ich Schritte im Flur.

Annie erschien in der Tür. »Darf ich sie reinbringen?«

Ich nickte.

Dr. Langley betrat das Zimmer. Sie lächelte sanft. Eine andere Frau folgte ihr. »Hallo, Frances. Es ist schön, Sie wiederzusehen. Das ist Claire James.«

Sie war jung, hatte rotblonde Haare und erinnerte mich so sehr an Edie, dass mir beinahe die Tränen kamen, als ich sie sah. Ich hatte weiße Kittel erwartet, doch sie trugen beide hübsche Sommerblusen und Jeans. Sie wirkten ruhig und auf bescheidene Art selbstbewusst. Dr. Langley setzte sich auf die Bettkante und nahm meine Hand. Ihr Blick wanderte zu den Blumen auf dem Nachttisch, dann zurück zu mir.

»Was für ein hübsches Zimmer und was für ein schöner Tag. Sagen Sie mir, wie steht es heute mit Ihrem Gedächtnis?«

»Ich weiß nicht, aber ich glaube, es ist ein guter Tag.«

»Ich werde Ihnen ein paar Fragen stellen. Tun Sie einfach Ihr Möglichstes.«

Datum, Uhrzeit, Jahreszeit. Annies Nachname, die Namen meiner Eltern. Sieben minus zwei ist was? Wo befinden wir uns gerade? Was wird passieren? Sie nickte und machte sich Notizen, dann legte sie ihre Zettel weg.

»Nun, nur weil wir hier sind, heißt das nicht, dass wir fortfahren müssen. Verstehen Sie das?«

»Ja.«

»Daher stelle ich Ihnen eine letzte Frage. Ist es Ihr Wunsch, dass wir fortfahren?«

»Ja.« *Unwiderruflich. Absolut.*

Sie nickte ernst. »Wenn Sie noch einen Moment ungestört sein möchten, gehen Claire und ich hinaus. Falls nicht, richten wir uns dort am Tisch ein.«

»Sie können anfangen. Annie kann ja bleiben, oder?«

»Natürlich. Was immer Sie brauchen.«

»Darf ich mich neben sie legen?«, fragte Annie.

»Was immer für Sie beide am angenehmsten ist«, sagte Claire.

Annie legte sich auf die Decke und nahm meine Hand. Claire kam auf meine Seite des Bettes.

»Frances, ich werde Ihnen jetzt einen Zugang am Arm legen, in Ordnung?«

Ich drückte Annies Hand. »Ich hab dich lieb.«

»Ich dich auch.«

Claire ging zum Tisch zurück, dann kam Dr. Langley und legte die Fertigspritzen auf den Nachttisch.

»Das erste Medikament ist ein Beruhigungsmittel, das Sie in einen sanften Schlaf versetzen wird. Das zweite und dritte wird Sie in einen wesentlich tieferen Schlaf versetzen und Ihr Leben schließlich beenden. Sie werden keine Schmerzen haben. Sie werden überhaupt nichts spüren.« Sie legte mir eine Hand auf die Schulter. »Frances, ich möchte mich bei Ihnen für Ihr Vertrauen in mich bedanken, besonders heute. Ich habe Sie all die Jahre gern betreut.«

Ich nickte, dann sah ich Annie an. Sie starrte an die Decke, Tränen liefen ihr seitlich übers Gesicht. Sie wandte sich mir zu und zwang sich zu lächeln, ein zittriger Versuch, den sie wieder aufgab. Ich versuchte zu sprechen, wollte klar und deutlich die Sätze aussprechen, die meine letzten sein würden, doch ich schaffte es nicht, meine Gedanken in Laute zu verwandeln. Diese ganzen verdammten Worte, die über ein halbes Jahrhundert in meinem Kopf herumgegeistert waren, waren nun plötzlich von der Dunkelheit verschluckt, für immer verloren. Keine Worte, um ein letztes Mal mit ihr zu sprechen, mit dieser Frau, von deren außergewöhnlicher Herzensgüte nur so wenige Menschen erfahren würden. Keine Möglichkeit zu fragen, ob ihre Erinnerungen an mich jemals wieder von Wut und Traurigkeit getrübt sein würden. Keine Worte, um ihr zu sagen, dass ich mein Bestes gegeben hatte. Dass ich diesem Leben gegeben hatte, was ich konnte. Dass ich glücklich ging. Und ich wollte ihr sagen, dass ich mich an das Gute erinnerte. An alles. Jede Minute, jede einzelne Sekunde war in meinem Herzen verwahrt.

Annie nahm mein Gesicht in ihre Hände. »Ich hatte solche Angst davor. Solche Angst, dir nicht beistehen zu können. Aber jetzt habe ich keine Angst mehr. Ich bin einfach nur dankbar.« Sie beugte sich vor und legte ihre Lippen auf meine und flüsterte mir in den Mund. »Danke, Frances. Danke, dass du nach Hause gekommen bist.«

Sie drückte ihre Wange gegen meine, dann löste sie sich langsam. Ich hielt das Foto meiner Eltern und meinen Nachruf in der rechten Hand, umklammerte Annies Hand mit der linken, nickte Dr. Langley zu und gab ihr zu verstehen, dass sie fortfahren solle.

»Ich werde Ihnen jetzt das erste Medikament injizieren.«

Annie legte mir ihre Hand auf den Brustkorb. »Gehe jetzt, meine Freundin. Gehe in Frieden.«

Plötzlich verschwindet der Raum. Ich höre nichts außer meinem Herzschlag, langsam und kräftig, fühle nichts außer dem Gewicht von Annies Hand, während sich mein Brustkorb die letzten Male gleichmäßig auf und ab bewegt. Mein Geist verstummt, ein leerer, weißer Raum, in dem der Tintenfisch schweigend den Kopf gesenkt hält. Ich schließe meine Finger um Annies Handgelenk und spüre ihren Puls gegen meine Fingerspitzen klopfen, während Dr. Langley langsam den Kolben der Spritze hinunterdrückt. Ich schließe die Augen und atme tief ein. Ich bin wieder im Ozean, schaukele auf dem Kamm einer großen Welle. Und als ich spüre, wie ich hinuntergezogen werde, entsendet jede Zelle meines Gehirns ein letztes Leuchtfeuer, eine Ladung Energie, die augenblicklich die Form eines Bildes annimmt – eine Frau mit blasser Haut und rotblonden Haaren, ein blauweißes Tuch locker um den Hals geschwungen, ein kleiner Stapel Bücher in den schmalen Händen. Ich spüre, wie sich mein Mund öffnet, als das letzte Wort durch die Wasseroberfläche bricht. »Georgina.« Ich atme aus und lasse mich von der Strömung forttragen.

Danksagung

Ein Buch zu schreiben, kann bisweilen eine einsame Angelegenheit sein, doch niemand schreibt ein Buch allein. Ich war von vielen unglaublich talentierten Menschen umgeben, die mich so bereitwillig und großzügig unterstützt haben, dass mir oft ganz schwindelig wurde. Menschen wie meine großartige, grenzenlos enthusiastische Agentin Hilary McMahon (Westwood Creative Artists), die sich diesem Buch so herzlich angenommen hat, genau wie Meg Wheeler, International Rights Director (Westwood Creative Artists), die sich weltweit für mein Buch engagiert; meine ebenso enthusiastische wie brillante Lektorin Jennifer Lambert, die sich gekonnt und einfühlsam um Frances und mich gekümmert hat; das äußerst talentierte und engagierte Team von HarperCollins Canada, insbesondere Iris Tupholme, Canaan Chu, Janice Weaver, Allegra Robinson und Alan Jones; Bethany Gibson, deren unschätzbares Fachwissen mir dabei geholfen hat, diese Geschichte in die richtige Richtung zu lenken (Schriftstellerinnen und Schriftsteller, bitte sucht sie auf – sie ist ein Wunder); meine liebe Freundin und Kollegin Damhnait Monaghan, deren Großzügigkeit, Aufmerksamkeit und Humor grenzenlos sind; Jennifer French, Joan Langevin Levack, Lori Shortall, Amy Gesenhues und Geeta Kameth, die alle sanfte Kritik an einer frühen (und sehr groben)

Fassung geübt haben; Vivian Swift, die mir aus der Ferne oft Wärme und Beratung schickt; Betsy Lerner, die mich – wie so viele andere Autoren – seit Jahren inspiriert und ermutigt (merci beaucoup, Madame); meine Familie und Freunde, die fest an dieses neue Werk von mir glauben; und natürlich Neil McCulloch, mit seiner unermüdlichen Unterstützung und seinem unerschöpflichen Nachschub an frisch gebackenen Keksen. Wenn es ein Dorf braucht, um ein Buch auf die Welt zu bringen, dann sind diese Menschen meine Dorfbewohner. Ohne sie würde es dieses Buch nicht geben, und dafür bin ich so dankbar.

Schließlich gilt mein tief empfundener Dank all jenen, die mich an ihren Reisen hin zu einem selbstbestimmten Tod teilhaben ließen. Ihre Anmut und ihr Mut haben mich in einer Art und Weise verändert, die bis heute ihre Wirkung entfaltet.

Ein augenzwinkerndes Dementi an Historiker, Kartenleserinnen und alle, die es ganz genau nehmen: Ich weiß, ich weiß. Es gibt tatsächlich einen Ort namens Safe Harbour auf Neufundland – ein verlassener Fischerhafen an der Nordostküste. Doch das hier ist ein Roman, und das Safe Harbour, das auf diesen Seiten beschrieben wird, ist ein reines Produkt meiner Fantasie.